Kristin Hannah
Insel des Lichts

Kristin Hannah

Insel des Lichts

Roman

Aus dem Englischen von
Hedda Pänke

Ullstein

Die Originalausgabe erschien 2001 unter dem Titel
Summer Island
bei Brown Publishers/Random House, Inc., New York

Ullstein Verlag
Ullstein ist ein Verlag des Verlagshauses
Ullstein Heyne List GmbH & Co. KG

2. Auflage 2003

Copyright © 2001 by Kristin Hannah
Copyright der deutschsprachigen Ausgabe © 2003 by
Ullstein Heyne List GmbH & Co. KG, München
Umschlaggestaltung: Büro Jorge Schmidt, München
Umschlagmotiv: Jon Paul Ferrara
Alle Rechte vorbehalten.
Printed in Germany
Herstellung: Helga Schörnig
Satz: Schaber Satz- und Datentechnik, Wels
Druck und Bindung: GGP Media, Pößneck

ISBN 3-550-08402-1

In Erinnerung
an meine Mutter Sharon Goodno John

Teil Eins

*There is only the fight to recover what
has been lost
And found and lost again and again; and
now under conditions
That seem propitious. But perhaps neither
gain nor loss.
For us, there is only the trying. The rest
is not our business.*

T. S. Eliot
East Coker

1. Kapitel

Es *hatte geregnet.* In der hereinbrechenden Dunkelheit lagen die Straßen von Seattle wie spiegelnde Bänder zwischen den grauen Hochhäusern.

Die dot.com-Revolution hatte in dieser einst so gemächlichen Stadt alles verändert, und selbst nach Sonnenuntergang kam das Hämmern und Scheppern auf den Baustellen nicht zur Ruhe. Scheinbar über Nacht schossen Gebäude aus dem Boden, ragten hoch und höher in den dunstigen Himmel. Kids mit lila Haaren, Piercings und zerfransten Klamotten dröhnten in fabrikneuen, feuerroten Ferraris durch Downtown.

An einer Straßenecke im neuerdings angesagten Belltown behauptete sich ein früher einmal isoliert stehendes Holzgebäude gegen den Zug der Zeit. Es war vor fast hundert Jahren gebaut worden, als nur wenige Menschen so weit vom Ortszentrum entfernt wohnen wollten. Jetzt wurde es von den umgebenden Wolkenkratzern geradezu eingeschüchtert.

Den Betreibern des KJZZ machte es nichts aus, in der schicken Umgebung das Dasein eines hässlichen Entleins unter lauter schönen Schwänen zu führen. Seit fünfzig Jahren wurden von dieser Stelle aus Botschaften in den Äther geschickt, hatte sich das Haus von einer kleinkarierten Lokalstation zum größten Radiosender im Staat Washington gemausert.

Ein Grund für den aktuellen KJZZ-Erfolg war Nora Bridge, *die* Sensation im Talk Radio.

Seit Monaten galt ihre Sendung – *Spiritual Healing with Nora* – als Riesenerfolg. Die Werbeminuten waren auf Wochen hinaus ausgebucht, und ihre wöchentliche Zeitschriftenkolumne *Nora Knows Best* erschien in mehr als 2600 Blättern zwischen Pazifik und Atlantik.

Nora Bridge hatte bei einer kleinen Provinzzeitung mit Tipps für den Alltag begonnen und sich durch harte Arbeit und klare Ziele eine Karriere aufgebaut. Als Erste erkannten die Frauen in Seattle, welch einmalige Kombination aus Leidenschaft und Moral Nora darstellte. Bald sollte es auch der Rest des Staates Washington erfahren.

Kritiker rühmten ihre Fähigkeit, für nahezu jeden emotionalen Konflikt eine Lösung zu finden, und sprachen oft von ihrer Herzensgüte, ihrer geradezu strahlenden Naivität. Doch damit irrten sie. Es waren Noras ganz eigene Erfahrungen, die ihren Erfolg ausmachten. Sie war eine ganz gewöhnliche Frau mit einem Hang zu außergewöhnlichen Fehlern. Nora kannte sich aus mit Verlusten, Kummer und Leid.

Es gab in ihrem Leben kaum eine Minute, in der sie sich nicht daran erinnerte, was sie verloren, was sie weggeworfen hatte. Und wenn sie abends vor dem Mikrofon über Verluste und Trauer sprach, dann wusste sie, wovon sie redete, und aus diesem Wissen entstand Mitgefühl.

Nora hatte ihre Karriere zielbewusst aufgebaut und den Medien eine geschönte Vergangenheit aufgetischt. Selbst in der letzten Woche, als man ihre Person zur Titelgeschichte in *People* gemacht hatte, gab es keine Enthüllungsstory über ihr Leben. Sie hatte alle Spuren wirkungsvoll verwischt. Ihre Fans wussten, dass sie geschieden war und erwachsene Töchter hatte. Warum und wie ihre Familie auseinander gebrochen war, blieb ein Geheimnis.

Jetzt rutschte sie mit ihrem Sessel näher ans Mikrofon und schob sich die Kopfhörer zurecht. Ein Bildschirm zeigte ihr die Anrufer, die in der Leitung warteten. Sie entschied sich für Marge, eine Frau, die Probleme mit ihrer Tochter hatte.

»Hallo, Marge, ich grüße Sie. Sie sprechen mit Nora Bridge. Was bedrückt Sie?«

»Hallo ... Nora?« Die Anruferin klang so zögernd, als könnte sie ihr Glück nicht fassen, nachdem sie fast eine Stunde in der Leitung gewartet hatte.

Unwillkürlich musste Nora lächeln. Sie wusste, dass ihre Fans häufig unsicher und gehemmt waren. Sie dämpfte ihre Stimme, ließ sie weicher klingen. »Wie kann ich Ihnen helfen, liebe Marge?«

»Ich habe ein paar kleine Differenzen mit meiner Tochter Suki.« Die breite Sprechweise der Anruferin verriet ihre Herkunft aus dem Mittleren Westen.

»Wie alt ist Suki, Marge?«

»Im November wird sie siebenundsechzig.«

Nora lachte. »Manches ändert sich eben nie, was, Marge?«

»Jedenfalls nicht zwischen Müttern und Töchtern. Sukis wegen habe ich bereits mit dreißig das erste graue Haar bekommen. Inzwischen sehe ich aus wie Colonel Sanders.«

Diesmal lachte Nora verhaltener. Mit neunundvierzig findet man graue Haare nur beschränkt lustig. »Und was genau sind Ihre Probleme mit Suki?«

»Nun ja ...« Die Frau schnaubte kurz und verächtlich. »In der letzten Woche nahm sie an einer dieser Kreuzfahrten für Singles teil. Sie wissen, wovon ich rede? Bei denen man Hawaiihemden trägt und grellbunte Cocktails trinkt. Und heute erklärt sie mir allen Ernstes, einen Mann heiraten zu wollen, den sie auf dem Schiff kennen gelernt hat. In *ihrem* Alter.« Wieder schnaubte sie abfällig. »Natürlich erwartet sie, dass ich mich für sie freue, aber wie könnte ich das? Suki ist wie ein Schmetterling, was Liebe angeht. Mein Tommy und ich waren siebzig Jahre miteinander verheiratet.«

Nora überlegte, wie sie reagieren sollte. Marge wusste offenbar sehr wohl, dass sie und Suki nicht mehr die Jüngsten waren und die Zeit dazu neigte, unsere besten Absichten zuschanden werden zu lassen. Aber es hatte wenig Sinn, in

Rührseligkeit zu verfallen.«»Lieben Sie Ihre Tochter?«, fragte sie freundlich.

»Ich habe sie immer geliebt.« Marge schluchzte kurz auf.

»Sie können sich nicht vorstellen, wie das ist, Nora ... Ein Kind so zu lieben und dann zu merken, dass es einen nicht mehr braucht. Was soll ich nur machen, wenn sie diesen Mann tatsächlich heiratet und mich völlig vergisst?«

Nora schloss die Augen und verdrängte die in ihr aufsteigenden Erinnerungen. Das war etwas, was sie schon vor langer Zeit gelernt hatte. Immer wieder sagten Anrufer etwas, was sie intensiv an ihren eigenen Schmerz erinnerte. Inzwischen wusste sie, wie man sich dagegen wehrte.»Davor hat jede Mutter Angst, Marge. Aber wir müssen unsere Kinder loslassen, wenn wir sie behalten wollen. Zeigen Sie Suki Ihre Liebe – wie ein Licht, das in dem Haus, in dem sie aufgewachsen ist, nie ausgeht. Wenn Ihre Tochter das weiß, wird sie sich niemals zu weit von Ihnen entfernen.«

Marge schluchzte leise.»Vielleicht sollte ich sie anrufen ... und sie mit ihrem Freund zum Essen einladen.«

»Das wäre ein guter Anfang. Viel Glück, Marge, und teilen Sie uns irgendwann mit, wie es ausgegangen ist.« Sie räusperte sich und beendete die Verbindung.»Jetzt bitte ich um Ihre Anrufe«, sagte sie ins Mikrofon.»Helfen wir Marge mit unseren Erfahrungen. Ich weiß, dass viele von Ihnen familiäre Probleme gelöst und überstanden haben. Marge und ich möchten daran erinnert werden, dass die Liebe nicht so zerbrechlich ist, wie sie mitunter erscheint.«

Nora lehnte sich im Sessel zurück und sah, wie auf dem Monitor die Daten der Anrufer aufleuchteten. Differenzen zwischen Eltern und Kindern erregten stets großes Interesse, vor allem Mutter-Tochter-Probleme. Auf Leitung 4 wartete Ginny. Sie hatte Schwierigkeiten mit ihrer Stieftochter.

»Hallo und willkommen, Ginny. Sie sind mit Nora Bridge verbunden.«

»Was? Oh, hi. Ich liebe Ihre Sendung.«

»Vielen Dank, Ginny. Wie stehen die Dinge in Ihrer Familie?«

In den nächsten zwei Stunden und dreizehn Minuten widmete sich Nora voll und ganz ihren Hörern. Nie gab sie vor, die Antworten auf alle Fragen zu wissen oder ein Ersatz für Therapeuten oder Familienberater zu sein. Stattdessen bemühte sie sich, diesen Menschen, die sie nie gesehen hatte, ihr Verständnis und ihre Freundschaft anzubieten.

Nach dem Ende der Sendung ging sie wie immer in ihr Büro, um allen Anrufern, die ihre Adresse hinterlassen hatten, Dankesbriefe zu schreiben. Das pflegte sie selbst zu tun, keine Sekretärin hatte je Noras Unterschrift kopiert. Es war eine kleine Geste, aber Nora hielt sie für wichtig. Jeder, der so mutig gewesen war, in aller Öffentlichkeit Nora Bridge um Rat zu bitten, hatte einen persönlichen Dank verdient.

Als sie fertig war, blickte sie auf ihre Armbanduhr und runzelte die Stirn.

Hastig griff sie nach ihrem Fendi-Aktenkoffer und lief zu ihrem Auto. Glücklicherweise war es nicht weit zum Krankenhaus. Sie stellte den Wagen in der unterirdischen Parkgarage ab und fuhr mit dem Lift in die Neonhelle der Lobby hinauf.

Obwohl die Besuchszeiten längst vorbei waren, machte man in dem kleinen privaten Krankenhaus bei Nora eine Ausnahme: aufgrund der Tatsache, dass sie so häufig erschien – im letzten Monat jeden Dienstag und Sonnabend –, und mit Rücksicht auf ihren vollen Terminkalender. Dabei schadete es auch nichts, dass sie eine lokale Berühmtheit war und die Schwestern zu den Fans ihrer Sendung gehörten.

Lächelnd und winkend lief sie über den Flur zu Erics Zimmer. Vor der Tür blieb sie kurz stehen und holte tief Luft.

Obwohl sie ihn oft besuchte, war es nie leicht. Eric Sloan stand ihr nahe wie ein Sohn, und seinen Kampf gegen den

Krebs mit ansehen zu müssen, überforderte sie fast. Aber Nora war alles, was Eric hatte. Enttäuscht über den von ihm gewählten Lebensweg hatten seine Eltern die Beziehung zu ihm abgebrochen, und sein jüngerer Bruder Dean, an dem er sehr hing, hatte keine Zeit für Besuche.

Nora öffnete die Tür und sah, dass Eric schlief. Er lag im Bett und hatte sein Gesicht dem Fenster zugewandt. Sein ausgezehrter Körper war in eine von Nora gestrickte bunte Decke gehüllt.

Fast kahl, mit hohlen Wangen und offenem Mund, sah er aus wie ein hinfälliger Greis. Dabei hatte er noch nicht einmal seinen einunddreißigsten Geburtstag gefeiert.

Sein Anblick traf sie wie ein Schlag. Als hätte sie seinen täglichen Verfall zwar gesehen, aber nicht wirklich zur Kenntnis genommen. Und nun sprang die Realität sie an, während sie absurderweise so getan hatte, als könnte alles gut werden.

Aber nichts würde gut werden. In dieser Sekunde begriff Nora das ganze Ausmaß dessen, was Eric ihr verständlich machen wollte, und die Trauer drohte sie zu überwältigen. Von einer Sekunde zur anderen verlor sie jede Zuversicht. Und wenn sie schon die Hoffnungslosigkeit als so schmerzlich empfand, wie sollte er sie ertragen?

Sie ging zu ihm hin und strich ihm sanft über den nahezu kahlen Kopf.

Verschlafen blinzelte er sie an und bemühte sich um ein jungenhaftes Lächeln. »Ich habe eine gute und eine schlechte Nachricht«, sagte er.

Nora legte ihm eine Hand auf die Schulter und spürte seine Gebrechlichkeit. Wo war der hochgewachsene, kräftige, schwarzhaarige Junge, der ihr die Lebensmittel ins Haus gebracht hatte?

»Was ist die gute?«, fragte Nora. In ihrer Stimme lag ein kaum hörbares Zögern.

»Keine Behandlungen mehr.«

Ihre Finger drückten zu fest auf seine Schulter. Seine Knochen bewegten sich unter ihrem Griff, und sofort nahm sie die Hand weg. »Und die schlechte Nachricht?«

Er sah ihr direkt in die Augen. »Keine Behandlungen mehr. Auf Vorschlag von Doktor Calomel«, fügte er nach einer kurzen Pause hinzu.

Sie nickte benommen, suchte verzweifelt nach irgendwelchen tiefsinnigen Bemerkungen, aber in den elf Monaten seit seiner Diagnose war zwischen ihnen alles gesagt. Dutzende von Nächten hatten sie mit Gesprächen über diesen Moment verbracht. Nora war sich sogar fast sicher gewesen, auf den Anfang vom Ende vorbereitet zu sein. Doch jetzt erkannte sie ihren Irrtum. Man kann auf den Tod nicht »vorbereitet« sein, vor allem nicht auf den Tod eines jungen Mannes, den man liebt.

Doch etwas in ihr akzeptierte ihn. In letzter Zeit hatte sie gesehen, wie rapide der Krebs Eric aufzehrte.

Er schloss die Augen, und Nora fragte sich, ob er an den gesunden, lebensfrohen Mann dachte, der er einmal gewesen war, den Jungen mit dem herzhaften Lachen, den von seinen Schülern verehrten Lehrer ... Oder ob er sich an die Zeit vor ein paar Jahren erinnerte, als sein Freund Charlie in einem Krankenhausbett wie diesem den aussichtslosen Kampf gegen Aids verloren hatte ...

Schließlich sah er sie wieder an, und sein Versuch eines Lächelns ließ Tränen in Noras Augen treten. In diesem Moment sah sie ihn als Achtjährigen an ihrem Küchentisch sitzen und Lucky Charms essen, einen sommersprossigen Jungen mit struppigen Haaren, aufgeschlagenen Knien und Segelohren.

»Ich gehe nach Hause«, sagte er leise. »Hospice wird mich pflegen ...«

»Das ist sehr gut«, erwiderte sie angestrengt lächelnd und redete sich ein, dass sie über einen Ort zum Leben sprachen, nicht einen zum Sterben. »Ich bin mit meinen Kolumnen weit voraus. Ich nehme mir die Woche frei und besuche dich tagsüber. Abends muss ich natürlich zum Sender, aber ...«

»Ich meine die Insel. Ich fahre nach Hause.«

»Hast du dich endlich doch entschlossen, deine Eltern anzurufen?« Sie hielt seine Entscheidung für falsch, die Krebserkrankung für sich zu behalten, aber in diesem Punkt ließ Eric sich nicht umstimmen. Er hatte Nora verboten, mit irgendjemandem darüber zu reden, und ihr blieb nichts anderes übrig, als sich seinen Wünschen zu fügen.

»Oh, yeah. Schließlich haben sie sich in der Vergangenheit auch so verständnisvoll und hilfsbereit gezeigt.«

»Du weißt, dass es jetzt um etwas anderes geht als um dein Outing. Du solltest Dean anrufen. Und deine Eltern.«

Die Verzweiflung in seinem Blick war unerträglich. »Und was ist, wenn ich meiner Mutter sage, dass ich sterbe, sie mich aber dennoch nicht besucht?«

Nora verstand ihn. Die Enttäuschung selbst dieser kleinen Hoffnung würde ihn zerbrechen. »Dann ruf wenigstens deinen Bruder an. Gib ihm eine Chance.«

»Ich werde es mir überlegen.«

»Darum bitte ich dich. Ernsthaft.« Sie zwang sich zu einem Lächeln. »Am Dienstag kann ich dich hinfahren ...«

Er legte leicht die Hand auf ihre Finger. »Mir bleibt nicht viel Zeit. Ich habe bereits einen Flug buchen lassen. Lottie bereitet schon das Haus vor.«

Mir bleibt nicht viel Zeit ... Irgendwie war es sehr viel schlimmer, die Worte laut ausgesprochen zu hören. Nora musste schlucken. »Ich finde, du solltest nicht allein sein.«

»Genug davon.« Seine Stimme war sanft, sein Blick noch sanfter, aber Nora vernahm einen Nachhall seiner früheren Energie. Er erinnerte sie – es war nicht das erste Mal – daran, dass er inzwischen ein erwachsener Mann war. Er klatschte in die Hände. »Wir hören uns schon an wie Akteure in einem verdammten Ibsen-Drama. Lass uns über etwas anderes reden. Ich habe mir deine Sendung angehört. Das Thema Mütter und Töchter setzt dir immer zu.«

Und damit, einfach so, holte er sie auf sichereres Terrain zurück. Wie so oft nötigte er ihr Bewunderung ab. Sobald sich das Leben für ihn als zu großer Brocken erwies, zerhieb er es entschlossen in verdaulichere Stücke. Kleine Dinge, ganz normale Gespräche waren seine Rettung.

Sie zog einen Stuhl neben das Bett und setzte sich. »Dabei weiß ich nie, was ich sagen soll, und wenn ich Ratschläge gebe, komme ich mir vor wie die größte Heuchlerin auf der Welt. Wie würde Marge sich fühlen, wenn sie wüsste, dass ich seit elf Jahren kein Wort mit meiner Tochter gesprochen habe?«

Eric antwortete nicht. Das war etwas, was sie besonders an ihm liebte. Nie versuchte er, sie mit Lügen zu trösten. Aber es tat Nora gut, dass jemand verstand, wie schmerzlich es für sie war, an ihre jüngste Tochter zu denken. »Ich frage mich, was sie gerade macht.«

Dieses Thema war nicht neu. Sie hatten häufig endlose Spekulationen darüber angestellt.

Eric versuchte es mit einem Grinsen. »Wie ich Ruby kenne, kommt vieles in Frage. Ein Essen mit Steven Spielberg? Oder sie lässt sich gerade die Zunge piercen?«

»Bei meinem letzten Gespräch mit Caroline erzählte sie mir, dass sich Ruby die Haare blau gefärbt hat.« Nora lachte, verstummte aber gleich wieder. Es war nicht komisch. »Ruby hatte immer so schöne Haare ...«

Eric musterte sie ernst. »Sie ist nicht gestorben, Nora.«

Sie nickte. »Ich weiß. Damit versuche ich mich ständig zu trösten.«

Er hob eine Hand. »Und jetzt hol das Backgammon-Brett. Ich habe große Lust, dir das Fell über die Ohren zu ziehen.«

Es war erst die zweite Juniwoche, aber schon herrschten im Valley Temperaturen um die fünfunddreißig Grad. Ein solches Wetter ließ im kalifornischen Süden Katastrophen befürchten, Waldbrände, Buschfeuer, Erdbeben.

Die Hitze machte die Menschen verrückt. Sie wachten nachts in ihren Betten schweißgebadet auf und holten sich etwas Kaltes zu trinken. Stellten dann aber verblüfft fest, dass sie statt eines Glases die Pistole in der Hand hielten, die sie im Bücherschrank versteckt hatten. Kinder schrien im Schlaf, und selbst eine doppelte Dosis flüssiges Tylenol konnte ihr Hitzefieber nicht senken. Erschöpfte Vögel fielen von Telefonkabeln und landeten hilflos mit ausgebreiteten Flügeln auf den sonnenverbrannten Rasenflächen.

Niemand fand bei diesen Temperaturen Schlaf, und Ruby Bridge bildete keine Ausnahme. Mit weit gespreizten Armen und Beinen lag sie auf dem Bett, einen kalten Wickel auf der Stirn.

Die Minuten schlichen dahin, begleitet vom wimmernden Ächzen der Klimaanlage am Fenster, die natürlich keine Abkühlung brachte, sondern lediglich die glutheiße Luft bewegte.

Ruby war einsam. Vor wenigen Tagen hatte ihr Freund Max sie verlassen. Nach fünf Jahren war er aus ihrem Leben verschwunden wie ein Klempner, der einen unangenehmen Job beendet hatte.

Zurückgeblieben waren lediglich ein paar schäbige Möbelstücke und eine kurze Mitteilung:

»Liebe Ruby,
ich wollte mich echt nicht in Angie verlieben (oder dich nicht mehr lieben), aber was soll ich machen? Du weißt, wie das ist. Ich brauche meine Freiheit. Himmel, wir wissen doch beide, dass du mich sowieso nie wirklich geliebt hast.

Trag es mit Fassung.
Max.«

Das Komische daran war, dass sie ihn kaum vermisste. Eigentlich vermisste sie ihn überhaupt nicht. Sie vermisste die Idee des Zusammenlebens. Einen zweiten Teller auf dem Esstisch, einen anderen Körper in diesem Bett, das durch seine Abwesenheit größer geworden zu sein schien. Vor allem vermisste sie die Vorstellung, dass sie liebte.

Max war für sie ... Hoffnung gewesen. Eine Verkörperung ihres Glaubens, dass sie lieben und geliebt werden konnte.

Um sieben Uhr klingelte der Wecker. Ruby glitt über das schweißfeuchte Laken und stand auf. BH und Höschen klebten an ihrer Haut. Sie griff nach dem Wasserglas auf dem Nachttisch, drückte es sich zwischen die Brüste und ging ins Bad, um lauwarm zu duschen.

Kaum hatte sie sich abgetrocknet, schwitzte sie schon wieder. Resigniert seufzend ging sie in die Küche und brühte sich Kaffee. Sie goss sich eine Tasse ein und fügte einen großzügigen Spritzer Sahne hinzu. Sofort flockten weiße Partikel auf der Oberfläche und bildeten ein Kreuz.

Jeder andere hätte daran erkannt, dass die Sahne sauer geworden war, aber für Ruby war klar: Das ist ein Zeichen.

Als bedürfe sie magischer Kräfte, um zu erkennen, dass sie in der Krise ihres Lebens steckte. Sie schüttete den Inhalt der Tasse ins Spülbecken, lief ins Schlafzimmer zurück und hob eine fleckige schwarze Polyesterhose und eine weiße Bluse vom Boden auf. Schwitzend, unter Kopfschmerzen und Coffeinentzug leidend, zog sie sich an und ging in die drückende Hitze hinaus.

Sie lief zu ihrem VW-Käfer Baujahr 1970 und setzte sich hinters Steuer: Nach etlichen vergeblichen Versuchen sprang der Motor an, und Ruby fuhr zu *Irma's Hash House*, einem beliebten Lokal in Venice Beach, in dem sie seit fast drei Jahren arbeitete.

Nie hatte sie auf Dauer Kellnerin bleiben wollen. Der Job sollte nur vorübergehend sein, etwas, um die anfallenden Rechnungen zu bezahlen, bis sie endlich in einem der örtlichen Comedy Clubs Aufsehen erregte, einen Gastauftritt bei *Leno* angeboten bekam und schließlich ihre eigene Sitcom – natürlich mit dem Titel *Ruby!* Sie stellte sie sich immer mit einem Ausrufungszeichen vor, wie eine der Vegas-Revuen, die ihre Großmutter so geliebt hatte. Aber mit achtundzwanzig war ihrer Jugend Maienblüte vorüber. Nach fast einem Jahrzehnt vergeblicher Bemühungen um einen Durchbruch im Comedy-Geschäft stieß sie langsam an die Schallgrenze. Jedermann wusste, dass man alle Träume begraben konnte, wenn man es mit dreißig noch nicht geschafft hatte. Und Ruby begann darüber nachzudenken, ob sie nicht einen Kurs in Handlesen und Kartenlegen machen sollte.

Schließlich zwängte sie sich zwischen die alten Kombis und VW-Busse, die den Parkplatz des Lokals füllten. Surfbretter waren auf Wagendächer und an Seiten geschnallt, und die meisten der Autos verfügten über mehr Aufkleber als Lack. Irmas berühmtes 6-Eier-Omelett zog Gäste aus meilenweiter Entfernung an. Ruby parkte neben einem Bus, der aus dem Fundus von *Fast Times at Ridgemont High* zu stammen schien.

Sie zauberte ein Lächeln auf ihr Gesicht und lief auf das Lokal zu. Als sie die Tür aufstieß, klingelte die Glocke hell über ihrem Kopf.

Mit ihrer Bienenstockfrisur als Vorhut kam Irma auf sie zu. Wie immer bewegte sie sich schnell und nach vorn geneigt wie der Bug eines sinkenden Schiffs. Abrupt blieb sie vor Ruby stehen. Sie kniff die Augen mit den schwarz getuschten Wimpern zusammen, und Ruby fragte sich wieder einmal, ob man auch das Alter von Menschen nach der Radiokarbonmethode bestimmen konnte. »Ich hatte Sie gestern zur Abendschicht erwartet.«

Ruby zuckte zusammen. »O Mist!«

Irma verschränkte die knochigen Arme. »Ich sehe mich gezwungen, mich von Ihnen zu trennen. Auf Sie ist kein Verlass. Debbie musste gestern Ihre Schicht übernehmen. Ihr restlicher Lohn liegt neben der Kasse. Die Uniform erwarte ich morgen zurück. Sauber.«

Rubys Lippen begannen zu beben. Bei der Vorstellung, um den jämmerlichen Job betteln zu müssen, wurde ihr übel.

»Bitte, Irma. Ich *brauche* das Geld.«

»Tut mir Leid, Ruby. Wirklich.« Irma drehte sich um und eilte davon.

Ruby blieb noch eine Minute stehen und atmete den vertrauten Geruch nach Ahornsirup und Fett ein, schnappte sich den Scheck vom Tresen und verließ das Restaurant.

Sie bestieg ihr Auto und fuhr ziellos durch die Gegend, eine Straße hinauf, die andere wieder hinab. Schließlich, als sie das Gefühl hatte, der Schädel müsse ihr platzen, parkte sie in einer Geschäftsstraße. In den schicken klimatisierten Boutiquen sah sie tausend schöne Dinge, die sie sich nicht leisten konnte und die von Mädchen verkauft wurden, die halb so alt waren wie sie. Ruby machte sich gerade ihre verzweifelte Situation klar, als sie im Schaufenster einer Zoohandlung ein Schild mit der Aufschrift »Aushilfe gesucht« bemerkte.

Niemals. Es war schlimm genug, der Familie Butt Rindermett servieren zu müssen. Sie wollte verdammt sein, wenn sie ihr nun auch noch ein Frettchen verkaufte.

Sie ging zu ihrem Auto zurück und fuhr zügig ihrem Ziel entgegen. Auf dem Wilshire Boulevard angekommen, hielt sie vor einem Hochhaus.

Bevor sie es sich anders überlegen konnte, lief sie zum Lift und fuhr ins oberste Stockwerk hinauf. Als die Türen aufgingen, wehte ihr kühle Luft entgegen und trocknete den Schweiß auf ihren Wangen.

Entschlossen marschierte sie über den Korridor auf das Büro ihres Agenten zu und stieß die Milchglastür auf.

Die Sekretärin Maudeen Wachsmith war in einen Liebesroman versunken und blickte nur flüchtig auf. »Hi, Ruby. Er ist heute sehr beschäftigt. Sie müssen einen Termin vereinbaren.«

Maudeen ignorierend, riss Ruby die zweite Tür auf. Ihr Agent Valentine Lightner saß hinter der Glasplatte seines Schreibtischs. Er hob den Kopf. Als er Ruby sah, wich sein Lächeln einem Stirnrunzeln. »Ruby ... Wir sind doch nicht verabredet, oder?«

Hinter Ruby kam Maudeen hereingeeilt. »Tut mir Leid, Mister Lightner ...«

Er hob eine schlanke Hand. »Schon gut, Maudeen.« Er lehnte sich in seinem Sessel zurück. »Nun, Ruby, was gibt es?«

Sie wartete, bis Maudeen den Raum verlassen hatte, und bewegte sich dann auf den Schreibtisch zu. Ihr wurde peinlich bewusst, dass sie noch immer ihre Kellnerinnenuniform trug und ihre Achselhöhlen schweißnass waren. »Ist dieser Schiffsjob noch zu haben?« Drei Monate zuvor hatte sie darüber verächtlich gelacht. Kreuzfahrtschiffe waren schwimmende Särge für Talente. Aber jetzt standen die Dinge anders, jetzt rümpfte sie nicht mehr die Nase.

»Ich habe mich wirklich für Sie bemüht, Ruby. Sie schreiben ganz originell, aber Ihr Auftreten lässt mehr als zu wünschen übrig. Sie haben zu viele Leute in der Branche verärgert. Niemand will Sie mehr engagieren.«

»Aber irgendjemand ...«

»*Niemand*. Erinnern Sie sich an den Sitcom-Job? Sie haben die Produktion aufgehalten und alle mit ständigem Umschreiben verrückt gemacht.«

»Meine Rolle war unmöglich. Sie hatte keine einzige Pointe.«

Val sah sie an und kniff langsam die wasserblauen Augen zusammen. »Muss ich Sie daran erinnern, dass die Serie noch immer läuft und eine andere, weniger begabte Komikerin pro Folge dreißigtausend Dollar dafür bekommt, dass sie genau das sagt, was sie sagen soll?«

»Es ist eine lausige Serie.« Ruby sank auf den Plüschsessel vor dem Schreibtisch. Sie brauchte einen Moment, um ihren Stolz hinunterzuschlucken. »Ich bin pleite. Irma hat mich gefeuert.«

»Warum rufen Sie nicht Ihre Mutter an?«

Ruby schloss die Augen und atmete tief durch. »Bitte nicht, Val«, sagte sie leise.

»Ich weiß, ich weiß. Sie ist eine Ausgeburt der Hölle. Aber ich habe den Artikel über sie in *People* gelesen. Sie ist bekannt und wohlhabend. Vielleicht kann sie Ihnen helfen.«

»Auch Sie sind bekannt und wohlhabend und können mir doch nicht helfen. Abgesehen davon hat sie mir bereits mehr als genug *geholfen*. Noch mehr mütterliche Zuwendung dieser Art und ich lande in einer geschlossenen Abteilung und singe *I gotta be me*.« Ruby stand auf. Es fiel ihr nicht leicht, da sie sich am liebsten zusammengerollt hätte und eingeschlafen wäre. »Nun, vielen Dank für nichts, Val.«

»Dieses überschäumende Temperament macht es einem so einfach, Ihnen zu helfen«, seufzte er. »Ich werde es mit Asien versuchen. Da drüben lieben sie amerikanische Komiker. Vielleicht können Sie die Rundreise durch die Nachtclubs mitmachen.«

Allein der Gedanke bereitete ihr Übelkeit. »Und einem Übersetzer Witze erzählen?« Schaudernd stellte sie sich in einer dieser Männerbars vor, während sich hinter ihr nackte Frauen lasziv um silberne Säulen ringelten. Derartige Schuppen kannte sie zur Genüge. Ihre ganze Jugend hatte sie im Schatten anderer Darsteller verbracht. »Vielleicht sollte ich aufgeben. Einpacken. Das Handtuch werfen.«

»Und was wollen Sie sonst tun?«

Sie hörte nicht: »Machen Sie das nicht, Ruby. Sie sind zu begabt, um einfach aufzugeben.« Vor sechs Jahren hätte er es gesagt.

»Ich habe ein halbes UCLA-Diplom in Literatur. Vielleicht bekomme ich damit eine Oberserviererstelle bei *Burger King*.«

»Dafür sind Sie exakt die richtige Persönlichkeit.«

Ruby musste lachen. Sie kannte Val schon sehr lange, seit ihren Anfängen im *The Comedy Store*. Er war stets ihr Fürsprecher gewesen, ihr größter Fan, aber in den letzten Jahren hatte sie ihn enttäuscht, und irgendwie schmerzte sie das noch mehr als ihre eigene Enttäuschung über sich selbst. Sie war schwierig geworden, launisch, zickig und vor allem *un*komisch. Sie konnte sich auch nicht erklären, was mit ihr nicht stimmte. Sie wusste nur, dass sie ständig gereizt war.

»Ich bin Ihnen für alles dankbar, was Sie für mich getan haben, Val. Wirklich. Ich weiß, wie schwer es ist, für eine untalentierte Primadonna zu arbeiten.«

Als die Worte heraus waren, erkannte Ruby, was sich dahinter verbarg. Ein Abschied, ein Schluss. Und das Schlimmste daran war, dass auch Val es merkte, aber er sagte nicht, sie solle es sich noch einmal überlegen, ein Aufgeben wäre ebenso voreilig wie unvernünftig, sondern: »Sie haben mehr Talent als viele andere. Sie können jeden verdammten Raum mit Ihrem Lächeln zum Strahlen bringen, und Ihr Witz ist messerscharf.« Er beugte sich über den Schreibtisch zu ihr. »Ich möchte Sie etwas fragen. Wann haben Sie aufgehört zu lächeln, Ruby?«

Sie wusste natürlich, wann, in ihrem ersten Jahr auf der High School. Aber an diese Zeit wollte sie sich nicht erinnern, ebenso wenig, wie sie Val antworten wollte.

Die Gegenstände in einem Spiegel sind näher, als sie scheinen. Das traf auch für Erinnerungen zu. Es war besser, nicht zurückzudenken.

»Ich weiß es nicht.« Sie vermied es, ihn anzusehen. Sie wünschte, Val zeigen zu können, wie verängstigt sie war, wie einsam und verlassen sie sich fühlte. Wenn es ihr nur einmal gelang, einem Freund ihre Empfindungen zu offenbaren, würde vielleicht alles gut.

Aber sie schaffte es nicht. Sosehr sie sich auch bemühte. Ruby konnte ihre Schutzmauern nicht einreißen. Ihre Gefühle waren so fest in ihrem Inneren versiegelt, dass jede Wunde, jede Erinnerung frisch blieb.

»Nun«, sagte sie schließlich, straffte die Schultern und plusterte die flache Brust auf. Flüchtig hatte sie den Eindruck, dass sie aussah wie ein verletzter Sperling, der versuchte, einen Bussard zu beeindrucken. »Ich sollte jetzt besser gehen. Ich muss mir noch Netzstrümpfe und eine Dose Sprühgas besorgen, wenn ich auf den Strich gehen will.«

Val lächelte dünn. »Ich werde die Chancen in Asien erkunden. In ein paar Tagen reden wir wieder miteinander.«

»Danke.« Sie hätte gern noch etwas hinzugefügt, vielleicht sogar ein bisschen gebettelt, aber ihre Kehle kam ihr vor wie zugeschnürt.

Val stand auf und kam um den Schreibtisch herum. Das Mitgefühl in seinen Augen entging ihr nicht. »Sie haben sich selbst verloren«, sagte er leise.

»Ich weiß.«

»Hören Sie auf mich, Ruby. Ich weiß, wie das ist. Sie müssen ganz von vorn anfangen.«

Sie schluckte. Diese Art von Aufrichtigkeit leistete man sich fast nur noch in anderen Landesteilen, wo die Zeit nach Jahreszeiten oder Ebbe und Flut gemessen wurde. Hier in L. A. verging sie in 30-Sekunden-Intervallen, und dieser Druck war ausgesprochen schädlich für Gefühle. »Machen Sie sich keine Sorgen um mich, Val. Unkraut vergeht nicht. Und jetzt fahre ich nach Hause und lerne Japanisch.«

Er legte ihr eine Hand auf die Schulter und drückte zu. »Gut. Sehr gut.«

»*Sayonara*.« Sie winkte kokett und tänzelte aus dem Raum. Aber leicht war es nicht, in einer verschwitzten Kellnerinnenuniform eine Show abzuziehen, und sobald sie das Büro verlassen hatte, legte sie ihr falsches Lächeln ab. Wie benommen betrat sie den Lift, fuhr in die Lobby hinunter und lief zu ihrem Auto. Der VW neben der Parkuhr sah aus wie ein halb toter Junikäfer. Sie setzte sich hinter das Steuer und fuhr sofort wieder hoch. Der Sitz war kochend heiß.

An ihrer Windschutzscheibe klebte ein Strafzettel.

Sie kurbelte die Scheibe herunter und zerrte das Knöllchen unter dem Wischerblatt hervor. Sie knüllte es zusammen und warf es zum Fenster hinaus. Dieser Rostlaube ein Knöllchen zu verpassen und auch noch zu erwarten, dass es bezahlt wurde, war für sie so, als würde man in einem Obdachlosenasyl eine Rechnung aufs Kopfkissen legen.

Bevor der Strafzettel auf dem Asphalt landete, startete sie den Motor und fädelte sich in den lebhaften Verkehr auf dem Wilshire Boulevard ein.

Im Valley waren die Straßen ruhiger. Ein paar Kinder spielten lustlos in ihren vertrockneten Vorgärten. Bei der hohen Brandgefahr verschwendete niemand Wasser für Planschbecken oder Rasensprenger.

Ruby machte einen Bogen um einen riesigen Bernhardiner, der mitten auf der Fahrbahn döste, und hielt vor ihrem Haus.

Sich den Schweiß von der Stirn wischend, lief sie die Treppe hinauf. Niemand kam aus der Wohnung, um sie zu begrüßen, es war zu verdammt heiß. Vermutlich hockten ihre Nachbarn nach Luft schnappend vor den dröhnenden Klimaanlagen in ihren Apartments. Es war die L.-A.-Variante von Höhlenmenschen, die sich um ein Feuer scharten.

Als sie ihr Stockwerk erreicht hatte, schnaufte Ruby und war genauso nass wie Shelley Winters nach ihrer Schwimmrunde in *Die Höllenfahrt der Poseidon*. Schweiß rann ihr von der Stirn in die Augen, machte sie nahezu blind.

Sie brauchte einige Zeit, um die Tür zu öffnen. Das war nicht ungewöhnlich. Der zottelige Teppich hatte sich gewellt und blockierte den Eingang. Irgendwann gewann sie den Kampf mit der Tür und stolperte in ihr Apartment.

Schwer atmend stand sie da, betrachtete ihre schäbige kleine Wohnung und spürte, dass ihr die Tränen kamen.

Wenn es doch nur regnen würde, dachte sie nicht unbedingt logisch.

Ihr ganzer verdammter Tag hätte anders verlaufen können, wenn das Wetter umgeschlagen wäre.

2. Kapitel

Der Juni stellte die Bewohner von Seattle stets auf eine harte Probe. Es war die Zeit, in der die Schulglocken letztmals vor den Ferien klingelten, Pfingstrosen und Rittersporn blühten und die Einheimischen darüber zu klagen begannen, dass sie benachteiligt wurden. Im Oktober hatte es zu regnen begonnen (wobei Alteingesessene regelmäßig schworen, so früh hätten die Regenfälle noch nie eingesetzt), und in der letzten Maiwoche zeigten selbst die meteorologisch kundigen Bürger akute Anzeichen von Überdruss. Trübsinnig verfolgten sie die TV-Nachrichten und sahen Menschen in wärmeren Gewässern schwimmen. Wenn sie mit Verwandten in südlicheren Gefilden kommunizierten, standen die mit ihren Handys bereits draußen im Freien, um die Steaks auf dem Grill zu bewachen. Überall sonst in den Vereinigten Staaten von Amerika war es längst Sommer.

Für die Einheimischen war es eine Sache der Fairness. Sie *verdienten* den Sommer. Sie hatten neun Monate mieses, kaltes Wetter ertragen, und es war allerhöchste Zeit, dass sich endlich die Sonne zeigte.

Kaum überraschend, dass es auch an dem Tag regnete, an dem Nora Bridge ihren fünfzigsten Geburtstag feierte. Sie betrachtete schlechtes Wetter nicht als böses Omen.

Vielleicht hätte sie es tun sollen.

Es gießt, dachte sie, natürlich ... Es regnete fast immer an ihrem Geburtstag.

Sie stand am Fenster ihres Büros, nippte an ihrem Lieblingsgetränk – Mumm-Champagner mit einer Pfirsichscheibe – und blickte auf den Verkehr auf der Broad Street hinaus.

Es war nachmittags, halb fünf. Hauptverkehrszeit in einer Stadt, deren Straßen den Anforderungen schon seit zehn Jahren nicht mehr genügten.

Auf dem Fensterbrett aus gekalktem Ahornholz standen Dutzende von Geburtstagskarten.

Sie hatte Glückwünsche und Geschenke von allen Mitarbeitern ihrer Sendung erhalten, aber Noras größte Freude war die Karte ihrer ältesten Tochter Caroline.

Natürlich wurde sie durch die Tatsache ein wenig gedämpft, dass auch in diesem Jahr kein Gruß von Ruby gekommen war.

»Morgen geht es dir wieder besser«, sagte sie leise zu ihrem Spiegelbild in der regennassen Scheibe.

Sie erging sich ein paar Minuten lang in Bedauern – über die Karte, die wieder ausgeblieben war – und riss sich dann zusammen. Das hatte sie in fünfzehn Jahren Therapie gelernt. Sie konnte die Dinge richtig einordnen.

In den letzten Jahren hatte sie ihre heftigen und widerstrebenden Emotionen endlich in den Griff bekommen. Die Zusammenbrüche und Depressionen gehörten der Vergangenheit an, waren nur noch eine ferne, schmerzliche Erinnerung.

Nora wandte sich vom Fenster ab und blickte auf die Uhr auf ihrem Schreibtisch. Es war vier Uhr achtunddreißig.

Im Konferenzraum wurde gerade letzte Hand an das Büfett gelegt, stellte man Champagnerflaschen und Platten mit Pfirsichschnitzen bereit. Assistenten, PR-Mitarbeiter, Autoren und Produzenten machten sich bereit, eine Stunde ihrer kostbaren Freizeit einer »Überraschungsparty« für den neuesten Talk-Radio-Star zu widmen.

Nora stellte ihre Sektflöte auf den Schreibtisch, öffnete eine Schublade und zog eine schwarze Chanel-Puderdose hervor. Sie fuhr sich über Nase und Wangen und verließ den Raum.

Auf den Fluren herrschte ungewöhnliche Ruhe. Offenbar waren alle mit Partyvorbereitungen beschäftigt. Punkt Viertel vor fünf betrat Nora den Besprechungsraum. Er war leer.

Kein Champagner, keine Platten mit Häppchen standen auf dem langen Konferenztisch, keine bunten Konfettischnipsel lagen auf dem Boden. Ein einsames Happy-Birthday-Banner hing von den Neonröhren an der Decke. Es sah aus, als hätte jemand mit dem Dekorieren begonnen, dann aber abrupt abgebrochen.

Es dauerte einen Moment, bis sie die beiden Männer bemerkte, die links von ihr standen. Es waren Bob Wharton, Eigentümer und Manager des Senders, und Jason Close, der Hausanwalt.

»Hallo, Bob, hallo, Jason.« Lächelnd ging Nora auf sie zu. »Wie schön, Sie zu sehen.«

Die Männer wechselten einen schnellen Blick.

Sie spürte plötzliches Unbehagen. »Bob?«

Bob verzog das durch exzessiven Zigarettenkonsum vorzeitig gealterte Gesicht. »Es gibt ein paar unerfreuliche Neuigkeiten.«

»Die wären?«

Jason Close trat an Bob Wharton vorbei auf Nora zu. Seine eisgrauen Haare waren makellos gekämmt. Ein schwarzer Armani-Anzug ließ ihn aussehen wie einen vierzigjährigen Mafiaboss. »Vor wenigen Stunden bekam Bob den Anruf eines gewissen Vince Corell.«

Nora kam es vor, als hätte man sie ins Gesicht geschlagen. Sie wollte tief durchatmen, bekam aber kaum Luft.

»Er behauptete, während Ihrer Ehe eine Affäre mit Ihnen gehabt zu haben. Er will sich sein Schweigen von uns teuer erkaufen lassen.«

»Großer Gott, Nora«, fauchte Bob aufgebracht. »Eine verdammte *Affäre*. Praktisch unter den Augen Ihrer Kinder. Das hätten Sie uns sagen müssen.«

Tausende Male hatte sie ihren Zuhörern und Lesern geraten, Stärke und Selbstbewusstsein zu zeigen: Lassen Sie sich Ihre Angst nicht anmerken. Glauben Sie an sich selbst, und man wird Ihnen glauben ... Aber jetzt, da sie Stärke brauchte, konnte sie sie nicht aufbringen. »Ich könnte erklären, dass das eine Lüge ist«, sagte sie und merkte selbst, wie hilflos und verzweifelt ihre Stimme klang.

»Hier.« Jason öffnete seinen Aktenkoffer und zog einen Umschlag hervor.

Nora nahm ihn mit zitternden Händen entgegen und öffnete ihn.

In dem Umschlag befanden sich mehrere Schwarzweißfotos. Sie brauchte nicht lange in ihnen zu blättern, um zu wissen, worum es sich handelte.

»O Gott«, entfuhr es ihr. Sie streckte eine Hand nach dem am nächsten stehenden Stuhl aus und umfasste die Lehne. Nur ihre Willenskraft bewahrte sie davor, zu Boden zu sinken. Sie stopfte die Fotos in den Umschlag zurück.

»Dagegen muss man doch etwas unternehmen können.« Sie blickte Jason an. »Mit einer einstweiligen Verfügung beispielsweise. Das sind Privataufnahmen.«

»Ja, seine. Es ist offensichtlich, dass Sie vor der Kamera posierten. Wahrscheinlich hat er die ganze Zeit darauf gewartet, dass Sie bekannt und berühmt werden. Offenbar gab die Story in *People* den Ausschlag.«

Nora holte tief Luft und sah die beiden Männer an. »Wie viel verlangt er?«

Jason Close kam noch näher. »Eine halbe Million Dollar.«

»Eine derartige Summe kann ich unmöglich ...«

»Mit Geld schafft man so etwas nicht aus der Welt, Nora. Das wissen Sie auch. Früher oder später kommt alles heraus.«

Sie begriff auf Anhieb, was das bedeutete. »Sie haben seine Forderung abgelehnt. Und jetzt wendet er sich an die Boulevardpresse.«

Jason nickte. »Tut mir Leid, Nora.«

»Aber ich kann es meinen Fans erklären«, sagte sie fast tonlos. »Sie werden es verstehen ...«

»Sie erteilen *moralische* Ratschläge, Nora, sind quasi eine ethische Instanz.« Bob schüttelte den Kopf. »Himmel, wir haben Sie als moderne Version von Mutter Teresa aufgebaut. Und nun entpuppen Sie sich als lasziver Betthase.«

Nora zuckte zusammen. »Das ist nicht fair, Bob.«

»Die Bewohner provinzieller Trailerparks werden *kein* Verständnis dafür haben, dass ihr Idol eben gewisse Freiheiten brauchte«, sagte Close. »Glauben Sie uns.«

Bob nickte. »Sobald diese Fotos bekannt werden, verlieren wir unverzüglich Werbeminuten.«

Nora verkrampfte die Hände und versuchte, gelassen zu wirken. Sie wusste, dass es ihr nicht gelang. »Und was wollen wir tun?«

Schweigen. Blicke. Dann sagte Jason: »Wir möchten Ihnen vorschlagen, sich zunächst einmal Urlaub zu nehmen.«

Das alles kam zu plötzlich. Ihre Gedanken überschlugen sich. Sie wusste nur, dass sie nicht aufgeben konnte. Ihre Karriere war ihr *Leben.* »Aber ich kann doch nicht ...«

Jason Close legte ihr eine Hand auf die Schulter. »Seit Jahren raten Sie den Menschen, ihre Verpflichtungen ernst zu nehmen und ihrer Familie Priorität einzuräumen. Wie lange wird die Presse Ihrer Meinung nach für die Feststellung benötigen, dass Sie seit Ihrer Scheidung kein Wort mehr mit Ihrer Tochter gewechselt haben? Glauben Sie nicht, dass Ihre Ratschläge dann mehr als hohl klingen müssen?«

Wieder nickte Bob. »Die Medien werden Sie zerfetzen, Nora. Nicht, weil Sie es verdient hätten, sondern weil es in ihrer Macht steht. Die Boulevardpresse liebt Promiskandale – und dann auch noch mit eindeutigen Fotos. Himmel, man wird sich vor Begeisterung die Finger lecken.«

Nora hatte das Gefühl, den Boden unter den Füßen zu verlieren. »Die Dinge beruhigen sich auch wieder«, flüsterte sie. »Ich werde einige Wochen Urlaub nehmen und abwarten, was geschieht. Mir eine überzeugende Stellungnahme überlegen.«

»Es handelt sich natürlich um einen lange geplanten Urlaub«, sagte Close. »Wir wollen keinen Verdacht aufkommen lassen, der Zeitpunkt könnte etwas mit dem Skandal zu tun haben.«

»Danke.«

»Ich hoffe, Sie überstehen alles relativ unbeschadet«, bekräftigte Close.

»Das hoffen wir alle«, fügte Wharton hinzu. Nach einem kurzen, verlegenen Schweigen verließen sie den Konferenzraum. Gleich darauf fiel die Tür hinter ihnen ins Schloss.

Reglos stand Nora da und konnte die Tränen nicht mehr zurückhalten. Nach elf Jahren harter Arbeit mit Siebzigstundenwochen war auf einen Schlag alles vorbei.

Ein paar vor vielen Jahren aufgenommene Nacktfotos zerstörten nun ihr Leben. Bald könnte alle Welt lesen, was für eine Heuchlerin sie war, ebenso wie – o Gott! – ihre Töchter.

Schließlich würden sie erfahren, dass ihre Mutter eine Ehebrecherin war, die sie alle schamlos belogen hatte, als sie ihre Ehe beendete.

Ruby erwachte mit bohrenden Kopfschmerzen. Sie hatte den ganzen Tag verschlafen.

Sie schleppte sich in die Küche und öffnete den Kühlschrank. Die Beleuchtung ließ sie die Augen zukneifen. Blinzelnd griff sie nach dem Orangensaft und trank aus dem Behälter. Safttropfen liefen ihr über das Kinn. Sie wischte sie mit dem Handrücken fort.

Sie ging ins Wohnzimmer, lehnte sich an die Wand, rutschte dann an ihr herunter und streckte die Beine von sich. Eigentlich sollte sie sich in Chang's Mini-Markt eine Zeitung holen, aber schon der Gedanke an die Stellenangebote war mehr, als sie ertragen konnte. Der Job bei *Irma's* war nichts Tolles gewesen – ganz im Gegenteil –, aber immerhin etwas. Sie brauchte sich nicht an eine lange Schlange anzustellen, um mit den Worten »Ich bin eine wirklich gute Komikerin« um eine Chance zu betteln. Als wäre sie etwas Besonderes und nicht eine weitere Verliererin in den Scharen von Männern und Frauen, die ohne Rückfahrticket, dafür aber mit einem Traum nach Hollywood kamen.

Das Telefon klingelte.

Ruby hatte keine Lust, den Hörer abzunehmen. Auf gute Nachrichten wagte sie nicht einmal zu hoffen. Im besten Fall war es Caroline, ihre Yuppieschwester, die sich zweier tadellos geratener Kinder und eines attraktiven Ehemannes erfreute.

Natürlich war nicht auszuschließen, dass Dad sich endlich an sie erinnert hatte, doch das bezweifelte Ruby. Seit er wieder geheiratet und eine neue Familie gegründet hatte, interessierte er sich mehr für das Windeln und Füttern von Babys als für das Wohl und Wehe seiner erwachsenen Tochter. Sie konnte sich kaum erinnern, wann er sie eigentlich das letzte Mal angerufen hatte.

Der Apparat klingelte und klingelte.

Irgendwann kroch sie über den Teppich und griff nach dem Hörer. »Hallo?«, knurrte sie ungehalten in die Muschel. Sie war nun einmal schlechter Stimmung, warum sollte sie das verbergen?

»Großer Gott, nun reißen Sie mir doch nicht gleich den Kopf ab.«

Ruby wollte ihren Ohren nicht trauen. »Val?«

»So ist es, Darling. Hier spricht Ihr Lieblingsagent.«

Sie runzelte die Stirn. »In Anbetracht der Tatsache, dass meine Karriere auf dem absoluten Tiefpunkt angekommen ist, hören Sie sich verblüffend gut gelaunt an.«

»Ich *bin* gut gelaunt. Gestern habe ich wegen eines Engagements für Sie buchstäblich jeden angerufen, der mir einfiel. Ich sage es wirklich nicht gern, Baby, aber niemand will Sie beschäftigen. Mit einer einzigen Ausnahme. Diese knickrige Kreuzfahrtlinie ist bereit, Sie für den Sommer zu engagieren, wenn Sie sich aller Obszönitäten enthalten und einen mit orangefarbenen Pailletten besetzten Minirock anziehen, damit Sie nach Ihrem Auftritt dem Zauberer zur Hand gehen können.«

Rubys Kopfschmerzen wurden schlimmer. Sie rieb sich die Schläfen. »Ich nehme an, Sie wollen mir mitteilen, dass mir ein Mann namens Big Dick einen leicht anrüchigen Job an der Kreuzung Hollywood und Vine anbietet.«

Val lachte. Es war ein dröhnendes, offenes Lachen ohne die verräterischen Untertöne, an die sie mittlerweile gewöhnt war. Die Klienten eines Agenten müssen ein feines Gehör für die feinen Nuancen von Enthusiasmus haben. Diese Fähigkeit erwirbt man im harten Kampf ums Überleben in der Showbranche. »Sie werden es nicht glauben. Verdammt, ich habe es ja selbst kaum geglaubt. Raten Sie doch mal, wer mich heute angerufen hat.«

»Heidi Fleiß.«

In der sich anschließenden Stille hörte Ruby Vals Atemzüge. Er rauchte. »Joe Cochran.«

»Der von *Uproar*? Machen Sie keine Witze mit mir, Val. Ich bin ein bisschen ...«

»Nein, im Ernst. Joe Cochran hat mich angerufen. Er möchte Sie für die morgige Show. Einer seiner Gueststars musste unerwartet absagen.«

So schnell drehte sich die Welt? Gestern war Ruby der Verzweiflung nahe, heute wollte Joe Cochran sie engagieren.

Der Gastgeber der angesagtesten, hippsten Talkshow im ganzen Land. Auch der Sender befleißigte sich der Political Correctness, aber weil *Uproar* über Kabel in die Haushalte flimmerte, kamen auch gewagtere Themen zur Sprache – und kesse Sprüche wurden durchaus geschätzt. Die Sendung galt als *die* Chance für junge Komiker. Auch wenn sie so jung nicht mehr waren.

»Er gibt Ihnen einen Zweiminutenauftritt. Na, wie finden Sie das, Kiddo? Sie sollten sich unverzüglich in die Vorbereitung stürzen. Morgen Vormittag um elf lasse ich Sie mit dem Wagen abholen.«

»Danke, Val.«

»Keine Ursache, Darling. Das haben Sie sich selbst zu verdanken. Viel Glück.«

»Und was ist das Thema der Sendung?«, fragte Ruby noch schnell, bevor sie den Hörer wieder auflegte.

»Ach ja.« Sie hörte Papier rascheln. »Vergehen und ihre Folgen: Sind Mommy und Daddy für alles verantwortlich?«

Ruby hätte es wissen müssen. »Sie wollen mich, weil ich *ihre* Tochter bin.«

»Na und? Macht Ihnen das etwas aus?«

»Nein.« Es stimmte. Es war ihr gleichgültig, aus welchem Grund Cochran sie in seiner Sendung haben wollte. Endlich, nach Jahren drittklassiger Auftritte in verqualmten Bars, in Städten, an deren Namen sie sich nicht einmal mehr erinnerte, wurde ihr landesweite Aufmerksamkeit zuteil.

Ruby dankte Val noch einmal und beendete das Gespräch. Ihr Herz klopfte so heftig, dass ihr fast schwindlig wurde. Selbst das schäbige Zimmer sah plötzlich viel besser aus. Aber lange würde sie hier ohnehin nicht mehr wohnen. Sie war auf dem Weg nach oben, ein aufgehender Stern im Showbiz.

Sie lief ins Schlafzimmer und riss die Schranktüren auf. Alle ihre Kleidungsstücke waren schwarz.

Aber etwas Neues konnte sie sich nicht leisten …

Dann erinnerte sie sich an den schwarzen Kaschmirpullover. Ein Geschenk ihrer Mutter zu Weihnachten vor zwei Jahren, in einem Paket mit Carolines Absender. Obwohl sie alle schuldbewussten Präsente ihrer Mutter ungeöffnet zurückgehen ließ, hatte der Pullover sie in Versuchung geführt. Und sobald sie die wunderweiche Wolle berührt hatte, konnte sie das gute Stück nicht mehr zurückschicken.

Sie zog den schwarzen Pullover mit V-Ausschnitt heraus und warf ihn aufs Bett.

Morgen würde sie ihn mit Ketten aufpeppen und zu einem schwarzen Lederminirock über schwarzen Strumpfhosen tragen. Genau wie Janeane Garofalo.

Nachdem sie ihre Kleidung herausgesucht hatte, stieß sie die Zimmertür mit dem Fuß zu und betrachtete sich in dem innen an der Tür angebrachten Spiegel.

In einem alten Footballjersey ihres Vaters und roten Kniestrümpfen sah sie einer Karikatur ähnlicher als sich selbst. Ihre kurzen schwarzen Haare klebten ihr am Kopf wie eine Imitation von Johnny Rotten. Schlaffältchen zeichneten sich auf ihrem blassen Gesicht ab, altes, fleckiges Make-up umrandete ihre Augen.

»Ich heiße Ruby Bridge«, sagte sie laut, griff sich eine Bürste vom Frisiertisch und hielt sie sich wie ein Mikro an die Lippen. »Ihnen kommt der Nachname bekannt vor? Sie haben Recht. Sie ist meine Mutter. Ich bin die Tochter von Nora Bridge, *der* hehren Instanz in Beziehungsfragen.« Ruby schob die Hüfte vor und stellte sich vor, wie sie morgen aussehen würde: die Haare blau getönt, ein Dutzend Glitzerketten um den Hals, die Augen schwarz getuscht. »Sehen Sie mich doch an. Und *die* Frau will Ihnen raten, wie man Kinder erzieht? Es ist wie in den TV-Werbespots, in denen Promis auftreten und über Kindererziehung sprechen. Und wen wählt sich Hollywood dazu aus?

Eine Bande von Magersüchtigen, Alkoholikern, Drogenabhängigen und Serientätern in Sachen Eheschließung. Menschen, die seit Jahren keine zehn Minuten mehr mit einem Kind verbracht haben. Ausgerechnet die wollen Ihnen vorschreiben, wie man Kinder aufzieht. Es ist wie ...«

Das Telefon klingelte.

»Verdammt!« Ruby rannte ins Wohnzimmer und zerrte die Schnur aus der Steckdose. In den nächsten vierundzwanzig Stunden wollte sie nicht gestört werden. Sie musste sich auf ihren Auftritt vorbereiten.

Wie alle großen Städte sah San Francisco in der Dunkelheit wundervoll aus. Vielfarbig funkelnde Neonbeleuchtungen machten aus der Stadt am Rand der nachtschwarzen Bucht ein märchenhaftes Lichtermeer.

Sehnsüchtig blickte Dean Sloan auf das faszinierende Panorama hinter den hohen Fenstern. Bedauerlicherweise konnte er seinen Platz nicht verlassen. Die Regeln des höflichen Anstands hielten ihn auf seinem Stuhl fest.

Im Ballsaal der opulenten Villa auf Russian Hill standen rund ein Dutzend Tische, jeder mit goldenem Stoff unter durchscheinender Seide gedeckt. Das Porzellangeschirr war schneeweiß, gesäumt von einem Platinrand. An jedem Tisch saßen vier oder fünf Paare und plauderten gepflegt miteinander. Die Frauen trugen kostbare Abendkleider, die Männer Smokings. Die Gastgeberin hatte ihre Gäste aus den reichsten Familien von San Francisco ausgewählt. Die Ergebnisse des heutigen Benefizdinners sollten der Oper zugute kommen, obwohl sich Dean Sloan ernsthaft fragte, wie viele der Gäste sich wirklich für Musik interessierten. Ihnen ging es vor allem darum, gesehen zu werden, und – noch wichtiger – bei *guten Taten*.

Seine Begleiterin, eine blasse, zarte Frau namens Sarah Brightman-Edginton, legte ihm eine Hand auf seinen Oberschenkel, und Dean Sloan wusste, dass er zu lange geschwiegen hatte. Er drehte sich zu ihr um und lächelte fast überzeugend.

»Das war wundervoll ausgedrückt. Findest du nicht auch?« Sie griff nach ihrem Champagnerglas und trank einen Schluck.

Sloan hatte keine Ahnung, wovon sie sprach, aber ein schneller Blick durch den Raum verschaffte ihm die nötigen Informationen. Neben dem Steinway-Flügel stand eine nicht mehr taufrische, aber gut erhaltene Frau in einem täuschend schlichten, blauen Kleid. Offenbar hatte sie sich gerade in ergreifenden Worten über die Oper geäußert und ihren Gästen im Voraus für ihre uneigennützigen Spenden gedankt. Nichts gefiel den Reichen und Wohlhabenden mehr, als sich den Anschein der Großzügigkeit zu geben.

Es war der offizielle Beginn vom Ende des Abends, wusste er aus Erfahrung. Es würde zwar noch ein bisschen getanzt, geschmalzt und auch getratscht, aber schon bald spräche nichts mehr gegen einen unauffälligen Aufbruch.

Beifall brauste auf, dann wurden Stühle gerückt.

Dean griff nach Sarahs Hand und strebte mit ihr dem Tanzparkett zu. Die Band spielte etwas Romantisches, Langsames, ein Lied, das ihm vage bekannt vorkam.

Er zog sie an sich, glitt mit der Hand sacht über ihr tiefes Rückendekolleté und spürte, wie sie unter seiner Berührung erschauerte.

Um sie herum ließen sich die Gäste von den Klängen treiben. Über ihnen an der Saaldecke funkelten tausend winzige Lichter wie Sterne. Ein leichter Rosenduft lag in der Luft.

Aber vielleicht war es auch der Geruch des Geldes …

Er blickte in Sarahs Gesicht und bemerkte zum ersten Mal, wie schön ihre grauen Augen waren. Ohne zu überlegen, beugte er sich vor, küsste sie und schmeckte den Champagner, den sie getrunken hatte. Der Kuss sagte ihm, wie der

Abend enden würde. Wenn er wollte, könnte er mit ihr die Villa verlassen und zu sich nach Hause fahren. Einwände oder gar Protest waren nicht zu erwarten. Danach würde er vermutlich noch einige Male mit ihr schlafen, um sie dann irgendwann zu vergessen. Im letzten Jahr hatte ihn eine lokale Zeitung wegen seiner zahllosen Blitzaffären als den unbegehrenswertesten Junggesellen von San Francisco bezeichnet. Was im Ansatz durchaus der Wahrheit entsprach: Er hatte mit Dutzenden der hinreißendsten Frauen geschlafen.

Was der Journalist jedoch nicht gewusst, ja, nicht einmal geahnt hatte, war die Tatsache, dass Dean Sloan all dessen mehr als überdrüssig war. Mit neunundzwanzig Jahren kam er sich bereits uralt vor. Geld. Einfluss. Frauen, die nur seinen Namen zu hören brauchten, um weich wie Wachs zu werden. Seit mehr als einem Jahr hatte Dean das unangenehme Gefühl, dass in seinem Leben etwas nicht stimmte, etwas fehlte.

In der Annahme, es handele sich um berufliche Defizite, hatte er sich zunächst noch intensiver in die Arbeit gestürzt, bis er bei Harcourt and Sons an die achtzig Stunden wöchentlich schuftete. Doch damit hatte er nur noch mehr Geld gemacht, während sich das unbehagliche Grummeln in seinem Innern ständig verstärkte.

Er hatte versucht, mit seinem Vater darüber zu sprechen. Wie gewöhnlich ohne jeden Erfolg. Edward Sloan war ein charmanter, aber leichtfertiger Playboy, der jedes Mal sprang, wenn seine Frau pfiff. Mutter war die Ehrgeizige in der Familie und eine Frau, der innere Erfüllung oder Befriedigung wenig bedeuteten. Ihr Kommentar lautete genauso, wie er erwartet hatte: Ich habe den Betrieb dreißig Jahre lang geleitet, jetzt bist du dran. Ich will keine Klagen hören …

Aus ihrer Sicht ließ sich dagegen kaum etwas einwenden. Unter der eisernen Hand seiner Mutter war die von ihrem

Großvater gegründete und von ihrem Vater erweiterte Firma zu einem 100-Millionen-Dollar-Unternehmen geworden. Dieser Erfolg war ihr Bestätigung genug. Aber für Dean hatte er einen hohlen Klang.

Er hatte sogar versucht, mit seinen Freunden darüber zu reden, aber schnell wurde deutlich, dass ihn keiner von ihnen so recht verstand. Und das war kaum überraschend. Schließlich kamen sie alle aus den gleichen Verhältnissen. Dean Sloan war in einer nur geringfügig anderen Welt aufgewachsen.

Lopez Island ... Insel des Lichts ...

Er hatte zehn glückliche Jahre auf den San Juan Islands verbracht. Dort waren er und sein Bruder Eric ganz normale, unbeschwerte Jungen gewesen. Die Inseln hatten Dean Sloan geprägt; sie waren der Ort, an dem er sich vollkommen wohl fühlen konnte.

Prompt musste er auch an Ruby denken, wenn er sich an die Inseln erinnerte. Bevor sie durchdrehte und alles zerstörte, hatte sie ihm gezeigt, wie wundervoll die Liebe ist.

Und ihm dann bewiesen, wie schnell Träume zerrinnen können.

Dean seufzte. Er wünschte, er hätte nicht gerade jetzt an Ruby denken müssen, wo er eine bereitwillige Schöne in den Armen hielt.

Plötzlich fühlte er sich wie ausgelaugt. Viel zu erschöpft, um die Nacht mit einer Frau zu verbringen, für die er nichts empfand.

»Ich bin ein bisschen müde«, sagte er und fragte sich flüchtig, ob das wirklich gelogen war.

Sie lächelte zu ihm auf und entblößte zwei Reihen strahlend weißer Zähne. Ihre Hand wanderte über seinen Arm und legte sich in seinen Nacken. Wie besitzergreifend sie doch alle sind, dachte er gereizt. Aber vielleicht sah er das allzu verkniffen.

»Ich auch«, zirpte sie. »Ich wohne gleich in der Nähe.«

Er griff nach ihrer Hand und küsste sie. »Nein, es geht mir wirklich nicht sonderlich gut. Und morgen früh muss ich bei einer Konferenzschaltung mit Tokio topfit sein. Ich würde dich jetzt lieber nach Hause bringen. Das heißt, wenn es dir nichts ausmacht ...?«

Sie schmollte ganz bezaubernd, und er fragte sich unwillkürlich, ob das eine der Fertigkeiten war, die reiche, junge Mädchen auf Schulen wie der von Miss Porter lernten. Wenn nicht, war es von Generation zu Generation so umsichtig weitergegeben wie das Geheimnis des Feuers.

»Ich rufe dich morgen an«, sagte er. Im Moment war eine Lüge harmoniedienlicher, als Sarah Brightman-Edginton gleich durch die Wahrheit zu verletzen.

Sobald er seine Entscheidung getroffen hatte, konnte Dean Sloan den Ballsaal gar nicht schnell genug verlassen. Wendig wie ein Tour-de-France-Fahrer schlängelte er sich durch die Menge, verabschiedete sich von den wenigen Menschen, die ihm wirklich etwas bedeuteten, holte Sarahs Stola (Pelz im *Juni*?) und eilte auf die Säulenveranda hinaus.

Während sie auf Deans Wagen warteten, schwatzte Sarah über dies und das. Höflich hörte er ihr zu und gab, wie er hoffte, die richtigen Antworten. Endlich röhrte der schwarze Aston Martin heran und blieb mit quietschenden Reifen vor der Freitreppe stehen. Ein Parkwächter in Livree sprang heraus und lief um das Auto herum, um Sarah die Beifahrertür zu öffnen.

Dean nickte dem Mann über das Wagendach hinweg zu. »Vielen Dank, Ramon«, sagte er und glitt hinter das Steuer. Er zog die Tür zu, startete den Motor und schoss los.

»Woher kennst du den Namen des Mannes?«, wollte Sarah nach ein oder zwei Minuten wissen.

»Ich habe ihn bei der Ankunft danach gefragt.«

»Oh.«

Sarah versank in nachdenkliches Schweigen. Dean blickte sie an, musterte ihr gemmenhaftes Profil vor der getönten Fensterscheibe. »Was ist? Gehört es sich nicht, seinen Namen zu kennen?«

So etwas wie Missbilligung überflog ihr Gesicht. Sie hob eine Hand und deutete durch die Windschutzscheibe. »Dort wohne ich.«

Dean fuhr auf die kreisförmige Auffahrt und parkte unter einer antiken Straßenlaterne.

Mit einem leichten Stirnrunzeln wandte sie sich ihm zu. »Du bist anders, als ich erwartet habe. Anders als alles, was man so über dich hört …«

Er fuhr sich mit der Hand durch die blonden, zu langen Haare. »Ich hoffe, das ist positiv gemeint. Dass ich anders bin, meine ich.«

»Durchaus«, erwiderte sie leise. »Wir sehen uns nicht wieder, oder?«

»Sarah, ich …«

»*Oder?*«, fiel sie ihm heftig ins Wort.

Dean Sloan holte tief Luft. »Es liegt nicht an dir, Sarah, sondern an mir. Neuerdings fühle ich mich irgendwie rastlos. Ich bin wirklich keine anregende Gesellschaft.«

Sie lachte. Ein silbriges, perlendes Lachen, das ebenso künstlich wie eingeübt klang. »Du bist jung, wohlhabend und abgesichert. Natürlich fühlst du dich *irgendwie rastlos*. Arme sind hungrig und vom Ehrgeiz getrieben, Reiche satt und gelangweilt. Großer Gott, ich langweile mich seit der Grundschule.«

Dean hatte keine Ahnung, was er darauf erwidern sollte. Schweigend stieg er aus, lief um die Kühlerhaube herum und öffnete die Beifahrertür. Er legte leicht eine Hand um ihre Taille und begleitete sie zur Tür ihres Elternhauses, einer auf einem Hang liegenden Villa. »Du bist viel zu schön, um dich zu langweilen«, sagte er leise.

Traurig sah sie ihn an. »Du auch.«

Dean küsste sie auf die Wange, kehrte zu seinem Wagen zurück und raste nach Hause.

Eine knappe Viertelstunde später stand er in seinem Wohnzimmer, blickte auf die nächtliche Stadt hinaus und trank handwarmen Cognac aus einem Schwenker. An den Wänden hingen gerahmte Fotografien – sein Hobby. Früher hatte ihm ihr Anblick Freude bereitet. Jetzt erinnerten ihn die Bilder an alles, was in seinem Leben schief gelaufen war.

Hinter ihm klingelte das Telefon. Er wartete darauf, dass seine Haushälterin Hester an den Apparat ging, erinnerte sich dann aber daran, dass Hester zu Besuch bei ihren Kindern war. Er lief zur milchkaffeebraunen Wildledercouch, ließ sich in die Polster fallen und nahm den Hörer ab. »Sloan.«

»Dino? Bist du es?«

»Eric? Wo zum Teufel steckst du?« Dean war verblüfft. Wann hatte er das letzte Mal von seinem Bruder gehört? Vor einem Jahr? Vor achtzehn Monaten?

»Sitzt du bequem?«

»Das hört sich gar nicht gut an.«

»Es ist auch nicht gut. Ich sterbe.«

Dean kam es vor, als hätte ihm jemand einen Tiefschlag verpasst. Ihm wurde eiskalt. »Aids?«, flüsterte er heiser.

Eric lachte. »Wir bekommen auch andere Krankheiten, wie du weißt. Ich habe mich für Krebs entschieden.«

»Wir sorgen dafür, dass du die bestmögliche Behandlung bekommst. Ich werde sofort ein paar Leute anrufen. Mark Foster sitzt noch immer im Vorstand des …«

»Ich *hatte* die beste Behandlung, die besten Ärzte«, unterbrach ihn Eric.« Er holte tief Luft. »Mir bleibt nicht mehr viel Zeit.«

Dean wurde die Kehle eng, er konnte kaum noch atmen. »Du bist gerade einmal dreißig Jahre alt«, sagte er, als könnte das etwas ändern.

»Ich hätte es dir gleich nach der ersten Diagnose sagen sollen, aber ... Ich dachte immer: Ich erzähle es ihm, wenn es überstanden ist. Dann können wir gemeinsam darüber lachen.«

»Gibt es zumindest eine kleine Chance, dass wir irgendwann darüber lachen können?«

Eric brauchte einen Moment für die Antwort. »Nein.«

»Was kann ich tun?«

»Ich fahre auf die Insel. Lottie ist schon da und bereitet alles vor.«

»Die Insel«, wiederholte Dean langsam. Die Atmosphäre im Raum nahm etwas Unausweichliches an. Es war, als hätte Dean immer gewusst, dass sie sich irgendwann dort wiedersehen würden, wo alles begonnen hatte. Wo alles so furchtbar schief gelaufen war. Vielleicht hatte etwas in ihm darauf gewartet.

»Wirst du mich besuchen?«

»Selbstverständlich.«

»Ich möchte, dass wir wieder Brüder sind.«

»Das waren wir doch immer«, antwortete Dean unbehaglich.

»Nein«, widersprach Eric leise. »Wir waren Mitglieder derselben Familie. Brüder schon seit Jahren nicht mehr.«

3. Kapitel

Der Skandal brach mit wahrer Orkanstärke los. Die Fotos erschienen landesweit, und die Zeitungen und TV-Sender, die keine Rechte an ihnen besaßen, schilderten sie in allen entwürdigenden Einzelheiten.

Nora hatte sich in ihrem Wohnzimmer verschanzt und weigerte sich, das Haus zu verlassen. Die Vorstellung, gesehen werden zu können, entsetzte sie.

Ihre Assistentin Dee Langhor hatte schon frühmorgens auf der Schwelle gestanden (»Als ich davon hörte, bin ich sofort aufgebrochen«), und Nora war ihr ungemein dankbar. Jetzt saß Dee in Noras Privatbüro am Telefon.

Ein Gedanke überwog alle anderen Überlegungen in Noras Kopf: Sie hätte gestern Caroline anrufen und auf die bevorstehende Katastrophe vorbereiten müssen.

Aber wie brachte man seiner Tochter so etwas bei? *Ach übrigens, Schätzchen, wundere dich nicht über die Nacktfotos von mir, die morgen überall erscheinen werden ...*

Schließlich reagierte sie wie bei allen Problemen in ihrem Leben. Sie nahm zwei Schlaftabletten und stellte das Telefon ab. Nach dem Erwachen gönnte sie sich eine kleine Gnadenfrist, dann schaltete sie den Fernseher ein. Keine der Morgenshows ließ sich die Sensation entgehen.

Jetzt blieb ihr keine Wahl mehr. Sie musste Caroline anrufen.

Nora griff nach dem Apparat und wählte. Ihr Herz klopfte so heftig, dass sie das Rufzeichen kaum hören konnte.

»Hallo?«

Am liebsten hätte Nora sofort wieder aufgelegt. »Caro? Ich bin es. Mom.«

Stille. Das schier endlose Schweigen ihrer Tochter zerrte an Noras Nerven. »Nun, ich hoffe, du erzählst mir gleich, dass du gestern entführt wurdest und dich das FBI gerade erst aus dem Kofferraum irgendeines durchgeknallten Fans befreit hat.«

»Man hat mich nicht entführt.«

»Das ist mir bekannt, seit ich Jenny zur Vorschule gebracht habe.« Caroline lachte bitter. »Mona Carlson wollte wissen, was für ein Gefühl es ist, derartige Fotos seiner eigenen Mutter in den Medien zu sehen.«

Jetzt schwieg Nora. Verteidigungsversuche hätten wenig Sinn. Sie wären sogar fast so anstößig wie die Fotos selbst. »Tut mir Leid. Ich konnte nicht ... anrufen.«

»Natürlich nicht.« Caroline schwieg kurz. »Ich begreife selbst nicht, warum es mich so getroffen hat«, fuhr sie dann fort. »Ich hätte es schließlich wissen müssen. Aber in den letzten Jahren glaubte ich ... Ach, vergiss es.«

»Ich weiß. Wir sind einander wieder näher gekommen.«

»Nein. Offensichtlich bin nur ich dir näher gekommen. Du hast dich absolut nicht geändert. Du hast nur so getan, als würde ich dir etwas bedeuten, aber in Wahrheit empfindest du nicht das Geringste für mich. Keine Ahnung, wie ich so dumm sein konnte, Aufrichtigkeit von dir zu erwarten. Und damit bin ich noch nicht einmal bei den Folgen dieser Fotos, dabei, was sie für unsere Familie bedeuten.«

»Bitte«, flehte Nora. »Ich habe einen Riesenfehler gemacht, aber schließe mich nicht wieder aus deinem Leben aus ...«

»Du bist unglaublich. Willst oder kannst du nicht begreifen? Nicht *ich* schließe andere aus meinem Leben aus. Vermutlich ist Ruby klüger als ich. Sie lässt sich schon seit Jahren von dir nicht mehr wehtun. Ich möchte das Gespräch jetzt beenden.«

»Ich liebe dich, Caroline«, sprudelte Nora hervor. Sie musste es einfach sagen, bevor es zu spät war.

»Weißt du, was das Schlimmste daran ist?« Carolines Stimme brach. »Dass ich dir das sogar glaube.« Schluchzend legte sie auf.

Stumm und verzweifelt starrte Nora den Hörer in ihrer Hand an.

Dee kam ins Wohnzimmer geeilt. »Mister Adams möchte Sie sprechen.«

»O Gott ...«

»Ich habe ihm gesagt, Sie wären nicht da, aber er hat mich angebrüllt. Sie sollten verdammt noch mal an den Apparat kommen, oder er würde seine Anwälte einschalten.«

Nora seufzte. Natürlich. Mit Rücksicht und Nettigkeit hätte es Tom Adams nie zum Pressemogul gebracht. Er war ein *good ole boy*, der niemandem niemals auch nur einen Zentimeter nachgab.

Sie rieb sich die schmerzenden Schläfen. »Stellen Sie ihn durch.«

»Danke.« Dee lief ins Büro zurück.

Nora nahm den Hörer ab. »Hallo, Tom.«

»In drei Teufels Namen, Nora! Was haben Sie sich dabei nur gedacht? Ich habe von der gottverdammten Scheiße aus den Morgennachrichten erfahren. Wäre der Fernseher nicht eingeschaltet gewesen, hätte ich noch immer keine Ahnung. ›Ogottogott, Tommy‹, sagte meine Frau zu mir, ›da sitzt dein *little gal* aber mächtig in der Patsche, oder?‹«

Gequält verzog Nora das Gesicht. »Entschuldigen Sie, Tom. Die Angelegenheit kam auch für mich wie aus heiterem Himmel.«

»Nun, jetzt sind dunkle Wolken aufgezogen, Lady. Wie ich von Tamara hörte, haben Sie bislang noch keine Briefe erhalten. Aber die werden kommen. Spätestens morgen, das können Sie mir glauben.«

»Ihnen liegen für zwei Monate Kolumnen vor. Damit habe ich ausreichend Zeit, mir genau zu überlegen, wie ich auf die Sache reagieren werde.«

Adams lachte bellend. »Ich habe Ihnen einen Haufen Geld dafür bezahlt, dass Sie die Briefe von Lesern beantworten, und jetzt, wo sie endlich echt interessante Fragen stellen, werden Sie mit Sicherheit nicht tote Maus spielen. Skandale steigern die Auflage, und ich bin fest entschlossen, von Ihren Problemen zu profitieren. Tut mir Leid, Nora, und das meine ich ernst. Sie waren mir immer sehr sympathisch, aber Geschäft ist Geschäft. Und davon verstand Ihr Agent eine Menge, als er mir eine Million Dollar abknöpfte.«

Nora wurde akut übel. »Der Sender gewährt mir ein paar Wochen Urlaub …«

»Kommen Sie mir nicht mit diesen Krawatten tragenden Weicheiern. In meinem ganzen Leben bin ich vor keiner Auseinandersetzung zurückgeschreckt, und meine Leute werden das auch nicht tun.«

Noras Kopfschmerzen wuchsen sich zu einer handfesten Migräne aus. »Also gut, Tom«, lenkte sie ein. Sie hätte ihm alles versprochen, nur um dieses Gespräch zu beenden. »Geben Sie mir ein paar Tage. Greifen Sie im Moment in meinen Fundus, und dann mache ich mich an die Beantwortung der Beschimpfungen.«

Er gluckste. »Wusste ich doch, dass ich mich auf Sie verlassen kann, Nora. Bis dann.«

Sie legte den Hörer auf. Die Stille nach den lauten, aggressiven Worten war sonderbar bedrückend.

Offenbar erwartete Tom Adams von ihr, dass sie sich hinsetzte und enttäuschte, zornige Briefe von den Menschen las, die sie noch gestern verehrt und geliebt hatten.

Unvorstellbar.

Ruby stand in den Dampfschwaden ihres Badezimmers und betrachtete sich im beschlagenen Spiegel über dem Waschbecken. Die Fältchen unter ihren Augen sahen aus wie von einer Nähmaschine gesteppt.

So alt konnte man einfach nicht aussehen, nicht in Hollywood. Sie wollte, dass man sie für jung, hip und energiegeladen hielt, nicht für eine Frau, die ihre Jugend in Nachtclubs vergeudet hatte und nun nichts anderes vorweisen konnte als allzu frühe Runzeln.

Sie kaschierte die Jahre mit Make-up. Mit genügend schwarzem Lidstrich würden die Leute annehmen, sie wäre jung und naiv. Schließlich tauchten die Promis mit geradezu schauerlichen Frisuren bei der Oscar-Verleihung auf. Ich lege keinen Wert auf Äußerlichkeiten, lautete ihre Botschaft.

Unsinn.

So etwas konnte sich nur eine wirklich wunderschöne Frau erlauben.

Ruby zog sich sorgfältig an: Kaschmirpullover mit V-Ausschnitt, schwarzer Ledermini und schwarze Strumpfhosen. Sie hatte zwar keine Zeit mehr, sich aus der Drogerie Tönungscreme zu holen, aber Unmengen von Gel ließen ihre Haare stattdessen in alle Richtungen abstehen. Sie schlang sich ein Dutzend billiger Mardi-Gras-Ketten um den Hals und lackierte ihre abgeknabberten Fingernägel mitternachtsblau. Zum Schluss setzte sie sich eine Sonnenbrille auf: hochmodische Rite-Aid-Schocker.

Dann atmete sie tief durch, schnappte sich ihre Handtasche und verließ ihr Apartment.

Eine glänzende, schwarze Limousine wartete am Straßenrand. Ruby ertappte sich bei dem Wunsch, Max wäre da. Eine herrliche Vorstellung, ihn einfach stehen zu lassen.

Neben dem Auto stand ein livrierter Chauffeur. »Miss Bridge?«

Ruby lächelte befriedigt. So hatte sie noch niemand genannt. »Ja. Ich möchte ...«

»Zum Paramount-Studio, ich weiß, Miss Bridge. Ich werde auf dem Parkplatz warten, um Sie nach den Aufnahmen wieder nach Hause zu fahren.«

Der Chauffeur öffnete ihr die Tür. Ruby spähte ins Innere und sah ein Dutzend weiße, in Cellophan gehüllte Rosen auf dem Rücksitz liegen. In einem Eiskühler stand eine Flasche Dom Perignon.

Ruby glitt auf den Sitz, hörte das dumpfe Zuschlagen der Tür und zog die Karte aus dem Rosenstrauß.

»Talente wie Sie brauchen kein Glück, sondern eine Chance. Hier ist Ihre. Herzlichst, Val.«

Himmel, tat das gut. Als wären alle ihre Träume endlich doch wahr geworden.

Träume, die sie nicht immer geträumt hatte. Zunächst war alles ein Spaß gewesen – etwas, was ihr mühelos gelang. Ruby, der Klassenclown, der alle zum Lachen brachte, aber nachdem ihre Mutter die Familie verlassen hatte, war alles anders geworden. Ruby hatte sich verändert. Von diesem Augenblick an konnte sie nichts und niemand mehr zufrieden stellen. Sie sehnte sich nach der bedingungslosen Anerkennung, die nur eine Familie bieten kann.

Sie rutschte näher ans Fenster und stellte lächelnd fest, dass die Limousine am Securitycheck von Paramount vorfuhr. Die beiden weißen, mit goldenen Lettern versehenen Torbögen verkündeten allen, dass sie der Zugang zu einer ganz besonderen Welt waren, die nur wenigen Auserwählten offen stand.

Ruby ließ die Trennscheibe gerade rechtzeitig hinabgleiten, um den Chauffeur sagen zu hören: »Ich habe Miss Bridge im Wagen. Sie wird bei *Uproar* erwartet.«

Der Wachmann trat in sein Kabäuschen, sah auf einer Liste nach und winkte sie durch. Ruby drückte sich die Nase am Fenster platt und hielt nach Berühmtheiten Ausschau, sah aber nur ganz gewöhnliche Menschen. Das Einzige, was zumindest Bezug zu einem Filmstar hatte, war auf einem Parkplatz ein roter Sportwagen mit der Aufschrift: Julia Roberts.

Auf dem Besucherparkplatz hielt der Chauffeur an, stieg aus und öffnete Ruby die Tür. »Damit geht's für Sie weiter«, sagte er und deutete auf ein Gefährt, das aussah wie ein überlanges Golfcart. Daneben stand ein Mann in braunen Shorts und gleichfarbigem Poloshirt. »Er bringt Sie zum Studio. Ich warte hier auf Sie.«

Ruby versuchte so gelassen zu tun, als wäre das alles nichts Neues für sie. In Wahrheit stieg ihr Blutdruck noch weiter an, und sie fühlte sich einem Schlaganfall bedenklich nahe.

Sie holte tief Luft und ging auf das Cart zu. Sobald sie sich gesetzt hatte, glitt der Fahrer hinter das Steuer und startete den geräuschlosen Motor. Sie zuckelten an riesigen Tonstudios vorbei, trafen hier auf Horden Außerirdischer (war das da etwa Patrick Stewart?) und umrundeten da eine Gruppe Cowboys. Schließlich hielten sie vor Soundstage 9, einem klotzigen, mattrosa Gebäude. Über der Tür verkündeten Neonbuchstaben: »Uproar! Eine ganz neue Talkshow mit Joe Cochran.«

Ruby sprang vom Cart und überquerte die Straße. Sie zögerte einen Moment, bevor sie die Tür aufstieß. Drinnen herrschte ein wahres Durcheinander aus bunten Lichtern, dunklen Sitzreihen und Menschen. Die vielen Menschen waren es vor allem, die ihr auffielen. Sie rannten mit Klemmbrettern herum, geschäftig wie Ameisen, nickten, fluchten und lachten.

»Sie sind Ruby Bridge?«

Erschrocken zuckte Ruby zusammen. Sie hatte die kleine platinblonde Frau gar nicht bemerkt, die nun neben ihr stand und sie durch eine unvorstellbar hässliche Brille mit braunem Gestell neugierig anspähte. »Ja, die bin ich.«

»Gut.« Die Frau umfasste Rubys Arm und führte sie durch das Menschengewimmel auf einen ruhigeren Flur und in eine kleine Garderobe. Auf dem Tisch neben dem braunen Sofa stand eine Schale mit Obst und eine eisgekühlte Flasche Perrier. »Soll ich der Maskenbildnerin Bescheid sagen?«

Ruby lachte. »Halten Sie eine Renovierung für nötig?«

Die Frau hob die Brauen und neigte den Kopf zur Seite wie ein Vogel. »Bitte?«

Ruby schüttelte den Kopf. »Mein Make-up ist okay. Vielen Dank.«

»Gut. Nehmen Sie Platz. Sobald es losgeht, werden Sie geholt.« Die Frau blickte in ihre Unterlagen. »Sie haben zwei Minuten zu Beginn der Sendung. Sie sind ein Last-Minute-Gast, da bleibt keine Zeit für eine Einführung. Es muss eben auch so gehen. Kommen Sie gleich zur Sache und das so komisch wie möglich.« Mit einem knappen Nicken verließ die Frau die Garderobe.

Ruby sank auf das Sofa. Plötzlich war sie mehr als nervös. Namenlose Angst schnürte ihr die Kehle zu. So komisch wie möglich ...

Was hatte sie sich nur gedacht? Sie war nicht komisch. Ihre Texte vielleicht, aber nicht sie. Normalerweise brauchte sie auf der Bühne drei Minuten, bis sie ihr Lampenfieber so weit unter Kontrolle hatte, um die Leute zum Lachen zu bringen.

Sie sprang auf die Füße. Ihr Herz hämmerte so laut, dass sie eine Sekunde lang glaubte, es klopfe an die Tür.

»Beruhige dich, Ruby«, sagte sie halb laut, verschränkte die zitternden Hände und konzentrierte sich auf ihre Atmung. Ein und aus, ein und aus. »Du bist komisch. Du bist es wirklich.«

Es klopfte. »Sie werden erwartet, Miss Bridge.«

»O mein Gott.« Ruby sah auf die Wanduhr. In den letzten dreißig Minuten hatte sie wie eine Verrückte geatmet, und jetzt konnte sie sich an keine einzige Textzeile erinnern.

Die Tür flog auf.

Auf der Schwelle stand die Vogel-Lady. »Miss Bridge?«

Langsam, ganz langsam ließ Ruby die Luft aus ihren Lungen entweichen. »Ich bin bereit«, sagte sie zu der Frau. Sich selbst brauchte sie es nicht zu sagen. Sie war ihr ganzes Leben bereit.

Sie folgte der Frau zur Bühne. Im Näherkommen hörte sie die vertrauten Klänge der Einleitungsmusik. Dann sagte Joe irgendetwas, und das Publikum lachte.

Direkt hinter dem geschlossenen roten Samtvorhang blieben sie stehen.

»Vergessen Sie nicht«, wisperte die Frau, »wir möchten *Meinungen* hören, je kontroverser und schockierender desto besser.«

Ruby nickte, obwohl sie im Moment zu nichts eine Meinung zu haben schien, mit Ausnahme ihrer Unzulänglichkeiten. Und um alles noch schlimmer zu machen, schwitzte sie auch noch wie ein Eisbär am Äquator. Vermutlich lief ihr die Wimperntusche bereits die Wangen hinunter.

Wahrscheinlich sah sie gleich aus wie *Das unheimliche Wesen aus einer fremden Welt* ...

»Ruby Bridge!«, dröhnte ihr Name aus dem Lautsprecher, gefolgt von Applaus.

Ruby schob sich durch den Vorhang und lächelte so gut sie konnte. Sie zwang sich, nicht zu blinzeln, obwohl das Licht so grell war, dass sie absolut nichts sehen konnte. Sie hoffte inständig, dass sie nicht über die Bühne hinaustrat.

Sie ging zum Mikrofon. Es knisterte leicht, als sie es aus der Halterung zog. »Nun«, begann sie, »es ist schön, dass ich nicht die Einzige bin, die mitten am Tag eine Talkshow besucht. Mir macht das natürlich keine Probleme, ich habe Zeit. Ich wurde gestern gekündigt. *Gefeuert.* Von einem Scheiß-Restaurant, dessen Namen ich hier nicht nennen möchte, aber er klingt irgendwie wie Irma's Hash House. Ich werde Ihnen nicht einmal sagen, was da auf die Teller kommt ...«

Zögerndes Lachen.

»Aber wenigstens hat man mich an einem Donnerstag vor die Tür gesetzt. Freitagabends kann man *essen, so viel man will*. Und glauben Sie mir: Die Gäste nehmen das wörtlich. Der Schuppen ist das einzige Restaurant in L.A., in dem Defibrillatoren auf den Tischen stehen. Ketchup? Senf? Herzmuskelmassage?« Ruby legte eine effektvolle Pause ein. »Ich meine, wir leben schließlich in den Neunzigern. Immer wieder habe ich den Leuten gesagt: Um Himmels willen, *esst Obst*!«

Erneut Gelächter, lauter diesmal, überzeugter. Ihr Selbstvertrauen wuchs.

Routiniert kam Ruby zum Schluss ihres kleinen Stegreifprogramms und hob sich ihre besten Pointen – die Witze über ihre Mutter – für später auf.

Schließlich trat sie vom Mikro zurück. Unter Beifallswogen kam Joe Cochran quer über die Bühne auf sie zu. Er lächelte. Eindeutig ein gutes Zeichen.

Er legte ihr eine Hand auf die Schulter und wandte sein Gesicht dem Publikum zu. »Ruby Bridge und ihre Begabung fürs Komische haben Sie bereits kennen gelernt. Nun lassen Sie mich unsere anderen Gäste vorstellen. Da kommen Elsa Pine, Familientherapeutin und Autorin des Bestsellers *Gefährliche Eltern*, und der Kongressabgeordnete Sanford Tyrell aus Alabama.«

Elsa Pine und Tyrell kamen auf die Bühne. Sie sahen aus wie Pat und Patachon und vermieden beflissen jeden Augenkontakt.

Cochran klatschte in die Hände. »Fangen wir an.«

Die drei Gäste folgten ihm zu den Ledersesseln. Der Host nahm in der Mitte Platz und blickte lächelnd ins Publikum. »Ich weiß nicht, wie Sie das sehen, aber ich bin die Art und Weise wirklich leid, wie unsere Justiz mit Kriminellen umgeht. Jedes Mal, wenn ich die Zeitung aufschlage, lese ich, dass irgendein Scheißkerl ein kleines Mädchen umgebracht hat, aber mit der Strafe davonkommt, weil die Geschworenen Mitleid mit ihm haben, mit *ihm*. Wer vertritt hier eigentlich die Interessen der Opfer?«

»Wenn Sie gestatten, Joe ...« Elsa Pine beugte sich vor und kniff die Augen hinter den runden Brillengläsern zusammen. Sie war so dünn, dass Ruby sich fragte, wie sie Luft holen konnte, ohne vornüber zu fallen. »Man wird nicht kriminell geboren, man wird kriminell *gemacht*. Viele Straffällige wurden in ihrer Kindheit von ihrer Umgebung, von ihren Eltern so geschädigt, dass sie zwischen Recht und Unrecht nicht mehr unterscheiden können.«

»Werte Lady ...« Der Kongressabgeordnete verzog sein frisches, rotes Gesicht zu einem gönnerhaften Grinsen. »Das ist ungefähr das Hirnverbrannteste, was ich je von einem Grünschnabel gehört habe.«

Stirnrunzelnd blickte Ruby ins Auditorium. »Wie hat er sie gerade genannt? Ich muss mich verhört haben ...«

Schallendes Lachen.

»Sie haben richtig gehört«, erklärte Elsa Pine. »Congressman ...«

»San-ford, bit-te!«

»Eine Gesellschaft wird an ihrem Mitgefühl gemessen.«

»Auch Mitgefühl für die Familien der Opfer?«, fragte Cochran. »Oder geht es euch Liberalen nur um Erbarmen mit Mördern?« Er sah Ruby an. »Sie haben doch Erfahrung mit *gefährlichen Eltern*, Ruby. Ist alles, was in Ihrem Leben schief ging, die Schuld Ihrer Mutter?«

Elsa Pine nickte. »Ja, Miss Bridge. Gerade Sie sollten wissen, wie sehr Eltern ein Kind verletzen können. Ihre Mutter ist eine glühende Verfechterin der Ehe. Unablässig beschwört sie die Bedeutung des Treuegelöbnisses ...«

»Bill Clinton auch«, lachte Ruby.

Elsa Pine ignorierte das Prusten und Glucksen im Publikum. »Wahrscheinlich sind Sie der einzige Mensch in Amerika, den die Fotos im heutigen *Tattler* nicht überrascht haben.«

»Ich lese keine Revolverblätter«, entgegnete Ruby.

Ein Raunen durchlief das Auditorium. Joe Cochrans Lächeln wurde schmaler. Er warf einen hastigen Blick zu der Vogel-Lady hinüber, die – unsichtbar für die Zuschauer – in den Kulissen stand. Dann beugte er sich vor. »Sie haben die heutige *Tattler*-Ausgabe nicht gesehen?«

Ruby hob die Brauen. »Ist das ein Vergehen?«

Cochran streckte die Hand aus, und zum ersten Mal bemerkte Ruby die zusammengefaltete Zeitung unter seinem Sessel. Er hob sie auf und reichte sie ihr. »Tut mir Leid. Wir nahmen an, Sie wären informiert.«

Die Atmosphäre im Raum veränderte sich. Es herrschte eine gespannte Stille wie in einer Kneipe kurz vor einer Schlägerei. Sie schlug die Zeitung auf. Als Erstes fiel ihr Blick auf die Schlagzeile: *Eine Säule der Moral in der Horizontalen*. Sie musste lächeln. Was sollte dieser Schwachsinn?

Dann sah sie das Foto.

Es war eine grobkörnige Aufnahme von zwei nackten, ineinander verschlungenen Menschen. Die Redaktion hatte die intimen Körperteile züchtig mit schwarzen Balken versehen, aber es konnte kein Zweifel aufkommen, was da vor sich ging. Oder wer die Frau war.

Hilflos sah Ruby sich um. Joe Cochran wirkte total konzentriert, wie ein Jagdhund, der Witterung aufgenommen hatte. Die Therapeutin blickte grüblerisch vor sich hin. Sie wussten, wie sie sich fühlen musste.

Angewidert schleuderte Ruby die Zeitung von sich; mit einem dumpfen Klatschen landete sie auf dem Boden. »Nun, daraus kann jede Frau eine Lehre ziehen. Wenn ihr Geliebter zur Kamera greift – ›Eine kleine Aufnahme, Honey, nur für uns beide‹ –, sollte sie sich schnell etwas anziehen und das Weite suchen.«

Elsa Pines Augen funkelten. »Wie fühlen Sie sich, wenn Sie Ihre Mutter ...«

Cochran hob die Hände. »Ich fürchte, wir schweifen vom Thema ab. Unsere Frage ist doch, wie weit wir für unser Fehlverhalten selbst verantwortlich sind. Sind schlechte Eltern eine *Carte blanche* für Verbrechen?«

»In diesem Land wird geradezu zwanghaft nach Entschuldigungen gesucht«, erklärte der Abgeordnete und vermied es, Ruby anzusehen. »Jedes Mal, wenn irgendein Ganove durchdreht, stellen wir seine Mutter an den Pranger. Das ist doch unglaublich.«

»Genau!«, rief Joe Cochran. »Natürlich ist eine miese Kindheit zutiefst bedauerlich. Aber wer sich schuldig macht, sollte dafür auch zur Rechenschaft gezogen werden.«

Ruby schwieg. Sie sah keinen Grund, in das Gespräch einzugreifen, und hätte auch gar nicht gewusst, wie. Sie hatte genauso reagiert, wie von *Uproar* gewünscht. Ihre konsternierte Verwirrung war das Sahnehäubchen auf der Torte. Keine Zeitung, kein Sender würde sich ihre töricht-hilflose Reaktion entgehen lassen. Von Küste zu Küste musste sie wie eine komplette Idiotin dastehen.

Sie hätte es wissen müssen. Ihr großer Durchbruch ... Was für ein Witz. Wie hatte sie nur so naiv sein können?

Sie merkte, dass Joe Cochran zum Schluss kam und bemühte sich um eine gelassene Miene.

»Das wär's für heute, Leute. Schalten Sie in der nächsten Woche wieder ein. Dann befassen wir uns mit dem Thema ›Kommunikation mit Toten. Möglich oder nur ein Schwindel?‹ Ich danke Ihnen allen.«

Das *Applause!*-Zeichen leuchtete auf, und die Zuschauer begannen wie wild zu klatschen.

Ruby erhob sich und stolperte blindlings über die Bühne. Leute sprachen sie an, aber sie verstand kein einziges Wort.

»Ruby?« Besorgt sah Joe Cochran sie an. »Ich bedauere zutiefst, Sie kalt erwischt zu haben. Die Sache wurde gestern publik und buchstäblich in jedem Sender gebracht. Nie hätte ich geglaubt ...« Seine Stimme versickerte.

»Ich hatte das Telefon abgestellt und den Fernseher gar nicht erst eingeschaltet ... Um mich auf die Show vorzubereiten«, fügte sie dann noch hinzu.

Er seufzte. »Sie haben auf den großen Durchbruch gehofft. Und dann stellt sich heraus, dass ...«

»... es den nicht gibt«, fiel Ruby ihm ins Wort. Das Mitleid in seinen Augen war mehr, als sie ertragen konnte. Er hatte früher selbst als Stegreifkomiker gearbeitet und konnte sich gut in ihre Lage versetzen. Sie wollte ihre Enttäuschung nicht in Worten äußern, die sie unter Umständen bereuen würde.

»Ich habe Sie einige Male gesehen, Ruby. In *The Comedy Store*, glaube ich. Ihre Texte sind echt gut.«

»Vielen Dank.«

»Vielleicht sollten Sie mehr schreiben, für Sitcoms beispielsweise. Die Sender könnten Ihre Einfälle wirklich gut gebrauchen.«

Mit festgefrorenem Lächeln hörte Ruby ihm zu. Jedes seiner Worte traf sie wie ein Messerstich. Er riet ihr dazu aufzugeben. Empfahl ihr, etwas anderes zu tun.

Am liebsten wäre Ruby im Boden versunken, aber sie behielt ihr Lächeln bis zum Schluss bei. »Danke, Joe. Aber jetzt muss ich los.«

Sie ging zu ihrem Sessel zurück, griff nach ihrer Handtasche und klemmte sich das *Tattler*-Exemplar unter den Arm. Ohne jemanden anzusehen, rannte sie aus dem Studio.

In ihrem Apartment zog Ruby die Vorhänge fest zu. Sie sank auf die durchgesessenen Polster ihrer Couch und legte die Füße auf den schäbigen Spanplattentisch. Neben ihr lag die Boulevardzeitung.

Ihre liebe Mommy hatte also eine Affäre gehabt ...

Das überraschte sie kaum, jedenfalls nicht wirklich. Keine Frau, die auf der Suche nach Ruhm und Geld ihre Kinder verließ, würde ausgerechnet vor einer Affäre zurückschrecken. Was Ruby überraschte, war der Schmerz, den sie noch immer empfand.

Mit zitternden Händen wählte sie die Telefonnummer ihrer Schwester. Ruby rief Caroline nur selten an, das konnte sie sich nicht leisten, aber man sah schließlich nicht jeden Tag Fotos seiner nackten Mutter beim Sex mit einem Fremden.

Nach dem zweiten Klingeln meldete sich Caroline. »Hallo?«

»Hi, Schwesterchen.« Unvermittelt fühlte sich Ruby von Einsamkeit überwältigt.

»Also hast du dein Telefon endlich wieder eingestöpselt. Gestern habe ich mir förmlich die Finger wund gewählt.«

»Tut mir Leid.« Ruby musste sich räuspern. »Ich habe die Fotos gesehen.«

»Yeah. Wie ganz Amerika. Ich habe schon immer befürchtet, dass so etwas passiert.«

Ruby war verblüfft. »Du *wusstest* von der Affäre?«

»Ich habe es vermutet.«

»Warum hast du mir nie etwas davon gesagt?«

»Aber Ruby! Du wolltest doch nichts über sie hören. In all den Jahren hast du nicht einmal ihren Namen erwähnt.«

Ruby hasste es, wenn Caroline allwissend tat. »Vermutlich hat meine heiligengleiche Schwester ihr bereits alles verziehen.«

»O nein«, widersprach Caroline leise. »Diese Sache macht mir unheimlich zu schaffen. Es ist so ... öffentlich.«

»Ah. Es gilt also, den Schein zu wahren. Ich hatte ganz vergessen, wie wichtig dir das ist.«

»Hältst du mich wirklich für so oberflächlich? Es geht mir um etwas ganz anderes, das weißt du genau.«

Sofort meldete sich Rubys Gewissen. Sie fand es selbst scheußlich, wie schnell sie Menschen mitunter verletzte – sogar die, die sie liebte. Nach dem Auszug ihrer Mutter hatte Caroline die Familie zusammengehalten, obwohl sie selbst noch ein Teenager war. Ohne Caroline hätte sie das grauenhafte Jahr vermutlich nicht überstanden. »Entschuldige. Aber Güte weckt nun einmal meine miesesten Charaktereigenschaften.«

»So gut bin ich gar nicht. Gestern habe ich ihr ein paar sehr hässliche Dinge an den Kopf geworfen. Ich war so wütend, dass ich mich einfach nicht beherrschen konnte.«

»Du hast mit ihr gesprochen? Was hat sie gesagt?«

»Dass es ihr Leid tut. Dass sie mich liebt.«

»Yeah.« Ruby schnaubte verächtlich.

Caroline lachte. »Wenn ich mich ein bisschen beruhigt habe, werde ich sie anrufen. Vielleicht können wir uns doch irgendwann aussprechen … Über die Dinge, die wirklich zählen.«

»Dazu hat sie nichts beizutragen. Das sage ich dir seit Jahren immer wieder.«

»Da irrst du dich, Rube. Irgendwann wirst du das auch einsehen. Im Moment weiß ich nur, dass alles noch sehr viel schlechter werden kann, bevor es wieder bergauf geht.«

»Unter uns Pastorentöchtern, Schwesterherz … Ich bin nicht diejenige, die ihr unbedingt verzeihen will.«

Bevor Caroline antworten konnte, hörte Ruby die Töne von *I just met a girl named Maria*.

Spontan beschloss sie, sich eine neue Türklingel zu besorgen. Max hatte die jetzige witzig gefunden, Ruby nicht.

»Ich muss Schluss machen, Caroline. Da ist jemand an der

Tür. Wenn ich Glück habe, ist es der Hausbesitzer, um die Miete einzutreiben.«

»Pass gut auf dich auf.«

»Du auch. Und gib meinem Neffen und meiner Nichte Küsse von mir.« Ruby legte auf und beschloss, die Tür nicht zu öffnen. Warum auch? Höchstwahrscheinlich stand wirklich der Hausbesitzer davor.

Sie ging in die Küche. Emsiges Stöbern in den Schränken förderte eine halbe Flasche Gin und eine ganze Flasche Wermut zutage, die Max offensichtlich vergessen hatte. In einem Rubbermaid-Behälter mixte sie sich einen Martini und goss ihn in einen Plastikbecher.

Nach dem dritten Wimmern von *Maria* gab sie auf. Sie nahm einen hastigen Schluck Martini, schlich durch die Diele und äugte durch den Spion.

Vor der Tür stand Val und neben ihm eine Frau vom Format einer Bohnenstange.

»Na *wunderbar*. Der hat mir gerade noch gefehlt.«

Energisch überwand sie den widerspenstigen Teppichbelag und zerrte die Tür auf. Val lächelte sie an. In dem schummerigen, hässlichen Hausflur wirkte er absolut fehl am Platz.

Er küsste sie auf die Wange. »Wie geht es meinem neuesten Star?«

»Veralbern kann ich mich selbst«, zischte Ruby und strahlte die unbekannte Frau an. »Daraus ist nichts geworden. Aber vermutlich überrascht Sie das nicht.«

Stirnrunzelnd trat Val einen Schritt zurück. »Ich habe vergeblich versucht, Sie anzurufen. Und sogar einen Kurier geschickt. Aber Sie sind nicht an die Tür gegangen.«

Dazu hätte Ruby wahrscheinlich noch etwas gesagt, aber die Art, wie die Frau sie musterte, bereitete ihr Unbehagen. Sie wandte sich ihr zu und bemerkte ihren schicken, klassischen Haarschnitt und das elegante, schwarze Kleid. Zwischen den langen, schmalen Fingern klebte eine unangezündete Zigarette.

Eine New Yorkerin. Eindeutig. Vielleicht eine Leichenbestatterin?

»Ich bin Ruby Bridge«, sagte sie und streckte ihre Hand aus.

Die Frau umfasste sie mit festem Griff. Ihre Hand fühlte sich klamm an. »Joan Pinon.«

»Kommen Sie doch herein.« Ruby machte eine einladende Geste mit der Hand. Sie versuchte, die Wohnung nicht mit *ihren* Augen zu sehen, aber erfolglos. Geschmacklose Tapeten, eingestaubter Teppichboden, Möbel vom Sperrmüll.

Val marschierte schnurstracks zu Max' altem Plüschsessel und setzte sich. Joan Pinon hockte sich geziert auf die Couchkante.

Ruby ließ sich neben sie fallen und trank einen Schluck Martini. Einen echt großen Schluck. »Ich weiß, es ist noch ziemlich früh für einen Drink, aber man sieht nicht alle Tage Nacktfotos seiner Mutter in der Presse *und* büßt seine Karriere ein. Wahrscheinlich werde ich später noch vom Bus überfahren.«

Val lehnte sich nach vorn. »Joan arbeitet in New York als Redakteurin.«

»Tatsächlich?«

»Sie ist wegen Ihrer Mutter gekommen.«

Ruby nahm noch einen tiefen Schluck. »Nun, das überrascht mich nicht.« Sie wünschte, sie hätte eine Olive zum Knabbern. Sie brauchte irgendetwas, um sich zu beschäftigen. »Und was wollen Sie von mir?«, fragte sie Joan Pinon.

»Ich arbeite für die Zeitschrift *Cache'*. Und wir möchten Sie bitten, eine ausführliche Story über Ihre Mutter für uns zu schreiben«, lächelte Mrs Pinon und zeigte Raucherzähne. »Wir können natürlich einen Ghostwriter engagieren, aber Val hat mir erzählt, dass Sie eine erstklassige Schreiberin sind.«

Ein Kompliment. Das war Balsam für ihr angeschlagenes Selbstvertrauen. Ruby lehnte sich zurück und betrachtete Joan Pinon nachdenklich. »Sie wollen, dass ihre Tochter sie hintergeht.«

»Wer hat wen hintergangen?«, fragte die Journalistin. »Ihre Mutter ermahnt die Amerikaner immer wieder, Verpflichtungen ernst zu nehmen und ihren Kindern Priorität einzuräumen. Die Nacktfotos beweisen, dass sie schlicht und ergreifend eine Lügnerin und Heuchlerin ist. Wir haben uns informiert. Zum Zeitpunkt der Aufnahmen war Nora Bridge mit Ihrem Vater verheiratet. Die Menschen haben ein Recht zu erfahren, bei wem sie sich Ratschläge holen.«

»Ach, mit dem *Recht* ist es manchmal so eine Sache ...« Ruby hob den Martini an die Lippen.

»Es geht um einen Zeitungsartikel, Ruby, nicht um ein Buch«, warf Val ein. »Um rund fünfzehntausend Wörter, aber die können Sie berühmt machen.«

»Berühmt und *reich*«, fügte Joan Pinon hinzu.

Ruby setzte ihren Becher ab. »Wie reich?«

»Fünfzigtausend Dollar. Die erste Hälfte sofort, die andere wird bei Ablieferung des Artikels fällig. Unter der einzigen Bedingung, dass Sie bis zur Veröffentlichung keine Interviews geben.«

»Fünfzigtausend Dollar?« Ruby streckte die Hand nach dem Martini aus, war aber viel zu aufgeregt, um trinken zu können. Für ein paar lumpige Wörter ...

Sie brauchte nur das Leben ihrer Mutter in der Öffentlichkeit auszubreiten, mehr nicht.

Sie stellte den Becher auf den Tisch zurück. Aber sie durfte sich die Entscheidung nicht zu leicht machen. Sie wünschte, sie könnte jemanden um Rat fragen, aber Ruby fand es schon immer schwer, anderen Menschen zu vertrauen, und das machte enge Freundschaften unmöglich. Natürlich gab es da ihren Vater, aber seit der seine neue Familie hatte, war ihre

Beziehung nicht mehr so innig wie früher. Und ihre Schwester bemühte sich seit einem Jahrzehnt darum, ihrer Mutter zu verzeihen. Mit Sicherheit würde Caro ihr dringend abraten, in einer Zeitschrift schmutzige Wäsche zu waschen.

»So gut kenne ich meine Mutter gar nicht«, sagte sie zögernd. »Das letzte Mal habe ich sie bei der Hochzeit meiner Schwester gesehen. Wir haben kein Wort miteinander gewechselt.«

Das entsprach nicht unbedingt der Wahrheit. »Und da dachte ich, mir könnte heute nichts Schlimmeres passieren, als pinkfarbenen Polyester tragen zu müssen«, hatte Ruby zu ihrer Mutter gesagt und sich dann brüsk abgewandt.

»Uns geht es nicht um harte Fakten und Zahlen. Wir möchten etwas über Ihre persönlichen Erfahrungen mit Nora Bridge wissen ... Was für eine Mutter sie war.«

»Das ist schnell gesagt. Sie würde ihrer eigenen Großmutter den Hals umdrehen, wenn sie das weiterbringt. Für sie zählt nichts und niemand – nur Nora Bridge.«

»Sehen Sie?« Die Journalistin bekam leuchtende Augen. »Das ist es, was ich meine. Sicher findet es Ihr Verständnis, dass wir den Artikel so schnell wie möglich drucken wollen. Solange der Skandal noch am Kochen ist. Ich habe den Vertrag, den ein Literaturagent für Val bereits überprüft hat, und einen Scheck über fünfundzwanzigtausend Dollar mitgebracht.« Sie griff in ihre schwarze Reptilledermappe und zog einen Stapel Unterlagen hervor. Schlange, dachte Ruby, wie passend ... Die Redakteurin knallte die Papiere auf den Couchtisch. Der Scheck lag obenauf.

Ruby starrte auf die vielen Nullen und schluckte. Himmel, so viel Geld, und das auf einen Schlag. Es war doppelt so viel wie ihr Lohn im ganzen letzten Jahr.

Joan Pinon lächelte geschmeidig. »Lassen Sie mich Ihnen eine Frage stellen, Ruby. Würde Ihre Mutter unser Angebot ausschlagen, wenn es in dem Artikel um *Sie* ginge?«

Ruby dachte daran, dass ihre Mutter einmal vor einer solchen Entscheidung gestanden hatte, zwischen ihrem Mann und ihren Töchtern – und ihrer Karriere. Nun, jeder wusste, wie die Entscheidung ausgefallen war.

»Das ist Ihre Chance, Ruby«, sagte Val. »Denken Sie an das Aufsehen. Die Sender werden sich um Sie reißen.«

Sie hatte das eigenartige Gefühl, sich aus ihrem Körper zu entfernen, und alles wie aus weiter Ferne zu beobachten. »Ich kann wirklich ganz gut schreiben …«, hörte sie sich sagen. Das hatte sie schon immer geglaubt, und nun wusste sie, dass auch Val davon überzeugt war. Nachdenklich biss sie sich auf die Lippe. Wenn der Artikel sie bekannt machte, könnte sie möglicherweise tatsächlich in eine Sitcom einsteigen. »Und ich weiß einiges über die Anfänge ihrer Karriere … Mit wem sie gebumst hat, um nach oben zu kommen, und mit wem sie sich nur vergnügt hat.«

Joan Pinon lächelte noch immer. »Wir haben vorbehaltlich Ihrer Zustimmung Kontakte zur Show von Sarah Purcell aufgenommen, um ein bisschen Werbung für den Artikel zu machen. In der nächsten Woche könnten Sie dort Gast sein.«

Die Sarah-Purcell-Show …

Ruby schloss die Augen. Sie wünschte es sich so sehr, dass ihr Kopf zu schmerzen begann. Zu lange hatte sie von der Hand in den Mund gelebt, als Niemand, als Nichts …

Sie dachte an all die Gründe, die dagegen sprachen – Anstand, Ethik, Moral –, aber keiner von ihnen überzeugte. Stattdessen erinnerte sie sich an die verdammten Fotos.

Und an die Lügen ihrer Mutter.

Ruby holte tief Luft und atmete langsam wieder aus. Sie griff nach dem Scheck. Die Zahlen verschwammen vor ihren Augen. »Okay«, sagte sie. »Ich mache es.«

4. Kapitel

Ruby drehte das Autoradio voll auf. Hard Metal Rock dröhnte aus dem Lautsprecher. Ihr ganzer Körper begann rhythmisch zu zucken.

Fünf-und-zwanzig-tausend Dollar ...

Wenn sie doch nur Max' neue Nummer hätte. Dann könnte sie ihn anrufen und ihm sagen, was ihm entging. Natürlich hätte sie einiges von dem Geld für ihn ausgegeben, für sie beide ...

Sie dachte an seinen schäbigen Abgang, an seine miesen Abschiedszeilen. Nein, Max verdiente keinen einzigen Cent.

Sie steuerte Beverly Hills an. Normalerweise vermied sie diese Gegend. Es war zu deprimierend, all den Luxus zu sehen, den sie sich nicht leisten konnte. Aber heute schwebte sie wie auf Wolken. Sie fühlte sich großartig, unüberwindlich.

Als sie auf dem Rodeo Drive eine Lücke entdeckte, hielt sie schnell an und parkte. Sie stieg aus, schnappte sich ihre Handtasche und warf den Schlag hinter sich zu. Zum ersten Mal verzichtete sie darauf, den Volkswagen abzuschließen. Falls irgendjemand verzweifelt genug war, diesen Schrotthaufen stehlen zu wollen – bitte!

Ruby schlenderte ein bisschen herum und begegnete eleganten Frauen in schicken, teuren Kleidern. Keine von ihnen würdigte sie auch nur eines Blickes. In diesem Teil der Welt existierten schlampig gekleidete, grell geschminkte Achtundzwanzigjährige schlichtweg nicht. Und 50 000 Dollar waren nicht annähernd genug, um die Aufmerksamkeit dieser Frauen zu erregen.

Dann erblickte Ruby plötzlich in einem Schaufenster ein perlenbesticktes, eisblaues Kleid mit tiefem V-Ausschnitt und seitlichem Beinschlitz, der fast bis zur Hüfte reichte. Es war das schönste Kleid, das sie je gesehen hatte, einfach himmlisch.

Sie klemmte die Handtasche unter den Arm und stieß die Glastür auf. Über ihrem Kopf klingelten Glöckchen.

In einer Ecke, jenseits eines Meers aus weißem Marmor mit Inseln aus chromverzierten Glasvitrinen, blickte eine Frau auf. »Ich bin sofort bei Ihnen«, sagte sie mit gedämpfter Stimme.

Ruby fühlte sich akut unbehaglich. Am liebsten hätte sie sich den Einzahlungsbeleg auf die Stirn geklebt.

Schließlich kam die Verkäuferin auf sie zu. Sie war gertenschlank und von Kopf bis Fuß in Schwarz gekleidet. Ihre Frisur saß, als käme sie gerade vom Coiffeur. Sie runzelte bei Rubys Anblick leicht die Brauen, aber ihre Stimme klang freundlich. »Was kann ich für Sie tun?«

Hilflos hob Ruby die Hand. »Ich interessiere mich für das blaue Kleid im Schaufenster.«

»Sie haben einen ausgezeichneten Geschmack. Möchten Sie es anprobieren?«

Sie nickte.

»Wunderbar.«

Die Frau führte Ruby in einen Ankleideraum von der Größe eines durchschnittlichen Schlafzimmers. »Wie wäre es mit einem Glas Prosecco?«

Ruby lächelte. »Sehr gern.«

Die Verkäufern hob kurz die Hand, und eine Minute später streckte ein Mann in schwarzem Smoking Ruby ein Glas mit perlendem Sekt entgegen.

»Danke.« Sie sank auf einen weich gepolsterten Sessel. Schon nach dem ersten Schluck fühlte sie sich lockerer, geradezu beschwingt.

Es klopfte.

»Ja, bitte?«

Die Verkäuferin steckte den Kopf zur Tür herein. »Hier ist das Kleid. Ich bin Demona. Rufen Sie mich, wenn Sie etwas brauchen.«

Bewundernd fuhren Rubys Finger über den hauchfeinen Stoff. Dann zog sie sich schnell aus und streifte das Kleid über.

Es kam ihr vor, als würde sie in eine andere Persönlichkeit schlüpfen, in ein neues Leben. Vorsichtig öffnete sie die Tür und spähte hinaus. Niemand zu sehen. Sie trat vor einen der riesigen Spiegel.

Und hielt den Atem an. Selbst mit den struppigen, kurzen Haaren, dem schrillen Make-up und den klobigen Reeboks sah sie unglaublich aus – *schön*. Der tiefe Ausschnitt betonte ihre kleinen Brüste, ihre Taille wirkte geradezu zerbrechlich, der Seitenschlitz machte ihre Hüften schmaler.

Das war die Frau, die sie immer zu sein hoffte. Wie hatte sie so weit vom Ziel abkommen können?

»Oh«, hauchte Demona ergriffen. »Es sitzt einfach perfekt. Noch nie habe ich erlebt, dass etwas auf Anhieb so gut passte. Es braucht absolut nichts geändert zu werden.«

»Ich nehme es«, erklärte Ruby mit belegter Stimme.

Zumindest bleibt mir damit die Erinnerung an einen wundervollen Tag, dachte sie. Das Kleid würde für ewig in ihrem Schrank hängen, eine Erinnerung an die Frau, die Ruby gern wäre.

Sie schrieb einen Scheck aus – inklusive Schuhe und Steuern kostete ihr Traum fast dreitausendfünfhundert Dollar –, verließ das Geschäft und stellte die Tüte behutsam auf den Rücksitz des Käfers.

Sie schaltete das Autoradio ein und fuhr unter den Klängen von Steppenwolf dem Freeway entgegen. Sie war fast zu Hause, als sie an dem Porsche-Händler vorbeikam.

Lachend trat Ruby auf die Bremse.

Zusammengerollt lag Nora im abgedunkelten Wohnzimmer auf der eleganten Couch. Vor Stunden hatte sie Dee nach Hause geschickt und die Telefone ausgestöpselt.

Dann schaltete sie den Fernseher ein.

Ein gewaltiger Fehler.

Jeder Sender brachte die Story. Immer wieder zeigten sie die skandalösen Schwarzweißfotos, oft unterlegt mit Tonaufnahmen von Nora, bei denen sie sich über die Bedeutung ehelicher Treue äußerte. Am schmerzlichsten waren die Interviews mit dem »Mann auf der Straße«. Ihre Fans hatten sich von ihr abgewandt, einige Frauen brachen sogar enttäuscht in Tränen aus. »Und ich habe ihr *vertraut*«, lautete der häufigste Kommentar.

Sie war erledigt. Nie wieder würden sie Menschen um Rat fragen, nie wieder im strömenden Regen vor dem Sender Schlange stehen, nur um einen Blick auf sie werfen, ihr die Hand drücken zu können.

Sie wusste auch, was sich unten in der Halle abspielte. Mehrmals hatte sie den Portier angerufen und stets dieselbe Information erhalten. Die Presse war angerückt, Kameras und Mikros in Bereitschaft. Sobald Nora Bridge sich zeigte, würden sie auf sie zuspringen wie eine Meute kläffender Hunde. Ein Verlassen des Hauses durch die Garage wäre ungefährlich, behauptete der Portier, dort wäre den Medien der Zugang verwehrt, aber Nora wollte kein Risiko eingehen.

Sie setzte sich auf. Als verwaschene Farbkleckse schimmerten die Lichter der Stadt durch die großen Fenster. Die Space Needle ragte in den dunstigen Himmel wie ein Raumschiff über der City.

Nora ging zum Fenster. In der Glasscheibe zeichnete sich ihr Spiegelbild ab, verschwommen und klein, armselig.

Armselig.

So kam sie sich vor. Es war ein vertrautes Gefühl, eins, das früher ihr ganzes Leben bestimmt hatte. Die niederschmetternde Erkenntnis, ein *Niemand* zu sein, hatte sie auf den Weg in den Ruin geführt, und die Ironie, dass sie wieder ganz unten angekommen war, entging ihr nicht.

Wäre ihr Vater noch am Leben, würde er lachen: Hochmut kommt vor dem Fall, Missy ...

Nora ging in die Küche und zum Butlertisch mit den für Gäste bestimmten Flaschen. Seit Jahren hatte Nora keinen Schluck Alkohol mehr getrunken.

Aber jetzt brauchte sie dringend etwas, was ihr aus diesem schwarzen Loch heraushalf.

Sie goss Gin in ein Glas. Anfangs schmeckte er scheußlich, wie Isopropylalkohol, aber nach ein paar Schlucken war ihre Zunge betäubt und die Flüssigkeit rann ihr glatt durch die Kehle, um in ihrem eiskalten Magen wie Feuer zu brennen.

Nora kehrte ins Wohnzimmer zurück und blieb vor dem schimmernden Flügel stehen. Die goldgerahmten Fotos, die darauf standen, betrachtete sie fast nie, jedenfalls nicht näher. Das wäre, als würde sie ihre Finger um zerbrochenes Glas schließen.

Aber jetzt stach ihr ein Bild ins Auge. Es zeigte ihren Exmann Rand, ihre beiden Töchter und sie. Eng umschlungen standen sie vor ihrem Strandhaus und lächelten in die Kamera.

Sie trank das Glas in einem Zug aus und ging in die Küche, um es erneut zu füllen. Als sie auch das geleert hatte, konnte sie kaum noch geradeaus laufen. Zwischen ihr und der Welt schien sich eine Nebelwand aufgebaut zu haben.

Und das war gut so. Sie wollte nicht klar denken können. Denn dann müsste sie erkennen, dass sie ihr ganzes Leben lang auf der Flucht gewesen und schließlich gegen eine Mauer geprallt war. Jetzt kannte alle Welt die Wahrheit über sie – auch ihre Kinder. Leicht schwankend starrte sie die Fotos an. Auf der einen Seite des Flügels standen Familienbilder: kleine Mädchen in Ballettröckchen, Aufnahmen von Weihnachtsfeiern und von Ferienfahrten mit dem alten Wohnwagen, den sie an ihren Kombi gekoppelt hatten.

Auf der anderen Seite standen Bilder von einer Frau, die selbst unter vielen Menschen immer allein war. Eine sehr schöne Frau, dank ihrer Kosmetikerin, ihres Friseurs und ihres Fitnesstrainers. Sie trug elegante, erstklassige Kleidung und war oft von Fans oder Mitarbeitern umgeben.

Geliebt und verehrt von Fremden.

Auf unsicheren Beinen lief Nora zur Wand. Sie bückte sich, stöpselte das Telefon wieder ein und rief ihren Psychiater an.

Eine Frauenstimme meldete sich. »Praxis Doktor Allbright. Guten Tag, womit kann ich Ihnen helfen?«

»Hi, Midge. Hier Nora Bridge.« Sie riss sich zusammen, damit sie keine Silben verschluckte. »Ist der Doktor da?«

Ein leiser Seufzer. Ganz kurz nur, aber Nora wusste Bescheid. »Leider nicht, Miss Bridge. Wollen Sie eine Nachricht hinterlassen?«

Miss Bridge. Vor ein paar Tagen noch hatte Midge sie Nora genannt.

»Ist er zu Hause?«

»Nein. Er ist nicht erreichbar. Aber er hat mich gebeten, Patienten in Notfällen an Doktor Hornby zu verweisen ...«

»Danke, Midge. Das ist nicht nötig.« In der Praxis klingelte ein weiteres Telefon, und Midge entschuldigte sich. Nora legte den Hörer auf und riss erneut das Kabel aus der Steckdose.

Irgendetwas sagte ihr, dass sie in einem Meer von Selbstmitleid versank und möglicherweise darin ertrinken würde, aber sie wusste nicht, wie sie sich daraus befreien sollte.

Eric ...

Inzwischen war er vermutlich auf der Insel. Wenn sie sich beeilte, schaffte sie vielleicht noch die letzte Fähre.

Nora suchte ihre Autoschlüssel, fand sie in der Küche und stolperte ins Schlafzimmer. Nachdem sie ihre kurz geschnittenen, kastanienbraunen Haare unter einer blonden Perücke versteckt hatte, setzte sie sich eine Jackie-O-Sonnenbrille auf. In der Nachttischschublade lagen ihre Beruhigungstabletten. Natürlich wäre es falsch, jetzt eine zu nehmen. Nicht nur falsch – schädlich. Selbst in ihrer Trunkenheit wusste sie, dass Alkohol *und* Tabletten verhängnisvoll waren, aber sie brauchte dringend eine.
Unbedingt.
Sie warf die braune Flasche in ihre Handtasche.
Das Einzige, was sie mitnahm, war ein altes Familienfoto, eine Aufnahme aus Disneyland, als die Mädchen noch klein waren. Sie steckte es in ihre Tasche und verließ das Apartment, ohne die Tür zu verschließen.
An der Wand entlang tastete sich Nora zum Fahrstuhl. Drinnen klammerte sie sich an den hölzernen Handlauf und flehte inständig, dass der Lift nicht in der Lobby anhielt. Sie hatte Glück. Der Fahrstuhl glitt, ohne zu stoppen, ins Untergeschoss und kam in der Parkgarage zum Stehen.
Die Türen gingen auf.
Nora blickte um sich. Die Garage war leer. Sie schwankte auf ihren schwarzen Mercedes zu und musste sich an die Karosserie lehnen, um das Gleichgewicht nicht zu verlieren. Nach mehreren vergeblichen Versuchen gelang es ihr endlich, den Schlüssel ins Schloss zu stecken und umzudrehen.
Sie ließ sich in die Polster fallen. Der Motor sprang sofort an, ein beruhigendes Dröhnen in der Dunkelheit. Im Autoradio sang Bette Midler von dem Wind unter ihren Flügeln.
Nora sah sich im Rückspiegel. Ihr Gesicht war kalkweiß und tränenüberströmt. Sie biss sich auf die Lippe, bis die Haut aufsprang.

»Was machst du da eigentlich?«, fragte sie die Frau mit der Sonnenbrille. Sie hörte das Lallen ihrer Stimme und musste schluchzen. Heiße Tränen nahmen ihr die Sicht.

»Bitte, lieber Gott«, flüsterte sie, »lass Eric noch da sein.«

Nora legte den Rückwärtsgang ein und setzte den Wagen zurück. Dann trat sie den Gashebel voll durch. Mit quietschenden Reifen ging der Mercedes in die Kurve und schoss die Ausfahrt hinauf. Sie blickte nicht einmal nach links, als sie auf die Second Avenue einbog.

Dean stand auf dem Anlegesteg und beobachtete, wie das Wasserflugzeug von den tiefblauen Wellen abhob, immer höher stieg, die linke Tragfläche senkte und nach Seattle zurückflog.

Er hatte ganz vergessen, wie schön es hier war, wie friedlich.

Es war Ebbe, und der breite Strand roch nach sonnenwarmem Sand, nach Kelp, das sich langsam in lederähnliche Riemen verwandelte. Wenn er vom Steg sprang, würde der Sand seine Loafers verschlucken, ihn wieder zum kleinen Jungen machen.

Der vertraute Geruch trug ihn in die Vergangenheit zurück, er und das sanfte Klatschen der Wellen gegen muschelbesetzte Holzpfähle. Erinnerungen überwältigten ihn, in den Geruch des Strandes seiner Eltern verpackt wie in Geschenkpapier.

Hier hatten Eric und er Burgen gebaut und in Alufolie gewickeltes Spielgeld als Schätze vergraben. Sie waren von Felsblock zu Felsblock gesprungen und hatten sich auf der Suche nach winzigen schwarzen Krebsen, die unter den glitschigen Steinen lebten, die Knie an Treibholz aufgeschürft.

Damals waren sie die besten Freunde, unzertrennliche Brüder, die häufig genug die gleichen Gedanken hatten.

Eric war der Energischere von beiden gewesen, der Goldjunge, der bei allem Erfolg hatte und seine Wünsche durchsetzte. Im Alter von sieben Jahren bestand Eric darauf, dass sie nach Lopez Island fuhren, nachdem er Fotos vom Haus ihres Großvaters gesehen hatte. Und natürlich war es ihm gelungen, Mutter schließlich zu überreden, dass sie auf der Insel bleiben durften.

Dean erinnerte sich noch gut an die Diskussionen, mit gedämpften Stimmen ausgefochten wie alle Auseinandersetzungen in der Familie Sloan. Er sah sich oben auf den Treppenstufen hocken, seinen dünnen Oberkörper so fest gegen das Geländer gedrückt, dass es sich später als rote Flecken auf seiner Haut abzeichnete, und lauschen, wie sein großer Bruder darum kämpfte, die Inselschule besuchen zu dürfen.

»Lächerlich«, hatte seine Mutter zunächst brüsk erklärt, aber Eric ließ sich nicht beirren. Als Kind stand Eric ihrer Mutter in puncto Entschlossenheit um nichts nach, und irgendwann gab sie immer nach. Aber was damals ein grandioser Sieg zu sein schien, wich im Laufe der Jahre einer eher bitteren Erkenntnis. In Wahrheit nahm die Leitung von Harcourt and Sons ihre Mutter so in Anspruch, dass es ihr relativ gleichgültig war, was ihre Kinder machten. Gelegentlich versuchte sie zwar einzugreifen und ihre Söhne zu bewegen, das ihrer Meinung nach »Richtige« zu tun, aber letzten Endes ließ sie ihnen ihren Willen.

Dean schloss die Augen, doch ein leises Lachen veranlasste ihn, sie schnell wieder zu öffnen.

Aber es war nur ein Echo der Vergangenheit. Er verabscheute den Anlass, der ihn auf die Insel gebracht hatte: dass es erst einer tödlichen Krankheit bedurfte, um zu seinem Bruder zurückzufinden. Aber noch mehr verabscheute er die tiefe Entfremdung zwischen Eric und ihm. Sie war ihm bewusst, er hasste sich dafür, schien aber nichts daran ändern zu können.

Es war an einem ganz gewöhnlichen Sonntag passiert. Dean hatte damals die Insel schon verlassen, besuchte die Choate High School und litt unter der Trennung wie ein Hund. Eric studierte in Princeton. Damals waren sie wenige Meilen getrennt und hatten jeden Sonntag miteinander telefoniert. Nur ein paar Worte am Telefon änderten jedoch alles zwischen ihnen.

»Ich habe mich verliebt, kleiner Bruder ... Bereite dich auf einen Schock vor ... Er heißt Charlie und ist ...«

An mehr konnte sich Dean auch später nicht erinnern. Irgendwie schien sein Fassungsvermögen ausgesetzt zu haben. Er fühlte sich betrogen und verraten. Als wäre der Bruder, den er gekannt und geliebt hatte, ein völlig Fremder.

Natürlich hatte Dean auf Erics Bekenntnis mit den »richtigen« Worten reagiert. Selbst im Zustand tiefster Verwirrung wusste er, was von ihm erwartet wurde. Aber beide hörten die Unaufrichtigkeit in seiner Stimme. Dean konnte sich mit dem Gehörten nicht abfinden. Unsinnigerweise kam es ihm vor, als wäre sein Bruder an jenem Tag gestorben.

Hätten sie damals ausführlich miteinander gesprochen, hätte vielleicht noch alles gut werden können. Aber sie waren junge Männer, deren Lebenswege in unterschiedliche Richtungen führten. Als Dean Stanford verließ, um in das Familienunternehmen einzutreten, war bereits zu viel Zeit verstrichen, um die Kluft zu überbrücken. Eric wohnte inzwischen in Seattle und lehrte an einer High School Englisch. Er lebte lange mit Charlie zusammen. Erst zwei Jahre zuvor hatte Dean durch einen Brief von Eric erfahren, dass Charlie den Kampf gegen Aids verloren hatte.

Er schickte Blumen und eine stilvolle kleine Beileidskarte. Eigentlich hatte er Eric anrufen wollen, aber jedes Mal, wenn er nach dem Telefon griff, fragte er sich, was er eigentlich sagen sollte.

Dean drehte sich um, ließ den Steg hinter sich und kletterte über eine Bohlentreppe den Hang hinauf. Oben angekommen, musste er nach Luft ringen.

Das viktorianische Haus sah genauso aus, wie er es in Erinnerung hatte: Die Holzwände waren lachsrosa gestrichen, Mansardenfenster durchbrachen das Dach, weißes Holzschnitzwerk zierte die Fassade. Clematisranken wanden sich um Verandasäulen empor und hingen von der Dachtraufe. Der grüne, dichte Rasen sah aus wie Billardtuch. Die sorgfältig geschnittenen und gedüngten Rosen blühten geradezu verschwenderisch.

Das war etwas, was seine Mutter nie vergaß: Jedes ihrer Häuser befand sich in hervorragendem Zustand, aber das hier wirkte noch gepflegter als die meisten anderen. Sie wusste – oder vermutete – was für sie der Gewissheit gleichkam –, dass Eric gelegentlich mit *diesem Mann* in dem Sommerhaus wohnte. Und sie wollte von ihnen keine Beschwerden über das Anwesen hören.

Als Dean sich duckte, um den Ästen eines Erdbeerbaums auszuweichen, fiel ihm etwas metallisch Glänzendes ins Auge. Er drehte sich um.

Die alte Schaukel, verrostet und vergessen. Ein leichter Wind schob einen der roten Sitze an und ließ die Ketten leise rasseln. Der Anblick löste unwillkommene Erinnerungen aus.

Ruby ... Genau dort hatte sie gestanden und sich mit über der Brust verschränkten Armen gegen den Stützpfeiler gelehnt.

In diesem Moment hatte er begriffen, dass sein bester Freund ein – *Mädchen* war.

»Was ist denn?«, lachte sie ihm entgegen. »Ist mir etwa ein Horn auf der Stirn gewachsen?«

Und mit einem Mal, ganz plötzlich, erkannte er, dass er sie liebte. Er wollte es ihr sagen, aber da war diese verdammte Unzuverlässigkeit seiner Stimme. Er fürchtete sich davor, zu piepsen wie ein Mädchen, und so küsste er sie.

Es war für beide der erste Kuss, und noch heute sehnte er sich, wenn er eine Frau küsste, nach diesem Geschmack nach Meer.

Dean wandte sich von der Schaukel ab und lief entschlossen auf das Haus zu. Vor der Tür blieb er stehen, rang um Beherrschung und ein überzeugendes Lächeln. Dann klopfte er.

Schritte näherten sich.

Die Tür flog auf, und da stand Lottie. Seine alte Nanny breitete die Arme aus. »Dean!«

Er trat über die Schwelle und ließ sich von ihr umfangen, atmete ihren vertrauten Geruch ein – Ivory-Seife und Zitronen.

Lächelnd trat er einen Schritt zurück. »Hey, Lottie. Wie schön, dich zu sehen.«

Sie hob eine Braue. »Es überrascht mich, dass du doch noch nach Hause gefunden hast.«

Obwohl er sie länger als ein Jahrzehnt nicht gesehen hatte, schien sie kaum verändert. Sicher, ihr Haar war grauer geworden, aber sie trug es wie immer im Nacken zu einem Knoten zusammengefasst. Kaum eine Falte zeigte sich auf ihrem Gesicht, und ihre grünen Augen funkelten wie die einer Frau, die das Leben kannte und liebte.

Plötzlich wurde ihm bewusst, wie sehr er sie vermisst hatte. Lottie war zunächst als Köchin zur Familie Sloan gekommen und dann Kindermädchen geworden. Sie betrachtete Eric und Dean als »Ersatz« für die Kinder, die sie nie gehabt hatte, und sorgte für die beiden während der ganzen zehn Jahre, die sie auf Lopez Island verbrachten.

»Ich wünschte, es wäre ein ganz normaler Besuch«, sagte er.

Lottie blinzelte. »Es kommt mir vor, als hätte ich erst gestern Schokolade von seinen Lippen gewischt. Ich kann es nicht glauben. Ich kann es einfach nicht glauben.« Kopfschüttelnd lief sie ihm voran ins Wohnzimmer.

Im Kamin knisterte ein Feuer, und die Einrichtung sah aus, wie er sie aus seiner Kindheit in Erinnerung hatte. Cremefarbene Sofas rahmten einen ovalen Rosenholztisch, auf dem eine wundervolle Lalique-Schale stand.

Zeitlose Eleganz beherrschte den Raum. Kein einziger Gegenstand war modisch oder gar ordinär. Alles spiegelte den perfekten Geschmack seiner Mutter wider – und ein unerschöpfliches Bankkonto.

Das Einzige, was dem Raum fehlte, war Leben. Kein Kind hatte je auf den makellosen Sofas sitzen dürfen, kein Glas seinen Inhalt auf den Aubusson-Teppich verschüttet.

Dean blickte zur Treppe. »Wie geht es ihm?«

Lotties grüne Augen trübten sich. »Nicht so gut, fürchte ich. Die Herfahrt hat ihn sehr angestrengt. Heute war die Hospizschwester hier. Sie meinte, mit den neuen Medikamenten – einer Art Schmerzcocktail – würde es ihm bald ein bisschen besser gehen.«

Schmerzen.

Verblüfft machte sich Dean klar, dass er daran noch gar nicht gedacht hatte. »Großer Gott«, murmelte er und fuhr sich hilflos mit der Hand durch die Haare. Er hatte sich innerlich auf das Kommende vorbereitet, erkannte nun aber, wie wenig das möglich war. Auf das Sterben eines Bruders kann man sich nicht *vorbereiten*. »Hat Eric unsere Eltern angerufen?«

»Hat er. Sie sind in Griechenland. In Athen.«

»Ich weiß. Hat er mit Mutter gesprochen?«

Lottie senkte den Blick. »Nein, mit ihrer Sekretärin. Deine Mutter war offenbar gerade einkaufen.«

»Hat er den Krebs erwähnt?« Dean zwang sich zur Ruhe.

»Selbstverständlich. Eigentlich wollte er es eurer Mutter selbst sagen, entschied sich dann aber dazu, eine Nachricht zu hinterlassen.«

»Und hat sie zurückgerufen?«

»Nein.«

Dean seufzte.

Lottie machte einen Schritt auf ihn zu. »Früher standet ihr euch so nahe, dass ihr füreinander durchs Feuer gegangen wärt.«

»Yeah. Und jetzt bemühe ich mich, für ihn da zu sein.«

»Geh zu ihm.« Sie lächelte zärtlich. »Er ist ziemlich mitgenommen, aber noch immer unser Eric.«

Dean nickte, warf sich den Kleidersack über die Schulter und lief zur Treppe. Die Eichenstufen knarrten unter seinen Schritten. Seine Hand glitt das Geländer hinauf, das drei Generationen von Sloan-Kindern glatt geschliffen hatten.

Oben gingen zwei Korridore ab. Am rechten befanden sich die Räume seiner Eltern, die diese jedoch seit vierzehn Jahren nicht mehr bewohnt hatten.

Links gab es zwei Türen, eine geschlossen, die andere halb geöffnet. Die geschlossene führte in Deans altes Zimmer. Er brauchte den Raum nicht zu betreten, um die Einrichtung vor sich zu sehen: das Ahornholzbett mit der karierten Tagesdecke, den blauen Wollteppich, das alte Poster von Farrah Fawcett in ihrem berühmten roten Badeanzug. In diesem Zimmer hatte er Millionen Träume geträumt, sich seine Zukunft auf vielfältigste Weise ausgemalt … aber ein Moment wie dieser war darin nicht vorgekommen.

Dean ging an seinem Zimmer vorbei und weiter bis zu Erics Tür.

Er blieb stehen und holte tief Luft, als würde mehr Sauerstoff in seinen Lungen alles ein wenig leichter machen.

Dann betrat er das Zimmer seines Bruders.

Als Erstes fiel ihm das wuchtige Krankenhausbett auf, das Erics altes Etagenbett ersetzte. Es stand so, dass man vom Bett aus zum Fenster hinausblicken konnte. Eric schlief.

Dean bemerkte mit einem Blick, wie schütter Erics schwarzes Haar geworden war, die fahle Blässe seiner hohlen Wangen, die dunklen Schatten unter seinen Augen, die erschreckende Magerkeit seines Armes auf der schneeweißen Bettdecke, seine schlaffen, farblosen Lippen, die durch nichts an den Mund erinnerten, der früher nahezu unverwandt gelächelt hatte. Sein Bruder war nur noch ein Schatten seiner selbst …

Halt suchend klammerten sich Deans Hände um das Gitter des Bettes, sein High-School-Ring klirrte leise gegen das Metall.

Langsam schlug Eric die Augen auf.

Und da war er. Der Junge, den er gekannt und geliebt hatte. »Eric …« Dean wünschte, seine Stimme würde nicht so gebrochen klingen. Er zwang sich zu einem Lächeln.

»Gib dir keine Mühe, Bruder.«

»Mühe?«

»Dein Entsetzen über meinen Anblick zu verbergen.« Eric streckte die Hand nach der Plastiktasse auf dem Nachttisch aus. Mit zitternden Fingern führte er den Strohhalm zu seinem Mund und trank. Als er Dean wieder ansah, lag eine quälende Aufrichtigkeit in seinem Blick. »Ich hatte nicht geglaubt, dass du kommen würdest.«

»Aber natürlich. Du hättest mir schon viel früher davon erzählen sollen.«

»So wie damals, als ich dir sagte, dass ich schwul bin? Glaub mir, ich habe schon vor langer Zeit begriffen, dass meine Familie schlechte Nachrichten nicht hören will.«

Dean kämpfte gegen die Tränen an. Vergebens. Er empfand tiefe Scham.

Es gab Gefühle, die ihm vertraut waren – Bedauern, Gewissensbisse, Langeweile, Ehrgeiz –, mit denen er umgehen, sie manipulieren und kompensieren konnte. Aber diese neue Emotion – dieses peinigende Gefühl in der Magengrube, seinen Bruder zutiefst verletzt und wider besseres Wissen nichts unternommen zu haben, das wieder gutzumachen ...

Eric lächelte schwach. »Jetzt bist du da. Das reicht.«

»Nein. Du bist schon sehr lange krank. Und musstest allein damit fertig werden.«

»Das macht nichts.«

Dean wollte Eric die Haare aus der feuchten Stirn streichen, ihn mit einer zärtlichen Berührung trösten, doch als er die Hand ausstreckte, zitterten seine Finger, und er ließ sie wieder sinken.

Es war lange her, seit er einen anderen Menschen getröstet hatte. Er erinnerte sich nicht mehr, wie man das machte.

»Doch, es macht etwas aus. Sehr viel sogar«, sagte er tonlos. Er hätte alles darum gegeben, die Zeit zurückdrehen zu können, zu jenem Sonntagnachmittag, an dem ihm sein Bruder seine Liebe zu einem Mann gestand.

Aber wie machte man das? Wie konnten zwei Menschen in ihre Vergangenheit zurückkehren?

»Erzähl mir etwas«, sagte Eric und lächelte schläfrig. »Rede einfach mit mir, kleiner Bruder. Wie früher.«

5. Kapitel

Mitten in der Nacht klingelte das Telefon. Stöhnend blickte Ruby zur Uhr auf dem Nachttisch. Fünf Minuten vor zwei.

»Verdammt«, murmelte sie. Vermutlich war das irgendein idiotischer Reporter. Sie griff über Max' leere Betthälfte hinweg und zerrte den Hörer an sich. »Sie können mich mal ...«

»Wie unhöflich.«

Ruby lachte. »Caro? Tut mir Leid. Ich dachte, es wäre ein Schreiberling vom *Tattler*.«

»Mich rufen die nie an. Aber ich habe Mom ja auch nicht zu meiner Karriere gemacht.«

»Schöne Karriere.« Ruby setzte sich auf und drückte ihren Rücken gegen die Wand. Am anderen Ende der Leitung hörte sie ein Baby kreischen. »Großer Gott, Caro. Heult der Kleine immer wie eine Sirene?«

»Mom hatte einen Autounfall.«

Ruby hielt den Atem an. »Wie ist das passiert?«

»Keine Ahnung. Ich weiß nur, dass sie im Bayview ist. Offenbar hatte sie getrunken.«

»Sie trinkt doch nie ... Das heißt, früher hat sie nicht getrunken.« Ruby warf die Bettdecke von sich und stand auf. Sie wusste nicht, warum sie es tat. Sie verspürte nur plötzlich den Drang, sich zu bewegen. Mit dem schnurlosen Telefon am Ohr ging sie in die Küche und blickte durch die nicht ganz zugezogenen Vorhänge auf die dunkle Straße hinaus. Das pinkfarbene »Zimmer frei«-Neonschild am Haus gegenüber flackerte. Sie fuhr sich mit der Hand durch die verschwitzten Haare. »Ist es schlimm?«

»Ich weiß nicht. Morgen früh bringe ich die Kinder zu Jeres Mutter und fahre zum Krankenhaus. Aber ich möchte nicht gern allein da auftauchen. Kommst du mit?«

Ruby zögerte. »Ich weiß nicht recht, Ca...«

»Wir haben keine Ahnung, wie schwer sie verletzt ist. Vielleicht stirbt sie. Denk doch wenigstens einmal nicht nur an dich«, fiel ihr Caroline scharf ins Wort.

»Okay«, seufzte Ruby. »Ich komme mit.«

»Ich rufe Alaska Airlines an und lasse ein Ticket für dich am Counter hinterlegen.«

»Nicht nötig. Ich habe ein bisschen Geld.«

»*Du?* Nun, das ist eine erfreuliche Überraschung.«

»Gegen Mittag bin ich da.« Ruby beendete das Gespräch und lief mit verschränkten Armen in ihrem Apartment auf und ab, hin und her, wie unter Zwang.

Sie konnte sich kaum erinnern, wann sie in den letzten Jahren auf ihre Mutter nicht zornig gewesen war, und die letzten Tage hatten ihre Verbitterung nur noch gesteigert.

Aber jetzt – ein Unfall. Furchtbare Bilder tauchten vor ihrem inneren Auge auf. Querschnittlähmung, Hirnschäden, Koma, Tod.

Sie schloss die Augen und merkte nicht einmal, dass sie betete. »Lass sie wieder gesund werden«, flüsterte sie heiser und fügte dann ein für sie völlig uncharakteristisches Wort hinzu: »Bitte!«

Als Nora am Morgen erwachte, wurde sie von beklemmender Angst gepackt. Sie befand sich in einem fremden Bett, in einem kahlen, nüchternen Raum, den sie nicht kannte.

Dann erinnerte sie sich.

Sie hatte einen Unfall. Sie erinnerte sich an die Fahrt im Krankenwagen, an Sirenen und Blaulicht, an den metallischen Geschmack von Blut, an die überraschte Miene des jungen Sanitäters, als er sie erkannte.

Und an die Ärzte. An den Orthopäden, der vor und nach den Röntgenaufnahmen mit ihr gesprochen hatte. »Sie haben einen komplizierten Knöchelbruch erlitten, Ihr Schienbein unterhalb des Knies ist angebrochen und ein Handgelenk verstaucht.« Sie habe großes Glück gehabt ...

Sie musste schluchzen, als er das sagte.

Jetzt lag ihr Bein in Gips. Sehen konnte sie es nicht, aber fühlen. Der Knochen schmerzte, die Haut juckte unangenehm.

Nora seufzte. Sie tat sich sehr Leid, empfand aber auch tiefe Scham: Sie hatte sich betrunken hinters Steuer gesetzt.

Als wären die Fotos im *Tattler* nicht mehr als genug, ihre Karriere zu vernichten, musste sie auch noch gegen das Gesetz verstoßen.

Lange konnte es nicht dauern, bis die Medien davon Wind bekamen. Irgendjemand würde ihnen schon stecken, wo sie sich befand. Vermutlich waren mit dem Tipp ein paar Tausender zu verdienen.

Es klopfte kurz und scharf an die Tür, und dann kam Caroline ins Zimmer gerauscht. Sie hielt sich kerzengerade und trug ein kamelhaarfarbenes Kaschmir-Twinset zu gleichfarbenen Hosen. Ihre silberblonden Haare waren zu einem perfekten Bob geschnitten, auf einer Seite hinter das Ohr gestrichen. In ihren Ohrläppchen funkelten Diamantsticker. »Hallo, Mutter.«

»Hi, mein Schatz. Wie nett, dass du mich besuchst.« Nora merkte, wie distanziert sie klang, und das beschämte sie. In den vergangenen Jahren waren Caroline und sie bemüht gewesen, einander wieder näher zu kommen. Sorgfältig hatte Nora darauf geachtet, ihre älteste Tochter jeweils den ersten Schritt machen zu lassen. Jetzt waren selbst diese kleinen Erfolge zunichte gemacht, und Nora merkte, wie weit sie sich wieder voneinander entfernt hatten. In Carolines Augen stand eine Kälte, die sie seit Jahren nicht mehr gesehen hatte.

Caroline warf ihr einen schnellen Blick zu und lächelte sparsam. Plötzlich wirkte sie unendlich verletzlich.

Nora konnte das unbehagliche Schweigen nicht mehr ertragen und sprach die ersten Worte aus, die ihr in den Sinn kamen. »Die Ärzte sagen, dass ich ein paar Tage im Rollstuhl sitzen muss – aber nur so lange, bis mein Handgelenk kräftig genug ist, dass ich mich mit Krücken vorwärts bewegen kann.«

»Wer wird sich um dich kümmern?«

»Oh, darüber habe ich noch gar nicht nachgedacht. Vermutlich werde ich jemanden engagieren. Das ist ein weniger großes Problem als die Frage, *wo* ich wohnen soll. In mein Apartment kann ich nicht zurück. Das wird von der Presse belagert. Aber ich muss in der Nähe meiner Ärzte bleiben.«

Caroline trat einen Schritt auf das Bett zu. »Du könntest doch in das Sommerhaus ziehen. Jere und ich finden nie genügend Zeit, dort ein paar Tage zu verbringen, und Ruby würde keinen Fuß auf die Insel setzen. Das Haus ist völlig leer, ungenutzt ...«

Das Haus auf Summer Island. Einen Steinwurf von Eric entfernt. Es wäre einfach perfekt. Nora sah ihre Tochter an. »Du hättest nichts dagegen?«

Unendlich traurig sah Caroline sie an. »Ich wünschte, du würdest mich besser kennen.« Tränen traten in ihre Augen, sie wischte sie hastig fort.

Nora sank in die Kissen zurück. Wieder hatte sie das Falsche gesagt. »Tut mir Leid.«

»Mein Gott, wie oft habe ich das nicht schon von dir gehört. Hör auf, dich ständig zu entschuldigen. Fang endlich an, dich wie eine Mutter zu benehmen.« Sie öffnete ihre Handtasche, holte ein Schlüsselbund heraus, löste einen Schlüssel vom Ring und legte ihn auf den Nachttisch.

Nora sah, dass ihre Tochter dem Zusammenbrechen nahe war. »Caro ...«

»Ruf mich an, wenn du dich ein bisschen eingewöhnt hast.« Caroline trat zwei Schritte zurück, legte eine sichere Entfernung zwischen sich und das Bett.

Nora wusste nicht, was sie sagen sollte. Sie musste Caroline Recht geben. Seit Jahren fand sie nicht den Mut, sich wie eine Mutter zu benehmen.

»Ich muss jetzt gehen.«

Nora nickte steif und versuchte zu lächeln. »Natürlich. Vielen Dank, dass du gekommen bist.« Sie sehnte sich danach, die Hand ihrer Tochter zu ergreifen und nie wieder loszulassen.

»Auf Wiedersehen, Mom.«

Drei Sekunden später war sie verschwunden.

Ruby verließ das Hauptgebäude des SeaTac Airport. Regen prasselte auf das Vordach, wo er einen bleigrauen Vorhang zwischen dem Terminal und dem Parkhaus auf der anderen Straßenseite bildete.

Es roch nach Koniferen und frischer Erde. Und kaum spürbar nach Meer. So fein, dass nur ein Einheimischer den Duft wahrnehmen konnte.

Als Ruby unter dem grauen, verhangenen Himmel stand und die feuchte, nach Tannen duftende Luft einatmete, erkannte sie, dass Erinnerungen mehr sind als verschwommene Reminiszenzen. Sie bleiben in dem Boden verwurzelt, auf dem man aufgewachsen ist. Weiter oben im Norden, im San Juan Archipelago, lagen Erinnerungen an Begebenheiten ihres Lebens verstreut wie Muscheln am Strand. Irgendwo da oben sah sie an einem Kieselstrand den Schatten eines spindeldürren, verwegenen Mädchens, das Blütenblätter von einem Gänseblümchen zupfte: »Er liebt mich, er liebt mich nicht ...« Und wenn sie ihre Augen nur genügend anstrengte, würde sie die Spur entdecken, die sie hinterlassen hatte, die Teile von ihr, die aus der Gegenwart in die Vergangenheit führten.

Es überraschte Ruby nicht, wie frisch ihre Erinnerungen waren. In der feuchten Luft von Seattle vertrocknete nichts, nichts wurde zu Staub. Alles gedieh und wucherte geradezu üppig.

Ruby kletterte auf den Rücksitz eines Taxis und warf ihre Reisetasche neben sich. Sie warf einen Blick auf die Zulassung des Fahrers (eine Angewohnheit, die sie bei Aufenthalten in New York angenommen hatte) und sah, dass er Avi Avivi hieß.

Das hatte durchaus etwas Witziges, aber sie war zu erschöpft, länger darüber nachzudenken. »Zum Bayview Hospital«, sagte sie und lehnte sich in die muffig riechenden Samtpolster zurück.

Avi Avivi trat aufs Gas und schoss los.

Ruby schloss die Augen und versuchte, an gar nichts zu denken. Nach einer Weile, die ihr vorkam wie drei, vier Minuten, tippte ihr Avivi auf die Schulter.

»Mistress Ma'am? Es geht Ihnen doch gut, oder?«

Erschrocken fuhr Ruby hoch und rieb sich die Augen. »Ja, ich bin völlig okay, danke.« Sie angelte dreißig Dollar aus ihrer Tasche und reichte sie dem Fahrer. Dann schulterte sie ihre Reisetasche und lief auf den Eingang des Krankenhauses zu, vor dem ein paar Leute herumstanden.

Zu spät erkannte sie, dass es Journalisten waren.

»Das ist ihre Tochter!«

Rufend und drängelnd kamen die Reporter auf sie zugerannt.

»Hier, Ruby! Sehen Sie mich an!«

»War Ihre Mutter zum Zeitpunkt des Unfalls betrunken?«

»Was sagen Sie zu den Fotos?«

Ruby hörte jedes Klicken der Kameraverschlüsse, *sah* die Fotos, bevor sie entwickelt waren. Sie bemerkte, dass ein Haar an ihrer Unterlippe klebte, sah die kleine Schnittwunde an ihrem Zeigefinger.

Es war, als stünde sie Meilen entfernt vom Journalistenschwarm, obwohl sie nur die Hand auszustrecken brauchte, um die Frau von CNN zu berühren.

»Ruby! Ruby! Ruby!«

Einen Moment lang gab sie sich der berauschenden Täuschung hin, dass die Aufmerksamkeit ihr galt, ihr allein.

»Wussten Sie von der Affäre Ihrer Mutter?«

Ruby fuhr herum und sah den Frager fest an, einen kleinen Mann mit Adlernase und KOMO-4-Cap. »Nein.« Sie grinste ebenso breit wie falsch. »Vielleicht hätte ich die Sache zu einem Scherz verarbeitet, aber so komisch ist es nicht.«

Mit erhobenem Kopf und starr geradeaus blickend drängte sie sich durch die Menge. Die Fragen verfolgten sie wie Steine, die gegen ihren Rücken geschleudert wurden. Manche trafen schmerzhaft.

Sie stieß die Tür auf, dumpf schlug sie hinter ihr zu.

Innen war es ganz ruhig. Es roch nach Desinfektionsmitteln. Lebhaft gemusterte Sessel standen gruppenweise in der riesigen Lobby herum. An den Wänden hingen die üblichen erbaulichen Landschaftsansichten zwischen goldgerahmten Porträts von verdrossen dreinblickenden Männern und Frauen, die dem Krankenhaus Millionen von Dollars gespendet hatten.

»Ruby!«

Caroline kam auf sie zu und umarmte sie so heftig, dass Ruby fast das Gleichgewicht verloren hätte. Ruby konnte spüren, wie dünn Caro geworden war, fühlte, dass sie am ganzen Körper zitterte.

Schließlich ließ sie Ruby los. Ihre Wimperntusche war verschmiert, lief wie schwarze Schneckenspuren über ihre Wangen. »Verzeih«, murmelte sie verlegen, zog ein Spitzentaschentuch aus ihrer Handtasche und betupfte sich die Augen. Ruby spürte, wie peinlich Caroline ihr überraschender Gefühlsausbruch war. Wenn sich ihre Schwester nicht geändert hatte, würde sie sich jetzt in sich zurückziehen, bis sie ihre Emotionen wieder einigermaßen unter Kontrolle hatte.

Caroline schloss kurz die Augen. Als sie sie wieder öffnete, sah sie Ruby mit stummer Verzweiflung an. Diesen Gesichtsausdruck kannte Ruby. Ihre Schwester fragte sich, warum das Leben so ungeheuer kompliziert war, warum sie sich alle nicht einfach lieben konnten.

Schweigen breitete sich aus, sanft und kühl wie früher Morgenregen. In dieser Stille hörte Ruby den Nachhall ihrer zerbrochenen Familie. Sie waren nun getrennt, separate Individuen, sehnten sich aber nach der verlorenen Gemeinsamkeit.

»Und wie geht es Nora?«, erkundigte sich Ruby schließlich.

Caroline musterte sie scharf. »Sie hat noch immer etwas dagegen, wenn wir sie Nora nennen.«

»Tatsächlich? Das hatte ich vergessen.«

»Das verwundert mich nicht. Sie ist mit ihrem Auto gegen einen Baum geprallt. Hat sich ein Bein gebrochen, ein Handgelenk verstaucht. Sie wird für ein paar Tage auf einen Rollstuhl angewiesen sein und Hilfe benötigen.«

»Die arme Pflegerin tut mir jetzt schon Leid.«

Caroline musterte sie irgendwie hinterhältig. »Möchtest *du* von Fremden versorgt werden?«

Ruby brauchte einen Moment, bis sie begriff, worauf ihre Schwester hinauswollte. Sie prustete vor Lachen. »Du musst den Verstand verloren haben.«

»Was gibt es da zu lachen? Du hast die Reporter vor dem Krankenhaus doch gesehen. Sie werden Mom in Stücke reißen, und sie war schon immer sehr sensibel.«

»Yeah, sensibel wie ein Pitbull.«

»Ruby ...« Missbilligend sah Caroline ihre Schwester an. »Ein Fremder könnte sie an die Schundpresse verkaufen. Sie braucht jemanden, dem sie vertrauen kann.«

»Dann tu du es. Mir kann sie nicht vertrauen.«

»Ich habe Kinder. Einen Mann.«

Ein eigenes Leben. Das sagte sie zwar nicht, aber wie es gemeint war, war klar. Und das schmerzte. »Hat sie denn keine Freunde?«

»Himmel, siehst du denn nicht, welche Chance für dich darin liegt?«, entfuhr es Caroline ungeduldig. »Du wirst schließlich bald dreißig. Mom ist fünfzig. Wann willst du sie eigentlich wirklich kennen lernen?«

»Wer sagt denn, dass ich das will?«

Caro kam einen Schritt näher. »Nun sag bloß nicht, du hättest gestern Nacht nicht darüber nachgedacht.«

Rubys Kehle wurde trocken. Ihre Schwester stand beklemmend nahe ... Sie roch nach einem teuren Parfum, Gardenien vermutlich. »Worüber?«

»Sie zu verlieren.«

Die drei kleinen Worte kamen der Wahrheit gefährlich nahe. Benommen starrte Ruby auf den getüpfelten Linoleumfußboden. Natürlich sollte sie auf dem Absatz kehrtmachen, das Hospital verlassen und nach Hause fliegen. Aber so einfach war es diesmal nicht, sich allen Problemen zu entziehen, nicht mit dem *Cache'*-Vertrag. Ein paar Tage mit Nora Bridge könnten dem Artikel nicht schaden. Ganz im Gegenteil.

Sie atmete tief durch und sah ihre Schwester an. »Eine Woche«, sagte sie ruhig. »Auf keinen Fall länger.«

Caroline breitete die Arme aus und zog sie an sich. »Ich wusste doch, dass du die richtige Entscheidung treffen würdest.«

Ruby konnte Caroline nicht in die Augen blicken. Sie kam sich ungeheuer arglistig vor. »Eine ganze Woche mit Nora. Du solltest schon mal eine Rechtsschutzversicherung abschließen.«

Caroline lachte. »Geh, sag es ihr. Sie liegt im Zimmer 612 West. Ich warte hier auf dich.«

»Feigling.« Ruby lächelte sie nervös an und marschierte zu den Fahrstühlen. In der sechsten Etage zählte sie die Zimmernummern ab, bis sie 612 gefunden hatte.

Die Tür stand weit offen.

Ruby holte noch einmal tief Luft und trat ein.

Ihre Mutter schlief.

Erleichtert atmete Ruby aus. Die Verspannung in ihren Schultern ließ nach, ihre Fäuste entkrampften sich.

Sie blickte in das schöne, blasse Gesicht und empfand urplötzlich und unerwartet so etwas wie Sehnsucht. Sie musste sich in Erinnerung rufen, dass diese rothaarige Frau, die so aussah wie Susan Sarandon, nicht ihre Mutter war. Ihre Mutter – die mit ihr Scrabble gespielt und jeden Sonntagmorgen Pfannkuchen mit Schokosplittern gemacht hatte –, war vor elf Jahren gestorben. Und die Frau hier hatte sie getötet.

Nora öffnete die Augen.

Ruby kämpfte gegen den überwältigenden Drang, fluchtartig das Zimmer zu verlassen.

Hastig setzte Nora sich auf und strich sich verlegen eine Haarsträhne aus der Stirn. »*Du?*« Mehr nicht, nur diese einzige Silbe.

Ruby drückte ihre flachen Hände gegen die Oberschenkel und zwang sie zur Ruhe. Eine alte Komikerregel: nur keine Zappelei. Das Auditorium hatte eine feine Antenne für Nervosität. »Wie geht es dir?«

Törichte Frage.

»Gut.« Nora lächelte sonderbar unsicher.

Ruby verschränkte die Arme. Eine weitere, sehr erprobte Methode. »Ich nehme an, du hast deinen Bonus für unfallfreies Fahren verloren.«

»Typisch meine Ruby. Immer für einen Scherz gut.«

»*Deine* Ruby? Das würde ich nicht sagen.«

Noras Lächeln verblich. »Nein, du sicher nicht.« Sie schloss die Augen und rieb sich mit einem Finger den

Nasenrücken. »Wie ich sehe, glaubst du noch immer, alles zu wissen.«

Ruby spürte, wie sich ihre Nackenhaare sträubten. Noch ein paar derartige Bemerkungen, und zwischen ihnen würden die Fetzen fliegen.

»Ich weiß durchaus nicht *alles*«, entgegnete Ruby gelassen. »Ich glaube, ich kenne nicht einmal meine Mutter.«

Nora lachte irgendwie resigniert. »Da sind wir schon zwei.«

Schweigend starrten sie einander an. Rubys zornige Verbitterung steigerte sich zur Unerträglichkeit. Unmöglich konnte sie eine Woche mit dieser Frau verbringen ...

Aber sie hatte keine andere Wahl.

»Vielleicht sollte ich mich ein paar Tage um dich kümmern ... Bis du allein zurechtkommst.«

Noras Verblüffung war fast komisch. »Warum?«

Ruby zuckte mit den Schultern. Auf diese Frage gab es die unterschiedlichsten Antworten. »Du hättest sterben können. Vielleicht dachte ich darüber nach, wie es wäre, dich zu verlieren.« Sie lächelte steif. »Vielleicht möchte ich mir auch keine Sekunde deiner Verzweiflung über den Ruin deiner Karriere entgehen lassen, für die du immerhin deine Familie aufgegeben hast. Oder vielleicht habe ich auch den Auftrag übernommen, einen Zeitschriftenartikel über dich zu schreiben, und benötige mehr Insiderwissen. Oder ...«

»Aus welchen Gründen auch immer. Ich brauche Hilfe, und du hast offensichtlich nichts Besseres zu tun.«

Ruby verdrehte die Augen. »Wie schaffst du das nur – mir zu danken und mich gleichzeitig herunterzuputzen? Himmel, das ist eine echte Begabung.«

»Es war nicht meine Absicht, dich herunterzuputzen.«

»Nein, du hast es nur für nötig befunden, mich als eine Art Tagediebin zu bezeichnen. Auf den Gedanken, dass ich mir für dich Zeit genommen haben könnte, kommst du wohl nicht, oder?«

»Lass uns nicht streiten. Okay?«

»Du hast damit angefangen.«

Noras Hand glitt über das Metallgeländer, kam Ruby sehr nahe. Sie blickte ihre Tochter an. »Du weißt, dass ich im Sommerhaus wohnen werde, oder?«

Ruby glaubte, nicht richtig gehört zu haben. »Was?«

»Mein Apartment in Seattle ist von Reportern belagert.« Nora senkte den Blick, und Ruby erkannte, dass es Nora ebenso schwer fiel, ihre Tochter anzusehen, wie umgekehrt. »Deine Schwester hat mir das Sommerhaus angeboten. Wenn du es dir jetzt noch einmal überlegen möchtest, habe ich dafür volles Verständnis.«

Ruby ging zum Fenster und blickte auf die grauen, verregneten Straßen von Capitol Hill hinaus.

Eben noch war es ihr durchaus möglich erschienen, dieser Frau in ihrer Wohnung vorübergehend Gesellschaft zu leisten, ein paar Mahlzeiten zuzubereiten, in alten Fotoalben zu blättern, einige Fragen zu stellen.

Genügend Informationen für den Abschnitt ihres Artikels zu sammeln, in dem es um Nora Bridges »Früher« ging.

Aber im Sommerhaus?

Dort waren zu viele Erinnerungen begraben – gute wie schlechte. Sie hätte irgendein schickes Apartment in einem gläsernen Wolkenkratzer bei weitem vorgezogen. Nicht das alte Holzschindelhaus, in dem sie sich an Arbeiten im Garten, an laue Abende im Seewind und lange verklungenes Lachen erinnern würde.

Fünfzigtausend Dollar.

Daran musste sie denken. Das würde ihr helfen, eine Woche im Sommerhaus zu überstehen.

»Vermutlich ist es völlig gleich, wo wir sind ...«

»Wirklich?« In der Stimme ihrer Mutter klang unüberhörbar Hoffnung mit.

Schließlich drehte Ruby sich um. Sie wollte die Distanz zwischen ihnen schließen, aber ihre Füße rührten sich nicht. »Natürlich. Warum nicht?«

Nachdenklich sah Nora sie an. »Du wirst einen Rollstuhl für mich leihen müssen – bis mein Handgelenk kräftig genug für Krücken ist. Und dann brauche ich ein paar Dinge aus meiner Wohnung.«

»Kein Problem.«

»Ich spreche mit meinen Ärzten und bereite meine Entlassung vor. Vermutlich müssen wir durch den Hinterausgang verschwinden, um den Journalisten nicht in die Hände zu fallen.«

»Ich miete ein Auto und hole dich ab. Wann? In drei Stunden?«

»Gut. Meine Handtasche mit den Kreditkarten ist im Schrank. Benutze die Platinum Visa für alles, was du brauchst. Ich zeichne dir schnell den Weg zum Apartment auf und rufe Ken an, den Portier, damit er dich einlässt. Und, Ruby ... miete ein anständiges Auto, okay?«

Ruby lächelte mühsam. Es konnte nicht gut gehen. Schon jetzt stelle ihre Mutter Forderungen und machte Vorschriften. »Für dich nur das Feinste, Nora.« Sie öffnete den Schrank, nahm die edle, schwarze Handtasche heraus und hängte sie sich über die Schulter. Ohne einen Blick zum Bett ging sie zur Tür.

Die Stimme ihrer Mutter ließ sie innehalten. »Ruby? Vielen Dank.«

Ruby zog die Tür hinter sich ins Schloss.

6. Kapitel

Ruby betrat das Penthouse-Apartment ihrer Mutter und schloss die Tür. Es war geradezu unheimlich still, und schwacher Blumenduft wehte sie an.

Ruby ließ ihre Jacke auf den schimmernden Marmorfußboden fallen, neben einen schmiedeeisernen Tisch mit Steinplatte, auf dem eine riesige Vase mit Rosen stand.

Sie bog um die Ecke und blieb wie angewurzelt stehen. Es war der wundervollste Raum, den sie jemals gesehen hatte.

Eine Wand bestand nur aus Glas und bot einen atemberaubenden Blick auf Elliot Bay.

Der Fußboden war aus elfenbeinfarbenem Marmor, jedes Quadrat von feinen, dunklen Adern durchzogen. Brokatbezogene Sofas und Sessel scharten sich um einen Couchtisch, dessen Glasplatte auf vergoldeten Beinen ruhte. In einer Ecke stand ein Steinway-Flügel und auf ihm goldgerahmte Fotos.

Ein Flur führte an weiteren Räumen – Speisezimmer, Küche, Arbeitszimmer – vorbei zum Schlafzimmer. Hier hingen stahlgraue Seidenvorhänge vor den Fenstern, die farblich mit der Kaschmir-Tagesdecke auf dem Bett übereinstimmten. Ruby erblickte zwei riesige, begehbare Kleiderschränke. Als sie den ersten öffnete, gingen innen automatisch Lampen an und beleuchteten zwei Reihen Garderobe, die nach Farben sortiert war.

Rubys Finger glitten über die Kleider. Seide, Kaschmir, feines Leinen. Sie las die Etiketten: St. John, Armani, Donna Karan, Escada.

Ruby seufzte, nicht ohne Neid. Und dafür hat sie uns verlassen, dachte sie, und es tat weher, als sie vermutet hätte.

Sie zog die Liste aus der Tasche. Fön, Lockenstab, Shorts, Tops, Socken, Unterwäsche. Ganz gewöhnliche Dinge, aber die befanden sich nicht in diesem Schrank.

Sie schloss die Tür wieder, ging zur mit Gold intarsierten Rosenholzkommode und zog die oberste Schublade auf. Vor ihr lag sorgsam gefaltete und gestapelte Unterwäsche. Sie wählte ein paar Stücke aus, suchte aus der zweiten Schublade Shorts und Tops heraus, legte den Stapel auf das Bett und ging zum zweiten Schrank.

Auch hier ging automatisch das Innenlicht an, aber die Kleidung sah aus, als würde sie einer anderen Frau gehören. Abgetragene, graue Trikothosen, uralte Jeans, ein paar buntgemusterte Hemdkleider.

Ihre Mutter besaß teure Designerkleidung und bequeme Wohlfühlklamotten, aber sonst nichts. Nichts, was man anzog, um mit einer Freundin zum Lunch zu gehen oder zu einer Matineevorstellung im Kino an der Ecke.

Verrückt ...

Ruby griff nach einem Sommerkleid. Als sie es vom Bügel nehmen wollte, stellte sie fest, dass sich der Spitzensaum offenbar in irgendetwas verfangen hatte. Behutsam schob sie die anderen Sachen zur Seite.

Und sah, dass sich das Kleid im halb offenen Deckel eines Pappkartons verklemmt hatte. »Ruby« stand in roter Tinte auf der beigefarbenen Seite des Kartons.

Ihr Herz setzte einen Schlag aus. Plötzlich wollte sie nur noch eins: aus dem Schrank springen und die Tür zuschlagen. Was immer ihre Mutter in diesem Karton auch aufbewahrte, *musste* unwichtig sein, belanglos, nebensächlich ...

Aber sie schien sich nicht abwenden zu können. Sie ließ das Kleid Kleid sein, fiel auf die Knie, zog den Karton zu sich heran und öffnete ihn mit flatternden Fingern.

In ihm befanden sich Dutzende Päckchen in Geschenkpapier, manche mit Mistel- und Tannenzweigen, andere mit Kerzen und Luftballons.

Geburtstage und Weihnachten.

Ruby zählte die Päckchen. Einundzwanzig. Zwei für jedes Jahr, seit Nora sie verlassen hatte – mit Ausnahme des schwarzen Kaschmirpullovers, der unter Carolines Absender zu Ruby gelangt war.

Es waren die Geschenke, die Nora alljährlich für Ruby gekauft hatte.

»O Mann.« Seufzend griff sie nach einem Päckchen. Wie viele andere war es kaum größer als eine Kreditkarte und in buntes Papier gehüllt wie ein Geburtstagsgeschenk.

Das Papier fühlte sich ganz glatt an, und als sie das Päckchen anhob, hörte sie es innen leise klirren. Das Geräusch weckte ein sonderbares Verlangen in ihr, und das machte sie wütend, aber sie konnte es nicht verdrängen.

Behutsam entfernte sie das Papier und sah eine kleine, weiße Schachtel mit dem Firmenzeichen eines Juweliers. Sie hob den Deckel.

Auf cremefarbener Watte lag ein Talisman, eine winzige, silberne Geburtstagstorte mit Kerzen.

Ruby wollte den Deckel wieder schließen, konnte es aber nicht. Sie nahm den Glücksbringer auf, fühlte sein Gewicht in ihrer Hand und drehte ihn um. Auf der Rückseite war eine Gravur.

»Alles Glück zum 21. Geburtstag. In Liebe, Mom.«

Der Talisman verschwamm vor ihren Augen.

Ruby öffnete keine weiteren Päckchen. Sie brauchte es nicht. Sie konnte sich vorstellen, was sich in ihnen befand.

Sie sah ihre Mutter vor sich, wie sie, perfekt gekleidet, sorgsam geschminkt, von Geschäft zu Geschäft gelaufen war, um das perfekte Geschenk zu finden. Vermutlich hatte sie die Verkäufer in freundliche Gespräche verwickelt: »Meine

Tochter wird einundzwanzig. Ich brauche etwas ganz Besonderes.«

Und so getan, als wäre alles absolut normal, als hätte sie ihre Kinder nicht im Stich gelassen, als die sie am nötigsten brauchten.

Ruby spürte, dass ihre Erbitterung zurückkehrte. Ein paar Kinkerlitzchen änderten nichts. Absolut nichts.

Es war unwichtig, was Nora für Ruby gekauft hatte, wichtig war das, was sie ihr *genommen* hatte.

An Rubys achtzehntem Geburtstag hatte es keine Party für sie gegeben. Der Tag war vergangen wie jeder andere auch. Keine Familie hatte sich um einen mit Geschenken beladenen Küchentisch versammelt. Kostbare Momente wie Geburtstage, Weihnachtsfeiern gab es nicht mehr seit dem Tag, an dem ihre Familie gestorben war.

Daran konnten ein paar hübsch verpackte Geschenke in einem Pappkarton nichts ändern.

Ruby würde es nicht zulassen.

Als sich Ruby dem Zimmer ihrer Mutter näherte, verlangsamte sie ihre Schritte. Neben der Tür stand ein Mann. Groß und irgendwie erschöpft, ein Mann in grauen Hosen, pinkfarbenem Hemd und marineblauen Hosenträgern. Sein Haar war schneeweiß und schütter. Immer wieder fuhr er sich mit der Hand hindurch, als wollte er sich vergewissern, dass es noch an Ort und Stelle saß.

Als sie näher kam, kniff er die schwarzen Augen zusammen und musterte sie durchdringend. »Sind Sie Ruby Bridge?«

Sie blieb stehen. Sie hatte sich in der Entfernung verschätzt und einen Schritt zu viel auf ihn zugemacht. Ein süßlicher Moschusgeruch ging von ihm aus. Teures Rasierwasser, zu großzügig benutzt. Sie hatte den Eindruck, dass ihr Auftauchen ihm nicht genehm war.

Er trat einen Schritt zurück und räusperte sich. Erinnerte sie diskret daran, dass er auf ihre Antwort wartete.

»Und wer möchte das wissen?«

Er lächelte – als wäre ihre Reaktion genau das, was er von Ruby Bridge erwartet hätte – und streckte seine Hand aus. »Ich bin Doktor Leonard Allbright, der Arzt Ihrer Mutter.«

»Und wo ist Ihr Kittel?«

»Ich bin ihr Psychiater.«

Das überraschte Ruby. Sie konnte sich nicht vorstellen, dass ihre Mutter irgendjemandem ihr Herz ausschüttete. »Tatsächlich?«

»Ich habe gerade mit ihr gesprochen und von Ihrem … Vorhaben erfahren.« Er sprach das Wort aus, als hätte es einen bitteren Geschmack. »In Anbetracht Ihrer komplexen Beziehung zu Ihrer Mutter halte ich es für angebracht, Sie darauf hinzuweisen, wie anfällig und zerbrechlich Ihre Mutter ist.«

»Sind Sie verheiratet, Doktor Allbright?«

Gequält verzog er sein Gesicht. »Nein. Warum fragen Sie?«

»Meine Mutter hat ein Faible für Männer, die sie für zerbrechlich halten. Sie könnte einem Stück von Tennessee Williams entsprungen sein.«

Rubys Charaktereinschätzung schien Dr. Allbright nicht sonderlich zu gefallen. »Aus welchem Grund wollen Sie für Ihre Mutter sorgen?«

»Hören Sie, Doktor, nach ein paar Tagen können Sie Nora alle Fragen stellen, die Sie wollen. Sie wird Sie nicht schlecht dafür bezahlen, dass Sie sich ihre Klagen über die verkommene Tochter anhören, die sie verraten hat. Aber ich lehne es entschieden ab, mit Ihnen zu sprechen.«

»*Verraten* ist in diesem Zusammenhang eine interessante Wortwahl.«

Ruby musterte ihn kühl. »Wenn das alles ist …«

Er griff in seine Tasche und zog ein flaches Silberetui mit den Initialen LOA hervor. Darin lagen Visitenkarten. Er gab

Ruby eine. »Ich halte es für keine gute Idee, dass Sie so eng mit Ihrer Mutter zusammenwohnen wollen. Vor allem nicht in ihrer augenblicklichen Verfassung.«

Ruby nahm die Karte und steckte sie ins Taillenband ihrer Leggings. »So? Warum nicht?«

Die Runzeln auf seiner Stirn vertieften sich. »Sie haben Ihre Mutter seit Jahren weder gesehen noch mit ihr gesprochen – und darüber hinaus empfinden Sie heftige Abneigung gegen Nora. In Kombination mit ihrer augenblicklichen Krise ist das höchst bedenklich. Unter Umständen sogar gefährlich.«

»Weshalb gefährlich?«

»Sie kennen sie nicht. Und wie ich schon sagte, ist sie labil.«

»Ich habe sechzehn Jahre mit ihr gelebt, Doktor. Sie sprechen einmal in der Woche mit ihr. Und seit wann? Seit einem Jahr, zwei?«

»Fünfzehn.«

Ruby riss die Augen auf. »Seit *fünfzehn Jahren*? Aber damals war doch alles in Ordnung.«

»Wirklich?«

Ruby war völlig verblüfft. Vor fünfzehn Jahren war sie gerade ihre Zahnspange losgeworden, hatte Songs von Madonna geträllert, ein Dutzend Kruzifixe um den Hals getragen und war fest davon überzeugt gewesen, dass ihre Zukunft ebenso glücklich verlaufen würde wie ihre Kindheit und dass ihre Familie für ewig beisammen bleiben würde.

»Ihre Mutter behält vieles für sich«, fuhr Dr. Allbright fort, »und sie ist sehr sensibel. Ich glaube, das war sie schon immer. Offenbar sind Sie da anderer Meinung.« Er machte einen Schritt auf sie zu. Es bereitete Ruby Mühe, nicht vor ihm zurückzuweichen. »Ihre Mutter ist mit hundertzehn Stundenkilometern gegen einen Baum geprallt. Und das an dem Tag, an dem ihre Karriere zerbrach. Ein bemerkenswertes Zusammentreffen.«

Ruby überlief es kalt. Sie konnte kaum glauben, dass sie *daran* noch gar nicht gedacht hatte. »Wollen Sie damit sagen, sie hätte versucht, sich das Leben zu nehmen?«

»Ein *Zusammentreffen*, wie gesagt. Aber gefährlich.«

Ruby atmete die angehaltene Luft aus. Plötzlich schien es ihr keine so gute Idee mehr zu sein, für ihre Mutter zu sorgen, nicht einmal für wenige Tage. Eine emotional labile Frau würde sie glatt überfordern. Himmel, möglicherweise überlebte der Goldfisch ihre Pflege nicht …

»Sie kennen Ihre Mutter kaum. Vergessen Sie das nicht.«

Diese Bemerkung traf. Sie reizte Ruby bis aufs Blut. »Und wessen Schuld ist das? Ich habe mich nicht abgesetzt.«

Er musterte sie schweigend. Mit dem Blick, den sie aus der Vergangenheit zur Genüge kannte.

Na großartig, dachte sie, jetzt enttäusche ich sogar schon total Fremde.

»Nein, haben Sie nicht«, sagte Allbright flach, »und Sie sind auch nicht mehr sechzehn.«

Ruby hätte ein größeres Auto mieten sollen. Einen Hummer vielleicht oder einen Winnebago.

Der Minivan war zu klein. Eng zusammengepfercht saßen Nora und sie auf den Vordersitzen. Die geschlossenen Fenster vermittelten ihr das Gefühl, kaum Luft zum Atmen zu haben, und es gab nichts anderes zu tun, als zu reden.

Ruby drehte das Radio auf.

Celine Dions klare, vibrierende Stimme sang etwas von Liebe, die zu jenen kommt, die an sie glauben.

»Könntest du vielleicht leiser stellen?«, fragte Nora. »Ich bekomme Kopfschmerzen.«

Ruby blickte zur Seite. Nora sah erschöpft aus. Ihr Teint wirkte durchscheinend wie feines Porzellan. Blaue Äderchen durchzogen das eingefallene Fleisch an ihren Schläfen. Sie wandte sich Ruby zu und versuchte mit zitternden Lippen zu lächeln. Sie schloss die Augen und lehnte sich gegen das Fenster.

Zerbrechlich ...

Das war eine Charakterisierung, mit der Ruby nichts anfangen konnte. Sie stand im krassen Gegensatz zu ihren eigenen Erfahrungen. Ihre Mutter war immer von geradezu eiserner Stärke gewesen. Schon als junges Mädchen hatte Ruby ihre Strenge kennen gelernt. Ihre Mitschüler fürchteten sich bei schlechten Zensuren vor ihren Vätern. Caroline und sie lebten in Angst vor ihrer Mutter.

Nicht, dass sie ihre Töchter angeschrien, beschimpft oder gar geschlagen hätte. Nein, es war schlimmer.

»Ich bin von dir enttäuscht, Ruby Elizabeth ... Das Leben geht nicht freundlich mit Frauen um, die den leichten Weg wählen.«

Nie hatte sie genauer erklärt, was dieser *leichte Weg* war und wohin er führte, aber Ruby wusste, dass er schlecht war. Fast so schlimm, wie sich etwas vorzumachen.

»Die Wahrheit verschwindet nicht, nur weil du die Augen vor ihr verschließt«, war ein weiterer Lieblingsspruch ihrer Mutter.

Natürlich war das alles *vorher*. Danach hatte es niemandem aus der Familie etwas ausgemacht, Nora Bridge zu enttäuschen. Genau genommen legte es Ruby geradezu darauf an.

»Ruby? Das Radio.«

Ruby schaltete den Apparat aus. Das gleichmäßige Ächzen und Schnaufen des Scheibenwischers füllte die plötzliche Stille.

Ein paar Meilen hinter Downtown Seattle ging die graue Stadt in einen lockeren Gürtel aus flachen Einkaufsmalls über. Noch ein paar Meilen weiter, und sie fuhren durch Farmland. Sanfte Hügel und grüne Weiden breiteten sich zu beiden Seiten des Freeway aus. Wie ein Zuckerhut ragte die Spitze des Mt. Baker aus dem Dunst.

Als sie durch das verschlafene Mt. Vernon kamen, fuhr Ruby schneller, als vernünftig war. Sie fürchtete sich davor, dass ihre Mutter Erinnerungen weckte. Beispielsweise mit der Frage: »Weißt du noch, wie wir zur Festivalzeit durch die Tulpenfelder geradelt sind?«

Aber ein flüchtiger Blick zeigte ihr, dass Nora schlief. Erleichtert seufzend nahm Ruby den Fuß vom Gashebel. Es war angenehm, den Rest der Strecke zurücklegen zu können, ohne sich fragen zu müssen, ob sie beobachtet wurde.

In Anacortes kaufte sie ein Fährenticket und ordnete sich ein. Für Touristen war es noch ein wenig früh im Jahr. In zwei Wochen musste man unter Umständen fünf Stunden auf einen Platz auf der Fähre warten.

Nicht einmal eine halbe Stunde später legte eine Fähre an und entlud ihre Fracht aus Autos, Fahrrädern und Fußgängern. Dann winkte ein Mann in orangefarbener Weste Rubys Wagen ganz nach vorn an den Bug. Sie schaltete den Motor aus und zog die Handbremse. Der erste Stellplatz in Spur zwei bot eine Panoramasicht auf die Meerenge.

Das Wasser des Sund war glatt wie gehämmertes Zinn. Der graue Himmel verschmolz förmlich mit dem Meer, dünn wie ein Lidstrich zeichnete sich der Horizont ab. Robben balgten miteinander um einen Platz auf der schwankenden roten Hafenboje.

Ruby stieg aus und lief die Treppe hinauf. Nachdem sie sich am Tresen einen Caffè latte gekauft hatte, trat sie ins Freie.

Niemand war zu sehen. Der Regen hatte sich zu einem leichten Nieseln abgeschwächt. Tropfen hingen an der Reling und machten die Deckplatten schlüpfrig.

Ein langes, klagendes Tuten des Schiffshorns kündigte ihre Abfahrt an.

Ruby fuhr mit den Fingern über die nasse Reling und erschauerte unwillkürlich unter der Kälte. Ein paar unerschrockene Möwen hingen mit ausgebreiteten Schwingen nahezu regungslos in der Luft, getragen vom Luftstrom. Sie öffneten die Schnäbel und kreischten nach Futter. Grüne Inseln erhoben sich aus dem folienglatten Sund, bildeten mit ihrer zerklüfteten Küstenlinie einen frappierenden Kontrast zur ebenen Wasseroberfläche. Krumm und schief ragten Erdbeerbäume am Ufer auf, die Wurzeln hartnäckig in die dünne Erdschicht gekrallt. Hier und da waren in der Ferne Häuser zu sehen, aber die meisten Inseln wirkten unbewohnt.

Ruby schloss die Augen und sog die salzige Seeluft tief in sich ein. Von der achten Klasse an war sie mit der Fähre nach Friday Harbor gefahren. Erinnerungen an die High School waren unauflöslich mit diesem Boot verknüpft.

Dean und sie hatten immer genau hier nebeneinander gestanden, am Bug, selbst wenn es regnete.

Dean ...

Sonderbar, dass sie nicht sofort an ihn gedacht hatte.

Nun, vielleicht doch nicht. Vor mehr als einem Jahrzehnt hatte sie ihn zum letzten Mal gesehen, und die Erinnerung an ihn schmerzte noch immer.

Nachdem ihre Mutter sie verlassen hatte, war Ruby sich sicher gewesen, einen größeren Verlust, einen heftigeren Schmerz könne es gar nicht geben. Dean hatte ihr bewiesen, wie sehr sie sich irrte.

Dennoch dachte sie hin und wieder an ihn. Wenn sie mitunter nachts mit nassen Wangen erwachte, wusste sie, dass sie von ihm geträumt hatte. Von Caroline (die diese Information wiederum von Nora hatte) wusste sie, dass er schließlich doch in die Fußstapfen seiner Mutter getreten war und das Familienimperium leitete. Daran hatte Ruby nie auch nur eine Sekunde lang gezweifelt.

Schließlich bewegte sich die Fähre auf Summer Island zu. Das Schiffshorn ertönte, und der Kapitän meldete sich über

Lautsprecher, um die Passagiere aufzufordern, sich zu ihren Autos zu begeben.

Ruby rannte die Treppe hinunter und sprang in den Minivan.

Der Motor des Schiffes verstummte, und die Fähre glitt auf die Anlegestelle zu. Ein Holzschild – wettergegerbt und uralt, älter als Ruby – hing windschief an einem Molenpfeiler. *Summer Island heißt Sie willkommen* stand darauf.

Eine Frau kam aus dem winzigen Wartehäuschen und blickte der Fähre entgegen. Sie trug ein bodenlanges, braunes Kleid. Um ihren Hals hing eine Kette mit einem silbernen Kruzifix. Den Passagieren am Bug mit einer Hand zuwinkend, zerrte sie ein armdickes Seil über das Dock und machte die Fähre fest.

»Meine Güte«, murmelte Nora blinzelnd. »Ist das nicht Schwester Helen?«

Ruby konnte es selbst kaum glauben. Die Ordensschwestern waren zwar immer für den Fährverkehr der Insel verantwortlich gewesen, dennoch traf es sie wie ein Schock, dass sich so gar nichts verändert hatte. »Verblüffend, was?«

Nora seufzte. Es klang resigniert, als frage sie sich, ob Beständigkeit wirklich etwas Positives war. Aber vielleicht machte sie sich wie Ruby nur gerade erst bewusst, dass sie wieder auf der Insel waren, die ihnen so viel Leid gebracht hatte.

Ruby fuhr von der Fähre herunter und am Postamt vorbei, dem General Store, und stellte fest, dass fast alles noch so war wie früher. Hier auf Summer Island war die Zeit 1985 stehen geblieben. Wenn sie das Radio einschaltete, würde sie vermutlich Cyndi Lauper oder Rick Springfield hören …

Deshalb war sie bisher nie wieder hergekommen.

Die Straße machte eine Kurve, überwand eine kurze Steigung und führte in ein üppig grünes Tal hinab.

Die Landschaft rechts von ihr sah aus wie ein Gemälde von Monet: goldgelbe Felder und grüne Baumkronen unter einem silberblauen Himmel. Rechts von ihr lag Bottleneck Bay, und dahinter erhob sich ein bewaldeter Granitblock: Shaw Island. Verwitterte Fischerboote lagen kieloben am Kieselstrand, seit langem von ihren Besitzern aufgegeben und vergessen. Ein paar schicke Segelboote schaukelten in der sanften Dünung. Sie gehörten meistens Kaliforniern, die mutig genug für ein Sommerhaus auf einer abgelegenen Insel waren, auf der Mineralwasser mitunter knapp wurde und Elektrizität mit dem Wind kam und ging.

Von der Straße aus waren nur wenige Farmhäuser zu sehen. Die Insel war fünftausend Acres groß, hatte aber lediglich hundert Ortsansässige. Selbst im Sommer, wenn die Festlandbewohner ihre Ferienhäuser bezogen, wohnten auf Summer Island kaum mehr als dreihundert Seelen.

Summer Island unterschied sich von Kalifornien wie Wasser von Feuer. Hier war *Hiphop* das Hoppeln der Kaninchen, und mit *drive by* meinte man einen kurzen Besuch bei Nachbarn.

Nora sah aus dem Fenster. Die Falten um ihren Mund vertieften sich. »Als ich das erste Mal auf die Insel kam ... Nein, das ist absolut unwichtig.«

Ruby näherte sich der Strandstraße. Aber anstatt in sie einzubiegen, nahm sie den Fuß vom Gas und hielt an. Der halb ausgesprochene Satz ihrer Mutter deutete Geheimnisse an, verschwiegene Dinge, und das behagte Ruby nicht.

Fünfzehn Jahre ... Seit fünfzehn Jahren war Nora bei Dr. Allbright in Behandlung, aber niemand von ihnen hatte es gewusst.

»Was wolltest du gerade sagen?«

Nora lachte flüchtig. Nervös? »Oh, nichts.«

Ruby verdrehte die Augen. Warum hatte sie überhaupt gefragt? »Wie du meinst.«

Sie startete den Motor wieder, schaltete das Blinklicht ein und lenkte das Auto Richtung Strand. Die schmale, einspurige Straße schlängelte sich unter hohen, dichten Bäumen dahin. Die Lichtverhältnisse ließen keinerlei Rückschlüsse auf die Tageszeit zu. Tiefe Schatten fielen auf die Fahrbahn. Gelegentlich gaben grasüberwucherte Parkbuchten Autofahrern Gelegenheit, Wagen aus der Gegenrichtung auszuweichen.

Irgendwann kamen sie an eine Einfahrt. Zwei Hartriegel standen zu beiden Seiten der tannennadelübersäten Zufahrt Wache. Jeder Schotter, der hier einmal abgeladen worden war, hatte sich längst verflüchtigt.

Ruby bog auf die Zufahrt ein. In der Mitte früherer Reifenspuren war kniehoch Gras gewachsen und schlug raschelnd gegen den Unterboden.

Am Ende der schmalen Allee trat Ruby auf die Bremse.

Und starrte durch die regennasse Windschutzscheibe auf ihre Kindheit.

Das Holzhaus war mit weißen Schindeln verkleidet, rote Zierleisten umgaben die Flügelfenster. An einer Seite schob sich das Haus vor wie die kranke Hüfte einer alten Frau: Es war der Anbau, den Rubys Großeltern für ihre Enkel hatten errichten lassen. Eine Veranda umgab das Haus an drei Seiten. Es stand auf einer von Erdbeerbäumen begrenzten Lichtung, die sich bis ans Meer erstreckte. Jetzt, Mitte Juni, war das Gras darauf saftig grün, um in den Hundstagen des Sommers die Farbe brünierten Goldes anzunehmen.

»O Gott«, wisperte sie und nahm alles intensiv in sich auf.

Ein weißer Lattenzaun umgab das Haus und seinen verschwenderisch blühenden Garten.

Offensichtlich bezahlte Caroline einem Gärtner für die Pflege des Grundstücks eine gute Stange Geld. Alles sah aus, als hätte die Familie Bridge das Haus erst ein paar Monate zuvor verlassen, nicht schon vor einem Jahrzehnt.

Seufzend kletterte Ruby aus dem Minivan.

Leise schwappten Wellen gegen das Ufer. Vögel flatterten aufgeregt über ihnen und zwitscherten empört über die unerwarteten Besucher. Aber kein einziges urbanes Geräusch war so hoch im Norden zu vernehmen, kein Hupen, keine quietschenden Reifen. Keine Düsenflugzeuge brummten am Himmel.

Summer Island wirkte wie aus dem Jahrhundert gefallen. Und obwohl sie es sich nur widerwillig eingestand, fühlte sich Ruby von warmer Vertrautheit umfangen. Hier bemaß sich die Zeit nach Äonen, nicht nach Lebensaltern. An der Zeit, die das Meer braucht, um eine Glasscherbe glatt zu schleifen oder die Küstenlinie zu verändern.

Sie öffnete die Hecktür, zog den Rollstuhl heraus, schob ihn zur Beifahrertür und half Nora hinein.

Die gummibezogenen Griffe umklammernd, schob sie Nora den Pfad entlang. Am Gartentor blieb Ruby stehen und lief zwei Schritte voran, um es zu entriegeln. Quietschend ließ sich die Pforte aufstoßen.

Als Ruby sich umdrehte, fiel ihr auf, wie blass ihre Mutter war. Im Vorbeifahren berührte Nora eine Zaunlatte. Ein herzförmiges Stück Lackfarbe bröckelte ab und fiel ins Gras.

Mit glänzenden, tränenfeuchten Augen sah Nora zu ihr auf. »Erinnerst du dich an den Sommer, in dem ihr beide jede Latte unbedingt in einer anderen Farbe streichen musstet? Danach habt ihr in allen Regenbogenfarben geschillert.«

»Muss ich vergessen haben«, sagte Ruby. Aber als sie auf ihre Tennisschuhe blickte, sahen sie aus wie farbbespritzte Keds. Es nervte sie, wie leicht man sich hier an früher erinnerte, wie intensiv man die Vergangenheit *fühlte*. Sie selbst ausgenommen, schien sich hier nichts geändert zu haben, und die neue Ruby passte mit Sicherheit nicht in dieses Märchenhaus.

Sie lief zum Rollstuhl zurück und schob ihn weiter auf das Haus zu.

»Lass mich eine kurze Weile hier«, sagte ihre Mutter plötzlich, als sie die Veranda erreicht hatten. »Geh allein hinein.«

Nora zog den Schlüssel hervor und gab ihn Ruby. »Dann kannst du zurückkommen und mir sagen, wie es da drinnen aussieht.«

»Du bleibst lieber im Regen sitzen, als das Haus zu betreten?«

Ruby lief die Stufen hinauf und überquerte die Veranda. Die Holzbohlen unter ihren Füßen bewegten sich wie Klaviertasten. Ihr Knarren und Stöhnen hörte sich an wie eine Melodie.

Sie steckte den Schlüssel in das Schloss.

Drehte ihn um.

»Warte!«, rief ihre Mutter.

Ruby drehte sich um. Ihre Mutter lächelte, aber ausgesprochen grimmig.

»Ich ... ich glaube, wir sollten doch lieber gemeinsam hineingehen.«

»Nun mach doch kein Drama aus einer Lappalie. Wir betreten ein altes Haus. Na und?« Ruby stieß die Tür auf, warf einen flüchtigen Blick in das schummrige Innere und ging zu Nora zurück.

Sie manövrierte den Rollstuhl die Verandastufen hinauf und schob ihn über die Schwelle ins Haus.

Die Möbel waren in der Mitte des Raums zusammengestellt und sorgsam zugedeckt. Ruby erinnerte sich daran, wie die riesigen, weißen Tücher in jedem Herbst hervorgeholt und über die Einrichtungsgegenstände gebreitet wurden. Es war eine Art Ritual, das Haus für die Abwesenheit der Familie im Winter vorzubereiten.

Das Haus mochte zwar seit langen Jahren unbewohnt sein, aber das merkte man kaum. Vielleicht war es erst wenige Wochen her, dass hier jemand Staub gewischt und gesaugt hatte.

»Caroline gibt sich offenbar große Mühe mit dem Haus. Es überrascht mich, dass sie alles so gelassen hat, wie es war.«

Neben dem Erstaunen klang fast so etwas wie Bedauern in Noras Stimme mit. Als hätte sie wie Ruby gehofft, dass Caro die Vergangenheit hinter frischer Farbe und neuen Tapeten versteckt hatte.

»Du kennst doch Caro«, mokierte sich Ruby. »Sie gibt viel auf den äußeren Schein.«

»Das ist nicht fair. Caro ...«

Ruby fuhr zu ihrer Mutter herum. »Erzähl *du* mir nichts über meine Schwester.«

Abrupt schloss Nora ihren Mund. Dann nieste sie. Zweimal, dreimal. Mit tränenden Augen sah sie ihre Tochter an und sagte: »Ich habe eine Stauballergie. Ich weiß, es ist nicht viel, aber ich bin wirklich empfindlich. Ich fürchte, du wirst sofort feucht staubwischen müssen.«

Ruby hob die Brauen. »Du hast dir das Bein gebrochen, nicht die Hand.«

»Verzeih, aber ich kann es nicht. Meine Allergie ...«

Das war die beste Ausrede, die Ruby je gehört hatte. »Also gut. Ich mache es.«

»Und vergiss nicht zu saugen. Staub setzt sich in Teppiche.«

»Tatsächlich? Darauf wäre ich nie gekommen.«

Nora errötete verlegen. »Entschuldige. Ich habe einen Moment vergessen, dass du ... Nun, ist ja auch egal.«

»Ich bin kein Kind mehr, und Aufräumen und Putzen war etwas, was Caroline und ich lernen mussten, nachdem du das Weite gesucht hattest.« Der gequälte Ausdruck in Noras grünen Augen entging ihr nicht. Er ließ sie plötzlich alt aussehen, alt und – zerbrechlich.

Schon wieder dieses Wort, das einen Eindruck beschrieb, gegen den Ruby sich mit aller Macht wehrte. Energisch schob sie den Rollstuhl mit ihrer Mutter in die Mitte des Zimmers und auf den alten Orientteppich, der jedes Geräusch der Räder verschluckte.

»Wahrscheinlich werde ich in eurem alten Zimmer schlafen müssen. Nie im Leben schaffe ich es die Treppe hinauf.«

Ruby schob den Rollstuhl über die Diele in ihr früheres Mädchenzimmer, in dem zwei mit Tüchern verhüllte Betten standen. Zwischen ihnen ein Fenster mit Ginghamvorhängen. Eine bemalte Holztruhe enthielt Rubys Kindheitsschätze.

An den Wänden klebte noch immer die Röschentapete, die Caroline und sie als Kinder ausgesucht hatten.

Ruby zerrte die Tücher vom Bett. Staubpartikel wirbelten durch die Luft. Sie hörte ihre Mutter husten und riss schnell das Fenster auf. Von ferne war das leise Klatschen der Wellen zu hören.

»Ich glaube, ich werde mich hinlegen«, sagte Nora, als sich der Staub verzogen hatte. »Ich habe noch immer Kopfschmerzen.«

Ruby nickte. »Schaffst du es allein aus dem Stuhl ins Bett?«

»Vermutlich sollte ich es so schnell wie möglich lernen.«

»Wie du meinst.« Ruby wandte sich der Tür zu.

Sie hatte sie fast erreicht, als sie hinter sich die Stimme ihrer Mutter hörte. »Danke. Ich weiß wirklich zu schätzen, wie du für mich sorgst.«

Ruby wusste, sie sollte irgendetwas Nettes sagen, aber ihr fiel nichts ein. Wie Mücken surrten die Erinnerungen in ihrem Kopf. Sie nickte, verließ das Zimmer und zog die Tür heftig hinter sich zu.

7. Kapitel

Dean warf seinen Kleidersack auf den Fußboden seines alten Zimmers und setzte sich aufs Bett.
Alles war genau so, wie er es verlassen hatte. Auf dem Schreibsekretär standen Baseball- und Soccertrophäen, vergilbte Poster bedeckten die Wände. Wenn er die Spielkiste öffnete, würde er die Relikte seiner Vergangenheit finden: G. I. Joe mit Kung-Fu-Griff, Rock'em/Sock'em Robots, vielleicht sogar sein altes Masturbationsset. Über dem Sekretär erinnerte ein signiertes »Go Seahawks«-Fähnchen an das Jahr, in dem Jim Zorn der Grundschule einen Besuch abgestattet hatte.

Dean hatte nichts mitgenommen, als er die Insel verließ, nicht einmal ein Foto von Ruby. *Vor allem* kein Foto von Ruby. Er stand auf und durchquerte den Raum. Vor dem Schreibsekretär bückte er sich und zog die unterste Schublade auf.

Und da waren sie, die Erinnerungen an Ruby: gerahmte und ungerahmte Fotos, Muscheln, die sie am Strand gesammelt hatten, ein paar vertrocknete Knopflochsträußchen. Er griff willkürlich hinein und zog einen Streifen Schwarzweißfotos heraus, die in einer dieser Automatenbuden auf der Island County Fair aufgenommen worden waren. Sie saß auf Deans Schoß, hatte die Arme um seinen Nacken geschlungen und ihren Kopf an seine Schulter gelehnt. Auf dem ersten Foto lächelte sie, auf dem zweiten runzelte sie die Stirn, auf dem dritten streckte sie der Kamera ihre Zunge entgegen. Auf dem letzten Bild küssten sie sich.

Schon abstrakte Erinnerungen an Ruby taten weh, aber ein konkreter Blick auf die Fotodokumentation ihrer Kindheit und Jugend wäre unerträglich. Sie kannten sich seit dem Kindergarten und hielten zusammen wie Pech und Schwefel. Dann wurde aus Freundschaft erste Liebe … Dean erinnerte sich an das Ende – und hatte genug.

Er ließ die Fotos in die Schublade fallen und stieß sie mit dem Fuß zu.

Es klopfte, und Dean öffnete die Tür.

Vor ihm stand Lottie. »Ich muss schnell zum Supermarkt. Offenbar ist das Gefrierfach defekt. Wir brauchen einen Beutel Eis.«

»Aber das kann ich doch …«

»Nein, du bleibst bei Eric.« Lächelnd streckte sie ihm eine Sektflöte mit einer pinkfarbenen Flüssigkeit entgegen. »Das ist seine Medizin. Geh zu ihm, gib sie ihm. Bis gleich.«

Sie drehte sich um und ging. Mit dem Glas in der Hand sah er ihr nach. Ein erwachsener Mann in einem Jungenzimmer.

Langsam lief er zu Erics Raum. Die Tür war zu.

Dean sah sie lange an und erinnerte sich an die Zeit, in der ihre Türen stets offen standen. Nie hatten sie irgendwelche Geheimnisse voreinander.

Er drehte den Knauf und trat ein. Die Luft wirkte stickig und heiß. Die Vorhänge waren geschlossen.

Eric schlief.

Leise ging Dean zum Nachttisch, stellte das Glas ab und wollte den Raum wieder verlassen.

»Ich hoffe, das ist mein Viagra«, murmelte Eric verschlafen. In einer Sekunde brachte der Mechanismus des Bettes ihn in eine halb sitzende Position.

»Nein, ein doppelter Cuervo Gold. Um dir Zeit zu sparen, habe ich Pepto-Bismal schon hinzugefügt.«

Eric lachte. »Musst du mich denn unbedingt an Mary Annes Abschiedsparty erinnern?«

»Dieser Abend ist für immer in die Annalen der Verruchtheit eingegangen.« Dean zog die Vorhänge zurück und öffnete das Fenster. Sonne strömte ins Zimmer.

»Danke. Die liebe Lottie glaubt offenbar, ich wünsche mir nichts mehr als Ruhe und Frieden. Und ich bringe es nicht über mich, ihr zu sagen, dass ich mich doch ein bisschen vor der Dunkelheit fürchte. Sie erinnert mich irgendwie an einen Sarg. Und in dem liege ich bald genug«, fügte er grinsend hinzu.

»Sprich nicht davon.«

»Vom Tod? Warum nicht? Ich fürchte mich nicht vor dem Sterben. Noch eine Woche wie diese, und ich könnte den Tod geradezu herbeisehnen. Worüber sollte ich denn sonst reden? Die neue Saison der Mariners? Die Olympischen Spiele Nullvier? Natürlich könnte ich auch über die Langzeitfolgen der globalen Erwärmung sprechen.«

Seufzend ließ sich Eric in die Kissen fallen. »Für so etwas standen wir uns einmal zu nahe.«

»Ich weiß.« Dean trat auf das Bett zu und sah, wie sich Eric auf die Seite drehen wollte, um ihn anblicken zu können. Ihm entging nicht, dass ein plötzlicher Schmerz den Wangen seines Bruders jede Farbe entzog. »Hier«, sagte er schnell.

Mit zitternden Fingern griff Eric nach dem Glas und hob es an die blassen Lippen. Er trank es mit einem Schluck aus, verzog das Gesicht und wischte sich mit dem Handrücken über den Mund.

Er versuchte zu lächeln. »Was gäbe ich jetzt nicht für einen Margarita in *Ray's Boathouse* ... und eine Portion Penn-Cove-Muscheln.«

»Tequila und Muscheln? Wo wir doch beide wissen, wie viel du schlucken kannst? Tut mir Leid, Bruder, aber diesen Wunsch muss ich dir verwehren.«

»Ich bin keine siebzehn mehr«, entgegnete Eric. »Ich saufe mich nicht mehr voll, bis ich kotze.«

Eine weitere Erinnerung an die Distanz zwischen ihnen. Als Kinder hatten sie einander gekannt, als Männer waren sie sich fremd.

»Hilft das Medikament?«, fragte Dean.

»Sicher. In zehn Minuten kann ich mit einem einzigen Satz auf Hochhäuser springen.« Eric runzelte die Stirn. »Wieso eigentlich mit einem *Satz*? Und warum habe ich mich das nicht schon früher gefragt?«

»Auf jeden Fall ist es besser als Fliegen. Selbst die erste Klasse lässt erheblich zu wünschen übrig. Mein Flug hierher war die reine Hölle.«

Eric lächelte. »Selbst die erste Klasse lässt zu wünschen übrig? Vergiss nicht, dass du mit einem High-School-Lehrer sprichst, der enterbt wurde.«

»Entschuldige, mir ging es lediglich um eine kleine Unterhaltung.«

»Nicht nötig. Ich sterbe. Ich kann meine Zeit nicht mit Banalitäten verschwenden. Großer Gott, Dean, wir haben unser ganzes Erwachsenenleben damit verbracht, um die wirklich wichtigen Dinge herumzureden. Ich weiß, es ist genetisch bedingt, aber ich habe wirklich keine Zeit mehr dafür.«

»Wenn du noch ein einziges Mal von deinem Tod sprichst, bringe ich dich mit meinen eigenen Händen um, das schwöre ich dir!«

»Der Herr sei gelobt«, lachte Eric. »Endlich erkenne ich dich wieder, kleiner Bruder. Es freut mich, dass es dich noch gibt.«

Dean entspannte sich ein wenig. »Es tut gut, dich endlich wieder lachen zu hören.« Er schlenderte zu den Bildern auf der Kommode neben dem Bett. Die meisten waren Fotos von Eric und Dean als Jungen.

Aber da gab es ein Bild, eine Aufnahme der Brüder mit einem anderen Jungen aus ihrer Fußballmannschaft. Die drei hatten die Arme umeinander gelegt und grinsten in die Kamera.

Es war ein ganz normales Foto, aber als er sich wieder zu Eric umdrehte, schoss eine Frage durch Deans Kopf? War die Verschiedenheit zwischen seinem Bruder und ihm schon immer da gewesen? Hatte er sie einfach übersehen?

»Ich wünschte, ich hätte dir nie erzählt, dass ich schwul bin«, sagte Eric.

Konnte Eric Gedanken lesen? Unwillkürlich holte Dean tief Luft. Alles in ihm sträubte sich gegen dieses Gespräch, aber ihm blieb keine Wahl. Eric hatte ihn ins kalte Wasser gestoßen, jetzt musste er schwimmen. »Es ist wohl kaum zu verheimlichen, dass man mit einem Mann zusammenlebt.«

»Es gelingt immer wieder. Es zu verheimlichen, meine ich.« Eric hob den Kopf vom Kissen und blickte Dean fest in die Augen. »Mir war klar, dass unsere Eltern es nie akzeptieren würden. Aber du ...« Er musste schlucken. »Von dir hätte ich es nie erwartet. Das tat weh.«

»Ich wollte dich nicht verletzen.«

»Du hast mich nicht mehr angerufen.«

Seufzend fragte sich Dean, wo er beginnen sollte. »Du warst weit weg, auf dem College, und hattest keine Ahnung von den Vorgängen hier. Vom dramatischen Zusammenbruch der Familie Bridge beispielsweise. Und dann haben Ruby und ich uns getrennt.«

»Ich habe mich immer gefragt, was damals eigentlich zwischen euch vorgefallen ist. Ich dachte ...«

»Es war verdammt scheußlich«, unterbrach ihn Dean schnell, um sich die Schilderung der Details zu ersparen. »Ich rief Mutter an und wollte die Schule wechseln. Sie meldete mich in Choate an, wo ich auf eine Bande widerlicher Snobs traf, arrogante Abkömmlinge reicher Eltern. Ich hasste die Schule wie die Pest. Ich schien einfach keine Freunde finden zu können. Aber jeden Sonntagabend rief mein Bruder an, und diese Stunde machte den Rest der Woche erträglich. Du warst nicht nur mein bester Freund, du warst mein *einziger* Freund. Und dann hast du an einem Sonntag nicht angerufen.« Dean dachte daran, wie sehnsüchtig er an diesem Tag neben dem Telefon gewartet hatte – auch am nächsten Sonntag und am übernächsten. »Und als du dich dann wieder gemeldet hast, erzähltest du mir von Charlie.«

»Du fühltest dich im Stich gelassen«, stellte Eric leise fest.

»Mehr als das. Es kam mir vor, als würde ich dich überhaupt nicht kennen, als hättest du mich nur belogen. Und dann wolltest du nur über Charlie sprechen.« Dean zuckte mit den Schultern. »Ich war siebzehn und verzweifelt. Ich wollte nichts über *dein* glückliches Liebesleben erfahren. Und auch die Tatsache, dass es sich dabei um einen Mann handelte, war nicht leicht für mich zu schlucken, das gebe ich zu.«

Eric lehnte sich in die Kissen zurück. »Ich glaubte, du wolltest nichts mehr mit mir zu tun haben, als du auf meine Anrufe nicht mehr reagiert hast. Dann bist du in das Familienunternehmen eingetreten, und ich habe dich abgeschrieben. Nie habe ich mir überlegt, wie es für dich gewesen sein muss. Tut mir Leid.«

»Yeah. Auch mir tut es Leid.«

»Und was bringen uns die Entschuldigungen?«

»Woher soll ich das wissen? Ich bin hier. Ist das nicht genug?«

»Nein.«

Plötzlich erkannte Dean, worum es Eric ging. »Du willst, dass ich mich daran erinnere, wie es früher zwischen uns war, dass ich mich an *dich* erinnere – und dann zusehe, wie du stirbst. Entschuldige, wenn ich mich für deine Pläne nicht unbedingt begeistern kann.«

Eric legte eine kalte, zitternde Hand auf Deans Finger. »Ich wünsche mir, dass mich wenigstens einer aus meiner

Familie liebt, solange ich noch am Leben bin.« Er schloss die Augen, als hätte das Gespräch ihn erschöpft. »Bleib bei mir. Nur bis ich einschlafe ... Würdest du das für mich tun?«

»Selbstverständlich.«

Dean blieb auch dann noch bei seinem Bruder, als dessen regelmäßige Atemzüge längst verrieten, dass er eingeschlafen war.

Er hätte sein Vermögen – alles, was er besaß oder borgen konnte – bereitwilligst für das hingegeben, was er bisher für selbstverständlich gehalten hatte.

Zeit.

Als Nora aus dem Bad ins Zimmer zurückhumpelte, fühlte sie sich benommen und außer Atem. Sie mühte sich auf das Bett und lehnte sich gegen das hölzerne Kopfbrett.

Sie wusste, dass sie Ruby mit Samthandschuhen anfassen, die verzweifelte Verbitterung ihrer Tochter respektieren und es Ruby überlassen musste, den ersten Schritt in Richtung Versöhnung zu machen. Nora war entschlossen, nichts zu erzwingen.

Aber Ruby war es schon immer leicht gefallen, Nora aufzubringen. Ihre jüngere Tochter hatte die unangenehme Angewohnheit, sie mit Bemerkungen und Sticheleien bis aufs Blut zu reizen. Und häufig genug endete es damit, dass beide Dinge sagten, die sie später bereuten.

Und Ruby wusste genau, wie weh es ihr tat, wenn sie sie ganz kühl nur Nora nannte. Damit erinnerte sie ihre Mutter jedes Mal daran, wie fremd sie einander waren.

Ich darf die Beherrschung nicht verlieren, sagte sich Nora.

Und ihr auf keinen Fall vorschreiben, was sie tun soll. Oder so tun, als würde ich sie kennen.

Vielleicht wäre an einem anderen Ort vieles leichter, aber hier, in dieser von der Vergangenheit dominierten Umgebung konnte nichts Neues erwachsen.

In diesem Haus hatte Nora ihren größten Fehler begangen. Und angesichts ihres Lebens mit Rand war es schon bemerkenswert, die Trennung von ihm als *größten* Fehler zu bezeichnen. Für eine kurze Zeit, wie sie glaubte, um zu sich zu finden. Ich brauche einfach ein wenig Abstand, hatte sie damals gedacht. Wenn ich nicht endlich auch einmal an mich denken kann, fange ich an zu schreien und höre nie wieder auf.

Einen Platz und ein wenig Zeit für sich selbst – mehr wollte sie nicht. Die Zwanzigminutenfahrt mit der Fähre war ihr dafür perfekt erschienen. Sie hatte nicht geahnt, dass aus Entfernung Zeit werden könnte, aus drei Kilometern mehr als zehn Jahre.

Nora erinnerte sich an den letzten Sommer so genau wie an die schlimmen Jahre davor.

Sie erinnerte sich daran, wie sich die Depressionen anfühlten, die sie langsam, aber unerbittlich umfingen: wie eine Glocke aus dickem Glas, die sich um einen schloss, einem die Luft zum Atmen nahm, eine unüberwindliche Barriere zwischen einem selbst und der Welt schuf. Das Furchtbarste daran war, dass man sehen konnte, was einem fehlte, wonach man sich sehnte, aber wenn man die Hände ausstreckte, stießen sie nur an hartes, kaltes Glas.

Angefangen hatte es mit ein paar Tagen melancholischer Stimmung, ein paar kleinen Albträumen, aber als der Winter in den Frühling überging, der Frühling in den Sommer, war sie einfach – zerbrochen. Auch jetzt noch, nach all dieser Zeit fand sie kein besseres Wort dafür. Damals hatte sie sich gefühlt wie ein schwaches Blatt im Wind. Widerstandsfähigkeit war noch nie ihre Stärke gewesen.

Wenn sie Rand damals nicht verlassen hätte, wäre sie vor der Zeit gestorben. Sie konnte das Leben mit ihm nicht mehr ertragen. Und dennoch …

Hatte sie fest geglaubt, wieder nach Hause zurückkehren zu können. War sie überzeugt, dass Frauen in der Ehe die gleichen Rechte zukamen wie Männern. Wie naiv von ihr ...

Nora griff nach dem Telefon auf dem Nachttisch und reagierte erfreut auf das Freizeichen. Allerdings hätte sie von Caroline auch nichts anderes erwartet, als dass der Anschluss bezahlt und betriebsfähig war.

Sie rief Eric an, aber niemand meldete sich. Wahrscheinlich war er von der Fahrt erschöpft. In letzter Zeit ermüdete er sehr schnell.

Nora wollte nicht darüber nachdenken, wie rapide der Krebs sein Leben aufzehrte. Denn wenn sie das tat, würde sie zusammenbrechen, und das wagte sie in Rubys Nähe nicht.

Nora wählte eine andere Nummer. Nach dem zweiten Klingeln meldete sich Dr. Allbright. »Hallo?« Sie hörte, wie ein Streichholz angerissen wurde.

»Hi, Leo. Ich bin's, Nora.«

Es atmete in der Leitung. Offenbar blies er Rauch aus und schnaufte ihn in die Muschel. »Wie geht es Ihnen?«

»Gut«, sagte Nora und fragte sich, ob er Lügen auch hören und nicht nur von ihrem Gesicht ablesen konnte. »Sie wollten, dass ich anrufe, wenn wir auf der Insel gelandet sind ...«

»Sie hören sich aber gar nicht gut an.«

»Nun, Ruby und ich fühlen uns doch ziemlich von den Geistern der Vergangenheit bedrängt.« Nora lachte spröde. »Das Haus ...«

»Ich halte es nach wie vor für einen Fehler. Das wissen Sie genau. In der augenblicklichen Situation sollten Sie sich in der Stadt aufhalten.«

Es war angenehm, dass sich jemand Sorgen um sie machte – auch wenn sie ihn dafür bezahlte. »Damit die Geier über mich herfallen?« Sie lächelte kläglich. »Die Jagd auf Nora Bridge scheint freigegeben zu sein.«

»Und Ruby ...«

»Mir war klar, dass es nicht leicht wird.« Zumindest das entsprach den Tatsachen. Sie hatte gewusst, wie weh ihr die unverhüllte Verbitterung ihrer Tochter tun würde.

»Wir haben oft genug darüber gesprochen, Nora. Rubys Abneigung hat einen einzigen Grund: Sie war damals zu jung, um verstehen zu können.«

»Ich bin fünfzig, Leo, und begreife trotzdem nicht.«

»Sie sind sich *und* Ruby die Wahrheit schuldig.«

Nora seufzte. Die Vorstellung, ihrer Tochter ihr Herz auszuschütten, war mehr, als sie ertragen konnte. »Ich wünsche mir, sie würde mich nur einmal anlächeln. Ein einziges Mal. Dann würde ich mich für immer daran erinnern. Ich erwarte gar nicht, dass sie mich mag – oder gar liebt.«

»Ach, Nora, Nora ...« Die Enttäuschung in seiner Stimme entging ihr nicht.

»Sie verlangen zu viel von mir, Leo.«

»Und Sie zu wenig, Nora. Ihre Angst vor der Vergangenheit ist so groß, dass ...«

»Geben Sie mir lieber einen Rat, Leo. Sie sind ein Vater. Sagen Sie mir, was ich tun soll.«

»Reden Sie mit ihr.«

»Worüber? Wie können wir bewältigen, was in den letzten elf Jahren alles geschehen ist?«

»Schritt für Schritt. Erzählen Sie Ruby jeden Tag etwas Persönliches über sich, und versuchen Sie, etwas Entsprechendes über Ruby in Erfahrung zu bringen. Das könnte ein Anfang sein.«

»Etwas Persönliches«, wiederholte Nora sehr nachdenklich.

Ja, das könnte sie schaffen. Dazu musste sie sich nur zur Aufrichtigkeit durchringen. Viel war es nicht und würde auch nicht gleich alles ändern, aber es schien ... machbar zu sein. Auf mehr durfte sie im Moment nicht hoffen.

Ruby ging von Raum zu Raum, zog die Gingham-Vorhänge auf und ließ die Sonne in jedes Zimmer. Schließlich stand sie in der Küche.

Es hatte sich nichts verändert.

Vier Stühle mit Lederlehnen waren unter den alten Ahorntisch vor dem Fenster geschoben. Auf ihm stand eine Vase mit Plastikdahlien neben Pfeffer- und Salzstreuern in Form von kleinen Leuchttürmen. Auf der Arbeitsfläche lehnte ein Kochbuch in seinem Gestell, aufgeschlagen bei einem Rezept für Lemon Pie. Vier handbestickte Geschirrtücher hingen oberhalb des Herdes ordentlich über einer Stange, die links und rechts an der Wand befestigt war.

Über dem Durchgang von der Küche ins Wohnzimmer fiel ihr die Schiffsuhr aus Messing ins Auge. Früher hatte ihr Schlagen – ein helles Ding-Ding zu jeder halben Stunde – ihrem Familienleben zeitliche Maßstäbe gesetzt, aber jetzt stand sie. Wahrscheinlich hatte seit Jahren niemand daran gedacht, die Batterien auszuwechseln.

Im Wohnzimmer standen zwei Ledersessel und ein Sofa einem großen Feldsteinkamin gegenüber. Die Bücherregale an der hinteren Wand enthielten *Reader's-Digest*-Ausgaben aus Jahrzehnten und einen RCA-Stereoplattenspieler. In einem roten Kunststoffkasten befanden sich die Lieblingsplatten der Familie. Ruby konnte die obere Hälfte des ersten Albums erkennen: *Venus* von Bananarama.

Sie musste lächeln. Die hatte sie gekauft.

Rubys Blick wanderte zu den Fotos auf dem Kaminsims, und sie erkannte keines wieder. Stirnrunzelnd ging sie auf den Kamin zu.

Alle Bilder zeigten Carolines Kinder. Keine einzige Aufnahme von Ruby. Nicht einmal von Caroline mit Ruby.

»Nett, Caro«, murmelte sie und wandte sich ab. Sie lief zur Treppe, aber als sie die schmalen, knarrenden Stufen zum oberen Geschoss hinaufstieg, fühlte sie sich ... vergessen.

Ihre Finger hinterließen Spuren in der Staubschicht auf dem Eichengeländer. Die obere Etage bot kaum Raum für ein ordentliches Schlafzimmer. Grandpa Bridge hatte Anfang der siebziger Jahre ein winziges Nebengelass für Garderobe zu einem Bad ausbauen lassen. Es war so niedrig, dass man sich über das Waschbecken bücken musste, um sich die Zähne zu putzen. Ein hässlicher, avocadogrüner Teppich bedeckte den Fußboden.

Ruby stieß die Tür zum Schlafzimmer ihrer Eltern auf und knipste Licht an. Ein gewaltiges Messingbett stand mitten im Raum, flankiert von zwei kleinen Tischen im französischen Stil des 18. Jahrhunderts. Die Nachttischlampen waren messinggelb, an ihren grünen Schirmen hingen Plastikperlen.

»Das hat etwas Elegantes, etwas von Las Vegas«, hatte ihre Großmutter oft gesagt, und Ruby sah ihre Grandma in dem alten Schaukelstuhl in der Ecke sitzen und emsig stricken. »Man kann nie genug Decken und Läufer haben«, erklärte sie, wenn sie wieder ein neues Projekt in Angriff nahm. Und immer drehte sich ein Elvis-Album auf dem Plattenteller, wenn Grandma strickte …

Es war lange her, seit sie sich so deutlich an ihre Nana erinnert hatte.

Vielleicht brauchte sie nur an die guten Zeiten zu denken, um sich mit diesem Haus anzufreunden. Das Zimmer war genau so, wie von Nana eingerichtet. Nora hatte nie etwas daran verändert. Nach Nanas und Pops Tod war Dad mit seiner Frau und seinen Töchtern in das größere Haus auf Lopez Island gezogen. Das Haus hier hatten sie nur noch in den Sommermonaten bewohnt.

Ruby durchquerte das Zimmer, trat an die Glastüren und öffnete sie weit. Zwei weiß lackierte, regentropfende Stühle lehnten auf dem winzigen Balkon an der Wand.

Einen Moment lang konnte sie sich kaum vorstellen, dass sie in einem Tal lebte, in dem es so heiß und trocken war, dass aus den Gartenschläuchen mitunter kochendes Wasser kam.

Sie kehrte ins Zimmer zurück. Aus dem Augenwinkel bemerkte sie die neuen Fotografien auf dem Tisch neben dem Bett.

»Verdammt«, entfuhr es ihr, als sie sie genauer betrachtete.

Wieder waren es ausschließlich Bilder aus Carolines neuem Leben. In Ruby regte sich der unangenehme Verdacht, dass ihre Schwester sie aus der Familie verbannen wollte.

Gereizt lief sie die Treppe hinunter und ins Freie. Sie holte die beiden Koffer aus dem Auto, trug sie ins Haus und stellte den ihrer Mutter vor deren geschlossene Tür im Erdgeschoss.

Sie stieg die Treppe hinauf, öffnete die Lamellentüren des Schranks und zog an der Lampenschnur. An der Decke des Schrankes flammte eine Glühbirne auf.

Sie warf ihren Koffer hinein. Er stieß gegen einen Pappkarton.

Ruby kniete sich vor den Schrank auf den Teppich und zog den Karton näher an sich heran. »Früher«, hatte jemand mit schwarzem Filzstift quer über den Deckel geschrieben.

Ruby öffnete den Karton und entdeckte ... sich.

Fotos, Dutzende von Fotos. Es waren die Bilder, die früher überall im Haus gestanden hatten, auf Tischen, Kaminsimsen, Fensterbrettern. Aufnahmen von zwei kleinen Mädchen in identischen pinkfarbenen Kleidern, von Dean und Eric in Little-League-Uniformen, von Dad am Heck der *Captain Hook*. Und ein Bild von Nora.

Zögernd nahm Ruby es in die Hand.

Es zeigte die Mutter, die sie vergessen, die Frau, um die sie getrauert hatte. Eine große, schlanke Frau mit kastanienroten Haaren und Farah-Fawcett-Frisur, in weißen Shorts und lindgrünem T-Shirt. Sie lächelte in die Kamera. Im Hintergrund ragte der weiße Gipfel des Matterhorns auf.

Ihr Ausflug nach Disneyland.

Mit einem Mal kam es Ruby vor, als wäre es erst gestern gewesen. Das Kreischen der größeren Kinder während riskanterer Fahrten, die plötzliche Finsternis bei *Mr Toad's Wild Ride*, die ausgelassene Musik von *Bear Jamboree*, der zuckersüße Nachgeschmack der Churros, die Verzauberung während der *Electrical Light Parade*. Und Ruby hatte den allerbesten Überblick über alles – auf den Schultern ihres Vaters.

Und plötzlich verstand Ruby Caroline. Caro, die Konflikte oder Konfrontationen nicht ausstehen konnte, Caro, die sich nach Normalität sehnte.

Der Rückblick auf die Vergangenheit war für ihre Schwester zu schmerzlich gewesen.

Es war besser, einfach zur Tagesordnung überzugehen. Ganz neu anzufangen. So zu tun, als hätte es auf dieser Insel, in diesem Haus niemals auch glückliche Sommer gegeben.

Seufzend schob Ruby die Fotos in den Karton zurück. Ihre Schwester hatte Recht. Es war zu verdammt schwer, die Vergangenheit in Kodachrome vor sich zu sehen.

Großer Gott, sie hatte in diesem Haus bereits einmal die Beherrschung verloren, dabei war sie gerade einmal ein paar Stunden hier. Sie musste ihr Gleichgewicht wiederfinden. Sich an den Grund ihres Aufenthalts erinnern.

Sich auf den *Cache'*-Artikel konzentrieren.

Ruby öffnete den Reißverschluss ihres Koffers, zog einen Block und einen Stift heraus. Dann setzte sie sich auf das Bett, zog die Beine an ...

... und starrte auf die vielen blauen Linien.

»Wir möchten etwas über Ihre persönlichen Erfahrungen mit Nora Bridge wissen ... Was für eine Mutter sie war ...«

»Okay, Ruby«, sagte sie laut. »Fang einfach an. Du kannst den Einstieg notfalls immer noch ändern.«

Das war Regel Nummer eins beim Formulieren witziger Pointen, warum sollte es bei ihrem Artikel anders sein?

Ruby holte tief Atem, ließ die Luft langsam wieder entweichen und begann zu schreiben:

»Das Gebot der Aufrichtigkeit gebietet, Ihnen nicht zu verschweigen, dass ich für diese Erinnerungen bezahlt werde. Mit einem hübschen Sümmchen, wie man in den Restaurants sagt, in denen Leute wie ich sich nicht einmal einen Salat leisten können. Genügend jedenfalls, um meinen uralten VW-Käfer mit einem geringfügig jüngeren Porsche vertauschen zu können.

Ich sollte Ihnen auch sagen, dass ich meine Mutter nicht sonderlich mag. Nein, das ist nicht genau genug. Den aufgeblasenen Typen, der abends in meiner Stammvideothek Dienst schiebt, *mag ich nicht besonders.*

Meine Mutter hasse ich.

Eine ziemlich heftige Feststellung, ich weiß. Von klein auf werden wir ermahnt, das Wort ›Hass‹ nicht zu benutzen, weil dadurch unsere Seele Schaden nimmt oder sogar eine negative Ausrichtung unseres Karma bedingt. Aber das Verschweigen eines Wortes eliminiert seine Bedeutung nicht.

Es ist auch nicht so, dass ich sie völlig grundlos oder auch nur aus nichtigen, banalen Motiven hasse. Sie hat sich meine Verachtung wirklich verdient. Um das genauer zu erläutern, muss ich Ihnen die Tür zu meinem Leben mit meiner Mutter öffnen und Sie als Gäste willkommen heißen.

Die Geschichte beginnt vor elf Jahren in einer Gegend, die vermutlich die wenigsten von Ihnen kennen: auf den San Juan Islands im Staat Washington. Ich bin in einem kleinen Farmhaus auf einem Stück Land aufgewachsen, das schon meinem Urgroßvater gehörte. Die Insel, der kleine Ort, unser Haus – alles war und ist die reine Postkartenidylle. Ich bin zwölf Jahre lang mit denselben Kindern zur Schule gegangen, und das einzige Verbrechen, an das ich mich erinnern kann, ereignete sich 1979, als Jimmy Smithson in die Apotheke einbrach, sämtliche Kondompackungen aufriss und mit Dial-Seife ›Peggy Jean likes Sex‹ an die Schaufensterscheibe schrieb.

Aber nun zu unserer Familie.

Mein Vater war – ist – ein Fischer, der in den Wintermonaten Bootsmotore repariert, um einigermaßen über die Runden zu kommen. Er ist auf Lopez Island geboren und aufgewachsen, wurzelt auf der Insel wie einer der uralten Baumriesen, die die Hauptstraße säumen.

Obwohl meine Mutter nicht von der Insel stammte, hatte sie sich zum Zeitpunkt meiner Geburt längst eingelebt. Sie beteiligte sich an jedem Wohltätigkeitsbasar und half in der Schule aus, wenn Not am Mann war.

Mit anderen Worten: Wir waren eine harmonische, kleine Familie auf einer Insel, auf der nie etwas passierte. Während meiner gesamten Kindheit habe ich meine Eltern kein einziges Mal miteinander streiten hören.

Aber dann im Sommer vor meinem siebzehnten Geburtstag änderte sich alles.

Meine Mutter verließ uns. Ging aus dem Haus, bestieg ihr Auto und fuhr davon. Sie rief nicht an, schrieb keine Zeile, sie blieb einfach – verschwunden.

Ich kann mich nicht erinnern, wie lange ich auf ihre Rückkehr wartete, aber ich weiß, dass irgendwann im Lauf der Monate und Jahre aus Mom *Mutter* wurde und dann schließlich *Nora*.

Meine Mom gab es nicht mehr. Ich fand mich mit der Tatsache ab, dass für mich in ihrem Leben kein Platz mehr war.

Ich könnte Ihnen schildern, wie es war, das Warten, werde es aber nicht tun. Nicht einmal für Geld. Das Schlimmste war mein Vater. Während meiner beiden letzten Jahre auf der

High School musste ich mit ansehen, wie er – verfiel. Er trank, er hockte in seinem dunklen Zimmer, er weinte.

Und als *Cache'* mir vorschlug, meine Geschichte zu publizieren, sagte ich zu. Natürlich sagte ich zu.

Ich fand, es war höchste Zeit, dass die Amerikaner erfuhren, auf wen sie da hörten, wer ihnen Nachhilfeunterricht in Sachen Moral erteilte.

Genau wie Sie habe ich ihre unablässigen Mahnungen im Radio gehört: Räumen Sie Ihrer Familie oberste Priorität ein. Sie ist es wert. Brechen Sie die Treueschwüre nicht leichtfertig, die Sie vor Gott abgelegt haben.

Und das von einer Frau, die ihre Ehe aufgegeben und ihre Kinder im Stich gelassen hat und die ...«

»Ruby!«

Sie stand auf, ging zur Tür und streckte den Kopf hinaus. »Ja?«

»Kannst du in all dem Staub überhaupt noch richtig atmen?«

Ruby verdrehte die Augen. »Wie ich höre, hast du noch genug Luft in den Lungen, um mich anschreien zu können«, murrte sie und lief die Treppe hinab.

Als sie am Zimmer ihrer Mutter vorbeikam, hörte sie drinnen ein Niesen.

Unwillkürlich musste Ruby grinsen.

In der Küche hockte sie sich vor das Schränkchen unter dem Spülbecken und zog die Tür auf. Alles, was sie zum Hausputz benötigte, stand in Reih und Glied vor ihr. Und zwar in Mengen, die für die Reinigung mehrerer Häuser reichen würde. Sie brach in schallendes Lachen aus, als sie feststellte, dass die Putzmittel alphabetisch geordnet waren.

»Arme Caro«, flüsterte sie, »du bist eindeutig in die falsche Familie hineingeboren worden.«

8. Kapitel

 Nora zwang sich, ihrer Tochter beim Putzen nicht zuzusehen. Es war einfach zu irritierend.

Ruby wischte Staub, ohne auch nur einen Gegenstand zu verrücken, und hielt einen trockenen Lappen offenbar für völlig ausreichend. Oh, sie hatte einen Riesenkanister Pledge hervorgeholt, aber der stand ungeöffnet auf dem Küchentresen. Als sie den Fußboden mit klarem Wasser wischen wollte, konnte sich Nora nicht mehr beherrschen.

»Willst du nicht zunächst einmal fegen?«, fragte sie vom Rollstuhl aus, mit dem sie bis an die Schwelle ihres Zimmers gerollt war.

Langsam drehte Ruby sich um. Ihr Gesicht war gerötet, aufgrund welcher Strapazen blieb unersichtlich. »Was?«

Nora wünschte, sie hätte den Mund gehalten, aber nun gab es kein Zurück mehr. »Du musst den Fußboden fegen, bevor du aufwischst ... Und ein wenig Seife im Wasser könnte auch nicht schaden.«

Ruby ließ den Mop los. Der Stiel polterte zu Boden. »Du kritisierst meine Putzmethode?«

»Eine *Methode* würde ich das nicht nennen. Der gesunde Menschenverstand sagt einem doch, dass ...

»Also fehlt mir auch noch jeder gesunde Menschenverstand.«

Nora seufzte. »Ich bitte dich, Ruby. Du weißt doch, wie man so etwas macht. Ich habe dir schließlich beigebracht ...«

Bevor sie den Satz beenden konnte, stand Ruby direkt vor ihr. »Komm mir bloß nicht mit diesem Thema. Wenn ich deinem Beispiel folge, verlasse ich nämlich das Haus, steige in den Minivan und verschwinde auf Nimmerwiedersehen.«

Noras Verärgerung wich Bedauern. Bekümmert sackte sie in sich zusammen wie eine Stoffpuppe. »Tut mir Leid.«

Ruby trat einen Schritt zurück. »Caro zufolge sind das deine Lieblingsworte. Vielleicht solltest du über die wirkliche Bedeutung von Entschuldigungen nachdenken, bevor du sie äußerst.« Sie marschierte in die Küche und goss einen Strahl Pledge in den weißen Plastikeimer. Dann begann sie mit heftigen, zornigen Bewegungen wieder zu wischen.

Nora sah ihr zu. Nur das Klatschen des Mops unterbrach das bedrückende Schweigen.

Irgendwann hielt Nora es nicht mehr aus. »Kann ich dir vielleicht helfen?«

Ruby wischte weiter, ohne sie anzublicken. »Ich habe oben das Bett abgezogen. Die Wäsche liegt auf der Maschine. Du könntest auch dein Bett abziehen und einen Waschgang starten.«

Nora nickte. Sie brauchte nahezu eine Stunde, um vom Rollstuhl aus ihr Bett abzuziehen, die Bezüge im winzigen Waschraum in die Maschine zu stopfen und sie anzuschalten. Als sie fertig war, schnaufte sie wie eine Dampflok.

Sie fuhr in die Küche zurück und stellte fest, dass der Raum blitzsauber war. Ruby hatte sogar die grässlichen Kunstblumen durch einen Strauß duftender Rosen ersetzt.

»Oh.« Zum ersten Mal seit ihrer Ankunft atmete Nora tief durch. »Es sieht wunderschön aus. Genau wie ...«

»Danke.«

Nora begriff, dass Ruby nicht an die Vergangenheit erinnert werden wollte. Es überraschte sie nicht. Ruby war schon immer eine Expertin im Verdrängen gewesen. Schon als Kind hatte sie vor allem, was ihr nicht passte, einfach die Augen verschlossen und so getan, als wäre es gar nicht da.

Durch diese Fähigkeit war es ihr gelungen, auch Nora vollständig aus ihrem Leben zu verbannen.

Aus den Augen, aus dem Sinn ...

Aber diesmal würde Nora es ihr nicht so leicht machen.

»Soll ich dir nicht mit dem Abendessen helfen?«

Ruby fuhr zu ihr herum. Ihr Gesicht zeigte blankes Entsetzen.

Nora schmunzelte. »Du siehst aus wie John Hurt, kurz bevor ihm der Alien aus dem Brustkorb kroch. Mach den Mund zu.«

»Es ist nichts da. Wir ... Ich muss erst einkaufen gehen.«

»Aber wir kennen doch Caroline. Ich wette, in irgendeinem Schrank gibt es diverse Vorräte für den Notfall. Vermutlich sogar sorgfältig beschriftet. Wir müssen nur nachsehen.«

»Dazu brauchst du mich ja nicht. Ich laufe fix hinauf, um ...«

»Nicht so schnell. Ich komme nicht an alles heran. Wir müssen es schon gemeinsam machen.«

Ruby sah aus, als hätte sie auf eine Zitrone gebissen. »Ich kann nicht kochen.«

»Du hast dich ja auch nie dafür interessiert.«

»Mit siebzehn schon. Tu bloß nicht so, als wüsstest du das nicht.«

Das saß. Nora schluckte. »Ich könnte es dir jetzt beibringen.«

»Warum habe ich das komische Gefühl, gut darauf verzichten zu können?«

Nora ließ sich ihre Enttäuschung nicht anmerken. Mit dem Rücken zu Ruby rollte sie durch die Küche und zog Schranktüren auf. Sie fand etliche Dosen Tomaten, Spaghetti, eine unangebrochene Flasche Olivenöl, marinierte Artischockenherzen und Kapern in Gläsern sowie eine Packung geriebenen Parmesan. Dann stellte sie alles auf die Arbeitsfläche neben dem Herd und wartete.

Aber ihr Geduldsfaden riss schneller, als ihr lieb war.
»Ruby?«

»Also gut, was soll ich machen?« Ruby kam drei Schritte auf Nora zu.

»Siehst du die Bratpfanne da über dem Herd? Nein, die größere. Ja. Stell sie auf die vordere Flamme.«

Es schepperte ohrenbetäubend.

Nora zuckte zusammen. »Gib einen Esslöffel Olivenöl in die Pfanne und schalte das Gas an.«

Ruby schraubte die Flasche auf und goss eine gute halbe Tasse Öl in die Pfanne.

Nora konnte buchstäblich fühlen, wie ihre Hüften auseinander gingen, und griff nach dem Dosenöffner. »Die Löffel sind in der obersten Schublade links von dir«, sagte sie lediglich und war richtig stolz auf sich. Sie öffnete die Tomatendose. »Hier, schütte die dazu und schalte die Flamme kleiner.«

Als Ruby das getan hatte, fuhr Nora fort: »Schneid die Artischocken in mundgerechte Stücke und füg sie zu den Tomaten hinzu. Eine halbe Tasse Hühnerbrühe könnte auch nicht schaden.«

Ruby trat an die Arbeitsfläche, fischte Artischockenherzen aus dem Glas und begann zu schnippeln.

»Autsch! Mist!«

Nora fuhr mit dem Rollstuhl dicht neben ihre Tochter. »Alles in Ordnung?«

Blut tropfte von Rubys Zeigefinger auf die gekachelte Arbeitsfläche.

Hastig riss Nora ein Handtuch vom Halter. »Komm, mein Schatz. Knie dich vor mich und halte die Hand hoch.«

Ruby sank auf die Knie und starrte wie gebannt auf ihren Finger. Ihr Gesicht war ganz blass.

Vorsichtig griff Nora nach der Hand ihrer Tochter. Beim Anblick des Blutes begann ihre eigene Hand zu puckern.

Genau wie früher. Nora hatte stets Phantomschmerzen verspürt, wenn eins ihrer Kinder sich verletzt hatte. Behutsam wickelte sie das Tuch um die Wunde und schloss, ohne nachzudenken, ihre Finger um Rubys Hand. Sie blickte in das Gesicht ihrer Tochter und erkannte, dass sich Ruby an diese kleine, zärtliche Geste erinnerte. Es fehlte nur noch der Kuss, »damit alles wieder gut« wurde. Sie sah so etwas wie sehnsüchtiges Verlangen in Rubys Augen. Nur ganz kurz, aber Nora hatte so lange darauf gewartet …

Ruby entriss ihr ihre Hand. »Himmel, es ist doch nur ein kleiner Schnitt. Ich habe mir schließlich nicht den Finger abgehackt.«

Die Kluft zwischen ihnen war wieder da, und Nora fragte sich plötzlich, ob sie sich das Verlangen in den Augen ihrer Tochter nur eingebildet hatte.

»Schütte die Artischocken und zwei Esslöffel Kapern in die Sauce«, sagte sie und merkte, dass ihre Stimme leicht schwankte. Schnell rollte sie vor das Fach mit den Gewürzen, aber als sie die Tür aufzog, sah sie statt der Gewürze nur Rubys sehnsüchtiges Gesicht.

Nora nahm die benötigten Kräuter heraus, fuhr an den Herd und schüttete sie in die Pfanne. »Und jetzt setze bitte einen großen Topf mit Wasser auf den Herd.«

In der nächsten halben Stunde tat Ruby wortlos alles, was Nora ihr sagte, und vermied beflissen jeden Augenkontakt.

Schließlich war das Essen fertig, und sie setzten sich an den Ahornholztisch. Ruby stieß ihre Gabel in die Pasta und drehte sie.

»Willst du nicht beten?«, fragte Nora.

Ruby hob den Kopf. »Nein.«

»Aber wir …«

»*Wir* gibt es nicht mehr. Tischgebete sind etwas, was den Weg unserer Familie gegangen ist. Gott und ich haben eine

Vereinbarung geschlossen. Er hört mir nicht mehr zu, und ich spreche auch nicht mehr mit ihm.«

Nora seufzte. »Oh, Ruby ...«

»Sieh mich nicht an wie ein waidwundes Reh.« Ruby wandte ihre Aufmerksamkeit wieder dem Teller zu und begann zu essen. »Schmeckt echt gut.«

»Das freut mich.« Nora schloss die Augen. »Herr, ich danke dir«, sagte sie so leise, dass Ruby es kaum verstehen konnte. »Für dieses Essen – und dafür, dass Ruby und ich wieder eine Zeit lang zusammen sind.«

Ruby stopfte sich eine Gabel Pasta in den Mund.

Auch Nora versuchte zu essen, aber das Schweigen zerrte an ihren Nerven. Eine zerrüttete Beziehung zum eigenen Kind war schon aus der Ferne schwer genug zu ertragen, aber diesem Kind gegenüberzusitzen ...

Sie erinnerte sich an Dr. Allbrights Rat. »Erzählen Sie ihr jeden Tag etwas Persönliches.« Während des Telefongesprächs mit ihrem Arzt war ihr das unproblematisch erschienen, machbar, aber jetzt kam es ihr vor wie eine schier übermenschliche Aufgabe.

Sie suchte noch immer nach einem zwingenden Thema für eine Unterhaltung, als Ruby mit einem gemurmelten »Entschuldige mich« aufstand, zum Spülbecken ging und Wasser einlaufen ließ.

Offenbar war Essen für Ruby eine zeitlich begrenzte Angelegenheit. Glücklicherweise behielt Nora diese Feststellung für sich. Sie räumte den Tisch ab und stapelte die Teller neben Rubys Ellbogen auf der Arbeitsfläche. In lastendem Schweigen wusch Ruby ab, während Nora abtrocknete. Als sie fertig waren, fuhr Nora ins Wohnzimmer.

Und bereitete sich dort innerlich auf die zweite Runde vor.

Aber Ruby rannte förmlich an ihr vorbei auf die Treppe zu.

Nora musste sich schnell etwas einfallen lassen. »Warum machen wir nicht ein Feuer im Kamin an? Die Juniabende sind noch ziemlich frisch.«

Ruby machte auf dem Absatz kehrt. Ohne ein Wort zu sagen, kniete sie sich vor den Kamin und stapelte Holzscheite.

Sie tat alles genau so, wie sie es von Grandpa Bridge gelernt hatte.

»Manche Dinge vergisst man offenbar nie«, stellte Nora fest.

Ruby sank auf die Fersen und streckte ihre Hände dem knisternden Feuer entgegen. Es dauerte eine Weile, bis sie sich zu Nora umdrehte. »Mit Ausnahme des Gefühls, eine Mutter zu haben.«

Nora schnappte nach Luft. »Das ist nicht fair. Ich war jeden Tag für dich da bis …«

»Bis zu dem Tag, an dem du nicht mehr da warst.«

Nora legte ihre Hände zusammen und schob sie zwischen ihre Knie. Sie wollte Ruby nicht sehen lassen, wie heftig sie zitterten. »Es gab auf der Welt nichts Wichtigeres für mich als dich und Caroline.«

Ruby lachte trocken, stand auf und kam auf Nora zu. »Bis auf den Sommer, in dem ich sechzehn Jahre alt war. Da bist du eines Tages ins Wohnzimmer gekommen, hast deinen Koffer abgestellt und erklärt, dass du gehst. Und was hast du doch gleich zu uns gesagt? Ach ja, ich erinnere mich. ›Wer von euch will mitkommen?‹ Als würden Caroline und ich unsere Gabeln beiseite legen, den Tisch abräumen und unseren Dad und unser Zuhause verlassen, nur weil du es dir in den Kopf gesetzt hattest, es hier nicht mehr aushalten zu können.«

»Ich habe es mir nicht *in den Kopf gesetzt* … Ich bin gegangen, weil …«

»Die Gründe interessieren mich nicht. Du hast uns im Stich gelassen, das ist alles, was zählt.«

Nora wünschte sich, Ruby würde sie wenigstens ein klein wenig verstehen. Zumindest so viel, um miteinander reden zu können. »Du weißt nicht alles über mich.«

Stumm blickte Ruby ihre Mutter an. Nora gewann den Eindruck, dass ihre Tochter mit sich kämpfte, als wisse sie nicht recht, ob sie sie weiter verletzen oder Frieden schließen sollte. Das überraschte sie. Sie verstand, warum Ruby die Distanz zwischen ihnen aufrechterhalten wollte. Was sie aber nicht verstand, war, warum ihre Tochter sie weiterhin nachdenklich musterte. Es wirkte irgendwie beunruhigend. Sie bekam das Gefühl, dass Ruby, die bis zur Beleidigung direkte Ruby, etwas verbarg.

»Dann erzähl mir doch etwas über dich«, sagte Ruby schließlich.

Das war Noras Chance. Aber sie wusste, dass sie äußerst behutsam vorgehen musste. »Okay, setzen wir uns auf die Veranda. Wie früher, erinnerst du dich? Dort vertrauen wir einander dann unsere Geheimnisse an.«

»Ich habe dich gebeten, etwas von *dir* zu erzählen«, lachte Ruby. »Ich bin nicht bereit, dir mein Herz auszuschütten.«

Nora ließ sich nicht entmutigen. »Aber ich muss auch etwas über dich erfahren. Du bist meine Tochter, Ruby, die ich als Teenager zum letzten Mal gesehen habe. Und wenn wir beide reden, können wir so tun, als würden wir uns richtig unterhalten.«

Diesmal lachte Ruby nicht. »Hast du *Das Schweigen der Lämmer* gesehen, Nora? Quid pro quo. Für jedes Geheimnis, das du mir anvertraust, gebe auch ich eins preis.«

»Ich nehme an, du vergleichst mich mit Hannibal Lecter. Einen Kannibalen und Psychopathen. Wie schmeichelhaft.«

Ruby musterte sie einen Moment lang schweigend. »Vielleicht wird es ganz interessant. Ich bin achtundzwanzig, und du bist gerade fünfzig geworden. Vor zwei Tagen, stimmt's?

Ich schätze, es ist höchste Zeit, dass mir miteinander reden. Komm.«

Nora sah ihrer Tochter nach, wie sie die Küche durchquerte und auf die Veranda hinaustrat. Die Gazetür fiel hinter ihr zu. Dann erst gestattete sie sich ein kleines Lächeln.

Ruby hatte sich an ihren Geburtstag erinnert.

Sie fuhr ihrer Tochter nach. Die kühle Abendluft streichelte ihre Wangen und wehte Düfte heran – nach Meer, Sand und den ersten Rosen. Sie blühten früh in diesem Jahr, wie immer nach einem milden Winter. In zwei Wochen würden sie Verandasäulen und Geländer in einen wahren Farbrausch hüllen.

Abendliche Dunkelheit ergoss sich wie Tinte über die Erde, rann zwischen den Zaunlatten hindurch, kroch an den Seitenwänden des Hauses empor. Die untergehende Sonne färbte den Himmel purpurn und pink.

Die Verandalampe warf ihren warmen, gelben Schein auf Rubys Rücken. Wie jung und verletzlich sie aussah mit ihren schlecht geschnittenen, schwarzen Haaren, der fadenscheinigen, schäbigen Kleidung. Nora sehnte sich danach, die Hand auszustrecken, ihr die Haare aus dem Gesicht zu streichen und …

»Sag es nicht, Nora.«

Verwirrt runzelte sie die Stirn. »Was?«

»Ach, Ruby. Du könntest so hübsch aussehen, wenn du dir nur ein wenig Mühe geben würdest.«

Kann sie Gedanken lesen, fragte sich Nora verblüfft. Zugegeben, das hatte sie früher oft zu Ruby gesagt, und fast wäre es ihr eben wieder über die Lippen gekommen, aber es hatte doch nichts zu bedeuten. Für Nora waren es lediglich Sandkörnchen in der riesigen Wüste mütterlicher Ermahnungen. Offensichtlich hatte Ruby das anders empfunden und nie vergessen.

Nora schämte sich. »Entschuldige, Ruby. Du bist schön. Auf deine unverwechselbare Art. Und genau das hätte ich dir sagen sollen.«

Ruby drehte sich zu ihr um, musterte sie wortlos.

Schweigen breitete sich aus, unterbrochen nur vom Rauschen des Meeres und dem gelegentlichen Krächzen einer Krähe.

»Also gut, Nora.« Ruby verschränkte die Arme und lehnte sich lässig gegen das Verandageländer. »Erzähl mir etwas über dich, was ich noch nicht weiß.«

Nora blickte ihre Tochter an, bemerkte die gespannte Wachsamkeit in den schwarzen Augen und holte tief Luft. »Du glaubst, ich würde dich nicht verstehen«, begann sie leise. »Aber ich weiß, wie es ist, wenn man seine Familie ablehnt.«

Ruby verließ das Geländer und setzte sich stirnrunzelnd in den weißen Rattansessel neben Nora. »Du hast deine Eltern geliebt. Du hast uns immer wieder von ihnen erzählt.«

»Ja, die Wahrheit und – Lügen«, fuhr Nora zögernd fort. »Ich hatte noch nie sonderlich viel Fantasie, und so enthielten meine Gutenachtgeschichten auch Schilderungen aus meinem Leben, in wohl dosierter Form. Ich wollte, dass ihr erfahrt, woher ihr kommt.«

»Was meinst du mit *wohl dosiert*?«

Nora wich Rubys Blick nicht aus. »Wo viel Licht ist, gibt es immer auch Schatten. Was ich euch erzählt habe, waren meine glücklichen Momente.« Sie seufzte. »Am Tag meines High-School-Abschlusses habe ich meine Eltern verlassen und bin nie wieder zurückgekehrt.«

»Du bist abgehauen?«

»Ja. Wegen meines Vaters. Meine Mutter habe ich geliebt.«

»Und wann hast du sie wiedergesehen?«

Nora musste die Augen schließen. »Meinen Vater nur einmal – bei der Beerdigung meiner Mutter. Das war vor Carolines und deiner Geburt.«

»Und dann nie wieder?«

»Nie wieder.« Nora wünschte, diese zwei kleinen Worte würden weniger wehtun. Es war so lange her, warum konnte sie nicht vergessen? Sie neigte sich näher an Ruby heran. »Ich sah ihn nie wieder, war nicht einmal bei seiner Beerdigung und musste mein ganzes Leben mit dieser Entscheidung fertig werden. Allerdings empfinde ich weniger Bedauern als eine Art wehmütiger Sehnsucht. Ich wünschte, er wäre ein anderer Mensch gewesen. Aber am meisten wünsche ich mir, ich hätte ihn lieben können.«

»Hast du ihn überhaupt jemals geliebt?«

»Vielleicht … als ich ganz klein war. Aber wenn, dann erinnere ich mich nicht daran.«

Ruby stand auf, ging zum Geländer und blickte aufs Meer hinaus. »Ich habe den *People*-Artikel über dich gelesen«, sagte sie, ohne sich umzudrehen. »Darin stand – und zwar wörtlich: ›Die Eckpfeiler von Nora Bridges Botschaft sind Verantwortungsgefühl und Vergebenkönnen.‹« Schließlich wandte sich Ruby doch wieder zu ihr um. »Hast du jemals versucht, ihm zu verzeihen?«

Nora hätte am liebsten gelogen. Es lag auf der Hand, dass Ruby eine Verbindung zu ihrem Verhältnis zu ihrer Mutter herstellte. Aber neuerliche Unwahrheiten würden ihre winzige Chance auf Versöhnung nur zerstören. »Jahre später, als ich selbst Kinder hatte – und ihre Liebe verlor –, begann ich mein Verhalten ihm gegenüber zu bereuen. Aber als junge Frau wusste ich nicht, wie hart das Leben mitunter sein kann. Ich glaube, er fühlte sich immer als benachteiligt und zu kurz gekommen. Das ist keine Entschuldigung, gibt mir aber die Möglichkeit, ihn weniger zu hassen, als zu bemitleiden. Natürlich kam diese Einsicht zu spät. Er war bereits tot.«

»Und deshalb soll ich dir verzeihen, solange noch Zeit bleibt? Ist das dein nicht sonderlich subtiler mütterlicher Rat?«

Noras Kopf zuckte hoch. »Nicht alles dreht sich um dich, Ruby. Ich habe dir etwas erzählt, was für mich sehr schmerzlich ist. Wenn du schon kein Mitgefühl aufbringen kannst, erwarte ich wenigstens einen gewissen Respekt für meine Empfindungen.«

Beschämt senkte Ruby den Blick. »Tut mir Leid.«

»Entschuldigung angenommen. Und jetzt erzähl mir etwas über dich.«

Der Ausdruck in Rubys Augen war undeutbar. Sie schwieg. Nora wappnete sich für das, was sie gleich hören würde.

»In dem Sommer, in dem du uns verlassen hast, habe ich immer an deine Rückkehr geglaubt.«

»Das ist kein Geheimnis.«

»Ich habe gewartet und gewartet. Im nächsten Juni zog auch Caroline aus, und es gab nur noch Dad und mich. Eines Abends bin ich ... ausgerastet.« Sie schluckte, wandte den Blick ab, fasste sich dann aber wieder. »Ich fuhr nach Seattle und ging ins *The Monastery*, einen Tanzclub. Ich suchte mir einen Jungen aus. Ich kann mich nicht mehr erinnern, wie er hieß. Er hatte blaue Haare, Piercing in den Ohren und leere Augen. Ich ging mit ihm in seine Wohnung und ließ mich von ihm bumsen.« Sie machte eine effektvolle Pause. »Es war mein erstes Mal.«

Es schmerzte Nora genauso, wie von Ruby beabsichtigt. Meine Schuld, dachte sie. Allein meine Schuld. Aber sie äußerte kein Wort des Bedauerns. Ruby hätte ihr die unpassenden Worte mehr als übel genommen.

»Ich habe es getan, um dich zu verletzen. Ich glaubte, du würdest irgendwann doch nach Hause kommen, und dann wollte ich es dir erzählen. Ich stellte mir sogar häufig deinen Gesichtsausdruck vor, wenn ich die Details schilderte.«

»Du wolltest, dass ich in Tränen ausbreche.«
»Mindestens ...«
»Ich hätte auch geweint«, seufzte Nora. »Wenn es dir geholfen hätte.«
»Jetzt ist es dafür zu spät.«
»Und Dean?«
»Ich möchte nicht über ihn sprechen.«

Die Verzweiflung in den Augen ihrer Tochter war unübersehbar. Vielleicht hätte sie eine entsprechende Bemerkung gemacht, aber ihre Kehle war wie zugeschnürt.

Auf diese Weise machte sich ihre Trauer neuerdings stets bemerkbar. Wie eine Riesenwoge, die ohne jede Ankündigung im ruhigen Meer aufbrandete und mit der Gewalt eines Hurrikan zuschlug. Manchmal verbrachte sie Stunden, ohne an ihn zu denken, und dann wieder wurde sie ganz plötzlich an ihn erinnert.

Jetzt war es der Name, der sie an ihn erinnerte, aber es hätte auch alles andere sein können: das Klingeln einer Schulglocke, das Lachen eines Mannes im Nebenzimmer. Alles eben.

»Ich denke, das war genug quid pro quo für einen Abend«, erklärte Ruby. »Ich gehe hinauf und nehme ein Bad.«

Nora sah ihrer Tochter nach. »Gute Nacht, Ruby«, sagte sie leise.

Sie fuhr in ihr Zimmer, stieß die Tür mit dem Ellbogen zu und kroch auf das Bett. Dann griff sie nach dem Telefon und wählte Erics Nummer.

Er meldete sich nach dem dritten Läuten, und schon beim ersten Wort merkte sie seiner Stimme an, dass er unter Drogen stand. »Hallo?«

»Hi, Eric.« Nora lehnte sich gegen das Kopfbrett. »Du hörst dich an, als hättest du Heroin gespritzt.«

Er lachte. »So fühle ich mich auch.« Er schien Probleme beim Sprechen zu haben, verschluckte Konsonanten.

»Alles in Ordnung mit dir?«, fragte sie.

»Klar. Nur ein bisschen benommen. Neue Medikamente ...«

Nora wusste Bescheid. Es kostete immer Zeit und Qualen, bis die optimale Dosierung der Schmerzmittel gefunden war. »Dann solltest du jetzt lieber schlafen. Ich rufe morgen wieder an.«

»Ja, schlafen«, murmelte er. »Morgen.«

»Gute Nacht, Eric.«

»Nacht.«

Nora lauschte noch lange dem Freizeichen und legte schließlich auf.

Ruby ging ins Schlafzimmer hinauf und machte es sich mit ihrem Schreibblock auf dem Bett gemütlich.

»Summer Island bringt mich um. In Los Angeles hatte ich Mumm und Witz – war vielleicht nicht unbedingt erfolgreich, aber wenigstens ich selbst. Hier ist es anders. Ich rieche die Rosen, die meine Großmutter gepflanzt hat, trockne mir die Hände an Handtüchern ab, die sie bestickt hat ... Ich sitze am selben Tisch wie als Kind und erinnere mich an die Zeit, in der meine Füße noch nicht auf den Boden reichten. Ich blicke aufs Meer hinaus und sehe, wie die Wellen an den Strand schlagen. Ich höre das Lachen meiner Schwester.

Und dann ist da meine Mutter.

Zweifellos haben wir einige Kämpfe miteinander auszufechten, aber ich fürchte mich ebenso vor den Fragen wie sie sich offenbar vor den Antworten. Und so tanzen wir unbeholfen umeinander herum, aus dem Takt und zu unterschiedlichen Melodien.

›Quid pro quo‹ heißt das Spiel, das wir begonnen haben. Ein Geheimnis von mir gegen eins von dir. Ich glaube kaum, dass ich das mit der von mir gewählten Distanz durchhalten kann. Früher oder später werde ich ins tiefe, kalte Wasser springen müssen, und die Folgen möchte ich mir nicht einmal ausmalen.

Ich werde Dinge über meine Mutter erfahren, die ich nicht hören will. Und das hat sogar schon begonnen. Ich weiß zum Beispiel, dass sie nach der High School ihre Familie verließ und danach nie wieder ein Wort mit ihrem Vater gewechselt hat.

Gestern noch hätte mich das überhaupt nicht überrascht. ›Klar‹, hätte ich vielleicht gesagt, ›abhauen ist schließlich das, was Nora Bridge am besten kann.‹

Aber ich habe ihren Blick gesehen, als sie von ihrem Vater sprach ...

Es tut ihr Leid. Etwas in mir wünscht sich, den Ausdruck in ihren Augen nicht gesehen zu haben. Denn als ich da neben meiner Mutter auf der Veranda saß, während sie von ihrem Schmerz sprach, fragte ich mich zum ersten Mal, ob es ihr Leid tut, ihre Kinder verlassen zu haben.«

9. Kapitel

 Mit übergeschlagenen Beinen saß Dean am Kai und sah zu, wie die Sonne aufging.

Die Flut kam, und der Sund war rau. Wellen schwappten gegen das alte, am Pier vertäute Segelboot. Die Leinen ächzten und stöhnten.

In der Ferne hörte er Motorengeräusche und musste lächeln. Die Fischerboote fuhren auf Fang aus. Erkennen konnte er keins von ihnen – sie hielten sich auf dem Weg zur Haro Strait stets nahe an die Küste von Shaw Island –, aber vor seinem inneren Auge konnte Dean die klapprigen Kähne aus Holz oder Aluminium deutlich sehen. Wie oft hatten Ruby und er eigentlich von irgendeinem Dock aus beobachtet, wie Rands Boot aufs Meer hinaustuckerte? Sie hatte dabei Deans Hand fest umklammert, bis die *Captain Hook* die Landspitze umrundete und verschwand. Er wusste ganz instinktiv, dass sie insgeheim immer befürchtet hatte, er könnte eines Tages nicht zurückkommen.

Da Dean nach seiner Ankunft auf Lopez Island seine Armbanduhr abgelegt hatte, wusste er nicht, seit wann er schon hier saß. In Anbetracht der Heftigkeit, mit der die Sonne auf seine Wangen brannte, war es lange genug.

Er stand auf und sah sich um. Rechts von ihm dümpelte das Segelboot, das seiner Familie gehörte, im Wasser.

Das einst strahlende Weiß des Mastes hatte sich unter dem unablässigen Regen längst in ein stumpfes Hellgrau verwandelt. An den Seiten war an vielen Stellen der rote Lack abgeplatzt, und die Deckplanken rund um das Steuerrad versteckten sich unter einer Schicht faulender Blätter.

»Lass uns mit der *Wind Lass* hinausfahren, Dino. Nun komm schon ...«

Dean schloss die Augen und dachte an Ruby. Früher war er bei jeder Erinnerung zusammengezuckt und hatte mit angehaltenem Atem darauf gewartet, dass die Bilder wieder verschwanden. Doch als mit der Zeit die Erinnerungen zu verblassen begannen, suchte er in seinem Gedächtnis nach ihnen, tastend wie ein Blinder.

Jetzt wusste er, wie kostbar die Erinnerungen an seine erste Liebe waren, und er hütete sie sorgsam, die guten ebenso wie die weniger guten.

Dean packte das Tau, zog die *Wind Lass* näher zum Kai und sprang an Deck. Das Boot schwankte unsicher unter seinen Füßen, als wäre es überrascht, nach so langer Zeit wieder betreten zu werden.

Auf diesem Boot hatte er sich immer frei und durch nichts behindert gefühlt. Nichts konnte ihn mehr begeistern als das Knattern der Segel im Wind. Eric und er hatten einen großen Teil ihrer Jugend auf der *Wind Lass* verbracht, auf diesen Teakplanken hatten sie von einer schier endlosen Zukunft geträumt.

Dean war leidenschaftlich gern gesegelt, und dennoch gehörte seine Freude an Wind und Wellen zu den Dingen seines Lebens, die er aufgegeben, hinter sich gelassen hatte ...

Genau wie Eric. Die *Wind Lass* hätte durchaus in Seattle liegen können, einen Steinwurf von Erics Haus entfernt, doch sie blieb hier – unbeachtet, vergessen.

Plötzlich wusste Dean, was er tun musste.

Er würde die *Wind Lass* restaurieren. Die alte Farbe abschmirgeln, das Holz sorgfältig ölen, jeden Quadratzentimeter der Planken schrubben. Dieses vernachlässigte, einst so geliebte Boot würde er in alter Pracht wiedererstehen lassen.

Wenn es ihm gelang, Eric hierher zu bringen, nur für einen Nachmittag, ein paar Stunden, könnten Wind und Wellen sie vielleicht in die Vergangenheit zurücktragen ...

Ruby erwachte und blinzelte. Es roch nach gebratenem Speck und frischem Kaffee. Sie hob ihre Leggings vom Fußboden auf, zog sie sich unter das Nachthemd, wusch sich flüchtig und eilte die Treppe hinunter.

Nora war in der Küche und rollte vor dem Herd hin und her wie General Patton bei einer Truppeninspektion. Auf dem Herd standen zwei gusseiserne Pfannen, aus der einen stieg weißer Dampf auf. Neben der leeren Pfanne stand eine Keramikschüssel, in der ein Holzlöffel steckte. Nora lächelte Ruby entgegen. »Guten Morgen. Wie hast du geschlafen?«

»Gut.« Ruby drängte sich am Rollstuhl vorbei und schenkte sich eine Tasse Kaffee ein, fügte Zucker und Sahne hinzu.

Schon nach dem ersten Schluck ging es ihr besser. Sie lehnte sich gegen den Schrank und sah, dass ihre Mutter Pfannkuchen mit Speck gebacken hatte. »So ein Frühstück habe ich nicht mehr gegessen, seit du uns verlassen hast.«

Es bereitete ihrer Mutter offensichtlich Mühe, ihr Lächeln beizubehalten. »Möchtest du ein Gesicht aus Smarties auf deinem Pfannkuchen? So wie früher?«

»Nein, danke. Ein bisschen viel auf einmal: Kohlehydrate *und* Schokolade.«

Ruby stellte zwei Teller auf den Tisch, legte Bestecke hinzu und setzte sich.

Nora nahm ihr gegenüber Platz. »Hast du gut geschlafen?«, fragte sie und goss ein wenig Ahornsirup neben ihre Omelettes.

Ruby hatte ganz vergessen, dass ihre Mutter jeden Bissen in Sirup tunkte. Eine Eigenheit, die sie an andere Details ihres gemeinsamen Lebens erinnerte, an Dinge, die Mutter und Tochter unauflösbar miteinander verbanden, ob Ruby das nun gefiel oder nicht. »Das hast du mich schon mal gefragt.«

Noras Gabel klapperte auf den Tellerrand. »Morgen darf ich nicht vergessen, eine schusssichere Weste anzuziehen.«

»Was erwartest du? Soll ich mich verhalten wie Caroline und so tun, als wäre zwischen uns alles perfekt in Ordnung?«

»Über mein Verhältnis zu Caroline steht dir kein Urteil zu«, entgegnete Nora scharf. »Du hast schon immer geglaubt, alles ganz genau zu wissen. Früher fand ich das durchaus positiv für ein Mädchen, aber diese Selbstsicherheit hat auch ihre negativen Seiten, Ruby. Du … verletzt damit andere.« Ruby sah, dass die Verärgerung ihrer Mutter in sich zusammenfiel, Resignation wich. »Aber ich nehme an, das ist nicht allein deine Schuld.«

»Nicht *allein*? Wie wäre es mit überhaupt nicht?«

»Ich hatte auch Caroline verlassen. Aber es hat sie nicht hart gemacht, kalt und unfähig, andere Menschen zu lieben.«

»Wer sagt, dass ich nicht lieben kann? Immerhin war ich fünf Jahre lang mit Max zusammen.«

»Und wo ist er jetzt?«

Abrupt schob Ruby ihren Stuhl zurück und stand auf. Sie brauchte unbedingt Abstand zwischen Nora und sich.

Nora hob den Kopf. Ihr Blick drückte ruhiges Verständnis aus, das Ruby unangenehm berührte. »Setz dich. Wir werden über Belangloseres reden. Wie wäre es mit dem Wetter?«

Ruby kam sich vor wie eine Idiotin. Wie konnte sie sich nur so deutlich anmerken lassen, dass die Bemerkung ihrer Mutter sie tief getroffen hatte?

»Setz dich, Ruby Elizabeth, und iss dein Frühstück«, sagte Nora mit einer Stimme, die eine Erwachsene unvermittelt wieder zu einem kleinen Kind machte. Ruby setzte sich.

Nora biss in einen Speckstreifen und kaute. »Wir müssen unbedingt Lebensmittel einkaufen.«

»In Ordnung.«

»Wie wäre es mit heute Vormittag?«

Ruby nickte. Nachdem sie fertig gegessen hatte, stand sie auf und begann den Tisch abzuräumen. »Ich wasche schnell ab. Wann wollen wir los? In dreißig Minuten?«

»Lieber in einer Stunde. Ich muss erst noch herausfinden, wie ich unbeschädigt in die Badewanne komme.«

»Ich könnte ein Seil um dein Bein schlingen und dich wie einen Anker ins Wasser lassen.«

Nora lachte. »Vielen Dank. Ich möchte nicht ertrinken – splitterfasernackt und mit einem hoch in die Luft gestreckten Bein. Diese Freude gönne ich der Klatschpresse nun doch nicht.«

Einen Moment Stille. Dann drehte sich Ruby zum Tisch um. »Ich würde dich schon nicht ertränken.«

»Ich weiß. Aber würdest du mich retten?« Ohne auf eine Antwort zu warten, setzte Nora den Rollstuhl in Bewegung, fuhr in ihr Zimmer und stieß die Tür zu.

Ruby starrte die geschlossene Tür an.

»Würdest du mich retten?«

Die Schwestern vom wohltätigen Orden des heiligen Franziskus waren während des Ersten Weltkriegs auf die Insel gekommen. Von einem großzügigen Spender (den sein Lebenswandel zweifellos um die Unsterblichkeit seiner Seele fürchten ließ) waren ihnen hundert Acres direkt am Wasser übereignet worden. Die ebenso frommen wie geschäftstüchtigen Ordensschwestern hatten eine Gemischtwarenhandlung neben dem Kai eröffnet, an dem später die Fähre anlegen sollte. Auf dem hügeligen Gelände hinter dem General Store errichteten sie ein klosterähnliches Gebäude, das Touristen nie zu Gesicht bekamen. Sie hielten Vieh und besaßen die ertragreichste Apfelplantage der ganzen Insel. Sie webten Stoffe, färbten sie mit Kräutern aus ihrem Garten und nähten daraus ihre Kutten. Ihre Zufluchtsstätte stand nicht nur allen Mitgliedern des Ordens offen, sondern auch Frauen, die vom Leben enttäuscht waren. Sie wurden im Schoß der Gemeinschaft aufgenommen und bekamen das geschenkt, was in der hektischen Welt draußen längst abhanden gekommen war: Zeit. Hier konnten sie die Kleidung ihrer Großmütter tragen, die einfachen Tätigkeiten eines selbstgenügsamen Lebens verrichten und mit dem Gott Zwiesprache halten, den sie schon verloren geglaubt hatten.

Sonntags öffneten die Schwestern ihre kleine Holzkapelle für Freunde und Nachbarn. Ein Priester aus einem Kloster auf einer nahe gelegenen Insel hielt eine Messe in lateinischer Sprache. Es war eine schlichte Kirche, in der niemand die Stirn über das Herumnörgeln gelangweilter Kinder runzelte oder über einen leeren Kollektenteller in Zeiten der Not.

Noch immer besaßen die Ordensschwestern den einzigen »Supermarkt« auf der Insel. Ruby lenkte den Minivan auf den Kiesplatz hinter dem *He Will Provide* und parkte neben einem verrosteten Pick-up.

Sie half Nora in den Rollstuhl und schob ihn über den Plankenweg, der die drei Gebäude des »Ortes« miteinander verband. Glyzinen wanden sich an den die Dachüberhänge stützenden Pfeilern empor und schmückten sie mit duftenden, weißen Blüten. Entlang dem Plankenweg standen hier und da von den Schwestern geschreinerte Bänke. Ein paar Wochen später würden Touristen hier sitzen und auf die Fähre warten.

Ruby zog die Gazetür des Geschäfts auf. Über ihren Köpfen bimmelte hell eine Glocke. Der schummerige Laden war lang und eng wie ein Schuhkarton.

Das durch schmale Fenster einfallende Licht beleuchtete eine kleine Ladentheke mit einer Registrierkasse. Dahinter lagen in hohen Regalen Stapel von Textilien. In einer Tiefkühltruhe lag das auf der Insel produzierte Fleisch – Rind, Geflügel, Lamm, Schwein –, und ein Kühlschrank hielt das von den Schwestern gezogene Gemüse frisch.

Bei ihrem Eintritt hob die Schwester an der Kasse den Kopf.

»Nora Bridge? Ruby? Ich fasse es nicht!« Schwester Helen kam hinter der Theke hervorgewatschelt, ihre geraffte Kutte enthüllte kalkweiße Waden über handgestrickten Socken. Ihr molliges Gesicht war zu einem breiten Lächeln verzogen, das ihre Augen hinter der Brille zu Schlitzen verengte. Wie immer sah sie aus wie ein putzmunterer Gnom. »Gelobt sei der Herr«, rief sie mit ihrem harten, deutschen Akzent. »Wir haben uns ja seit einer Ewigkeit nicht gesehen ...« Sie wandte sich Ruby zu. »Und wie geht es unserem kleinen Witzbold?«

Ruby lächelte. »Noch immer zu Späßen aufgelegt, Schwester. Wie ist es, haben Sie nicht auch einen kleinen, göttlichen Scherz für mich?«

»Auf Anhieb fällt mir nichts ein, aber ich werde darüber nachdenken. Es ist *zu* schön, Sie beide wiederzusehen.« Sie stieß Ruby mit dem Ellbogen an. »Mutter Ruth spricht noch immer von der Messe, als dein Kaninchen kreuz und quer durch die Kapelle lief. Es wird ihr eine große Freude sein, dich wiederzusehen.«

Ruby trat einen Schritt zurück. »Ich ... äh, ich habe in letzter Zeit recht selten den Gottesdienst besucht. Ohnehin bleibe ich nur eine Woche auf der Insel.«

Schwester Helen musterte Ruby mit dem Blick, der jedem katholisch Getauften akute Schuldgefühle einimpfte. »Aber jede Woche hat doch einen Sonntag, oder?«

»Nun ja ... vielleicht.«

Nora lächelte die Ordensschwester an. »Manche Dinge ändern sich nie.«

Schwester Helen nickte. Die Habithaube rutschte ihr in die Stirn, und sie schob sie hastig zurück. »Die *meisten* Dinge ändern sich nie. Das sagt mir die Erfahrung meiner dreiundsiebzig Lebensjahre.« Sie verschränkte die korpulenten Arme. »Jedenfalls ist es gut, Sie wieder zusammen zu sehen. Sie sind der Insel zu lange ferngeblieben.« Sie sah Ruby an. »Und du hast Kinder? Wie deine Schwester?«

»Ich bin kinderlos und unverheiratet. Ich bin entweder frei und ungebunden oder einsam und nicht liebenswert. Ganz wie Sie wollen.«

»Zumindest hast du dich nicht geändert, Ruby«, lachte Schwester Helen. »Immer zu einem Scherz bereit. Aber wenn Sie mich fragen, würde ich eher sagen ungebunden und einsam.« Sie klatschte in die Hände. »Das Geschäft ist wie immer gut sortiert. Bedienen Sie sich. Soll ich ein Konto für Sie anlegen, damit Sie anschreiben lassen können?«

»Nein«, sagte Ruby.

»Ja«, sagte Nora im gleichen Atemzug und warf ihrer Tochter einen finsteren Blick zu. »*Ich* könnte durchaus länger bleiben.«

Ruby nahm einen roten Einkaufskorb vom Stapel neben der Kasse und reichte ihn ihrer Mutter.

Sie kamen am Souvenirregal vorbei: Ansichtskarten, mit Fähren bedruckte Kugelschreiber, kleine Kerzenständer aus der Lava des Mt. Saint Helen. Ruby lief vorneweg, Nora folgte im Rollstuhl.

Als sie bei den Zerealien anlangten, griff Ruby nach einer Schachtel Captain Crunch und warf sie in den Korb.

»Das ist aber nicht gerade nahrhaft.«

Ruby drehte sich um, bemerkte das Stirnrunzeln ihrer Mutter. »Soll ich lieber die mit den Trockenfrüchten nehmen? Wegen der Vitamine?«

»Sehr komisch. Für mich bitte eine Packung Haferflocken. Die Schwestern stellen sie selbst her, wenn ich mich recht erinnere.«

Ruby angelte einen der mit Bändern geschmückten Beutel aus dem Regal. Wenn *sie* sich recht erinnerte, schmeckte das Zeug wie Teppichfasern.

»Wir brauchen unbedingt Dosentomaten«, erklärte Nora. »Nein, die nicht. Die grünen.«

Ruby tauschte die nicht gewünschten Dosen gegen das »richtige« Fabrikat aus.

»Und Spaghetti und Penne bitte. Himmel, doch nicht das billige Zeug. Nimm die besseren ... aus Italien.«

Glaubte Nora allen Ernstes, dass sie aus Italien importiert wurden? Ruby biss die Zähne zusammen und lief weiter, aber mit jedem Satz ihrer Mutter nahm ihre Verärgerung zu. Als Ruby die Hand nach Twinkies ausstreckte, hörte sie ihre Mutter hinter sich buchstäblich schreien.

»Aber das kannst du doch nicht *essen*!«

Jetzt reichte es. Betont langsam drehte Ruby sich um. »Entschuldige, aber habe ich dich vielleicht um deinen ernährungswissenschaftlichen Rat gebeten?«

»Nein, aber ...«

»Es ist allein meine Sache, wenn ich aufgehe wie ein Hefekloß. Also halte den Mund. Bitte!«

Nora kniff die Lippen zu einem schmalen Strich zusammen.

Ruby hörte, wie Schwester Helen ein Lachen unterdrückte.

Wundersamerweise schafften es Ruby und Nora ohne weitere Auseinandersetzung bis zum Ende des Ganges.

Dann stellte sich heraus, dass Nora ihre Nerven für den Kampf um das Gemüse geschont hatte.

»Die Hüllblätter dieses Maiskolbens sind zu dunkel, vermutlich sind die Körner schon hart. Nimm die helleren ... Nein, doch nicht die Zwiebel. Lieber eine Walla Walla Sweet ... Meine Güte, Ruby, der Brokkoli ist doch mehr als welk. Was um alles in der Welt isst du denn nur in Kalifornien?«

Ruby ließ den Brokkoli in den Korb fallen und zog davon. Es war klüger so. Sie durchquerte den Gang mit den Regalen und streckte den Kopf um die Ecke. »Wo finde ich Aspirin?«, rief sie Schwester Helen zu.

»Hinten an der Wand, Liebchen. Gleich neben dem Pepto-Bismal ... Das ich für deine Zwecke übrigens auch empfehlen kann.«

Ruby schnappte sich eine Maxipackung Excedrin und warf sie so heftig in den Korb, dass sie eine Tomate zerquetschte.

»Danke«, sagte Nora und wischte sich über die Wange. Dann sah sie zu den Textilien hinüber. »Willst du nicht ein T-Shirt und ein Paar Shorts für dich mitnehmen?«

»Das wär's. Wir haben alles.« Ruby packte die Griffe des Rollstuhls und schob ihn mit schnellen Schritten zur Kasse. Dort blieb sie so abrupt stehen, dass ihre Mutter wie eine Stoffpuppe nach vorn geschleudert wurde.

Schwester Helen hatte Mühe, sich ein Lachen zu verkneifen. »Genau wie früher, ihr beiden zusammen.«

Nora lächelte schmallippig. »Ja, Schwester, wir hatten schon immer viel Spaß an unseren kleinen Kabbeleien.«

Ruby nickte. »Vergessen Sie bitte nicht, wie unmöglich sie beim Einkaufen ist ... falls die Polizei Ihnen Fragen stellt.«

Lachend begann Schwester Helen die Preise in die Kasse einzugeben.

Sie schwatzte ohne Punkt und Komma, während ihre Finger über die Zahlentasten huschten, und erzählte, wer für die Bürgermeisterwahlen im Herbst kandidierte, wessen Pferd seit kurzem lahmte, wessen Brunnen nicht mehr genügend Wasser gab.

Ruby verließ das Geschäft und starrte zu der Schlange von Autos hinüber, die auf die nächste Fähre warteten. Sie wollte schon wieder umkehren, als eine Reihe von Zeitungsautomaten ihre Aufmerksamkeit erregte.

Sie warf einen besorgten Blick auf die Ladentür und rannte zum *USA-Today*-Automaten.

Da, in der rechten oberen Ecke der Titelseite war ein Foto ihrer Mutter. »Wo steckt Nora Bridge?«, stand in großen Lettern darunter, gefolgt von einem Hinweis auf den Bericht im Innern des Blattes.

Ruby angelte zwei Quarters aus ihrer Gesäßtasche und schob sie in den Schlitz.

»Ruby? Wo steckst du, Honey?«, rief ihre Mutter aus dem Geschäft.

Ruby zerrte die Zeitung heraus, rollte sie zusammen, schob sie unter ihren Taillenbund und zog ihr T-Shirt darüber. »Komme gleich«, schrie sie und rannte am Geschäft vorbei zum Minivan. Dort öffnete sie die Hecktür und versteckte die Zeitung unter dem Rücksitz. Als sie den Laden wieder erreichte, war sie völlig außer Atem.

Erstaunt blickte Nora zu ihr auf. »Die Tüten stehen neben der Kasse. Zwei kann ich nehmen, wenn du die dritte schaffst.«

Ruby war sich sicher, dass dem Röntgenblick ihrer Mutter nicht entgangen sein konnte, was sie gerade gekauft hatte.

»Kein Problem. Bye, Schwester Helen.« Sie klemmte sich die Tüte unter einen Arm und schob ihre Mutter mit der anderen Hand zum Auto.

Daheim angekommen, half Ruby ihrer Mutter aus dem Auto, trug die Lebensmittel ins Haus und räumte sie in Schränke und Kühlschrank. Dann wandte sie sich an Nora, die sie aufmerksam musterte.

»Ich werde ein bisschen am Strand entlanglaufen. Es ist ein wunderschöner Tag.« Mit breitem, aber nicht unbedingt echtem Lächeln lief Ruby wieder hinaus. Sie holte die Zeitung aus dem Minivan, stopfte sie sich unter ihr T-Shirt und schlenderte zum Strand.

Dort setzte sie sich auf einen flachen Granitfelsen und suchte sich die Lifestyleseite heraus. Die restliche Zeitung ließ sie in den Sand fallen und beschwerte sie mit einem Stück Treibholz. Der Wind zerrte am Papier und versuchte es ihr aus den Händen zu reißen.

»Wo verbirgt sich Nora Bridge?

Nach aufsehenerregenden Enthüllungen über ihre Vergangenheit scheint Nora Bridge wie vom Erdboden verschwunden. Aus den Führungsetagen von *KJZZ* – dem Sender, der ihre beliebte Talkshow ›Spiritual Healing with Nora‹ ausstrahlt, verlautet lediglich, Miss Bridge hätte einen schon länger geplanten Urlaub angetreten.

Nora Bridges tägliche Ratgeberkolumne ›Nora Knows Best‹ werde auch weiterhin in der bisherigen Form erscheinen, erklärte Tom Adams, der ebenso freimütige wie umstrittene Eigentümer der Adams News Organization.

In einem TV-Interview mit Katie Couric forderte Adams die Zuschauer auf, an Nora Bridge zu schreiben. ›Es freut sie sicher, von ihren treuen Anhängern zu hören‹, betonte er, ›und sie wird alle Fragen beantworten. Auch die unangenehmen.‹

Nora Bridge nahe stehende Kreise scheinen an ihrer Rückkehr in die Öffentlichkeit zu zweifeln. ›Sie hat den Mund zu voll genommen‹, erklärte eine Mitarbeiterin, die anonym bleiben möchte. ›Diese wohlfeilen Ermahnungen zu ehelicher Treue ... Es ist eine große Enttäuschung, sie als Heuchlerin entlarvt zu sehen.‹«

Offenbar waren die Medien wild entschlossen, den »Skandal Nora Bridge« am Kochen zu halten. Vermutlich durchkämmten Reporter fieberhaft das ganze Land, um jeden aufzuspüren, der Nora irgendwann einmal flüchtig gekannt hatte. Um sie buchstäblich in Stücke zu reißen.

Und Rubys Artikel würde alles nur noch schlimmer machen.

Mit angezogenen Beinen saß Ruby auf ihrem Bett, ihren Schreibblock auf dem Schoß. Neben ihr lag die *USA Today*. Das grobkörnige, unvorteilhafte Foto ihrer Mutter starrte sie an.

»Meine Mutter wird von der Presse vernichtet. Nicht mehr als gerecht, nehme ich an. Für eine Karriere hat sie ihre Familie ruiniert, und nun fliegt ihr diese Karriere um die Ohren.

Es ist genau das, was ich mir gewünscht habe. Ich glaube, dass ich auch deshalb zugestimmt habe, einen bezahlten Artikel über meine Mutter zu schreiben: aus meinem Verlangen nach ... nein, nicht Rache, nach Gerechtigkeit.

Und dennoch empfinde ich bei allem ein sonderbares Unbehagen ...«

»Ruby! Komm, hilf mir mit dem Abendessen.«

Einen kurzen, verwirrenden Moment lang war Ruby wieder vierzehn Jahre alt und las in ihrem Zimmer heimlich *Herr der Ringe*, anstatt ihrer Mutter zur Hand zu gehen. Sie schüttelte heftig den Kopf, drehte sich auf die Seite und riss die Nachttischschublade auf. Stifte und anderer Krimskrams rollten durcheinander. Als sie ihren Block in die Lade schieben wollte, sah sie eine braune Tablettenflasche.

Sie nahm sie in die Hand und las das Etikett. »Valium :.. Nora Bridge ... 1985.« Der verschreibende Arzt war Dr. Allbright.

Ruby runzelte die Stirn. Ihre Mutter hatte 1985 Valium genommen?

10. Kapitel

Valium.

Die Entdeckung war ein Hinweis auf eine Frau, die Ruby nie gekannt, sich nicht einmal vorgestellt hatte.

1985 war alles perfekt in Ordnung gewesen. Geradezu großartig.

Jedenfalls für Ruby.

Sie wünschte, sie hätte die Flasche nie gefunden. Es gab Dinge, die sie gar nicht wissen wollte. Es war so, als hätte sie zufällig den Vibrator ihrer Mutter entdeckt. Manche Dinge sollten, *mussten* ein Geheimnis bleiben.

Schließlich konnte es Ruby im Schlafzimmer nicht mehr aushalten. Sie ging die Treppe hinab. Nora war in der Küche.

»Ich dachte, wir machen *Chicken Divan*. Na, wie hört sich das an?«

»Nach gemeinsamem Kochen«, stöhnte Ruby.

»Könntest du bitte den Brokkoli schneiden? Das Hackbrett ist gleich da drüben.«

Ruby tat, wie ihr befohlen.

»Kleiner bitte. Die Stücke sollten schon in einen menschlichen Mund passen.«

Ruby atmete tief durch und fing von vorn an.

In der nächsten halben Stunde arbeiteten sie Seite an Seite. Ruby kochte das Huhn und schnitt es in – mundgerechte – Stücke, während Nora alles andere vorbereitete. Schließlich verschwand die Kasserolle in der Backröhre.

»Ich habe eine Überraschung für dich«, erklärte Nora und räumte das Hackbrett fort. »In meinem Schrank steht ein Karton. Willst du ihn holen?«

Ruby schüttelte den Kopf. Eine Überraschung von ihrer Mutter konnte einfach nichts Gutes bedeuten.

Nora hob die Brauen, und Ruby gab nach. Einige Dinge, darunter eine gerunzelte Mutterstirn, sind nun einmal stärker als jede Willenskraft. Sie ging in ihr altes Zimmer, öffnete die Schranktür und fand den Karton. Als sie ihn anhob, klapperte es irgendwie metallisch.

Ruby trug den Karton ins Wohnzimmer und stellte ihn auf dem Couchtisch ab.

»Mach ihn auf«, sagte Nora hinter ihr.

Ruby klappte den Deckel auf und spähte in den Karton. »O Mist.«

Es war ihr alter Projektor und eine Rolle 16-mm-Film. Sie sah ihre Mutter an.

»Familienaufnahmen«, sagte Nora knapp und lächelte gezwungen.

»Willst du etwa mit mir in alten Zeiten schwelgen?«

»Ich würde sie mir gern ansehen. Du kannst mir Gesellschaft leisten oder den Projektor in Betrieb setzen und ... mich allein lassen.«

Ruby saß in der Falle. Ob sie sich den Film nun ansah oder nicht – sie wusste, dass es ihn gab. Er würde auf sie warten, auf sie lauern wie ein Monster unter dem Bett eines Kindes. Sie griff tiefer in den Karton und fand ein gefaltetes weißes Tuch sowie ein paar Reißzwecken. Ihre alte »Leinwand«.

Sie stellte den Projektor in eine günstige Position, legte den Film ein und stöpselte die Kabelschnur in die Steckdose. Dann befestigte sie das Tuch an der Wand.

Sie versuchte, nicht daran zu denken, dass die Vorführung von Familienfilmen stets ein großes Ereignis war. An jedem Weihnachtsabend hatten sie sich im Wohnzimmer versammelt, während ihre ungeöffneten Geschenke verführerisch nahe unter dem Baum lagen, und sich die Höhepunkte des

Jahres angesehen. Das war Tradition in einer Familie, die nicht viele Traditionen hatte.

Ruby knipste das Licht aus. Mit dumpfem Schnarren warf der Projektor ein Quadrat auf den weißen Stoff.

Sie hockte sich auf die Armlehne des Sofas.

Die Worte *Lopez Island Talent Review* flimmerten auf. Ruby hörte Stimmengewirr, dann die deutlichen Worte ihrer Mutter: »Jetzt, Rand! Da ist sie.«

Ruby war vermutlich nicht älter als fünf, eine schlaksige Kindergartenkrabbe mit Apfelbäckchen und in einem rosa Tutu. Sie hopste und stolperte über die Bühne. Ihre Zahnstocherärmchen vollführten alle möglichen Verrenkungen.

»O Rand, sieh doch nur. Sie ist einfach perfekt ...«

»Still, ich muss mich konzentrieren.«

Ruby setzte zu einer letzte Pirouette an und versank in einem Knicks. Beifall brandete auf.

Die »Leinwand« wurde dunkel, erwachte dann zu neuem Leben. Diesmal waren sie am Strand. In einem einteiligen Badeanzug planschte Caroline lachend im knietiefen Wasser. Ruby trug einen Bikini. Ihr molliger Bauch wölbte sich vor, ihre Knie waren zerschrammt. Ihre Mutter saß neben einem Plastikeimer voller Muscheln und Steine im Sand. Ruby rannte zu ihr und stampfte energisch mit dem Fuß auf. Mom beugte sich vor und schloss den Riemen ihrer Badesandale. Dann zog sie die lachende, sich sträubende Ruby in die Arme, um ihr einen Kuss zu geben.

Mom ...

Ruby rutschte von der Sofalehne und landete in den weichen Polstern. Ihre ganze Kindheit rollte in ruckhaften Schwarzweißbildern vor ihr ab, begleitet von fröhlichem, unbeschwertem Lachen.

Warum war ihr entfallen, wie viel sie gelacht hatten oder wie oft ihre Mutter sie an sich gezogen und geküsst hatte? Das Gefühl, auf den Schultern ihres Vaters zu sitzen und die

Welt von ganz oben zu betrachten, hatte sie im Gegensatz zu den Zärtlichkeiten ihrer Mutter nicht vergessen.

Aber jetzt erinnerte sie sich. Sie *sah*.

Da war Dad und wirbelte Ruby im Kreis herum ... Und Mom zeigte Ruby, wie man sich die Schuhe zuschnürte ... Der verschneite Weihnachtsmorgen, an dem Santa Claus Ruby das Meerschweinchen brachte ...

Der Halloweenabend, an dem zwei Prinzessinnen durch den Regen zur Tür der Smithsons hüpften, einen ausgehöhlten, von einer Kerze beleuchteten Kürbis in den Händen ...

Mom und Dad tanzten eng umschlungen im Wohnzimmer – ein bisschen wacklig, weil die Kamera von Kinderhänden gehalten wurde ...

Als die letzten Filmzentimeter aus der Rolle glitten und die weiße Stoffbahn endgültig schwarz wurde, kam sich Ruby vor wie nach einem Marathonlauf. Unsicher stand sie auf, schaltete den Projektor aus und das Licht wieder an.

Zusammengesunken saß ihre Mutter im Rollstuhl, die Hände fest auf dem Schoß verschränkt. Auf ihren Wangen glänzten Tränen. Sie hob den Kopf und versuchte zu lächeln.

Ihre Mutter weinen zu sehen ließ etwas in Ruby zerbrechen. »Ihr habt sehr glücklich ausgesehen, du und Dad.«

Nora lächelte zittrig. »Wir waren es auch viele Jahre lang. Und dann ... waren wir es nicht mehr.«

»*Du* warst es nicht mehr. Ich habe gesehen, was du ihm angetan hast. Er hat dich geliebt, das kannst du mir glauben.«

»Rand hätte mich nie verlassen, damit hast du Recht. Genau wie er es geschworen hatte.«

Ruby runzelte die Stirn. »Er wäre aus *Liebe* bei dir geblieben und nicht nur, weil er es versprochen hatte.«

»Ach, Ruby ... es gibt vieles, was du nicht weißt. Dein Dad und ich haben eine ... Vergangenheit, die nur uns gehört. Kein Kind kann die Ehe seiner Eltern wirklich beurteilen.«

»Du willst mir also nicht erklären, warum du ihn verlassen hast?«

»Nein. Wir waren unglücklich, das muss dir genügen.«

Ruby wollte empört reagieren, war aber zu erschüttert. Der Film hatte sie aufgewühlt, sodass sie nicht klar denken konnte. Erstmals seit Jahren war sie ihrer *Mom* wiederbegegnet.

»Ich hatte dich vergessen«, sagte Ruby leise und schloss die Augen. »Ich habe nicht einmal von dir geträumt, kein einziges Mal.« Als sie die Augen wieder öffnete, sah sie, dass ihre Mutter weinte, und das war ihr so unangenehm, als hätte sie etwas Unrechtes getan. Sie *wollte* nicht, dass ihre Mutter weinte. »Aber vorhin habe ich mich an das Medaillon erinnert, das du mir zum elften Geburtstag geschenkt hast. Wenn man es aufklappte, war auf der linken Seite ein Foto von dir und rechts eins von Dad und Caro.«

Nora wischte sich über die Augen und nickte. »Hast du es noch?«

Ruby stand auf, ging zum Kamin und betrachtete die Fotos von Carolines Familie. Sie hob die Hand, betastete ihren nackten Hals und *fühlte* das Medaillon, das sie mit sechzehn zum letzten Mal getragen hatte.

Sie erinnerte sich an die drückende Schwüle in der zweiten Augustwoche. Ruby und Caroline weigerten sich standhaft, Einkäufe für das neue Schuljahr zu machen. Es war ihre felsenfeste Überzeugung, dass ihre Mom vor Schulbeginn wieder zu Hause sein würde …

Aber sie kam nicht zurück. Der August ging in den September über, und ihr bisheriges Leben ging völlig aus den Fugen.

In einer Zeit, in der sich Freunde und Nachbarn zu Picknicks, Barbecues und Partys am Trout Lake versammelten, verschanzte sich die Familie Bridge in ihrem allzu stillen Haus. In diesem Sommer hatten Ruby und Caro gelernt, sich absolut lautlos zu bewegen und so zu tun, als gäbe es sie nicht. Wer unsichtbar war, brauchte keine schmerzlichen Fragen zu beantworten.

Nicht nur Fragen nach ihrer Mutter, auch solche nach Dad. Als Nora sie im Juni verließ, begann er zu rauchen und zu trinken. Im August verließ er sein Zimmer nicht mehr. Die *Captain Hook* lag den ganzen Sommer über müßig vor Anker, und im Herbst musste Dad ein weiteres Stück Land verkaufen, um ihre Rechnungen bezahlen zu können.

Am ersten Schultag hatte Ruby die Kette mit dem Medaillon vom Hals genommen und von sich geschleudert …

»Ruby? Ich habe dich nach dem Medaillon gefragt.«

Sie drehte sich zu ihrer Mutter um. »Ich habe es weggeworfen.«

»Verstehe.«

»Nein, tust du nicht. Ich habe es nicht weggeworfen, weil ich dich hasste.« Ruby holte ganz tief Luft. Fast hätte sie es sich noch einmal überlegt, aber das Geständnis musste einfach heraus. »Ich habe es weggeworfen, weil es zu weh tat, sich an dich zu erinnern.«

»Oh, Ruby …«

In der Küche schrillte es.

Ruby sprang auf die Füße. »Gott sei Dank. Lass uns essen.«

Nora fand die ganze Nacht keinen Schlaf. Im Morgengrauen gab sie es auf und fuhr auf die Veranda, um die Sonne aufgehen zu sehen. Als es hell war, rief sie Eric an, aber er meldete sich nicht, und irgendwie fühlte sie sich danach noch einsamer.

Es war Ebbe. Das Meer hatte sich zurückgezogen und gab einen breiten, feucht schimmernden Küstenstreifen frei.

Sie musste daran denken, wie oft sie mit Rands Vater über den Strand gelaufen war, um Muscheln und Krebse für ein sonntägliches Barbecue zu sammeln.

»Ich hatte dich vergessen ...«

Nora wusste, dass Ruby ihr bittere Vorwürfe machte, sie hasste. Aber sie *vergessen?*

Nora fühlte sich ratlos.

»Soll ich sein wie Caroline und tun, als wäre alles zwischen uns in bester Ordnung?«

Seufzend lehnte sie sich im Rollstuhl zurück. Ruby mit ihrer Leidenschaft, ihrem Zorn, ihren Komplexen. Wenigstens war sie aufrichtig. Alles oder nichts. Schwarz oder weiß. Mit Zwischentönen gab sie sich nicht zufrieden, ganz anders als Caroline.

»Du fehlst mir, Ruby«, flüsterte sie, wagte die Worte auszusprechen, die sie ihrer jüngeren Tochter gegenüber niemals über die Lippen bringen würde. Tiefe Wehmut erfüllte sie. Aber anstatt sie zu verleugnen oder zu verdrängen, gab sie sich ihren Gefühlen ungehemmt hin. »Du fehlst mir sogar sehr, Kleine ...«

Nora dachte an all die Jahre, die sie verpasst hatte. Als Ruby erstmals zum College ging, ihren Abschluss machte, nach Los Angeles zog (Mit Rands altem VW-Käfer, oder war es ihr irgendwie gelungen, sich einen neuen Wagen zu kaufen?), sich ihr erstes Apartment mietete ...

Sinnlos vergeudete, verschwendete Jahre.

»Genug davon«, sagte sie schließlich, richtete sich auf und öffnete die Augen.

Sie brauchte eine Strategie. Sie musste das Problem mit Ruby energisch angehen, eine andere Möglichkeit gab es bei ihrer jüngeren Tochter nicht.

Eine zweite Chance würde sie nicht bekommen. Nora hatte eine Woche – sechs Tage – Zeit, um die Ketten der Vergangenheit zu sprengen.

Aber wie?

›Also gut‹, sagte sie sich. ›Nehmen wir an, eine Hörerin hätte mir geschrieben.‹

»Werte Nora,
vor vielen Jahren habe ich meinen Mann und meine Kinder verlassen. Meine jüngste Tochter hat mir das nie verziehen. Jetzt erklärt sie mir, sie hätte absolut keine Erinnerungen mehr an mich. Was soll ich tun?«

Sie atmete tief durch, dachte nach. Hätte sie tatsächlich einen solchen Brief bekommen, wäre sie mit der Frau hart ins Gericht gegangen. Sie hätte ihr verantwortungsloses Verhalten schonungslos kritisiert und erklärt, es sei kaum verwunderlich, dass ihre Tochter sie verabscheute.

»Heuchlerin«, zischte sie halblaut. Kein Wunder, dass sie vor den Scherben ihrer Karriere stand.

Allerdings … »Zwingen Sie Ihre Tochter dazu, sich zu erinnern«, hörte sie sich nach den ersten Sätzen moralischer Entrüstung zu der Briefschreiberin sagen.

Nora musste lächeln. Wie leicht man doch auf die Lösung kam, wenn es um die Probleme von Fremden ging.

Wenn sie Ruby dazu zwang, sich an die Vergangenheit zu erinnern, könnten sie vielleicht einen Weg in eine gemeinsame Gegenwart finden. Möglicherweise sogar in die Zukunft?

Einfach würde es nicht werden. Auch nicht besonders angenehm.

Ganz im Gegenteil.

Aber einen anderen Weg gab es nicht. Im Moment fiel es Ruby leicht, Nora zu hassen. Sie erinnerte sich nur an die verhängnisvolle Entscheidung, die ihre Mutter in jenem Juni getroffen hatte. Aber würde es Ruby auch dann noch leicht fallen, wenn sie sich an die guten Zeiten erinnerte?

Quietschend ging hinter ihr die Gazetür auf. »Nora?«

Nora steuerte den Rollstuhl in ihre Richtung und lächelte strahlend. »Guten Morgen, mein Schatz.«

»Für acht Uhr morgens bist du ja mächtig aufgekratzt«, murrte Ruby. »Möchtest du eine Tasse Kaffee?«

»Nein danke. Ich habe mich schon versorgt. Aber warum holst du dir nicht eine Tasse und setzt dich zu mir? Es ist ein wundervoller Morgen.«

Ruby fuhr sich mit einer Hand durch die kurzen, schlafstrubbeligen Haare und nickte. Wortlos ging sie ins Haus. Ein paar Minuten später kam sie wieder und setzte sich auf den Schaukelstuhl.

Nora blickte zum Strand hinunter. Das Schweigen zwischen ihnen wirkte sonderbar vertraut, fast so wie früher, als sie zusammen auf der Veranda gesessen hatten.

Sie trank einen Schluck Kaffee und zeigte zur Landspitze. »Erinnerst du dich an die Barbecues, die wir immer am vierten Juli da draußen veranstaltet haben? Dein Dad war unterwegs fischen, und wir drei Mädchen fuhren zur Reservation, um uns mit Feuerwerk einzudecken.«

»Die Wunderkerzen hatte ich am liebsten«, lächelte Ruby. »Ich konnte kaum erwarten, dass es endlich dunkel wurde.«

»Weißt du noch, dass wir damit immer leuchtende Worte in die Luft schrieben?« Nora ließ Ruby nicht aus den Augen. »Mein Satz hieß immer: Ich liebe meine Töchter.«

Ruby legte beide Hände um ihre Kaffeetasse, als müsse sie sich plötzlich wärmen. »Und Caroline schrieb immer den Namen des Jungen, in den sie gerade verknallt war. Erinnerst du dich noch an diesen Alexander Jorgenson? Sie brauchte zwei Wunderkerzen für seinen Namen und geriet in nackte Panik.«

Nora schmunzelte. Sie sah Eric und Dean vor sich, wie sie lachend neben dem Grill standen. Die Jungs hatten ein untrügliches Zeitgefühl. Pünktlich zu jeder Mahlzeit waren sie zur Stelle. Die Kehle wurde ihr eng, und sie musste sich räuspern. »Du hast Jahr für Jahr nur Deans Namen geschrieben.«

»Yeah ...«, seufzte Ruby. »Er und Eric tauchten immer genau in der Sekunde auf, in der du den Lachs auf den Grill gelegt hast.« Sie hob den Kopf und sah Nora an. »Von Caroline weiß ich, dass du mit Eric in Verbindung stehst. Wie geht es ihm denn so?«

Nora hatte gewusst, dass dieser Moment kommen würde, und geglaubt, auf ihn vorbereitet zu sein. Aber sie war es nicht. Sie holte Luft und ließ sie ganz langsam wieder entweichen. Erics Wunsch nach Verschwiegenheit ließ sich nicht erfüllen. Sie konnte nicht Auto fahren. Früher oder später musste sie Ruby um Chauffeursdienste bitten, und dann würde sie ohnehin von Erics Zustand erfahren. Aber wie sagt man seiner Tochter, dass einer ihrer engsten Jugendfreunde stirbt?

»Mom?«

Verstohlen wischte sich Nora über die Augen. »Eric hat Krebs.«

Ruby wurde blass. »O mein Gott.«

Nora sah Erinnerungen in Rubys Augen aufsteigen und wusste, dass ihre Tochter an die vielen Sommertage dachte, die sie mit Eric und Dean unten am Trout Lake verbracht hatte. Es dauerte lange, bis Ruby ihre Stimme wiederfand. »Wie schlimm ist es?«

»Schlimm.«

»Wird er sterben?«

Nora schloss die Augen. »Ja, Liebes.«

Ruby beugte sich vor und verbarg das Gesicht in den Händen. »Warum habe ich nur die Verbindung zwischen uns abreißen lassen? Wie kann ich ihm ...?« Sie verstummte, schüttelte den Kopf, und Nora wusste, dass ihre Tochter weinte. »Es war doch erst gestern ... Als wir alle zusammen waren, meine ich. Ich kann ihn mir einfach nicht – krank vorstellen.«

»Ich weiß. Ich muss immer an unsere Barbecues denken und daran, wie ich Dean und dir am Strand zugesehen habe. Ihr hieltet euch an den Händen und habt euch mit Wunderkerzen ›duelliert‹, und später, als ihr anfingt, miteinander zu tuscheln und zu wispern, begann ich mir Sorgen zu machen.«

Ruby blickte auf. Tränen hingen an ihren Wimpern. Sie sah aus, als wäre sie wieder zehn Jahre alt. »Davon hatte ich nie eine Ahnung.«

»Darüber sprechen Mütter auch nicht.«

»Können wir Eric besuchen?«

»Natürlich. Er ist auf Lopez Island und freut sich sicher, dich wiederzusehen.« Nora lehnte sich zurück und blickte auf den Sund hinaus. »Manchmal, wenn ich die Augen schließe, sehe ich alles ganz genau vor mir. Dich, Caroline, mich – Eric und Dean. Aber am deutlichsten erinnere ich mich an Ausfahrten mit der *Wind Lass*. Dino und Eric haben das Boot *geliebt* ...«

Schweigen. »Ich durchschaue dich«, sagte Ruby schließlich mit rauer Stimme. »Du willst, dass ich mich erinnere.«

»Ja.«

»Es tut ... weh, sich an diese Dinge zu erinnern.«

»Ich weiß, mein Schatz. Aber ...«

Im Haus klingelte das Telefon. Langsam stand Ruby auf und ging hinein. Die Gazetür schlug hinter ihr zu.

»Hallo?«, hörte Nora und dann: »Mit wem spreche ich? ... Oh, ich bin ihre Tochter. Ruby ... Ja, sie ist hier ... Einen Moment, ich hole sie ... Nora?«, rief Ruby. »Es ist Dee, deine Sekretärin.«

»Ich bin nicht da.«

Ruby steckte den Kopf aus der Gazetür. »Ich habe ihr aber schon gesagt, dass du hier bist. Nun komm, sie wartet.«

Nora rollte in die Küche und griff nach dem Telefon. »Hallo, Dee.«

»Nora, Gott sei Dank. Eben wurde ein Riesenberg Briefe für Sie abgegeben. Tom Adams hat angerufen und mir mit Kündigung gedroht, wenn ich sie nicht an Sie weiterleite. Unverzüglich.« Dee schniefte. »Ich brauche diesen Job, Nora.

Ich weiß, Sie würden mich nie feuern, aber was ist, wenn ... Sie wissen schon ...«

»Wenn es mich nicht mehr gibt.« Nora seufzte. »Habe schon verstanden. Also gut, schicken Sie mir alles an die Adresse, die ich Ihnen genannt habe.«

»Tom Adams wünscht, dass Lake Union Air Ihnen die Briefe noch heute ausliefert.«

Natürlich. Bei Tom musste alles sofort passieren. »Haben Sie sie gelesen, Dee?«

»Nun ja, einige wenige ...«

Nora hielt den Atem an. »Und?«

»Es ist wirklich widerlich, Nora. Die Leute hier fangen an, mit der Presse zu sprechen, und erzählen haarsträubende Dinge. Gestern Abend hat eine Frau aus Iowa im Fernsehen eine Klage gegen Sie angekündigt. Wegen Beratung in betrügerischer Absicht oder ähnlichem Schwachsinn.«

Nora sah zu Ruby hinüber, die hemmungslos die Ohren spitzte. »Okay, Dee. Bringen Sie die Briefe auf den Weg.«

»Ich habe mir überlegt, ob ich vielleicht Ihren *Best-of*-Hefter hinzufügen soll. Fall Sie ein paar alte Briefe einschmuggeln wollen. Tom Adams würde es überhaupt nicht merken.«

»Guter Einfall.«

Dee seufzte. »Ich *wusste*, dass Sie sich nicht vor den Antworten drücken würden. Andere meinten ...«

»Ich sorge dafür, dass Sie weiter beschäftigt werden, keine Angst. Danke für alles, Dee. Bis bald.« Nora streckte den Arm aus und hängte das Telefon ein. Sie wollte eine scherzhafte Bemerkung machen, aber ihr fiel keine ein.

»Nora?«

Langsam hob sie den Kopf.

Mit verschränkten Armen lehnte Ruby am Kühlschrank. »Was hat das alles zu bedeuten?«

»Mein Boss bei der Zeitung verlangt, dass ich ein paar ... wenig freundliche Briefe meiner Leser beantworte.«

»Nun, das ist schließlich dein Job.«

Nora schwieg. Ruby würde, konnte sie nicht verstehen. Sie wusste nicht, wie es war, von Anerkennung *abhängig* zu sein. Und wie nichtswürdig man sich fühlte, wenn man sie nicht bekam. Schlimmer als nichtswürdig.

›Eine Frau aus Iowa … Klage … Beratung in betrügerischer Absicht …‹

Nora schloss die Augen und rieb sich den Nasenrücken.

›David Letterman ist vermutlich außer sich vor Begeisterung …‹

Zwei Tage lang hatte sie verdrängen können, dass sich ihr Leben in nichts auflöste. Jetzt nicht mehr.

Nora hörte, dass Ruby die Treppe hinauflief.

Gott sei Dank.

Aber eine Minute später tippte sie ihr auf die Schulter. »Nora?«

Nora öffnete die Augen.

Ruby stand neben ihr. Sie hielt eine Zeitung in der Hand. »Die habe ich gestern am Automaten gekauft. Vielleicht solltest du lesen, was sie über dich schreiben.«

Nora starrte auf die Zeitung, sah ihr Foto.

Es war bei der Emmy-Verleihung im letzten Jahr aufgenommen worden. Sie sah einfach scheußlich darauf aus. Mit aufgeblähten Wangen und Augen wie schmale Schlitze.

Sie nahm Ruby die Zeitung ab, überflog den Artikel. »Es ist aus«, sagte sie schließlich tonlos und ließ die Zeitung auf den Fußboden flattern.

Ruby musterte sie stirnrunzelnd. »Unsinn. Du stehst das durch. Denk an Monica Lewinsky. Sie verkauft inzwischen superteure Handtaschen und wurde zur letzten Oscar-Verleihung eingeladen. Und dieses Millionärsflittchen hat vom *Playboy* ein Vermögen kassiert.«

»Vielen Dank für die schmeichelhaften Vergleiche.«

»Ich meinte doch nur …«

»Du kannst das nicht verstehen, Ruby, du bist zu jung. Meine Karriere ist beendet. Aus, Schluss, vorbei. Ich habe nicht die Absicht, auch nur einen dieser Briefe zu beantworten. Ich werde mich verstecken, bis dieser ganze … Mist vorüber ist. Irgendwann werden sie eine neue Sensation wittern und mich vergessen. Dann warte ich irgendwo in der Abgeschiedenheit auf meinen Tod.«

»Du machst Witze, oder?«

»Nein.«

»Aber du bist berühmt.«

»Ich bin *berüchtigt*. Ein großer Unterschied, glaub mir.«

»Mit dem richtigen Dreh kannst du doch …«

»Du hast offenbar nicht die richtigen Vorstellungen von meiner Arbeit, Ruby. Ich habe meinen Lesern nie etwas vorgemacht. Meine Gefühle und Überzeugungen sind in meine Worte an mir fremde Menschen eingeflossen. Sie glaubten mir, weil sie meine Aufrichtigkeit spürten.«

Rubys Brauen schossen in die Höhe. »Der Presse zufolge trittst du in deinen Kolumnen vehement für eheliche Treue ein. Und das nennst du Aufrichtigkeit?«

»Ich bin vom Wert der Ehe überzeugt. Ich glaube an Liebe, Familie, an Engagement und Verantwortung. Auch wenn ich – versagt habe.«

Die Antwort schien Ruby zu überraschen. »Eine interessante Wortwahl. *Versagt.*«

»Ich glaube nicht, dass eine von uns behaupten könnte, ich wäre als Ehefrau und Mutter besonders erfolgreich gewesen.«

»Wohl kaum. Aber ich hätte nie geglaubt, dass du es so bezeichnen würdest. Als Versagen, meine ich.«

Endlich kamen sie den wirklich wichtigen Dingen näher. »Und was hast du *geglaubt*?«, fragte Nora leise.

Nachdenklich runzelte Ruby die Stirn. »Dass du die Trennung von uns als eine Art … persönlicher Leistung betrachtest. Als hättest du einen verhassten Job aufgegeben. Man verliert zwar das Einkommen, ist aber stolz, den Mut zur Kündigung aufgebracht zu haben.«

»Ich war nicht stolz auf mich.«

»Warum?«, flüsterte Ruby. »Warum hast du uns verlassen? Hättest du nicht Karriere machen *und* Kinder aufziehen können?«

Nora seufzte. Darauf gab es viele und höchst unterschiedliche Antworten, und sie war zu niedergeschlagen, um sich die passende zu überlegen. Daher sagte sie das Erste, was ihr in den Sinn kam. »Der Zusammenbruch unserer Familie war kein katastrophales Einzelereignis wie der Untergang der *Titanic*. Es waren die kleinen Dinge, die sich im Laufe der Jahre summierten. Um das verstehen zu können, musst du erwachsen werden und erkennen, wie es wirklich um uns stand, aber dagegen sträubst du dich, Ruby. Du willst vergessen, dass ich existiert, dass *wir* existiert haben.«

»So ist alles sehr viel leichter«, sagte Ruby leise.

»Ja. Und für mich ist es einfacher, meine Karriere aufzugeben. Ich kann die Vorwürfe und Beschuldigungen nicht entkräften – nicht nach dem Leben, das ich geführt, den Entscheidungen, die ich getroffen habe. Die Presse wird aufdecken, was ich meinen Kindern angetan habe – dir, Ruby –, und das macht alles noch schlimmer.«

»Nie hätte ich dich für einen Feigling gehalten.«

Traurig lächelte Nora sie an. »Ach, Ruby. Gerade du hättest dazu jeden Anlass gehabt.«

11. Kapitel

Es war später Nachmittag, das Ende eines überraschend heißen Junitages. Meer und Himmel zeigten ein einheitliches Blau. Letzte Sonnenstrahlen tanzten über die Wasseroberfläche. Am Rand des Grundstücks, kurz bevor das Gras in Strand überging, streckten Bäume ihre Äste nach einander aus wie Arme. Ihre Blätter flüsterten im Wind. Stare schossen durch die Luft und setzten aufgeregt zwitschernd zum Tiefflug über das Gras an.

Ruby saß auf dem Balkon vor dem Schlafzimmer in einem der weißen Stühle. Sie konnte nicht aufhören zu weinen.

Sie dachte an Eric, an ihre gemeinsamen Jahre und daran, dass er für sie wie ein großer Bruder gewesen war. Die Vorstellung, ihn zu verlieren, war unerträglich. Aber nicht schlimmer als die Erkenntnis, dass sie ihn schon vor Jahren verloren hatte – durch eigene Schuld.

Kein einziges Mal war ihr eingefallen, ihn auch nur anzurufen ...

Jetzt begriff sie, dass sie ihn geliebt hatte. Nicht leidenschaftlich und verzehrend wie seinen Bruder, sondern auf eine ruhige, verlässliche Art. In ihrer ganzen Kindheit und Jugend war er für sie da gewesen. Eric hatte ihr vor der Girls Scout Jamboree beigebracht, wie man ein Zelt aufbaut ... Er war es, von dem sie lernte, auch an einem windigen Tag am Bug der *Wind Lass* zu stehen, ohne den Halt zu verlieren.

Und doch hatte sie sich von ihm abgewandt und zugelassen, dass er zu einem verblichenen Foto in der Schublade ihres Lebens wurde.

»Es tut mir Leid«, wisperte sie und wusste, dass das allein nicht genügte. Aber die Vorstellung, ihn wiederzusehen, erschreckte sie. Wie sollte sie an sein Bett treten, mit ihm reden und lächeln, als wären sie noch immer die besten Freunde, und sich von ihm verabschieden?

Wie konnte sie seinem *Sterben* zusehen?

Seufzend schloss Ruby die Augen. Im Zimmer hinter ihr klingelte das Telefon, aber als sie den Hörer abnahm, hörte sie – nichts.

Verwirrt sah sie sich um. Es schrillte wieder, und jetzt begriff sie, dass es ihr Handy war. Sie machte einen Satz quer über das Bett und hob es vom Fußboden auf.

»Hallo?«

»Himmel, Rube! Seit Tagen versuche ich, Sie zu erreichen. Wie ist das Leben in der Eiseskälte?«

Es war Val. Sie hörte, wie er Zigarettenrauch ausblies. »Ich bin auf Summer Island, Val, nicht in Sibirien. Und es geht mir gut.«

»Ich befürchtete schon, Sie per Hubschrauber ausfliegen lassen zu müssen.«

Ruby lachte. »Nicht nötig. Zumindest nicht im Moment.«

»Wie kommen Sie mit dem Artikel voran?«

»Gut.«

»Das höre ich gern. Ich habe vorhin mit Joan gesprochen. Die Geschichte wird immer brisanter. Die Medien zerfetzen Ihre Mutter in der Luft.«

Ihre Reaktion auf seine Worte traf Ruby unvorbereitet. Sie machte sie wütend. »Es ist ihr egal. Sie pfeift auf ihre Karriere. Gibt auf.«

»Im Ernst?«

»Erstaunlich, was? Dennoch bleibe ich am Ball und arbeite fleißig.«

»Das wird Joan freuen. Vergessen Sie Ihren Auftritt bei Sarah Purcell in der nächsten Woche nicht. Bis dann, Babe.«

Babe ... Ruby verdrehte die Augen. So hatte er sie noch nie genannt. Wahrscheinlich eine Formulierung für Klienten, die ihm Geld einbrachten. »Okay, Val. Bis dann.«

Nachdem sie das Telefon ausgeschaltet hatte, setzte sich Ruby mit Block und Stift wieder auf den Balkon.

Sie atmete tief und konzentriert, bis sie ihre Gefühle wieder unter Kontrolle hatte. An Eric würde sie später denken. Jetzt musste sie erst einmal mit ihrem Artikel weiterkommen.

Zögernd hob sie den Stift und begann zu schreiben.

»Während der meisten der vergangenen elf Jahre habe ich mir vorgemacht, ich hätte gar keine Mutter. Zunächst war es nicht leicht. Sobald eine Erinnerung an meine Mutter in mir hochstieg, verdrängte ich sie schnell durch die Erinnerung an das Zuschlagen einer Tür, das Knirschen von Autoreifen auf dem Kies, den Anblick meines Vaters, der auf seinem Bett saß und schluchzte.

Auf diese Weise zwang ich mich dazu, meine Mutter zu vergessen, und dieser Zustand der Amnesie wirkte befreiend. Das Leben ging weiter.

Aber gestern Abend haben meine Mutter und ich ein paar alte Familienfilme angesehen. Und da, im abgedunkelten Wohnzimmer, begannen sich die Türen, die ich geschlossen halten wollte, ganz langsam wieder zu öffnen.

Und nun stehe ich vor der beunruhigenden Frage: Wie viel habe ich von mir vergessen, indem ich jede Erinnerung an meine Mutter verdrängte?

Offenbar kenne ich weder sie noch mich besonders gut. Meine Mutter erklärt mir, ihre Karriere aufgeben zu wollen. Ich weiß nicht, was ich davon halten soll. Immerhin hat sie für diese Karriere ihre Familie verlassen. Wie kann sie ihr da so wenig bedeuten?«

Unschlüssig legte Ruby Block und Stift auf den kleinen Glastisch neben dem Stuhl.

Sie konnte den Gesichtsausdruck ihrer Mutter nicht vergessen, als sie sagte: »Dann warte ich irgendwo in der Abgeschiedenheit auf meinen Tod.«

Ihre Mutter hatte resigniert ausgesehen, verzweifelt und zutiefst verängstigt. Genau wie damals.

»Ich gehe. Wer von euch will mitkommen?«

Elf Jahre lang hatte sich Ruby nur an diese Worte erinnert, an ihren hässlichen, unerbittlichen Klang.

Jetzt erinnerte sie sich an mehr.

Die Augen ihrer Mutter hatten eine ähnliche Qual ausgedrückt wie heute, und ihre Stimme klang irgendwie verkrampft – ganz fremd.

Damals war in ihr Bewusstsein nur das eine gedrungen: dass Nora die Absicht hatte, sie zu verlassen. Aber könnte Nora nicht auch davongelaufen, geflüchtet sein?

Sie dachte an ihr Gespräch auf der Veranda und daran, was Nora auf ihre Bemerkung erwidert hatte, sie hätte ihre Mutter nie für einen Feigling gehalten.

»Ach, Ruby. Gerade du hättest jeden Anlass dazu gehabt.«

Aber wovor könnte ihre Mutter geflohen sein? Und was hatte sie so lange Zeit von ihr fern gehalten?

Das Paket aus Seattle traf am Nachmittag ein, als Nora sich gerade ein wenig hingelegt hatte. Ruby beäugte den Karton nachdenklich und haderte kurz mit sich. Immerhin hatte sie sich geschworen, die Kolumnen ihrer Mutter mit Nichtachtung zu strafen. Aber durch den *Cache'*-Artikel war eine andere Situation entstanden. Jetzt musste sich Ruby einfach über *Nora Knows Best* informieren.

Schließlich öffnete sie das Paket und sah zunächst einen großen Umschlag mit der Aufschrift »*Best of*«. Sie ging ins Wohnzimmer, hockte sich mit angezogenen Beinen auf die

Couch und öffnete ihn. Zeitungsausschnitte, jede Menge Zeitungsausschnitte. Der oberste stammte vom Dezember 1989 und war in der *Anacortes Bee* erschienen.

»Liebe Nora,
kennen Sie vielleicht einen Trick, wie man Rotweinflecken aus weißer Seide entfernt? Bei der Hochzeit meiner Schwester hatte ich einen kleinen Schwips und habe ihr unbeabsichtigt ein Glas Rotwein übers Kleid geschüttet. Jetzt redet sie nicht mehr mit mir, und mir ist das Ganze entsetzlich unangenehm.«

Noras Antwort beschränkte sich nicht auf die praktische Lösung des Problems:

»Liebe Leserin, der Fleck lässt sich nur in der Chemischen Reinigung entfernen, fürchte ich. Falls das nicht gelingt, sollten Sie Ihrer Schwester anbieten, das Kleid zu ersetzen. Da das Unglück auf Ihren ›kleinen Schwips‹ zurückzuführen ist, wie Sie schreiben, müssen Sie sich eine gewisse Fahrlässigkeit vorhalten lassen, und Ihre Schwester hat Anspruch auf eine perfekte Erinnerung an den wichtigsten Tag ihre Lebens, durch ein Kleid, das sie später an ihre Tochter weitergeben kann. Vielleicht dauert es einige Zeit, bis Sie das Geld aufgebracht haben, aber danach werden Sie sich besser fühlen. Nichts ist wichtiger als die Familie, das wissen Sie sicher, sonst hätten Sie mir nicht geschrieben. Wir alle machen Fehler im Leben. Aber wenn wir eine Chance sehen, sie wieder gutzumachen, sollten wir sie auch ergreifen.«

Ruby las die Kolumnen in ihrer chronologischen Reihenfolge und stellte fest, dass sich die Korrespondenz ihrer Mutter von praktischen Haushaltstipps bald anderen Bereichen zuwandte, zu einer Art Lebensberatung wurde. Und dafür besaß Nora durchaus eine Begabung, musste Ruby zugeben. Ihre Antworten waren klug, präzise und verständnisvoll.

Je länger Ruby las, desto deutlicher wurde das Bild ihrer Mutter. Nicht das der komplizierten, egozentrischen, auf Geld und Ruhm bedachten Nora Bridge, sondern ihrer *Mutter*, der Frau, die Ruby ermahnt hatte, sich eine Jacke anzuziehen, ihre Zähne zu putzen, ihr Zimmer aufzuräumen.

Der Brief einer Sechzehnjährigen mit Drogenproblemen erinnerte sie an ihre eigene Teenagerzeit.

Mit vierzehn hatte Ruby gegen die hoffnungslose Spießigkeit von Lopez Island – und ihrer Familie – rebelliert: mit Potrauchen und Schuleschwänzen. Selbst ihre Beziehung zu Dean litt unter ihrer neuen Coolness.

Als man sie wegen ihres Drogenkonsums von der Schule wies, war ihr Dad förmlich an die Decke gegangen, aber nicht Nora.

Ihre Mutter hatte sie aus dem Schulbüro abgeholt und war mit ihr zum State Park an der Nordspitze der Insel gefahren. Dort schleppte sie Ruby zu einem verlassenen Strand mit Blick auf die Haro Strait und Victoria. Es war etwa drei Uhr nachmittags, und eine Reihe Grauwale zog in der Ferne prustend durchs Wasser. Obwohl Nora ihr »gutes« Kleid trug, das sie für Eltern-Lehrer-Konferenzen schonte, setzte sie sich ohne viel Federlesen in den Sand.

Ruby blieb stehen und wartete mit vor der Brust verschränkten Armen und vorgeschobenem Kinn auf ein Donnerwetter.

Stattdessen griff Nora in ihre Tasche und zog den Joint heraus, den man in Rubys Spind gefunden hatte. Sie steckte ihn sich zwischen die Lippen, zündete ihn an, nahm einen Zug und hielt ihn dann ihrer Tochter hin.

Verblüfft setzte Ruby sich neben ihre Mutter und griff nach dem Joint. Gemeinsam rauchten sie das ganze verdammte Ding, und keiner von ihnen sprach auch nur ein Wort.

Nach und nach sank die Dämmerung herab, und drüben flammten die ersten Lichter auf.

»Fällt dir an Victoria etwas Besonderes auf?«, fragte Nora plötzlich.

Ruby blinzelte. »Es sieht aus, als wäre es weiter entfernt«, kicherte sie.

»Es *ist* weiter entfernt. Das kommt vom Hasch. Drogen entfernen einen von allem im Leben, von seinen Wünschen und Zielen.« Fast herausfordernd sah Nora sie an. »Was ist eigentlich so cool daran, sich einen Joint reinzuziehen? Das kann jeder. Cool finde ich, alles daranzusetzen, ein Astronaut zu werden oder auch ein Komiker oder ein Wissenschaftler, der ein Mittel gegen Krebs entdeckt. Lopez Island ist der winzige Fleck auf der Landkarte, für den du es hältst, aber auf dich wartet die ganze Welt, auch wenn du noch nichts davon gesehen hast. Im Moment hast du alle Chancen, positive wie negative. Du kannst so verdammt berühmt werden, dass man für dich eine Parade veranstaltet, wenn du zu High-School-Treffen nach Hause kommst ... oder du kannst mit der Schule scheitern und deine Ansprüche an das Leben immer weiter herunterschrauben, bis du mit den Versagern in *Zeke's Diner* zusammenhockst, qualmst und von Footballspielen der Schulmannschaft schwafelst, die vor zwanzig Jahren stattgefunden haben.« Sie stand auf und wischte sich Sand vom Kleid. »Du hast die Wahl. Es ist dein Leben. Ich bin deine Mutter, nicht deine Aufseherin.«

Auch Ruby stand auf. Am ganzen Körper zitternd, wie sie sich erinnerte. »Ich habe dich sehr lieb, Mom«, sagte sie leise.

Soweit sie wusste, war es das letzte Mal, dass sie diese Worte zu Nora sagte ...

Sie wandte sich wieder den Zeitungsausschnitten zu, blätterte darin und wurde gleich vom ersten Satz eines Briefes gefesselt.

»Liebe Nora,
wissen Sie, wie es ist, sich einsam und verzweifelt zu fühlen? Man kommt sich vor wie das einzige Schwarzweiß-Geschöpf in einer Technicolor-Umwelt.

Ich habe die falsche Frau geheiratet. Das wusste ich bereits an dem Tag, als wir auf den Altar zuschritten. Aber manchmal tut man aus den falschen Gründen das Richtige und hofft darauf, dass sich die Liebe doch noch einstellt.

Aber wenn das nicht geschieht, stirbt Tag für Tag ein bisschen mehr, bis man schließlich erkennen muss, dass nichts mehr von einem übrig ist.

Man sagt sich, dass man für sein Kind – den eigentlichen Grund für die Ehe – da sein muss, und fast gelingt es einem, sich davon zu überzeugen. Wenn man sein Kind im Arm hält, begreift man, was wahre Liebe ist.

Aber selbst wenn man die kleine Hand seiner Tochter hält oder ihr beim Gutenachtsagen über den Kopf streicht, fragt man sich hin und wieder, ob das wirklich genug ist.

Ich weiß keinen Ausweg mehr. Meine Frau und ich haben uns erschreckend auseinander gelebt. Bitte, können Sie mir helfen?«

Höchst interessiert las Ruby Noras Antwort.

»Lieber Leser,
ich empfinde tiefes Mitgefühl mit Ihnen. Ich denke, wir alle ahnen, wie einsam man sich auch innerhalb einer Familie vorkommen kann.

Ihr Brief beweist mir, dass Sie als verantwortungsvoller Mann wissen, wie zerstörerisch sich die Beendung einer Ehe auf ein Leben auswirkt. Die Einsamkeit, die Sie jetzt innerhalb Ihrer Familie empfinden, ist jedoch nichts im Vergleich zu der Verzweiflung nach der endgültigen Trennung, glauben Sie mir.

Ich hoffe sehr, dass Sie bei gründlicher Erforschung Reste der einstigen Liebe zu Ihrer Frau in sich entdecken, die mit ein wenig Anstrengung zu neuem Leben erweckt werden können. Sprechen Sie mit Ihrer Frau offen über Ihre Gefühle. Machen Sie eine Urlaubsreise. Unternehmen Sie etwas zusammen, besuchen Sie gemeinsam Veranstaltungen.

Suchen Sie eine Familienberatung auf. Sie wollen doch Ihre Ehe nicht aufgeben und das Herz Ihrer kleinen Tochter brechen, wenn noch ein Funken Hoffnung auf Versöhnung besteht.

Ich wünsche Ihnen Kraft bei der Rettung Ihrer Ehe.

Nora.«

Der letzte Brief war handgeschrieben, kein Zeitungsausschnitt. Offenbar war er für eine Veröffentlichung nicht in Frage gekommen. Dennoch hatte Nora ihn aufgehoben.

»Liebe Nora,
vor wenigen Monaten wurde mir meine geliebte Tochter von einem betrunkenen Autofahrer genommen. Jetzt weiß ich, was Verzweiflung ist und was sie aus einem Menschen macht.

Ich stelle fest, dass ich mit niemandem mehr sprechen kann, nicht einmal mit meiner Frau, die mich mehr braucht als jemals zuvor. Ich sehe sie mit rot geweinten Augen auf dem Bett sitzen und schaffe es trotzdem nicht, die Hand nach ihr auszustrecken, sie zu trösten. Auf mich allein gestellt, könnte ich für den Rest meines Leben schweigen.

Am liebsten würde ich ein paar Habseligkeiten in einen Supermarktkarren packen und mich unter die Obdachlosen auf dem Pioneer Square mischen. Doch selbst dazu kann ich mich nicht aufraffen. So sitze ich in meinem Haus, werde durch tausend Dinge an das erinnert, was ich verloren habe, und frage mich, warum ich überhaupt noch atme.

Ihr Benjamin C. Smith.«

Oben auf dem Brief stand die Bitte: Schicken Sie dem Absender das beigefügte Antwortschreiben unverzüglich per FedEx. Es war in Kopie an das Schreiben geheftet.

»Lieber Mister Smith,
ich will keine Zeit mit Äußerungen des Beileids für Ihre Trauer verschwenden, Sie schweben in großer Gefahr. Ich werde etwas tun, was ich noch nie getan habe – und vermutlich auch nie wieder tun werde.

Ich bitte Sie um Ihren Besuch, denn ich möchte mit Ihnen sprechen – Auge in Auge. Da Sie als Adresse Laurelhurst angegeben haben, dürfte das kein großes Problem sein.

Meine Sekretärin erwartet morgen Ihren Anruf, um einen Termin mit Ihnen zu vereinbaren. Bitte, enttäuschen Sie mich nicht. Ich weiß aus Erfahrung, welche Verletzungen das Leben uns zufügen kann, und manchmal genügt die Zuwendung eines Fremden, um uns zu retten.

Ergreifen Sie meine Hand. Ich warte auf Sie.
Nora.«

Ruby ließ den Brief sinken. Ihre Hände zitterten. Kein Wunder, dass Nora von ihren Lesern geliebt wurde. Sie schob alles wieder in den Umschlag zurück und legte ihn auf den Küchentisch. Dann ging sie die Treppe hinauf.

Fast instinktiv griff sie nach dem Telefon, um ihre Schwester anzurufen. Ruby fühlte sich verwirrt, durcheinander – und Caroline war schon immer so etwas wie ein Anker für sie gewesen.

Nach dem dritten Klingeln meldete sich Caro. »Hallo?«

Ruby fand, dass ihre Schwester ausgesprochen erschöpft klang. »Hey, Schwesterherz. Du hörst dich an, als würde dir ein Nickerchen gut tun.«

Caroline lachte. »Das täte mir immer gut.«

»Was *machst* du eigentlich den ganzen Tag?«

»Diese Frage kann auch nur eine ledige Frau einer Mutter stellen. Aber wie läuft es da oben? Vertragt ihr euch? Mom und du?«

»Sie ist anders, als ich gedacht hätte«, räumte Ruby kleinlaut ein.

»Warum wundert dich das? Du hast nicht mehr mit ihr gesprochen, seit *Das Model und der Schnüffler* im Fernsehen lief.«

»Ich weiß, ich weiß ... Aber da ist noch mehr. Oder war dir bekannt, dass sie während ihrer Ehe mit Dad einen Seelenklempner aufsuchte? Oder dass sie fünfundachtzig Valium nahm?«

Caro schnaufte hörbar. »Vielleicht hat ihr der Psychiater geraten, Dad zu verlassen.«

»Warum sollte er so etwas tun?«

»Weil das offenbar zu deren Berufsalltag gehört.« Ihre Schwester unterdrückte ein Lachen. »Sie wollen unglücklichen Frauen zu mehr Glück verhelfen. Hätte ich für jedes Mal, wenn mir mein Therapeut riet, Jere zu verlassen, einen Dollar bekommen, könnte ich in Hunt's Point leben.«

»Gehst du etwa auch zu einem Psycho?«

»Ich bitte dich, Ruby. Das ist nichts anderes als ein Besuch beim Friseur. Eine Art Seelenpflege.«

»Und ich dachte, Mister Quarterback und du, ihr seid das perfekte Paar.«

»Wir haben unsere Probleme wie andere auch. Aber ich würde lieber über ... Lass das, Jenny! Entschuldige, Ruby, aber ich muss Schluss machen. Deine Nichte hat gerade ihrem Bruder ein Glas Traubensaft über den Kopf gegossen.«

Bevor Ruby etwas sagen konnte, legte Caro auf.

Dean klopfte an Erics Tür und trat ein.

Sein Bruder saß im Bett und las in einem Taschenbuch: Richard Bachs *Illusionen*. »Hey, Dean«, lächelte er. »Es ist fast Zeit fürs Abendessen. Wo hast du gesteckt?« Er streckte eine Hand nach dem Nachttisch aus, aber seine bebenden Finger konnten die Tasse nicht halten. Seufzend gab er auf.

Dean eilte ans Bett, hielt die Tasse an Erics Lippen und führte den Strohhalm an seinen Mund.

Eric trank langsam, schluckte. Schließlich stellte Dean die Tasse zurück, und sein Bruder sank in die Kissen. »Danke. Ich bin vor Durst fast gestorben.« Er merkte, was er da gerade gesagt hatte, und grinste. »Die Erwähnung von Sterben und Tod war rein zufällig.«

Dean versuchte zu lächeln, aber es gelang ihm nicht. Der Gedanke ging ihm nicht aus dem Kopf, dass sein Bruder halb verdurstet war, weil er die Tasse weder ergreifen noch festhalten konnte. Er ging zum Fenster und blickte hinaus. Er brauchte eine Minute, um seine Beherrschung wiederzugewinnen. »Ich habe da etwas vorbereitet.«

»Eine Überraschung?«

Dean drehte sich um, fühlte sich an den alten – *jungen* – Eric erinnert, und die Kehle wurde ihm noch enger. Er konnte nur nicken. Langsam schob er das Metallgitter des Bettes hinunter, bis es einrastete. »Hast du etwas gegen einen kleinen Ausflug?«

»Machst du Witze? Ich bin dieses Bett so leid, dass ich heulen könnte. Verdammt, ich heule ja auch ständig.«

Dean streckte die Arme aus und hob seinen Bruder hoch.

Großer Gott, er war leicht wie eine Feder.

Sein starker, großer Bruder, der früher das Footballteam der Insel angeführt hatte …

Entschlossen schaltete Dean sein Gedächtnis aus. Wenn er sich weiter daran erinnerte, wie kräftig Eric früher war, müsste er zusammenbrechen.

Er trug seinen Bruder die Treppe hinunter, vorbei an der offen stehenden Tür zur Küche, aus der ihnen Lottie mit verdächtig glänzenden Augen zuwinkte, über den frisch gemähten Rasen zum Ufer. Auf dem Anlegesteg stand ein mit Kissen gepolsterter Gartensessel bereit.

»Die *Wind Lass*«, entfuhr es Eric leise.

Dean setzte seinen Bruder in den Sessel und stopfte die Kaschmirdecke fest um seinen Körper.

Der Nachmittag neigte sich, und der Himmel schien zum Greifen nahe. Die letzten Sonnenstrahlen färbten die Welt rosa: das Wasser, die Wolken, den Kieselstrand. Das Boot befand sich noch in einem jämmerlichen Zustand, war aber wenigstens sauber.

Dean setzte sich neben Eric auf den Steg, streckte die Beine aus und lehnte den Rücken an einen Pfeiler. »Es ist noch eine Menge zu tun. Jeff Brein unten in Crow's Nest flickt das Segel und will morgen fertig sein. Wendy Johnson reinigt die Polster. Ich dachte, wir könnten vielleicht mit ihr hinausfahren und ...«

Der Rest des Satzes versickerte. Dean hatte keine Ahnung, wie er seine nebulösen Hoffnungen in gewöhnlichen Worten ausdrücken sollte.

»Und uns erinnern, wie es früher war«, sagte Eric sofort. »Wie *wir* waren.«

»Ja.«

Eric zog die Decke bis ans Kinn. »Wie fühlt man sich denn so als Lieblingssohn?«

»Einsam.«

Seufzend lehnte sich Eric in die Kissen zurück. »Als ich ein erfolgreicher Sportler mit hervorragenden Zensuren und glänzenden Zukunftsaussichten war, da hat sie mich auch geliebt.«

Natürlich erinnerte sich Dean. Ihre Mutter hatte Eric förmlich angebetet, ihren »dunkelhaarigen Engel«. Mom und Dad waren immer nur zur Footballsaison auf die Insel gekommen. Bei jedem Spiel saß ihre Mutter in der ersten Tribünenreihe, um ihrem Sohn – dem Quarterback – zuzujubeln. Sobald die Saison endete, verschwanden sie wieder.

Eric hatte sich lange in der Zuneigung seiner Eltern gesonnt und Stolz mit Liebe verwechselt. Aber als er ihnen von Charles erzählte, musste er erkennen, wie naiv er gewesen war. Seither hatte seine Mutter mit ihm kein Wort mehr gesprochen.

So war Dean, dem jüngeren, weniger perfekten Sohn, die Leitung des Familienunternehmens zugefallen. Etwas, was er sich nie gewünscht hatte, aber ihm blieb keine andere Wahl.

»Ich erinnere mich«, murmelte Dean.

»Gestern Abend gegen elf hat das Telefon geklingelt«, sagte Eric.

Dean senkte den Kopf. Er konnte seinen Bruder nicht ansehen. »Ja, irgendeine Telefongesellschaft, die ...«

»Versuch gar nicht erst, mich zu belügen, Brüderchen. Sie war's, stimmt's?«

»Ja.«

»Noch immer in Athen?«

»Nein, in Florenz. Sie hielt es für erforderlich, mich ausgiebig über ihren erfolgreichen Einkaufsbummel zu informieren.« Und hatte hinzugefügt: »Setz dich ins Flugzeug, Dean, und komm her. In der Villa ist jede Menge Platz.« Als wäre es ihr absolut gleichgültig, dass ihr ältester Sohn im Sterben lag.

Die Hoffnung in Erics Blick war herzzerreißend. »Werden sie mich besuchen?«

Diesmal suchte Dean gar nicht erst nach einer Notlüge. »Nein.«

»Hast du ihnen gesagt, wie es um mich steht? Dass mir nicht mehr viel Zeit bleibt?«

Dean streckte den Arm aus, berührte die Hand seines Bruders. Die Plötzlichkeit der Geste überraschte beide. »Tut mir Leid.«

»Was hat es für einen Sinn, qualvoll an Krebs zu verrecken, wenn die eigenen Eltern nicht am Sterbebett in Tränen ausbrechen?«

»Ich bin hier«, erklärte Dean. »Ich lasse dich nicht allein.«

Erics Augen wurden feucht. »Ich weiß, kleiner Bruder, ich weiß ...«

Dean musste schlucken. »Du darfst es dir nicht so zu Herzen nehmen.«

Eric schloss die Augen. »Irgendwann wird es ihr Leid tun. Aber dann ... ist ... es ... zu spät.« Seine letzten Worte waren kaum noch zu verstehen, und er schien einzuschlafen.

Dean beugte sich über ihn, hüllte ihn fester in die Decke.

Durch die Berührung wachte Eric wieder auf. »Erzähl mir etwas über dein Leben, Dino«, murmelte er schläfrig.

»Da gibt es nicht viel zu erzählen. Ich arbeite.«

»Sehr komisch. Ich beziehe Zeitungen aus San Francisco – um über dich und die Familie auf dem Laufenden zu sein. Du scheinst ein Hansdampf in allen Gassen zu sein, der begehrteste Junggeselle der Stadt. Wüsste ich es nicht besser, würde ich dich einen Mann nennen, dem es an nichts fehlt.«

So ist es, hätte Dean am liebsten lachend gesagt, ich habe alles, mir fehlt es an nichts. Doch das wäre gelogen, und er hatte seinen Bruder noch nie belügen können. Darüber hinaus wollte sich Dean mit Eric unterhalten wie früher, von Bruder zu Bruder, unbefangen und offen. »Ich weiß nicht recht, aber irgendwie vermisse ich etwas. Was, kann ich mir auch nicht erklären.«

»Gefällt dir die Arbeit in der Firma?«

Die Frage überraschte Dean. Das hatte noch niemand von ihm wissen wollen, nicht einmal er selbst. Dennoch zögerte er nicht mit der Antwort. »Nein.«

»Gibt es eine Frau, die du liebst?«

»Nein. Es ist lange her, seit ich verliebt war.«

»Und du kannst dir wirklich nicht erklären, was deinem Leben fehlt? Großer Gott, Dino! So begriffsstutzig kannst du doch gar nicht sein.« Gähnend schloss Eric die Augen. Er ermüdete unglaublich schnell. »Und dabei habe ich mir in all den Jahren so sehr gewünscht, dass du glücklich bist ...« Blinzelnd schlug er die Augen wieder auf. »Erinnerst du dich an Camp Orkila?«, fragte er unvermittelt. »Ich musste gestern daran denken. An das erste Mal, als wir dort oben waren.«

»Und auf Ruby trafen«, fügte Dean leise hinzu. Zum ersten Mal konnte er aufrichtig lächeln. »Sie kletterte am Strand einen riesigen Baum hinauf, erinnerst du dich? Sandburgenbauen wäre etwas für Babys, erklärte sie. Sie sei aber schon groß.«

»Sie kam erst wieder herunter, als du sie darum gebeten hast.«

»Ja. Damals fing es an, oder? Davor kannten wir so etwas wie eine richtige Familie überhaupt nicht ...« Dean ließ die Worte nachhallen, wob aus den Strängen ihres Lebens einen Quilt und hüllte den abgemagerten Körper seines Bruders darin ein.

12. Kapitel

Benommen und zerschlagen erwachte Nora aus ihrem Schlaf. Sie blieb reglos im Bett liegen, ließ sich vom leisen Rauschen der Wellen durch das offen stehende Fenster in die Wirklichkeit zurückholen. Es war fast dunkel, sie hatte stundenlang geschlafen.

Eric ...

Nora zog sich das Telefon auf den Schoß und wählte seine Nummer.

Sie wechselte ein paar Worte mit Lottie und wartete dann geduldig, bis Eric sich meldete.

»Nora? Es wurde aber auch langsam Zeit.«

Sie lachte. Gott, tat das gut, aber noch besser war es, seine Stimme zu hören. »Hinter mir liegen ein paar ... sehr interessante Tage. Ich bin auf Summer Island. Caroline lässt mich hier eine Weile entspannen.«

»Ah, ganz nach Art der Reichen und Berühmten. Da findet man natürlich keine Zeit für einen guten, alten Freund, der mit klagloser Würde auf den Sensenmann wartet.« Er lachte über seinen Scherz, aber das Lachen ging schnell in ein Husten über.

Nora schloss die Augen und dachte daran, wie robust er noch vor wenigen Jahren war. Beispielsweise an dem Nachmittag, an dem sein Team die League-Meisterschaft gewann und die Kids ihn mit Gatorade bespritzten und ihn hochleben ließen ...

»Nora? Bist du ins Koma gefallen?«

»Ich bin noch immer voll da.« Nora beschloss, ihm von dem Skandal nichts zu erzählen. Er sollte sich keine Sorgen um sie machen. Aber etwas musste sie ihm mitteilen. Schließlich konnte sie nicht ohne Vorwarnung im Rollstuhl bei ihm auftauchen. »Ich hatte einen Unfall und lag dann ein paar Tage im Bayview.«

»O mein Gott. Und? Ist denn alles wieder okay mit dir?«

»Für eine Fünfzigjährige, die frontal gegen einen Baum geknallt ist, geht es mir blendend. Und du hast erklärt, der Mercedes wäre reine Geldverschwendung. Ha! Er hat mir das Leben gerettet. Bis auf ein gebrochenes Bein und ein verstauchtes Handgelenk ist mir nichts passiert. Das ist aber der Grund, weshalb ich dich noch nicht besucht habe.«

»Na los, spuck es aus. Du verschweigst mir doch noch etwas.«

Nora zwang sich zu einem Lachen. »Ich will dir ja nicht zu nahe treten, aber diesmal irrt sich deine Intuition.«

»Nora?« Er sprach ihren Namen unendlich zärtlich aus, wie eine Erinnerung an alles, was sie zusammen durchgestanden hatten. Zum ersten Mal, seit diese Katastrophe über sie hereingebrochen war, hatte sie das Gefühl, dass sich jemand aufrichtig um sie sorgte. »Nein, wirklich. Ich ...« Sie verstummte und merkte zu ihrem Entsetzen, dass ihr die Tränen kamen. Hastig versuchte sie, ihre Beherrschung wiederzugewinnen.

»Du weißt, dass du mit mir über alles sprechen kannst, Nora.«

»Ich denke gar nicht daran, dich auch mit *meinen* Problemen zu belasten.«

»Wer hat neben mir jeden Abend an Charlies Bett gesessen, als er starb? Wer hat an seinem Grab meine Hand gehalten? Und wer hat mir während meiner Chemotherapie Mut zugesprochen?«

Nora schluckte. »Ich.«

»Also rede.«

All die Emotionen, die sie in den vergangenen Tagen mühsam verdrängt hatte, schienen sie nun überwältigen zu wollen. Aber sie schluchzte nicht, sie war sogar absolut ruhig. »Im *Tattler* wurden Nacktfotos von mir veröffentlicht. Im Bett. Mit einem Mann.«

»Allmächtiger …«

»Das ist noch nicht einmal das Schlimmste.« Zu ihrem Erstaunen konnte sie lachen. »Ich habe mit dem Typen nur posiert. Die Fotos sind datiert und beweisen, dass ich zum Zeitpunkt der Aufnahmen noch mit Rand verheiratet war. Die Medien überschlagen sich förmlich. Alle Welt nennt mich eine unerträgliche Heuchlerin.«

»Also deshalb bist du auf Summer Island. Du versteckst dich.«

»Meine Karriere kann ich vergessen. Man lässt mich fallen wie eine heiße Kartoffel.«

»Immer mit der Ruhe. Wir sind in den Vereinigten Staaten von Amerika. Die Promis bauen doch ständig irgendwelchen Mist. Das macht sie uns nur liebenswerter. Jack Nicholson hat mit einem Baseballschläger ein Auto zertrümmert, und doch bekam er einen weiteren Oscar. Hugh Grant beweist nicht nur erstaunliche moralische Flexibilität, sondern regelrechte *Dämlichkeit*, und nach einer flüchtigen Entschuldigung im Fernsehen steht er mit Julia Roberts für einen neuen Film vor der Kamera. Du hast deine Hüllen fallen lassen. Na und? Schließlich zeigen die Fotos dich nicht dabei, wie du einem Drogendealer einen bläst. Gestehe deinen Fehler ein, notfalls unter Tränen, und bitte um eine zweite Chance. Deine Fans werden dir verzeihen und dich lieben, weil du genauso bist wie sie. Menschlich.«

»Genau deshalb liebe ich dich so, Eric. Für dich ist das Glas immer halb voll. Wärst du mein Sohn, wäre ich ungeheuer stolz auf dich.« Sie hörte ein Räuspern und merkte, wie unsensibel dieser letzte Satz war. »Du hast deine Mutter angerufen?«

»Sie ist in Europa. Und macht dort offenbar alle Boutiquen und Kaufhäuser unsicher.« Er seufzte, aber es klang wie ein Stöhnen. »Bisher hat sie nicht zurückgerufen. Aber es ist ja auch erst ein paar Tage her.«

Seit »ein paar Tagen« wusste die Frau, dass ihr Sohn an Krebs starb, hatte es aber noch nicht für nötig befunden, ihn anzurufen ... »Was hältst du davon, wenn ich dich morgen besuche? Wir werden ein prächtiges Pärchen abgeben: du im Bett und ich im Rollstuhl.«

»Das wäre wunderbar. Du ahnst nicht, wer hier ist.«

Nora lachte. »Und du wirst nicht glauben, wer *hier* ist.«

»Dean ...«

»Ruby ...«

Sie sprachen die Namen im gleichen Atemzug aus.

»Dean ist auf Lopez Island?«, fragte Nora verblüfft.

»Ja.«

»Ich wusste, dass er kommt, wenn du es ihm sagst. Wie läuft es zwischen euch?«

»Unsicher. Ein bisschen verlegen. Wir sind wie zwei gute Freunde von der High School, die sich nach zwanzig Jahren wiedertreffen und nicht recht wissen, worüber sie miteinander reden sollen. Aber langsam finden wir wieder zueinander. Und wie ist es mit Ruby?«

»Sie hasst mich.«

»Aber sie hat dich auf die Insel begleitet. Das ist doch immerhin etwas. Zwischen Liebe und Hass verläuft eine sehr schmale Trennlinie, vergiss das nicht.«

»Danke für diese weise Bemerkung. Übrigens musste ich ihr von deiner Krankheit erzählen.«

»Schon gut. Himmel, inzwischen ist mir egal, wer es alles weiß.« Nora hörte ein kleines Lächeln in Erics Stimme. »Aber sag mal, weißt du, was damals zwischen Dean und Ruby vorgefallen ist? Er will nicht darüber sprechen.«

»Sie auch nicht.«

»Ich war in Princeton, als sie sich getrennt haben, aber es muss furchtbar gewesen sein. Um sie nicht mehr täglich zu sehen, hat sich Dean in einem Pensionat anmelden lassen. Und ich finde es sehr interessant, dass keiner der beiden je geheiratet hat.«

»Denkst du das Gleiche, was ich denke?«

»Wie bringen wir sie wieder zusammen?«

Nora schmunzelte. Es war wundervoll, an etwas anderes denken zu können als an Erics Krankheit und ihr Dilemma. Und zum ersten Mal seit Jahren fühlte sie sich wieder wie eine richtige Mutter. »Aber behutsam, Eric. Ganz behutsam.«

Als Nora den Hörer auflegte, puckerte es in ihrem Knöchel. Aber der Schmerz war nicht so unangenehm wie das Jucken unter dem Gips. Sie fuhr ins Bad, wusch sich das Gesicht und putzte sich die Zähne. Dann rollte sie in die Diele.

»Ruby?« Sie bekam keine Antwort.

Auf halbem Weg in die Küche sah sie das Paket auf dem Tisch.

Langsam fuhr sie näher.

Es war geöffnet worden.

Kein Wunder, dass Ruby das Weite gesucht hatte.

Seufzend zog sie das Paket auf ihren Schoß und fuhr ins Wohnzimmer. Dort mühte sie sich auf das Sofa, legte ein Kissen auf den Couchtisch und streckte ihren Fuß darauf aus. Jeder Gedanke an Ruby, Dean und die wahre, große Liebe war verschwunden.

Mit bebenden Fingern öffnete sie den Umschlag mit der Aufschrift »Neue Briefe« und zog den Inhalt heraus. Oben auf dem Stapel lag ein Brief mit dem Poststempel *Great Falls,*

Montana. Sie öffnete den Umschlag, faltete das Schreiben auseinander und begann zu lesen.

»Nora,
›liebe‹ kann ich Sie zu meinem Bedauern nicht mehr nennen. In den vergangenen Jahren habe ich mich mehrfach an Sie gewandt. Zweimal haben Sie meine Briefe veröffentlicht und einmal in einem persönlichen Schreiben die Hoffnung geäußert, meine Lebenssituation möge sich bald zum Besseren wenden.

Sie können nicht einmal ahnen, was das für mich bedeutet hat. Ich verzweifelte über meine unglückliche Ehe, aber Sie waren immer für mich da.

Können Sie sich vorstellen, mit welchem Schock ich zur Kenntnis nehmen musste, von welcher Frau ich da Ratschläge annahm?

Ich habe zu Ihnen aufgeblickt, an Sie geglaubt. Mein Mann hat mir nur das Herz gebrochen, Sie meinen Lebenswillen. Wenn Sie doch nur aufrichtig gewesen wären. Dann hätte ich Sie auch weiterhin bewundern können.

Jetzt sehe ich, dass Sie nur eine weitere Prominente sind, die für ein Produkt wirbt, das sie selbst nicht benutzt.

Sie brauchen mir nicht zu antworten, oder meinen Brief gar in ›Nora Knows Best‹ abzudrucken. Ich lege keinen Wert auf Ihre Rechtfertigung und werde Ihre Kolumnen mit Sicherheit nicht mehr lesen. Vermutlich bin ich mit dieser Entscheidung nicht allein. Wenn ich Romane lesen möchte, gehe ich in eine Bibliothek.

Möge Gott Ihnen vergeben, Nora Bridge. Ihre Fans werden Ihnen nicht verzeihen.«

Nora faltete den Brief zusammen und schob ihn wieder in den Umschlag. Sie musste sich unbedingt ein wenig ablenken. Sie griff nach der TV-Fernbedienung und war nicht im Geringsten überrascht, dass Caroline den Fernsehempfang im Sommerhaus um mehrere Kanäle erweitert hatte. Wenn man kleine Kinder hatte, war das im Medienzeitalter vermutlich unvermeidlich.

Sie drückte auf eine Taste und hörte – ihren Namen.

Die Talkshow von Sarah Purcell flimmerte über den Bildschirm. Dabei kamen jeweils ein paar Frauen zusammen, um miteinander zu plaudern. Der Kaffeeklatsch des neuen Jahrtausends.

Nora wollte schon umschalten, hing aber wie ein Fisch an der Angel ihres Namens. Eine korpulente Zuschauerin hatte sich erhoben. Sarah Purcell hielt ihr das Mikrofon hin. »Ich habe Nora Bridge *vertraut*«, sagte die Frau. »Jetzt komme ich mir vor wie eine Idiotin.«

»Wie konnten Sie so naiv sein, einer Prominenten zu trauen?«, rief eine andere Zuschauerin. »Die sind doch alle gleich. Lügen und betrügen, um ganz nach oben zu kommen.«

Die dicke Frau errötete und sah aus, als würde sie gleich in Tränen ausbrechen. »Ich habe mir einfach nicht vorstellen können, dass sie ...«

Sarah Purcell bewegte sich mit dem Mikrofon weiter. »Das bringt uns zu einem interessanten Punkt. Doktor Harrison«, wandte sie sich an einen auf der Bühne sitzenden Mann, »die Menschen nehmen Nora Bridge übel, dass sie ihnen etwas vorgemacht hat. Aber hat sie wirklich gelogen? Muss man seine *gesamte* Vergangenheit offen legen, nur weil die Augen der Öffentlichkeit auf einen gerichtet sind?«

Dr. Harrison lächelte kühl in die Kamera. »Selbstverständlich hat auch eine Persönlichkeit des öffentlichen Lebens ein Anrecht auf seine oder ihre kleinen Geheimnisse – solange die ohne Belang für die jeweilige Tätigkeit sind. Nora Bridge hatte kein Recht, sich als Expertin für Liebe, Ehe und Familie aufzuspielen. Aber natürlich ist es schon absurd, dass Menschen ihr vertraut haben – einer fachlich unqualifizierten

Frau, deren einziger Anspruch in einer täglichen Zeitungskolumne bestand. Vertrauen sollte den Leuten vorbehalten bleiben, die ihren Aufgaben entsprechend ausgebildet ...«

»Einen Augenblick, Doktor Harrison«, unterbrach Sarah Purcell. »Ich glaube nicht, dass Ausbildung ...«

»Nora Bridge tat so, als würde sie die Antworten auf alle Fragen kennen, aber niemand hat sich gefragt, woher diese Antworten kommen. Glücklicherweise wissen die Amerikaner inzwischen, dass Zeitungskolumnen und Mikrofone allein keine Probleme lösen. Dazu braucht man eine fundierte Ausbildung, Einfühlungsvermögen und Integrität – Grundlagen, an denen es Miss Bridge in bedenklichem Maß fehlt.«

»Und sie ist feige«, rief jemand aus dem Publikum. »Wo ist sie denn? Ich meine, sie wäre uns zumindest ...«

Nora schaltete den Fernseher aus.

Ein unbeherrschbares Zittern breitete sich in ihrem ganzen Körper aus, und ihre Kehle war so eng, dass sie kaum atmen konnte.

»Nora?«

Ihr Herz begann wild zu klopfen. Sie hatte nicht einmal die Schritte auf der Treppe gehört.

Ruby kam ins Zimmer und setzte sich Nora gegenüber in den Ledersessel. »Hast du gut geschlafen?«

Nora starrte auf ihre zitternden Hände. Geh weg, dachte sie. Sprich mich bloß nicht an ... »Ja«, murmelte sie.

»Ich habe deine Kolumnen gelesen«, sagte Ruby, als die Stille unerträglich wurde.

»So?« Eine einzige Silbe, kaum mehr als ein Hauch.

»Sie sind gut.«

Noras Erleichterung war so überwältigend, dass sie unwillkürlich nach Luft schnappte. Nur ein »Ich habe dich lieb« hätte ihr im Moment mehr bedeuten können. Die Erleichterung gab ihr Auftrieb, erinnerte sie aber gleichzeitig an alles, was sie in dieser Woche verloren hatte.

»Danke«, sagte sie leise. Schließlich hob sie den Kopf und stellte fest, dass Ruby sie mit zusammengekniffenen Augen musterte.

»Wie ich sehe, hast du einige der aktuellen Briefe gelesen.« Ruby beugte sich vor, stützte die Ellbogen auf ihre Knie. Nichts schien ihr zu entgehen, auch nicht Noras zitternde Hände oder die zu Boden geschleuderte Fernbedienung.

Nora hätte die Briefe gern mit einer lockeren, flapsigen Bemerkung als unwichtig abgetan, doch es gelang ihr nicht. »Sie hassen mich.«

»Es sind Fremde. Sie kennen dich nicht. Sie können dich weder lieben noch hassen. Jedenfalls nicht wirklich.« Ruby lächelte flüchtig. »Überlass die ganz großen, intensiven Gefühle deiner Familie.«

Die mich ebenfalls hasst …

»Welcher Familie denn, Ruby? Was ist mir davon denn noch geblieben? Durch meine eigene Schuld?«

Ruby sah sie lange schweigend an. »Weißt du, woran ich mich erinnert habe, nachdem ich die Kolumnen gelesen hatte?«

Nora wischte sich über die Augen. »Nein. An was?«

»Als ich zwölf Jahre alt war, hat mich meine Klasse dazu ausgewählt, den ersten Tolo vorzubereiten. Es war ein richtiger kleiner Skandal auf Lopez, dass Mädchen Jungen zum Tanz aufforderten, und Mister Lundberg unten im Eisenwarengeschäft beklagte sich, dass damit der Weltuntergang eingeläutet würde.«

Nora schniefte. »Ja … daran erinnere ich mich.«

»Ich wollte, dass die Inselzeitung darüber berichtet, und du warst die Einzige, die mich nicht ausgelacht hat.« Ruby lächelte. »Ich war dabei, als du den dicken, alten Redakteur bei der *Island Times* becirct hast. Es hat mich tief beeindruckt, wie schnell du erreichen konntest, was du wolltest – was ich wollte.«

»Die Atmosphäre in der engen, stickigen Redaktion hat mich fasziniert. Der Geruch nach Papier, das Klappern der Schreibmaschinen. Ich beneidete die Reporter glühend und hatte zum ersten Mal in meinem Leben das Gefühl, an einem Ort zu sein, an den ich eigentlich *gehörte*. Schon immer war mir das Formulieren von Worten und Sätzen leicht gefallen, aber ich hatte keine Ahnung, was ich daraus machen könnte.« Sie hob den Kopf.

Ernst blickte Ruby sie an. »Irgendwann später begriff ich, dass ich dir damit einen Ausweg aus unserer Familie gezeigt hatte.«

Nora atmete tief durch. »Ich habe euch nicht wegen einer Karriere verlassen, Ruby. Der Besuch in der Redaktion hatte mit meiner Entscheidung nichts zu tun. Nicht das Geringste.«

»Klar. Sicher.«

»Ach, Ruby, du willst Antworten hören, kennst aber nicht einmal die Fragen. Du musst Ereignisse nach ihrem Anfang bewerten, nicht nach ihrem Ausgang. Im Grunde habe ich deinen Dad schon verlassen, bevor ich ihn kennen lernte.«

»Das ist mir zu hoch.«

Nora hätte ihre Tochter gern gefragt, ob diese Unterhaltungen ihnen wirklich etwas brachten oder ob sie sich damit nur die Zeit vertrieben, bis jede wieder ihre eigenen Wege ging. Etwas in ihr wollte das Thema wechseln, vielleicht über Dean oder Eric reden, aber so leicht konnte sie es sich nicht machen. Endlich sprachen Ruby und sie über Dinge, die wirklich zählten.

Sie sah zum Fenster hinaus. Die Nacht sank herab, tropfte den zähen Sirup der Dunkelheit auf die Tannen. »Mein Dad war Alkoholiker. Im nüchternen Zustand konnte er fast nett sein, aber betrunken – und das war er meistens – glich seine Unberechenbarkeit der eines Pitbulls. Ich habe nie mit jemandem darüber gesprochen. Die Kinder von Alkoholikern bewahren das Geheimnis. Himmel, es hat mich eine fünfzehnjährige Therapie gekostet, das Wort ›Alkoholiker‹ überhaupt aussprechen zu können.«

Ruby riss die Augen auf. »Was? Davon hast du mir nie etwas erzählt.«

»Farmer wohnen gewöhnlich so weit voneinander entfernt, dass die Nachbarn die Schreie einer Frau nicht hören. Oder die eines jungen Mädchens. Und man begreift schnell, dass alles Schreien nichts bringt. Stattdessen macht man sich immer kleiner und hofft, eines Tages so winzig zu sein, dass er einen verschont.«

»Hat er dich missbraucht?«

»Er hat mich nicht zu dem Äußersten gezwungen, was ein Vater seiner Tochter antun kann, aber er hat mich … verformt. Ich wuchs in dem ständigen Bemühen auf, buchstäblich unsichtbar zu sein, und bin bei jedem Geräusch zusammengezuckt. Ich glaube, ich habe den aufrechten Gang erst gelernt, als ich deinen Vater verließ.« Nora beugte sich vor, suchte den Augenkontakt mit ihrer Tochter. »Jahrelang glaubte ich, wenn ich über meinen Vater nicht spreche, würde er aus meinem Leben – aus meinen Alpträumen – verschwinden. Ich glaubte, ich könnte ihn vergessen.«

Ruby sog scharf die Luft ein. »Und? Hat es geklappt?«

»Nein. Es gab ihm nur noch mehr Macht – und machte mich zu einer Frau, die nicht glauben konnte, dass man sie liebt.«

»Weil dein Vater dich nicht geliebt hat.«

»Nicht anders als ein Mädchen, das das Gefühl hat, von der eigenen Mutter im Stich gelassen worden zu sein.« Nora sah Ruby unverwandt in die Augen. »Hast du dich jemals verliebt – nach Dean?«

»Ich habe fast fünf Jahre mit einem Mann zusammengelebt. Mit Max Bloom.«

»Hast du ihn geliebt?«

»Ich ... wollte es.«

»Und er? Hat er dich geliebt?«

Ruby stand auf, ging zu der Kiste mit ihren Schallplatten und stöberte darin. »Ich glaube schon. Am Anfang wenigstens.«

»Wie war das Ende?«

Ruby zuckte mit den Schultern. »Als ich eines Tages von der Arbeit nach Hause kam, war er ausgezogen. Er hatte bis auf die Kaffeemaschine alles aus der Küche mitgenommen. Im Bad fand ich seinen schmutzigen Rasierapparat und eine fast leere Flasche Prell vor, aber keine Handtücher.«

Am liebsten hätte Nora Mitgefühl gezeigt und ihrer Tochter gesagt, wie gut sie ihren Schmerz nachempfinden könne. Aber es ging hier nicht um Noras Mitgefühl und Verständnis. Es ging um Ruby. Ebenso wie ihre Mutter lief Ruby gern vor ihren Problemen davon, und manchmal so kopflos, dass sie sich kein einziges Mal umdrehte, um sich zu vergewissern, wovor sie eigentlich davonrannte. »Hast du ihm jemals gesagt, dass du ihn liebst?«

»Eigentlich schon. Praktisch.«

»Aha.«

Ruby hob die Brauen. »Aha?«

»Hat er dir gesagt, dass er dich liebt?«

»Ja, aber das war nun einmal seine Art. Er erklärte auch der Kassiererin bei Safeway, wie sehr er sie liebte.«

Nora sah ein, dass sie direkter vorgehen musste. »Ich möchte dir eine Frage stellen, Ruby. Wie lange braucht man deiner Meinung nach, um sich zu verlieben?«

Ihre Tochter stöhnte gereizt. »Warum habe ich eigentlich geweint, als Max mich verließ? Denn du scheinst doch zu glauben, dass ich ihn nie wirklich geliebt habe.«

Nora runzelte die Stirn. »Nein. Du hast fast fünf Jahre lang mit einem Mann zusammengelebt und mit ihm geschlafen, ihm aber niemals gesagt, dass du ihn liebst. Die

Frage ist doch nicht, warum er dich verlassen hat, sondern warum er so lange bei dir blieb.«

Überrascht sah Ruby ihre Mutter an. »*So* habe ich das noch nie gesehen.«

»Ich habe deinem Vater meine Liebe gestanden, als wir das erste Mal ... nun ja, intim wurden. Es war auch das erste Mal, dass ich diese Worte aussprach. In unserer Familie gab man sich in dieser Hinsicht sehr zurückhaltend. Und willst du wissen, wann Rand mir sagte, dass er mich liebte?«

»Wann?«

»Nie. Ich wartete darauf wie ein Kind auf Weihnachten. Jedes Mal, wenn ich die drei Worte aussprach, wartete ich auf seine Antwort, und jede Sekunde seines Schweigens war ein kleiner Tod.«

Ruby schloss die Augen und schüttelte den Kopf. »Erzähl nicht weiter. Bitte ...«

»Ich wollte dich zu einem starken, selbstbewussten Menschen erziehen, habe dich aber zu einem Spiegelbild meiner selbst gemacht – einer Frau, die Angst vor der Liebe hat. Ich war eine schlechte Mutter, und du hast dafür bezahlt. Das bedauere ich zutiefst.«

»Du warst keine schlechte Mutter – bis du uns verlassen hast«, sagte Ruby leise.

Nora verspürte eine geradezu absurde Dankbarkeit.

Sie wusste, wie gefährlich es war, sich von ihrer Liebe zu Ruby überwältigen zu lassen, aber sie konnte nicht anders. »Ich erinnere mich noch gut an das kleine Mädchen, das jedes Mal Tränen vergoss, wenn ein Vogel aus dem Nest fiel.«

Ruby stand auf. »Dieses Mädchen ist schon sehr lange fort.«

»Du wirst es wiederfinden«, versprach Nora. »Vermutlich zu dem gleichen Zeitpunkt, an dem du dich verliebst. Und wenn es die richtige, wahre Liebe ist, wirst du dich auch nicht mehr davor fürchten.«

Nach dem Abendessen ging Ruby ins Bad und blieb in der Wanne liegen, bis das Wasser kalt wurde.

Etwas in der Welt – ihrer Welt – hatte sich verändert, obwohl sie nicht genau sagen konnte, was. Es war, als würde man einen perfekt eingerichteten Raum betreten und instinktiv spüren, dass eines der Bilder eine Fälschung war.

Schließlich stieg sie aus der Wanne, trocknete sich ab und schlüpfte in Leggings und ein bequemes UCLA-Bruins-Sweatshirt.

Sie fuhr sich mit den Fingern kurz durch die strubbeligen Haare und legte sich mit Block und Stift aufs Bett.

»Heute habe ich mich mit meiner Mutter unterhalten. Dieser schlichte Satz beschreibt ein wahrhaft revolutionäres Ereignis.

Sie hat mit mir geredet. Ich habe mit ihr geredet. Am Ende mussten wir beide weinen, wenn auch vermutlich aus unterschiedlichen Gründen.

Und ich weiß nicht, wie es nun zwischen uns weitergehen soll. Ich kann wohl kaum die Treppe hinuntergehen und so tun, als hätte sich nichts geändert. Allerdings war es nicht mehr als eine simple Unterhaltung, eine Unterhaltung von Frauen, die einander fremd sind, obwohl sie eine gemeinsame Vergangenheit haben.

Ich würde gern glauben, dass sich zwischen uns nichts geändert hat.

Aber warum musste ich dann weinen? Warum kam ich mir wieder vor wie ein Kind und fragte mich unwillkürlich: Was wäre gewesen, wenn ...?«

13. Kapitel

Dean trug das Tablett mit dem Frühstück ins Zimmer seines Bruders. Viel war es nicht: ein Glas Saft, ein weich gekochtes Ei, eine Scheibe Weizentoast. Selbst davon würde Eric nicht mehr als ein paar Bissen zu sich nehmen, aber es gab Dean ein Gefühl von Normalität, ihm das Frühstück zu servieren.

Als er den Raum betrat, war Eric bereits wach.

»Morgen, Dino.«

Dean setzte das Tablett ab, half seinem Bruder, sich aufzurichten, und stellte das Frühstück vorsichtig auf Erics Schoß.

»Hm, riecht nicht schlecht«, sagte Eric, während Dean zum Fenster ging und die Vorhänge zur Seite zog.

Er öffnete das Erkerfenster gerade so weit, um die Geräusche der Wellen hereinzulassen. Als er sich wieder umdrehte, bemerkte er, wie gebrechlich sein Bruder aussah. Die Wangen waren eingefallen, die Schatten unter seinen Augen schwärzlich violett. Er schien über Nacht noch hinfälliger geworden zu sein. »Schlecht geschlafen?«

Eric nickte. Erschöpft sank sein Kopf in die Kissen zurück. »Ich scheine nicht mehr richtig schlafen zu können. Der Antischmerzcocktail haut mich um, aber Betäubung ist kein erholsamer Schlaf.« Er lächelte müde. »Eigentlich komisch, was sich alles verändert. Ich träume nicht mehr.«

Dean zog einen Stuhl ans Bett und setzte sich.

»Gestern Abend hätte ich gern noch ausführlicher mit dir geredet, habe aber offenbar bald schlapp gemacht.«

Dean streckte die Hand aus, umfasste mit sanftem Druck die mageren Finger seines Bruders. »Ich weiß.«

»Ich habe mir immer vorgestellt, dass wir irgendwann in dieses Haus zurückkehren«, lächelte Eric. »Und als weißhaarige Männer auf der Veranda sitzen. Aber vielleicht auch nur ich mit einem kümmerlichen Haarkranz oder du glatzköpfig wie Grandpa. Ich habe mir ausgemalt, dass wir Dame spielen und deinen Enkeln zusehen, wie sie über den Steg laufen und Krabben fangen wollen.«

»Mit Netzen – genau wie wir damals«, fügte Dean versonnen hinzu.

Eric fielen die Lider zu. »Ich frage mich, wo die Netze geblieben sind, die wir in jedem Jahr neu gekauft haben. Du hast mit Ruby stundenlang unten am Dock gespielt …«

Dean musste schlucken. Er dachte schon daran, das Thema zu wechseln, empfand aber plötzlich das Bedürfnis, mit jemandem über Ruby zu sprechen, der sie kannte. »Manchmal, wenn ich die Augen schließe, höre ich, wie sie mir lachend zuruft, ich solle mich gefälligst beeilen. Sie rannte immer meilenweit voraus.«

»Ich habe fest damit gerechnet, dein Trauzeuge bei eurer Hochzeit zu sein. Es ist vielleicht verrückt, aber ich war mir sicher, dass du sie liebst, wirklich liebst.«

»Das habe ich auch geglaubt.«

Eric schlug die Augen wieder auf. »Und jetzt?«

Dean sah seinen Bruder an und wollte schon lächelnd behaupten, dass diese Frage etwas betraf, was in der Vergangenheit lag und keinerlei Bedeutung mehr hatte. Aber warum sollte er ausweichen? Die Zeit mit Eric war kostbar, sie verblich wie die Farbe auf den Wangen seines Bruders. »Jetzt weiß ich es.«

»Sie ist auf Summer Island.«

Dean runzelte die Brauen. Er brauchte einen Moment, um zu begreifen. »Ruby wohnt im Sommerhaus?«

»Yep.«

Dean lehnte sich zurück. »Mit Mann und Kindern?«

»Sie hat nie geheiratet, kleiner Bruder. Und ich frage mich, warum.«

Dean stand auf, trat ans Fenster und versuchte, durch die Bäume zur Nachbarinsel hinüberzublicken. Sein Herz klopfte so heftig, dass er glaubte, ohnmächtig zu werden. Dort drüben war Ruby ...

»Geh zu ihr«, sagte Eric leise.

Dean zog hastig Jeans und ein T-Shirt an. Vor der Haustür schlüpfte er in seine Bootsschuhe und bestieg sein Zehngangfahrrad. Es war zu vermuten, dass die Schlangen an der Fähranlegestelle bei diesem schönen Wetter endlos waren. Räder kamen immer zuerst an Bord.

Er radelte die kurze Strecke zum Dock und hatte Glück. Gerade hatte eine Fähre angelegt, und er gelangte gleich an Bord.

Er ging nicht aufs Oberdeck, blieb stattdessen mit seinem Rad am Bug stehen und achtete kaum auf die Autos, die hinter ihm auf die Stellplätze fuhren.

Auf Summer Island winkte er nicht einmal Schwester Helen zu, als er an ihr vorbeiradelte. Schwitzend und außer Atem bog er in die schattige Auffahrt des Bridge-Hauses ein. Er sprang vom Rad und ließ es zu Boden fallen.

Abrupt blieb er stehen und fragte sich zum ersten Mal, was zum Teufel er hier eigentlich machte. Was dachte er sich eigentlich dabei, auf seine erste Liebe zuzustürzen, als wären inzwischen nicht elf Jahre vergangen, als hätte er sie gestern erst gesehen ...

Aber die Zeit war nicht stehen geblieben, und er hatte keine Ahnung, ob sie überhaupt noch an ihn dachte.

Bilder und Erinnerungen ihres letzten gemeinsamen Tages stürmten auf ihn ein.

Der Himmel war blau gewesen wie ein Amselei, und als er zu ihm aufblickte, entdeckte er den weißen Kondensstreifen eines Düsenflugzeuges. Er wollte Ruby darauf aufmerksam machen, um ihr dann ihre Lieblingsfrage zu stellen: Wenn wir in dieser Maschine säßen – wohin würden wir fliegen?

Aber als er sich zu ihr umdrehte, sah er, was ihm längst hätte auffallen müssen.

Sie weinte.

Das war nicht ungewöhnlich. In diesem Sommer weinte Ruby ständig.

Doch diesmal ließ sie sich nicht von ihm trösten. Er wusste nicht mehr genau, was er zu ihr gesagt und wie er versucht hatte, sie zu beruhigen. Aber er konnte sich gut erinnern, wie sehr ihn Rubys blasses, emotionsloses Gesicht erschreckt hatte.

»Ich habe mit einem anderen Jungen geschlafen«, sagte sie schließlich und so abrupt, als wollte sie ihn mit ihrem Geständnis bewusst verletzen.

Dean hatte die ganze miese Geschichte aus ihr herausgeholt, Wort für Wort, und als sie fertig war, kannte er alle Details, verstand aber trotzdem nichts.

Wäre er älter gewesen, sexuell erfahrener, hätte er die einzig wichtige Frage gestellt: Warum? Aber er war gerade einmal siebzehn und noch unberührt. Er dachte an das Versprechen, das sie einander gegeben hatten – *damit* bis zur Hochzeit zu warten.

Wut und grenzenlose Enttäuschung überwältigten ihn. Sie hatte ihn betrogen. Sie liebte ihn nicht so, wie er sie. Verzweifelt wartete er darauf, dass sie sich ihm zu Füßen warf und ihn um Vergebung anflehte. Doch sie stand nur stumm da – nahe genug, um sie berühren zu können, und gleichzeitig so fern, dass er sie nur undeutlich sah. Aber vielleicht waren es auch seine Tränen, die seinen Blick auf die Welt trübten und Ruby in ein Mädchen verwandelten, das er nicht kannte.

»Lass mich allein«, sagte sie damals dumpf. »Geh schon. Es ist aus.«

Er musste so schnell wie möglich verschwinden – bevor sie bemerkte, dass er weinte. Er rannte zu seinem Rad und trat so heftig in die Pedale, als wollte er seine Qual durch die Entfernung lindern, aber die war in ihm, machte sich mit jedem Schlag seines Herzens schmerzhaft bemerkbar. Überall sah er nur Ruby: im Schatten von Miss McGintys Eiche, wo er ihr eine Woche zuvor Shakespeares Sonette vorgelesen hatte, unter den Bäumen der Zufahrt zum State Park, wo sie einst ihren Limonadenstand aufgebaut hatten. Und schließlich am Strand seiner Eltern, wo er sie das erste Mal geküsst hatte.

Zu Hause lief er sofort zum Telefon und rief seine Mutter an. Eine Stunde später saß er in einem Wasserflugzeug mit Ziel Seattle. Am nächsten Tag war er auf dem Weg zum Pensionat im Osten.

Jede Chance zu einer Aussprache war vertan.

Dean versuchte, so ruhig und gleichmäßig zu atmen wie möglich. Es gab kein Zurück.

Jetzt lief er die Stufen der Veranda hinauf. Nach kurzem Zögern klopfte er.

Und sie öffnete die Tür.

In dieser Sekunde erkannte Dean, was seinem Leben fehlte. Vielleicht war es unsinnig, sentimental, töricht, aber das änderte nichts an der Tatsache. Wonach er sich unbewusst gesehnt hatte, war diese faszinierende und magische Mischung aus Freundschaft und leidenschaftlicher Liebe, die er nur bei Ruby gefunden hatte.

»Ruby«, flüsterte er heiser. Es tat akut weh, ihren Namen auszusprechen. Sie war so schön, dass er einen Augenblick kaum atmen konnte.

»Dean ...« Ihre Augen wurden ganz groß.

Er wusste nicht, was er sagen sollte. Er war wieder ein linkischer Siebzehnjähriger, dem der Anblick der Prom Queen die Sprache verschlagen hatte. Er bemühte sich verzweifelt um eine Art lockerer Gelassenheit, aber das war nicht leicht.

Ruby war wieder da, sie stand vor ihm, und er wollte um nichts in der Welt etwas Falsches sagen, wusste aber auch nicht, was das *Richtige* war. Plötzlich begann er zu schwitzen, und seine Kehle war papiertrocken. Da hatte er so lange davon geträumt, sie wiederzusehen, aber jetzt, da der Moment endlich gekommen war, packte Dean die Angst, schon der leiseste Windhauch könnte ihn zerstören. »Ich … äh … ich bin gekommen, weil Eric … Du hast sicher davon gehört …«

»Wie geht es ihm?« Ihre Stimme war nicht mehr als ein Hauch.

»Nicht gut.«

Sie schloss die Augen, öffnete sie aber gleich wieder. »Ich bin mit meiner Mutter hier. Sie hatte einen Autounfall, und ich kümmere mich ein bisschen um sie.«

»*Du*?«, entfuhr es ihm. Sofort befürchtete er, sie gekränkt zu haben.

Sie lächelte schief. »Ich weiß. Aber wie heißt es so schön? Wunder gibt es immer wieder.«

»Also hast du ihr verziehen?«

Ihr Blick wurde traurig. »Ist Verzeihen wirklich so wichtig, Dean? Was geschehen ist, ist geschehen. Man kann es nicht rückgängig machen.« Sie lächelte, aber nicht das Lächeln von früher, das ihr ganzes Gesicht aufleuchten ließ und in ihren Augen funkelte. Sie schien darauf zu warten, dass er etwas sagte, aber ihm fiel nichts ein, und wie üblich fehlte es ihr an Geduld. »Nun, es war schön, dich wiedergesehen zu haben. Nora ist in meinem alten Zimmer. Spring kurz zu ihr hinein, bevor du wieder gehst. Sie wird sich freuen.«

Damit ließ sie ihn stehen und lief zum Strand hinunter.

Ruby glaubte, sich übergeben zu müssen. Deshalb hatte sie sich so schnell von Dean verabschiedet. Es war ihr unmöglich, mit ihm höflich Konversation zu machen, während sie das Gefühl hatte, dass statt Blut Mineralwasser durch ihre Adern floss.

Sie rannte den Pfad zum Strand hinunter und setzte sich auf ihren Lieblingsfelsen – wie sie es früher immer getan hatte.

»Ruby?«

Er sprach ihren Namen mit der leisen, zärtlichen Stimme aus, die sie viele Jahre immer wieder in ihren Träumen gehört hatte. Ihr Herz begann wild zu klopfen. Sie hatte seine Schritte überhört, war nicht darauf vorbereitet, ihn so schnell wiederzusehen.

»Darf ich mich zu dir setzen?«

Ruby versuchte sich nicht daran zu erinnern, wie oft sie auf diesem bemoosten Stein gesessen und aufs Meer hinausgeblickt hatten. Erst auf die Wellen, dann einander in die Augen. Sie rutschte zur Seite, nach rechts wie früher.

Dean setzte sich neben sie.

Sie spürte seine Nähe und sehnte sich danach, ihre Hand auf seine zu legen. Aber diese Intimität stand ihr nicht mehr zu.

Ruby hatte immer geahnt, dass sie noch etwas mit Dean verband, aber sie hatte nicht genau gewusst, was es war. Jedenfalls mehr als zärtliche Erinnerungen und pubertäre Schwärmerei, und wenn sie sich nicht sehr vorsah …

»Da kommen einem Erinnerungen«, stellte er leise fest.

Ruby musste ihn ansehen, sie konnte nicht anders. Sie suchte nach einer intelligenten, klugen Entgegnung, doch als sie ihm in die blauen Augen sah, fühlte sie sich wieder wie siebzehn. Er war jedoch ein Mann geworden. Feine Falten zogen sich um seine Mundwinkel und Augen. Irgendwie sah er noch attraktiver aus als früher.

Plötzlich empfand sie Scham über den vernachlässigten Eindruck, den sie auf ihn machen musste. Warum hatte sie sich nicht etwas anderes angezogen als die uralten schwarzen

Shorts und das schlampige T-Shirt? Wahrscheinlich fand er es ziemlich abstoßend, dass sie sich so gehen ließ.

Sie bemühte sich um beiläufige Lockerheit. »Es tut gut, dich wiederzusehen«, sagte sie und blickte aufs Meer. »Caro hat mir erzählt, dass du jetzt so etwas wie ein Big Boss bist.«

»Es gibt Wichtigeres.«

»Das sagen sie alle. Wenn sie oben auf der Leiter angekommen sind.« Sie zwang sich zu einem Lächeln. »Und wie ist es dir so ergangen?« Himmel, sie wünschte, ihr würden wirklich ein paar originellere Formulierungen einfallen.

»Ich habe einmal einen Auftritt von dir gesehen. Im *Comedy Store*.«

Ruby wandte sich ihm zu und bereute es sofort. Sie war ihm so nahe, dass sie die grünen Pünktchen in seinen blauen Augen erkennen konnte. Sie erinnerte sich, wie diese Augen die Farbe wechseln konnten, um plötzlich auszusehen wie der Himmel oder das Meer. »Wirklich?«

»Ich fand dich wahnsinnig komisch.«

Ihr Lächeln wurde offener. »Tatsächlich?«

»Eigentlich wollte ich nach der Show mit dir sprechen, aber das wollten offenbar auch viele andere. Ein Mann ...«

»Max.« Sie empfand Bedauern über die verpasste Gelegenheit und fragte sich, wie oft es vorkam, dass das Schicksal durch triviale Nichtigkeiten eine andere Wendung nahm. »Wir haben uns vor kurzem getrennt. Und was ist mit dir? Bist du verheiratet?« Nachdem die Frage über ihre Lippen war, hätte Ruby sie am liebsten wieder zurückgenommen.

»Nein.«

Flüchtig verspürte Ruby geradezu euphorische Freude. Das Gefühl schwand schnell und ließ sie noch verwirrter zurück. Er konnte sie mit einem Wort vernichten, dieser Junge, der zu einem Mann geworden war, den sie nicht kannte. Sie hatte ihn geliebt und doch sein Herz gebrochen.

Warum? »Damals ... habe ich von Lottie erfahren, dass du die Insel verlassen hast«, sagte sie mit unsicherer Stimme.

»Ich wollte dich nicht mehr sehen. Du hast mich nicht nur verletzt, Ruby. Du hast mich zerstört.«

»Ich weiß.« Instinktiv hob sie die Hand, um ihn zu berühren, erkannte aber im gleichen Moment, dass sie das nicht durfte – nicht mehr.

Abrupt sprang sie auf die Füße. Wenn er sie auch nur eine Sekunde länger ansah, würde sie in Tränen ausbrechen. »Nora wird sich schon fragen, wo ich geblieben bin.«

Langsam stand er auf und streckte die Hand nach ihr aus.

Sie machte einen so hastigen Satz rückwärts, dass sie fast gestürzt wäre. Er ließ seine Hand sinken, und sie hatte das schreckliche Gefühl, dass er nie wieder versuchen würde, sie zu berühren.

Ruby sah die Enttäuschung in Deans Augen. »Zeit ist kostbar«, sagte er. »Vor einer Woche wurde mir das schmerzlich bewusst. Und deshalb kann ich es dir nicht länger verschweigen: Du hast mir gefehlt.«

Darauf fand Ruby keine Antwort. Auch ihr hatte er gefehlt, und es war eine schmerzliche Erkenntnis, dass sie ihn auch in Zukunft vermissen würde. Ein vertrauensvoller Mensch hätte seine Zukunft spontan geändert, aber diese Kraft brachte Ruby nicht auf.

Schweigen breitete sich zwischen ihnen aus. Dann drehte er sich langsam um und lief davon.

14. Kapitel

Nora saß auf der Veranda und sah Dean und Ruby auf dem Felsen am Strand sitzen.

Zuerst erhob sich Ruby, dann – zögernder – Dean. Wie erstarrt standen sie einander gegenüber, nahe genug, um sich küssen zu können.

Dann drehte Dean sich um und verließ den Strand. Als er den Pfad heraufkam, entdeckte er Nora auf der Veranda. Er blieb neben den Stufen stehen und legte beide Arme auf das wistarienumschlungene Geländer. »Hey, Miss Bridge.«

Sie erwiderte sein Lächeln. »Nora, bitte. Wie schön, dich wiederzusehen, Dean. Ich freue mich, dass du endlich den Weg auf die Insel gefunden hast.«

»Auch ich freue mich über das Wiedersehen.« Er blickte sie an, und sie sah den Schmerz in seinen Augen. »Danke, Nora. Sie bedeuten ihm viel.«

Nora nickte. Sie brauchte nichts zu sagen. Sie verstanden einander auch ohne Worte.

Dean blickte über die Schulter zum Strand hinunter. Nora wusste, dass sie beide gern über Ruby sprechen wollten, aber keiner fand den richtigen Anfang. Schließlich nahm er seine Arme vom Geländer. »Wie ist es? Wollen Sie und Ruby nicht am Sonnabend zu uns kommen? Ich habe die *Wind Lass* auf Vordermann gebracht und möchte mit Eric ein wenig segeln.«

»Das wäre ganz wundervoll.«

Dean warf einen letzten Blick auf Ruby und schlenderte davon.

Nora blieb sitzen. Ruby würde nicht ewig am Strand bleiben. Und tatsächlich, ein paar Minuten später kam sie den Pfad herauf. Sie sah Nora auf der Veranda sitzen und zögerte.

Nora entging nicht, dass die Augen ihrer Tochter gerötet waren.

»Komm«, rief sie, »setz dich zu mir.«

Ruby wirkte unschlüssig. Vermutlich konnte sie nicht entscheiden, was schlimmer war: das Alleinsein oder Noras Gesellschaft. Doch dann kam sie die Verandatreppe herauf und hockte sich auf die Armlehne des Rattansessels.

Nora sehnte sich danach, ihre Tochter zu berühren, ihr vielleicht eine Hand auf den Kopf zu legen wie früher. Aber diese zärtliche Geste verbot sich von selbst. »Weißt du, woran ich gerade denken musste? An den Winter dreiundsiebzig.«

Ruby hob den Kopf. »Ja?«

»Niemand konnte sich erinnern, dass es in irgendeinem Jahr zuvor so früh geschneit hatte. Gleich nach Thanksgiving. Zunächst versuchten die Leute noch Auto zu fahren, aber ein paar Stunden später befanden sich mehr Wagen in den Straßengräben als auf der Fahrbahn, und wir alle gaben auf. Bei Einbruch der Dunkelheit verzogen sich die Wolken, und der Himmel wurde so sternenklar, wie wir ihn noch nie gesehen hatten.« Sie lächelte versonnen. »Dein Dad und ich standen auf der Veranda, als wir irgendwo lautes Lachen hörten. Schnell zogen wir alle Wintersachen an, die wir besaßen. Ich hatte damit ein wenig Mühe, denn ich war im siebten Monat schwanger. Hand in Hand liefen wir durch den kniehohen Schnee auf das Lachen zu. Ich hatte das seltsame Gefühl, unsere Worte *sehen* zu können. Unser Atem schien sie in die Luft zu schreiben. Der Schnee knirschte nicht unter unseren Schritten. Er – seufzte. Wir folgten dem Lachen bis zu McGintys Grundstück. Der kleine Teich – du erinnerst dich doch an ihn? – war von einer dicken Eisdecke überzogen.

Alle Kinder der Insel hatten sich mit Schlittschuhen und Schlitten eingefunden, um auf ihm herumzutoben. Ich werde wohl nie erfahren, wie sich das so schnell herumsprechen konnte. Gegen Mitternacht begannen Sternschnuppen vom Himmel zu fallen. Hunderte, Tausende. Am nächsten Tag hörten wir in den Nachrichten alle möglichen wissenschaftlichen Erklärungen, glaubten aber weiterhin fest an Magie.« Nora schloss die Augen und konnte einen Moment lang fast den frisch gefallenen Schnee riechen, die beißende Kälte auf den Wangen spüren. »Und dann spielte fast einen Monat lang das Wetter regelrecht verrückt. Rosen blühten an bereits winterkahlen Sträuchern auf. Regen fiel vom wolkenlosen Himmel. Aber am deutlichsten erinnere ich mich an die Sonnenuntergänge. Bis das neue Jahr den Zauber vertrieb, leuchtete und glühte der Himmel wie Rubin. Und so nannten wir es auch: die *ruby season*.«

Seufzend rutschte Ruby von der Armlehne in den Sessel. Sie wischte sich über die Augen. »Habe ich daher meinen Namen?«

»Dein Dad und ich saßen jeden Nachmittag in Decken gehüllt auf der Veranda und sahen die Sonne untergehen. Wir sprachen zwar nie darüber, aber sobald du auf der Welt warst, wussten wir es: Du bist unsere Ruby, unser ganz persönliches Wunder.«

»Danke«, lächelte Ruby.

»Dean hat uns für Sonnabend zum Segeln eingeladen.«

»Und wie soll ich Eric gegenübertreten?«

»Oh, Ruby. Wie wäre es mit einem einfachen *Hallo*?«

In dieser Nacht konnte Ruby kaum schlafen. Zunächst gab sie der Hitze die Schuld daran. Selbst bei geöffneten Fenstern waren die Sommernächte im Obergeschoss drückend schwül.

»Du hast mir gefehlt …«

Ruby wusste, wie sehr sie andere Menschen verletzen konnte, und sie wollte Dean nicht noch einmal wehtun. Er verdiente eine Frau, die seine Liebe offen und umfassend erwiderte. Das war ihr schon als Teenager klar gewesen.

Im Morgengrauen, gegen halb vier, ging sie auf den Balkon und setzte sich in den Stuhl, den ihr Großvater geschreinert hatte. In der Stunde vor Sonnenaufgang suchte sie Zuflucht in vertrauten Geräuschen und Gerüchen – dem trägen Schwappen der Wellen, dem Ruf einer Schleiereule, dem Duft der Rosen ihrer Großmutter, die am Spalier an der Seite des Hauses emporrankten …

Schreib weiter, sagte eine innere Stimme. Das wird dich ablenken.

Ihre Hand streckte sich schon nach dem Block neben ihr aus. Stirnrunzelnd hielt sie inne, ließ die Hand wieder sinken.

Zum ersten Mal dachte sie darüber nach, welche Konsequenzen ihr *Cache'*-Artikel haben würde. Sie hatte den Auftrag angenommen, weil sie ihre Mutter verletzen, ihr den Schmerz heimzahlen wollte, den sie als Kind empfunden hatte.

Aber sie war kein Kind mehr.

Früher hatte sie gar nicht erfahren wollen, warum Nora sie verlassen hatte. Oder war sich zu verdammt sicher gewesen, alles ganz genau zu wissen.

Doch Ehen zerbrachen nicht grundlos. Frauen wie ihre Mutter verließen ihre Ehemänner nicht einfach aus einer Laune heraus. Die letzten Tage hatten ihr Erkenntnisse und Einblicke gewährt, die mit ihrem Bild von ihrer Mutter nicht zu vereinbaren waren. Ruby dachte an die Zeitungsausschnitte, die sie gelesen hatte. Die erste *Nora-Knows-Best*-Kolumne erschien, Monate nachdem ihre Mutter sie verlassen hatte – und das in einem Lokalblättchen, das ihr kaum mehr zahlen konnte als Benzingeld.

Es passte einfach nicht zusammen, und das beunruhigte Ruby.

Sie schloss die Augen – und erinnerte sich an einen frischen, kalten Oktobertag, an den Geruch nach reifen Äpfeln und welkem Laub. Dad saß in seinem Ledersessel im Wohnzimmer, trank und rauchte Zigaretten, die er sich selbst drehte. Das ganze Haus roch nach Tabakqualm. Caroline stattete mit ihrer Klasse dem Museum of Flight in Seattle einen Besuch ab, und sie hatten offenbar die Fähre zurück verpasst. Ruby lag in ihrem Bett und las Stephen Kings *Misery*. Auf dem Plattenteller drehte sich »Groovy Kind of Love« …

Es klopfte an die Haustür. Gespannt setzte sich Ruby im Bett auf und lauschte auf die Schritte ihres Vaters. Bitte, lass es nicht eine meiner Freundinnen sein, flehte sie innerlich, als er schließlich unsicher an ihrem Zimmer vorbeistolperte.

»Nora …«, sagte er. Aber nicht erstaunt – gereizt.

Ruby erstarrte. Die Nadel des Plattenspielers kratzte über Vinyl. Stille. Sesselfedern quietschten.

Ruby glitt aus dem Bett, schlich zur Tür und schob sie einen Spalt weiter auf.

Dad saß in seinem Sessel, Mom kniete vor ihm.

»Wir müssen miteinander reden, Rand«, sagte Mom.

Er musterte sie finster. »Dafür ist es zu spät.«

Flehend hob Mom die Hände. Er sprang hoch, schwankte unsicher hin und her.

Ruby konnte die Verzweiflung ihres Vaters keine Sekunde länger ertragen. »Verschwinde!«, schrie sie so laut, dass sie selbst zusammenzuckte.

Mom stand auf und drehte sich um. »Oh, Ruby …«

Mit ausgestreckten Armen kam Mom auf Ruby zu, und sie sah, wie dünn ihre Mutter in den letzten Wochen geworden war, wie blass und schmal sie wirkte, dass ihre sonst so kräftigen Hände unsicher zitterten.

Ruby wich vor ihr zurück. »Geh! Verschwinde! Wir wollen nichts mehr mit dir zu tun haben.«

Mom blieb stehen. Ihre Hände sanken herab. »Sag das nicht, mein Schatz. Es gibt Dinge, die du nicht verstehst, von denen du nichts weißt. Du bist noch so jung ...«

Ruby ignorierte die Tränen ihrer Mutter. Das war nicht schwer. Sie hatte selbst so oft geweint, dass Tränen nichts Besonderes mehr waren. »Ich weiß sehr wohl, was es für ein Gefühl ist, zurückgelassen zu werden, als wäre man – ein Stück Dreck ...« Ihre Stimme versagte, sie konnte kaum noch atmen. Sie ballte die Fäuste und rang nach Luft. »Geh wieder, Mutter. Hier bist du nicht mehr erwünscht.«

Mom blickte zu Dad hinüber. Er war wieder in den Sessel gesunken und hielt seinen Kopf in den Händen.

Am liebsten wäre Ruby zu ihm gelaufen, um ihn zu umarmen und ihm zu versichern, dass sie ihn liebte, wie so oft in den vergangenen Monaten. Aber dazu fehlte ihr die Kraft. Die brauchte sie, um nicht laut loszuheulen. Sie lief in ihr Zimmer, schlug die Tür hinter sich zu und lehnte sich dagegen.

Sie konnte sich nicht erinnern, wie lange sie mit geballten Fäusten an der Tür lehnte, aber nach einer Weile hörte sie Schritte, das Öffnen und Schließen der Haustür. Ein Motor sprang an, Kies knirschte unter Autoreifen. Dann herrschte wieder Stille – unterbrochen nur vom Schluchzen eines erwachsenen Mannes ...

Ruby stand auf und stellte fest, dass sie schwankte. Diesen Tag konnte sie doch nicht *vergessen* haben ... Sie musste ihn bewusst und eiskalt verdrängt haben.

Es kam ihr vor, als wäre ihre einst so solide Welt ins Wanken geraten.

»Es gibt Dinge, von denen du nichts weißt ...«

Schon damals hatte ihre Mutter eine Geschichte zu erzählen – aber es gab niemanden, der sie hören wollte.

Jetzt war Ruby bereit dazu. Sie wollte erfahren, was sich vor mehr als einem Jahrzehnt in diesem Haus, innerhalb ihrer Familie abgespielt hatte.

Und wenn ihre Mutter ihre Fragen nicht beantworten wollte oder konnte, gab es immer noch eine Alternative.

Sie würde sich an ihren Vater wenden.

Teil Zwei

We shall not cease from exploration
And the end of all our exploring
Will be to arrive where we started
And know the place for the very first time.

T. S. ELIOT
Little Gidding

15. Kapitel

Ruby hatte lediglich einen Zettel auf dem Küchentisch zurückgelassen. »Fahre zu Dad«, stand darauf.
Jetzt fuhr sie mit dem Minivan die baumbestandene Straße entlang, die von der Fähranlegestelle ins Innere der Insel führte.

Seit vier Generationen lebte ihre Familie bereits auf der Insel, und als sie die vielen neuen Häuser sah, die zahllosen Bed-and-Breakfast-Pensionen, runzelte sie die Stirn. Hier hatte sie ihre Wurzeln, eine Vergangenheit, die tief in der schwarzen Erde der Insel verankert war. Die Veränderungen auf Lopez Island erfüllten Ruby mit Unbehagen. Unwillkürlich fragte sie sich, ob es noch immer Stellen gab, an denen das ungemähte Gras bis zu den Knien eines kleinen Mädchens reichte, Apfelbäume neben der Straße erblühten und sich braune Wildkaninchen bei Vollmond aus ihren Verstecken wagten, um die sommerlichen Gärten zu plündern.

Ihr Ururgroßvater war aus einem der übervölkerten, englischen Industrireviere in diesen abgelegenen Teil der Welt gekommen. Mit seiner schönen, schwarzäugigen irischen Frau und exakt siebzehn Dollar. Gemeinsam hatten sie zweihundert Acres als vom Staat geschützte Heimstätte auf Lopez Island erworben. Ein paar Jahre später kam sein Bruder und ließ sich auf Summer Island nieder. Beide waren erfolgreiche Apfelfarmer und Schafzüchter geworden.

Jetzt, hundert Jahre später, gehörten ihrem Vater noch gerade einmal zehn Acres Land. Das Haus auf Summer Island war Caroline und Ruby testamentarisch von ihren Großeltern vermacht worden, weil sie befürchtet hatten, ihr

Sohn könnte das Land im Laufe der Jahre Stück für Stück veräußern. Eine weise Voraussicht, wie sich herausstellte.

Ihr Vater wohnte auf einem schmalen Landstreifen hoch über der Bucht, dem einst höchstgelegenen Gelände der Farm.

Dad war ein Inselmensch durch und durch. Hier in dieser im Meer treibenden, winzigen Welt war er aufgewachsen, hier hatte er seine Kinder aufgezogen. In seinem Schrank lagen karierte Flanellhemden für den Winter und T-Shirts für den Sommer.

Er lebte buchstäblich von der Hand in den Mund, von einer Fischfangsaison zur nächsten. Geld war immer knapp gewesen, aber im nächsten Sommer würde sich »alles ändern«. In den Herbst- und Wintermonaten hielt er sich und seine Familie mit Bootreparaturen über Wasser. In den meisten Jahren waren es diese Reparaturarbeiten – und nicht der Fischfang –, die Essen auf den Tisch brachten und für die Begleichung der ständig steigenden Grundstückssteuern sorgten.

Ruby überquerte die Steigung und musste vor drei Rehen hart auf die Bremse treten. Eine Ricke stand mit zwei gepunkteten Kitzen mitten auf der Fahrbahn und spitzte wachsam die Lauscher. Flink setzten sie über den Straßengraben hinweg und verschwanden im hohen Gras.

Ruby fuhr wieder an, hielt nun aber ein langsameres Tempo ein. Sie hatte vergessen, dass man sich hier die Straße mit wild lebenden Tieren teilte. In Los Angeles waren die Freeways von anders gearteten »Wilden« bevölkert.

Sie bog auf die Kiesstraße ein, die sich durch eine Apfelplantage wand. Gabelförmige Holzstützen hielten die mit kleinen Früchten beladenen Äste aufrecht.

Schließlich erreichte sie das von zwei mächtigen Weiden gerahmte gelb gestrichene Schindelhaus aus den zwanziger Jahren. Inmitten des Brombeergestrüpps am Rand des

Grundstücks lugte das ursprüngliche Haus aus dem Dickicht, eine verfallene, klobige Holzhütte mit moosüberzogenem Dach.

Ruby parkte neben dem alten Ford-Pick-up ihres Vaters, stieg aus und blickte sich um. Alles war genau wie in ihrer Erinnerung. Vorbei an den leeren Kaninchenställen, die sie einst zusammen mit ihrem Dad gebaut hatte, lief sie auf die hintere Veranda zu. Wie früher rangelte im Garten wucherndes Unkraut mit ähnlich üppigen Blumen um die Vorherrschaft. Die Blüten hüfthoher Margeriten zogen Unmengen von Bienen an. Eine Gazetür hing windschief in den Angeln, da ein paar Schrauben fehlten.

Auf der Veranda blieb Ruby kurz stehen und wappnete sich für den Anblick der neuen Familie ihres Vaters.

Gleich würde sie das Haus einer anderen Frau betreten, einer Frau, die sie kaum kannte und die nur knapp zehn Jahre älter war als sie selbst, und zum ersten Mal ihren kleinen Halbbruder sehen. Ein Kind, das nicht wusste, dass sein Vater ein neues Leben begonnen und seine älteren Töchter aus einer gescheiterten Ehe ihrem Schicksal überlassen hatte.

Sie holte tief Luft, klopfte an die Haustür und wartete. Als keine Reaktion erfolgte, schob sie die Gazetür auf und betrat die Küche.

Hier waren die Veränderungen unübersehbar.

Vor den Fenstern hingen rosa Gingham-Vorhänge. Auf dem Tisch lag eine weiße Spitzendecke. Eine cremefarbene Röschentapete bedeckte die Wände.

Falls es noch eines Beweises bedurfte, dass sich ihr Vater ein neues Leben aufgebaut hatte, dann brauchte sie sich nur umzusehen. Ihr altes Leben war übertüncht worden.

»Dad?«, rief Ruby mit unsicherer Stimme. Sie ging um den Tisch herum – die Stühle hatten einen giftgrünen Lackanstrich erhalten – und warf einen Blick ins Wohnzimmer.

Und dort kniete er vor dem kleinen schwarzen Ofen und warf Holzscheite ins Feuer. Als er sich umblickte und seine Tochter entdeckte, überzog ein breites Lächeln sein Gesicht. »Ruby!«, rief er und knallte die Ofentür zu.

Ihr Vater stand auf und kam auf sie zu. Etwas zögernd breitete er die Arme aus, zog sie dann aber doch entschlossen an sich.

Ruby klammerte sich an ihn und kämpfte gegen plötzliche Tränen an. Er roch nach Holzrauch, Bootslack und salziger Luft.

»Guten Tag, Dad«, flüsterte sie mit zittriger Stimme.

»Hey, meine Schöne. Was macht Hollywood?« Er strich ihr über die Wange. Seine raue, schwielige Hand erinnerte sie an die vielen Stunden, die sie gemeinsam in der Marina mit dem Abschleifen von Deckplanken verbracht hatten. »Ich habe dich vermisst.«

»Ich dich auch.« Es stimmte. Er hatte ihr gefehlt, seit Jahren und jeden Tag. Als sie jetzt vor ihm stand und in seinen Augen sah, wie sehr er sie liebte, wünschte sie, sie hätte sich seiner Wiederheirat gegenüber nicht so abweisend verhalten, wäre verständnisvoller gewesen.

Derartige Überlegungen – Bedauern und die Absicht, sich endlich zu »bessern« – gingen ihr ständig durch den Kopf, aber letzten Endes änderte sie sich nie. Sie sprudelte noch immer hervor, was ihr gerade in den Sinn kam, ohne Rücksicht darauf, wen sie damit verletzen könnte.

Sie hortete Groll und Verbitterung wie früher einmal Barbiepuppen. Ihr Vater hatte sie tief verletzt, und sie wusste nicht recht, wie sie darüber hinwegkommen sollte. Es stand immer zwischen ihnen und schmerzte wie ein Splitter, der zwar von Haut überzogen, aber nie entfernt worden war.

Nervös blickte sie zur Treppe und fragte sich, wo Marilyn war. »Es ist mir unangenehm, dich so unangekündigt zu überfallen …«

»Mari hat mit Ethan die Insel verlassen. Sie haben einen Arzttermin.« Er schmunzelte. »Vermutlich ist dir das nicht gerade unangenehm.«

Ruby lächelte verlegen. »Nun ... Den Jungen hätte ich gern kennen gelernt. Meinen Bruder«, fügte sie hastig hinzu, als sie bemerkte, wie er sie musterte. Sie wünschte, sie hätte ihn gleich so genannt.

»Schon gut«, meinte er, drehte sich aber abrupt um, ging zum durchgesessenen Sofa, setzte sich und schlug ein Bein über das andere. »Und wie kommst du mit deiner Mom zurecht?«

Sie ließ sich in den Polstersessel fallen. »Wie Hund und Katze.«

»Ich kann aber weder Kratzer noch andere Verletzungen entdecken.«

Plötzlich sehnte sich Ruby nach der früheren Vertrautheit zwischen ihnen. Als er Marilyn kennen lernte, war die Verbindung zu seinen Töchtern nach und nach brüchiger geworden. Irgendwann hatte er nicht einmal mehr angerufen. Oder vielleicht ging das auch von Ruby aus.

»Eigentlich wollte ich euch schon längst besuchen«, erklärte er mit diesem Aber-du-weißt-wie-es-ist-Lächeln, mit dem er einem immer zu verstehen gab, dass andere Dinge, andere Menschen wichtiger waren.

Entschlossen verdrängte Ruby jedes Gefühl von Gekränktheit. »Und was macht der Fischfang in diesem Jahr?«

Ein Schatten überflog seine Züge. So flüchtig, dass es einem anderen vermutlich gar nicht aufgefallen wäre. Aber Ruby sah es. »Was ist, Dad? Stimmt irgendetwas nicht?«

»Der letzte Sommer war eine Katastrophe. Möglicherweise bin ich gezwungen, weiteres Land zu verkaufen.«

»Oh, Dad ...« Ruby dachte an das letzte Mal, als dieses Thema zur Debatte gestanden hatte. Ein halbes Jahr nachdem ihre Mutter ausgezogen war, als Dad den ganzen Sommer lang keinen Fuß auf das Boot gesetzt hatte. Damals musste von den verbliebenen vierzig Acres das letzte Küstengrundstück verkauft werden. »Wie viel brauchst du denn?«

»Dreitausend. Aber mach dir darüber keine Sorgen. Lass uns lieber ...«

»Ich könnte dir das Geld leihen.«

»*Du?*«

Sie zog ihr Scheckbuch aus der Tasche. Trotz der Proteste ihres Vaters schrieb sie einen Scheck aus und legte ihn auf den Tisch. »Da«, grinste sie spitzbübisch. »Greif zu.«

»Das kann ich auf keinen Fall annehmen, Ruby.« Aber sie wussten beide, dass er annehmen würde. »Es macht mich stolz, dir helfen zu können.«

»Also gut«, sagte er schließlich. Und dann, sehr leise: »Vielen Dank.«

Schweigen breitete sich zwischen ihnen aus, unterbrochen nur vom Knistern des Feuers. Ruby fragte sich, ob er an seinen Vater dachte. Grandpa Bridge hatte der mangelnde Ehrgeiz seines Sohnes immer viel Kummer bereitet. Dass er von seiner Tochter Geld annahm, wäre eine weitere, bittere Enttäuschung gewesen.

Unvermittelt stand Dad auf. »Komm, lass uns ein bisschen spazieren gehen.«

Sie folgte ihm aus dem Haus und in den strahlenden Sonnenschein hinaus. Wie früher schlenderten sie den Pfad zur Marina hinunter, in der ein paar Fischerboote an den Anlegestegen lagen.

Rubys Vater lief auf die *Captain Hook* zu, sprang an Deck und streckte ihr helfend eine Hand entgegen.

Er warf ihr ein Taugewirr zu. »Tust du mir den Gefallen zu spleißen? Ned und ich wollen morgen ausfahren. Ich habe ihm versprochen, dass alles in Ordnung ist.«

Ruby hockte sich im Schneidersitz aufs Achterdeck und zog die Seile auf den Schoß. Sie musste einen Moment lang überlegen, aber dann setzten sich ihre Finger in Bewegung.

Sie verband die drei Stränge zu einem neuen, stärkeren Tau und begann damit, eine Schlinge einzuarbeiten. »Nora ist anders, als ich gedacht hätte«, sagte sie betont beiläufig.

»Findest du das denn überraschend?«

Ruby verlor kurz den Mut. Halt den Mund, sagte sie sich. Stell keine Fragen. Sie atmete tief durch und sah ihren Vater an. »Was ist zwischen euch eigentlich vorgefallen?«

Er musterte sie scharf, stand auf und ging an ihr vorbei zum Heck. Jeder seiner Schritte brachte das Boot ins Schwanken, ließ die Planken knarren. Abrupt drehte er sich zu ihr um, aber sie hatte das komische Gefühl, dass er sie nicht wirklich sah. Er wirkte wie paralysiert oder erstarrt, und sie fragte sich, welche Bilder durch seinen Kopf gingen. »Dad?«

Jetzt bekam sie den Eindruck, dass er sie erforschte, sie durchschaute bis ins Mark, vielleicht sogar noch tiefer. »Wie ist es, Ruby? Hast du dich inzwischen zu mehr Stehvermögen entschlossen?«

»Was meinst du damit?«

»Ach, Rube ...« Er seufzte. »Du hast eine ausgesprochene Begabung dafür, Beziehungen einfach abzuschütteln. Ich kenne niemanden, der sich so problemlos von ihm nahe stehenden Menschen löst.«

»Das ist nicht leicht.«

Er lächelte grimmig. »Diesen Eindruck erweckst du ganz und gar nicht. Du bist nach Kalifornien gezogen und hast ein neues Leben begonnen, ohne uns – aber nach einer gewissen Zeit waren *wir* dafür verantwortlich, Caroline und ich. Wir riefen nicht oft genug an, nicht an den richtigen Tagen oder sagten Dinge, die dir nicht passten. Und mit der Zeit hast du dich immer weiter entfernt. Du bist weder zu meiner Hochzeit gekommen, noch hast du nach der Geburt deines Bruders angerufen oder Caroline besucht, als sie in furchtbaren Wehen lag. Aber irgendwie war auch das unsere Schuld. Wir haben uns von *dir* losgesagt. Jetzt willst du längst Vergangenes wieder aufrühren. Aber wirst du morgen noch hier sein, im nächsten Monat, in einem halben Jahr, um zu sehen, was dabei herauskommt?«

Ruby wollte beteuern, dass er sich irrte, aber sie konnte es nicht. »Ich weiß es nicht, Dad«, sagte sie aufrichtig.

Er sah sie lange und durchdringend an, dann ließ er das Seil fallen. »Komm mit«, sagte er, sprang vom Boot und lief über den schwankenden Steg.

So schnell, dass Ruby kaum Schritt halten konnte. Sie rannten die Böschung hinauf, und er stieß so heftig gegen die Gazetür, dass sie ihm um ein Haar ins Gesicht prallte. Er schien es nicht einmal zu bemerken.

Ruby stolperte über die Schwelle. »Großer Gott, Dad ...«

Als sie die Küche endlich erreichte, verschlug es ihr die Sprache.

Ihr Vater knallte eine Flasche Tequila auf den Tisch und setzte sich.

Erinnerungen wurden wach, zutiefst abstoßende Erinnerungen. Der Anblick ihres Vaters mit einer Flasche Alkohol erschütterte sie bis ins Mark. Halt suchend griff sie nach einer Stuhllehne. »Ich dachte, du hättest mit dem Trinken aufgehört.«

»So ist es.«

»Du erschreckst mich.«

»Mein liebes Kind, damit habe ich noch nicht einmal angefangen. Also setz dich, schließ deinen Sicherheitsgurt und bring deinen Stuhl in eine aufrechte Position.«

Ruby zog einen Stuhl hervor und setzte sich nervös auf die Kante. Ihr Fuß pochte so heftig auf den Boden, dass es klang wie Gewehrfeuer.

Ihr Vater sah – anders aus. Sie wusste nicht genau, woran es lag, aber der Mann mit den grauen Haaren und dem abgetragenen Wollsweater ihr gegenüber entsprach plötzlich nicht mehr ihrer Vorstellung von ihrem Vater.

Dieser Mann, der vornübergebeugt die volle Flasche Cuervo Gold anstarrte, sah aus, als hätte er seit Jahren nicht mehr gelächelt. Abrupt hob er den Kopf. »Ich liebe dich. Vergiss das nicht.«

Sie hörte den zärtlichen Unterton in seiner Stimme, sah die Zuneigung in seinen Augen. Beides erinnerte sie daran, wie weit sie sich inzwischen voneinander entfernt hatten. »Das könnte ich nie vergessen.«

»Da bin ich mir nicht so sicher. Du vergisst offenbar gern die Menschen, die dich lieben. Die Geschichte beginnt siebenundsechzig, nur ein paar Jahre bevor die ganze verdammte Welt explodierte. Ich studierte an der University of Washington, beendete gerade mein letztes Studienjahr und war mir einer NFL-Karriere sicher. So sicher, dass ich kaum etwas für einen guten Abschluss tat. Himmel, sie engagierten jemanden, der die Tests für mich absolvierte. Die Welt war damals regelrecht aus den Fugen. Jeder, den ich kannte, hat mehr oder weniger darunter gelitten.

Und dann lernte ich Nora kennen. Sie war erschreckend dünn, unglaublich verschüchtert und sah aus, als hätte sie seit einer Woche nicht mehr geschlafen. Aber sie war das schönste Mädchen, das ich je gesehen hatte. Sie war fest davon überzeugt, dass ich ein Profifootballspieler werden würde ...« Dad beugte sich ein wenig vor, stützte die Ellbogen auf den Tisch. »Aber dazu ist es nie gekommen. Kein Verein kam auf mich zu und bot mir einen Vertrag an. Ich war total verzweifelt, konnte es nicht fassen. Über eine Alternative verfügte ich nicht, hatte über andere Verdienstmöglichkeiten nicht einmal nachgedacht. Dann wurde ich zur Armee eingezogen. Vermutlich hätte ich mich mit dem Hinweis drücken können, ich würde auf der Farm gebraucht, aber ich hasste die Insel und konnte mir nicht vorstellen, wie ich hier überleben sollte.« Seufzend lehnte er sich zurück. »Aber ich wünschte mir, dass jemand auf mich wartete, mir Briefe schrieb. Und so ging ich zu der hübschen, kleinen Serviererin im *Beth's Diner* in Greenlake und bat sie, mich zu heiraten.«

Ruby runzelte die Stirn. Diese Geschichte hatte sie in ihrer Kindheit tausendmal gehört, aber entschieden anders. »Du hast sie *nicht* geliebt?«

»Bei unserer Hochzeit nicht. Nein, das ist nicht ganz korrekt. Ich liebte einfach andere Frauen mehr. Aber wir heirateten, verbrachten wundervolle Flitterwochen am Lake Quinalt Lodge, und dann wurde ich nach Vietnam verschifft. Deine Mutter zog zu meinen Eltern in dieses Haus. Schon eine Woche später liebten beide sie abgöttisch. Sie war die Tochter, die meine Eltern nie hatten, und sie schätzte das Leben auf der Insel weit mehr als ich.

Ihre Briefe ließen mich da drüben in Asien überleben. Es ist sonderbar, denn verliebt habe ich mich wirklich in deine Mutter, als wir uns auf verschiedenen Kontinenten befanden. Natürlich sollte sich daran nichts ändern, aber bei der Heimkehr war ich nicht mehr der blauäugige junge Bursche, der die Staaten verlassen hatte. Vietnam ... der Krieg hat mich verändert.« Er lächelte gequält. »Oder vielleicht auch nicht. Vielleicht war die negative Veranlagung schon immer in mir, und der Krieg hat sie nur hervortreten lassen. Jedenfalls wurde ich ... zynisch und hart. Deine Mom hat sich große Mühe gegeben, mich wieder aufs rechte Gleis zu bringen, und für ein paar Jahre waren wir glücklich. Caroline wurde geboren, dann du ...«

Ruby hatte das groteske Gefühl, dass sich ihre ganze Existenz in Sand verwandelte, der ihr durch die Finger rann.

»Nach meiner Heimkehr zogen deine Mom und ich in das Haus auf Summer Island, und ich begann bei dem

Futtermittelhandel auf Orcas zu arbeiten. Jeder hielt mich für einen glatten Versager. ›Dabei hatte er doch die besten Voraussetzungen‹, sagte man kopfschüttelnd in *Herb's Tavern* zu meinem Dad. Gott, wie ich mein Leben hasste.« Unvermittelt blickte er auf. »Ich wollte wirklich nicht, dass es dazu kommt.«

Ruby schluckte heftig. Es kam ihr vor, als stiege etwas Bitteres in ihre Kehle. »Wozu?«

»Ich habe mit anderen Frauen geschlafen.«

»*Nein.*«

»Zunächst bekam deine Mom nichts davon mit, denn ich verhielt mich so vorsichtig wie möglich. Ich begann zu trinken, was alles natürlich nur noch schlimmer machte. Irgendwann schien sie etwas zu vermuten, aber nicht glauben zu wollen.«

»O Gott«, flüsterte Ruby.

»Schließlich erzählte ihr jemand die Wahrheit, und sie stellte mich zur Rede. Unglücklicherweise war ich betrunken und sagte … sehr hässliche Dinge. Am nächsten Tag ist sie gegangen.«

Ruby hatte das Gefühl zu stürzen, zu ertrinken, und suchte verzweifelt nach etwas, woran sie sich festhalten konnte. »Oh, mein Gott«, flüsterte sie noch einmal hilflos.

Ihr Vater streckte über den Tisch hinweg die Hand nach ihr aus.

Sie sprang so hastig auf, dass ihr Stuhl umstürzte.

Langsam ließ er die Hand sinken und stand auf. »Wir haben alle sehr darunter gelitten. Einige waren bemüht, darüber hinwegzukommen, sich ein neues Leben aufzubauen.« Er sah ihr in die Augen. »Andere nicht. Aber vergessen kann keiner von uns. Ich bin dein Vater, sie ist deine Mutter. Ganz gleich, was sie getan oder nicht getan hat … Sie ist ein Teil von dir, und du bist ein Teil von ihr. Kannst du das nicht einsehen?«

Rubys Vergangenheit schien sich in nichts aufzulösen. Nirgendwo gab es etwas, woran sie sich halten konnte. »Ich gehe.«

Er lächelte wehmütig. »Das habe ich nicht anders erwartet.«

»Ruf bitte Nora an und sag ihr, dass ich zu Caroline fahre. Sollte sie fragen, wann ich nach Hause komme – das weiß ich noch nicht.«

»Ich liebe dich, Ruby«, sagte er. »Vergiss das bitte nicht.«

Sie wusste, dass er auf eine Geste der Zuneigung wartete, eine Erklärung ihrer Liebe zu ihm, aber die Worte wollten ihr nicht über die Lippen.

16. Kapitel

Ruby hatte ihre Schwester noch nie besucht, aber die Adresse kannte sie auswendig. Caroline war der einzige Mensch auf der Welt, der regelmäßig eine Weihnachtskarte von ihr erhielt. Ruby hatte vor langem erkannt, dass sie sich elf Monate spitze Bemerkungen anhören müsste, wenn sie es nicht tat. Da war es besser, rechtzeitig eine verdammte Karte zu schicken; es schonte ihre Nerven.

Sie verließ die Interstate 5 und bewegte sich inmitten des zähflüssigen Verkehrs auf Redmond zu.

Vor wenigen Jahren noch hatte es dort Hunderte Acres unverbautes Farmland gegeben, das zwischen zwei kleinen Flüssen die moderne Zeit verschlief. Jetzt war es MicrosoftLand, das Nonplusultra gepflegter Yuppiewohnkultur. Die Bauplaner hatten versucht, die ländlich grüne Atmosphäre zu erhalten. Die einzelnen Siedlungen trugen Namen wie Evergreen Valley und Rainshadow Vista, und Baumbestände wurden um jeden Preis erhalten. Beklemmenderweise sahen alle Häuser erschreckend gleich aus. Stepford mit Ralph-Lauren-Flair.

Ruby warf einen Blick auf die Straßenkarte und bog in die Emerald Lane ein. Ein klinkerverkleidetes Haus nach dem anderen, jedes von beträchtlichen Ausmaßen, jedes an der Grundstücksgrenze errichtet. Neu gestaltete Gartenanlagen gaben dem Ganzen ein unfertiges Aussehen.

Schließlich fand sie, was sie suchte. Emerald Lane 12 712.

Sie fuhr die blau gestrichene Betonauffahrt hinauf und parkte neben einem silberfarbenen Mercedes-Kombi. Dann nahm sie ihre Handtasche vom Beifahrersitz und lief zur messingbeschlagenen Eichentür.

Ruby klopfte. Sie hörte drinnen Schritte, dann ein gedämpftes: »Einen Moment, bitte.«

Die Tür flog auf, und Caroline stand in eisblauen Leinenhosen und einem farblich passenden Kaschmirpullover vor ihr.

»Ruby!« Caroline breitete die Arme aus und zog sie an sich.

Ruby schloss die Augen. Zum ersten Mal seit Stunden konnte sie wieder normal atmen.

Schließlich trat Caro einen Schritt zurück. »Ich bin ja so froh, dass du hier bist.«

»Ich hatte keine Zeit zum Einkaufen. Eigentlich wollte ich den Kindern etwas ...«

»Schon gut. Vergiss es.« Caroline zerrte Ruby ins Haus.

Natürlich war es schlichtweg perfekt. Geradezu wundervoll eingerichtet und tadellos aufgeräumt.

Es sah nicht so aus, als würden sich Kinder hier aufhalten, geschweige denn *leben*.

Sie durchquerten eine makellos saubere Küche, Arbeitsflächen aus glänzendem, schwarzen Granit auf massiven Eichenschränken. Hier entdeckte sie die ersten Bilder der Familie. Der Kühlschrank war buchstäblich mit Fotos bedeckt. Das Fenster über der Doppelspüle blickte auf hügelige Rasenflächen hinaus. Einen Golfplatz.

Caro führte sie durch das Esszimmer, in dem Grandmas silbernes Teetablett auf einem Eichensideboard stand, in den Wohnraum. Die Wände waren in einem reizvollen Marmormuster gestrichen, den Fußboden bedeckten schimmernde Eichendielen. Zwei mit cognacfarbener Seide bezogene Armsessel flankierten ein bronzegoldenes Sofa. Zwei Kristalllampen standen auf niedrigen Beistelltischen aus Rosenholz und hüllten den alten chinesischen Teppich in einen goldenen Schein.

»Wo sind die Kinder?«

Hastig hob Caroline einen Finger an die Lippen. »Psst! Sonst wecken wir sie noch auf.«

»Könnte ich nicht auf Zehenspitzen hinaufschleichen und ganz kurz ...«

»Du kannst sie sehen, wenn sie wach sind. Das verspreche ich dir.«

Ruby witterte etwas Unausgesprochenes hinter Caros Lächeln. Aber was es auch gewesen sein mochte, es schwand so schnell, wie es gekommen war.

Sie verspürte ein leises Unbehagen. Stimmte da etwa etwas bei Caroline nicht? Unmöglich. Sie war der ausgeglichenste Mensch, den Ruby kannte. Selbst damals, in jenem furchtbaren Sommer, hatte ihre Schwester ihre Gelassenheit bewahrt und sich mit den Ereignissen auf eine Weise abgefunden, wie es Ruby nie möglich gewesen wäre.

Und doch hatte Caro gerade eben – unglücklich ausgesehen. »Du hast doch etwas«, stellte Ruby fest. »Was?«

Wie ein Wellensittich auf die Stange hockte sich Caroline auf einen Sessel. Sie drückte ihre Hände so fest zusammen, dass die Haut kalkweiß wirkte. Ein Julia-Roberts-Lächeln überflog ihr Gesicht. »Ich habe nichts. Ehrlich nicht. Es war nur eine ziemlich unerfreuliche Woche. Suzie wurde auf der Toilette der Skatingbahn beim Rauchen erwischt, und die Kinder haben ein bisschen verrückt gespielt. Aber mehr ... ist wirklich nicht.«

Ruby ließ sich nicht hinters Licht führen. Irgendetwas stimmte hier nicht. Plötzlich kam ihr ein Verdacht. Verdacht? Eine Gewissheit! »Du hast eine Affäre.«

Diesmal war Carolines Lächeln absolut aufrichtig. »Verzeih, aber seit Freds Geburt verzehre ich mich nicht gerade nach Sex.«

»Vielleicht ist das dein Problem. Ich bin für mindestens zweimal die Woche – möglichst mit wechselnden Partnern.«

»O Ruby«, lachte Caro. »Himmel, du hast mir gefehlt.« Sie hörte sich wieder ganz normal an.

»Du mir auch.«

»Und?« Caroline lehnte sich zurück. »Weshalb kommst du zu mir gerannt?«

»Was sagt dir, ich sei *gerannt*?«

Caro musterte sie missbilligend. »Deine Kleidung. So viel Schwarz habe ich nicht mehr gesehen, seit Jenny als Lakritzstange zur Halloweenparty ging.«

»Gute Beobachtungsgabe.« Sie wussten beide, dass sich Ruby für ein Treffen mit ihrer Schwester eher konservativ anzog. Das vermied Diskussionen.

»Also raus mit der Sprache. Hast du Mom an den Rollstuhl gefesselt und bist schreiend aus dem Haus gelaufen?«, grinste Caro. »Oder vielleicht hast du sie auf einem Rastplatz vergessen, und jetzt muss sie per Anhalter wieder nach Hause.«

Ruby konnte nicht lächeln. »Ich war vorhin bei Dad.«

»Und?«

Ruby gab sich keine Mühe, darum herumzureden. »Als Nora uns verließ, hatte Dad eine Affäre.«

Caroline verzog keine Miene. »Ach, *das*.«

»Du hast es gewusst?«

»Wie jeder auf der Insel.«

»Ich nicht.«

Caroline lächelte. »Du wolltest es nicht wissen.«

Ruby hatte Schwierigkeiten, ihre Stimme wiederzufinden. »Sie ist anders, als ich sie mir vorgestellt habe, Caro. Wir hocken da auf Summer Island aufeinander, und ich lerne sie besser kennen – ob es mir gefällt oder nicht. Wir reden miteinander, sprechen uns aus.«

»*Du* kommst ihr näher?« Ein sonderbarer Ausdruck trat in Carolines Augen. Wüsste Ruby es nicht besser, hätte sie es für Neid halten können. Caro stand auf und verschwand.

Wenig später kam sie mit zwei Gläsern Wein und Zigaretten zurück.

Ruby lachte schallend. »Willst du etwa rauchen? Du willst mich veralbern, stimmt's? Eine Zigarette in deiner Hand wäre wie …«

»Keine Scherze, Ruby. Bitte.«

Ruby entging nicht, wie verunsichert ihre Schwester aussah. »Wie eine Warnung vor Krebs. Das zählt nicht. Es war kein Witz.«

Ihre Schwester öffnete die Terrassentüren und führte Ruby zu einem Gartensessel unter einem Sonnenschirm. Sie zog eine Zigarette aus der Schachtel und steckte sie sich an.

Ruby folgte ihrem Beispiel. Sie hatte seit Jahren nicht mehr geraucht, musste aber zugeben, dass die Ausnahme von der Regel nicht ohne Reiz war.

Ihre Schwester nahm einen Zug, blies den Rauch aus und blickte auf den Golfplatz, der sich bis zu einer Reihe verblüffend ähnlicher Häuser in der Ferne vor ihnen ausdehnte. Eine Rauchwolke verhüllte ihr Gesicht. »Ich spreche seit Jahren mit Mom, treffe mich hin und wieder mit ihr zum Lunch, rufe sie sonntags an, wie es sich für eine brave Tochter gehört. Aber *dir* …« Sie musterte Ruby mit zusammengekniffenen Augen. »Dir vertraut sie sich an. Ausgerechnet dir. Dabei behandelst du sie, als hätte sie eine ansteckende Krankheit.«

Ruby war verblüfft über die erregte Reaktion ihrer Schwester. Sie schwiegen beide eine Weile. »Wir sind aufeinander angewiesen, Caroline.«

Caroline zog erneut an ihrer Zigarette. »Nein, daran liegt es nicht. Und wie ist sie so?«

»Zunächst einmal sehr viel schlauer als ich. Sie erinnert mich ständig daran, wie es früher war. Wie *wir* waren. Und das tut weh. Heute früh auf der Fähre, bevor Dad seine Bombe platzen ließ, musste ich an unsere Jahrmarktsbesuche denken. Wie wir mit ihr an den Buden vorbeischlenderten, Zuckerwatte aßen und mit Pennys nach grottenhässlichen Porzellantellern warfen. Und soll ich dir was sagen? Ich hatte fast so etwas wie Sehnsucht nach ihr.«

»Das Gefühl kenne ich.«

Ruby sah, dass die Hände ihrer Schwester zitterten. »Hast du ihr verziehen? *Richtig* verziehen?«

Caroline blickte auf. »Ich versuche zu vergessen. Und meistens gelingt es mir auch. Dann ist es, als ginge es um eine ganz andere Familie.«

»Also hast du ihr ebenso wenig verziehen wie ich. Du verpackst es nur hübscher.«

Caroline bemühte sich um ein Lächeln, aber in ihren Augen bemerkte Ruby eine beunruhigende Leere. »Deine Offenheit ist ein Segen, Ruby, auch wenn du damit andere verletzt. Du bist – echt. Mir scheint es nicht möglich zu sein ...«

Ein markerschütternder Schrei ertönte.

Steil fuhr Ruby in die Höhe. »Großer Gott! Ist jemand erschossen worden?«

Caroline sackte in sich zusammen. Ihre Schultern senkten sich, ihre Wangen schienen die Farbe zu verlieren. »Die Prinzessin ist aufgewacht.«

Ruby rückte näher an ihre Schwester heran. »Alles in Ordnung mit dir, Caro?«

Das Lächeln war zu flüchtig, um aufrichtig sein zu können. »Sicher«, erklärte sie, aber Ruby sah, dass ihre Schwester log. Hölzern stand sie auf und ging ins Haus.

Ruby folgte ihr.

Das Gebrüll oben eskalierte.

Ein Jack-in-the-Box kam die Treppe heruntergepoltert und schlitterte über den Küchenfußboden.

»Vorsicht«, warnte Caro resigniert. »Bring dich lieber in Sicherheit.«

Eine nackte Barbiepuppe segelte die Stufen herab und landete an einem Tischbein.

Das Geschrei wurde immer lauter, und Ruby kämpfte gegen den übermächtigen Wunsch an, sich die Ohren zuzuhalten. »Lass uns hinaufgehen. Schließlich möchte ich meinen Neffen und meine Nichte auch *sehen*.«

»Wenn Jenny in dieser Stimmung ist, kann ich davon nur dringend abraten.«

Das nächste Spielzeug flog von oben herab, gefolgt von einem durchdringenden Kreischen. »Mom-my!!! Schnell! So-fort!«

»Vielleicht ein anderes Mal? Bitte.«

»Nun … wie wäre es mit nächster Woche? Ich könnte vielleicht babysitten. Dann kannst du mit Jere etwas unternehmen. Vielleicht tanzen gehen.«

»Tanzen«, wiederholte Caro sehnsüchtig. »Das wäre wundervoll.«

Entsetzt fiel Ruby in diesem Moment ein, dass sie in der nächsten Woche wieder in Kalifornien sein würde, um in der Sarah-Purcell-Show aller Welt die Wahrheit über ihre Mutter zu verkünden. Plötzlich wurde ihr akut übel.

»Du solltest dich beeilen«, sagte Caroline. »Um diese Tageszeit sind die Warteschlangen vor der Fähre kilometerlang.«

Ruby sah schnell auf ihre Armbanduhr. »Mist. Du hast Recht.«

Caroline legte einen Arm um ihre Schwester und brachte sie zur Tür. »Es tut mir Leid, dass du das von Dad erfahren hast, aber vielleicht hat es auch etwas Gutes. Wir sind alle nur Menschen, Ruby. Wir machen alle Fehler.«

Ruby umarmte ihre Schwester und hielt sie so fest, dass beiden fast die Luft wegblieb. »Ich habe dich sehr lieb, Caro«, flüsterte sie.

»Ich dich auch, Rube. Aber nun beeil dich.«

Ruby ließ die Arme sinken. Sie hatte das eigentümliche Gefühl, dass Caroline zusammenbrechen würde, wenn sie mehr sagte als »Auf Wiedersehen«.
Und so beließ sie es dabei.

Nora saß am Küchentisch und starrte die Briefe an. Vorhin hatte sie mit Eric gesprochen, aber nun schien die Stille sie überwältigen zu wollen.
Unbewusst rieb sie sich das puckernde Handgelenk. Am Morgen hatte sie eine Stunde lang geübt, mit den Krücken zu gehen, und sie machte eindeutig Fortschritte. Mit ein wenig Glück konnte sie zum Ende der Woche auf den verdammten Rollstuhl verzichten.
Aber ihre Gehübungen hatten ihren Zweck dennoch nicht ganz erfüllt. Sie konnte nicht vollständig abschalten, musste immer wieder an die Briefe denken.
Sie hatte versucht, sich aufzubauen, Mut zu fassen. Es sind nur Briefe, sagte sie sich, Geschreibsel auf Papier, und dann auch noch von *Unbekannten*. Es sollte doch nicht schwer sein, zu einem Stift zu greifen und eine Antwort zu formulieren. Zumindest ein paar Abschiedsworte und einen kleinen Dank für die Verbundenheit in der Vergangenheit.
Aber es *war* schwer, wenn nicht gar unmöglich. Jeder Brief, den sie in Angriff nahm, begann mit den gleichen Worten: »Liebe Leserin« oder »Lieber Leser ...«
Manchmal hatten die Anfänge etwas ausgesprochen Pathetisches: »Sie können sich nicht vorstellen, wie Leid es mir tut« oder »Wie kann ich Ihnen vermitteln, wie mir ums Herz ist« oder auch »Inzwischen wissen Sie, welch ein Mensch ich wirklich bin«.
Kein Brief kam über den ersten Satz hinaus. Und als wäre das alles nicht schon genug, machte sie sich auch Sorgen um Ruby.

Ihr Blick wanderte zu dem Zettel, den sie auf dem Küchentisch vorgefunden hatte. »Fahre zu Dad ...«

Die drei Worte klangen ganz unverfänglich, aber sie wusste, dass der erste Schein häufig trügt. Wahrscheinlich kam Ruby nicht wieder.

Und das allein durch ihre, Noras, Schuld. In den letzten Tagen hatte sie ihrer jüngeren Tochter zu viel abverlangt, und das war riskant. Ruby wehrte sich gegen Druck, das war schon immer so gewesen. Im Gegensatz zu Caroline, die sich mit nahezu allem abfand.

Nora erkannte ihren Fehler in dem Moment, als sie den Zettel auf dem Küchentisch fand. Ihrer Tochter hatte es gereicht.

Sie verschränkte die Arme auf dem Tisch, legte ihren Kopf darauf. Wenn sie weinen könnte, würde ihr das vielleicht helfen. Aber sie hatte keine Tränen mehr.

Dann hörte sie ein Auto die Auffahrt heraufkommen, das Schlagen einer Wagentür, Schritte auf der Veranda ...

»Ruby«, flüsterte sie lächelnd.

Es klopfte. Noras Hoffnungen sackten in sich zusammen. Ruby würde nicht klopfen, sie würde sofort hereinkommen.

Die Tür ging auf, und Rand betrat die Küche.

Also hatte Ruby ihren Vater vorgeschickt ...

»He, Randall.« Nora zog ihr eingegipstes Bein vom zweiten Stuhl. »Setz dich.«

Er blickte sich um. »Ich habe eine bessere Idee.«

Bevor Nora es sich versah, kam er auf sie zu und hob sie vom Stuhl. Überrascht stieß sie einen kleinen, erstickten Schrei aus. »Was zum ...«

»Halt dich einfach fest.«

Sie schlang die Arme um seinen Hals, und er trug sie auf die Veranda. Dort zog er die alte Mohairdecke vom Schaukelstuhl und klemmte sie sich unter den Arm. Er lief mit ihr die Stufen hinunter und über die Wiese bis zum Ufer.

Unter einem Erdbeerbaum ließ er Nora vorsichtig zu Boden gleiten, breitete die Decke aus und setzte sie behutsam darauf. Ihre nackten Zehen ragten aus dem Gips hervor, und er schlug den Zipfel der Decke über ihren Fuß.

Rand setzte sich neben sie, stützte sich auf die Ellbogen und streckte seine langen Beine aus.

»Offenbar erträgst du es noch immer nicht, an einem sonnigen Tag im Haus zu sein«, stellte sie fest.

»Manche Dinge ändern sich eben nie.« Ernst sah er sie an. »Es tut mir Leid, Nora.«

»Was?«

Er starrte auf irgendeinen Punkt über ihrer linken Schulter. »Das hätte ich dir schon vor langer Zeit sagen sollen.«

Die Zeit schien stillzustehen. Nora atmete tief ein, spürte die Sonne auf dem Gesicht, roch den Geruch des Meeres bei Ebbe.

Endlich blickte er sie an, und an der Trauer in seinen dunklen Augen sah sie, dass er an ihre gemeinsamen Jahre dachte. »Es tut mir Leid«, wiederholte er.

»Oh.« Mehr konnte sie nicht sagen.

Er rutschte näher und berührte ihre Wange mit einer Zärtlichkeit, die sie überraschte. »Es war allein meine Schuld. Ich war jung, töricht und uneinsichtig. Ich wollte nicht erkennen, dass unsere Liebe etwas ganz Besonderes war.«

Erstaunt stellte Nora fest, wie leicht es ihr plötzlich fiel zu lächeln. Sie hatte diesen Mann zwanzig Jahre lang geliebt, ihn weitere elf vage vermisst, aber als sie jetzt neben ihm auf der alten Decke saß, fand sie so etwas wie Frieden. Vielleicht hatte sie in all diesen Jahren nur das gebraucht. Nur diese wenigen, schlichten Worte.

Sie legte ihre Hand auf seine und verspürte eine sonderbare Ruhe, als hätte alles in ihrem Leben zu diesem Augenblick geführt. Er ist meine Jugend, machte sie sich wehmütig bewusst, eine Jugend, die weder besonders glücklich verlaufen noch vergeudet worden war. Für ihn würde sie die Frau bleiben, die sie einmal war. »Wir haben beide Fehler gemacht, Rand. Wir wollten eine gute Ehe führen, haben es aber nicht geschafft.«

Er kam noch näher. Eine atemlose Sekunde lang glaubte sie, er würde sie küssen. Er wollte es, sie sah das Verlangen in seinem Blick. Im letzten Moment zog er sich zurück und schenkte ihr ein sanftes, zärtliches Lächeln, das besser war als ein Kuss. »Weißt du, woran ich auch heute noch immer wieder denken muss?«

»An was?«

»An den Tag, an dem du zurückkamst ...« Er schloss die Augen. »Großer Gott, ich hätte vor dir auf die Knie fallen und dich anflehen müssen zu bleiben. In meinem tiefsten Innern wollte ich es auch tun, aber ich hatte von dir und diesem Typen erfahren und konnte nur an *mich* denken.« Er lachte bitter. »Ausgerechnet *ich*, nachdem ich dich jahrelang betrogen hatte. Und ich habe dafür bezahlt, Nora. Acht lange Jahre war ich allein. Und ich habe dich vermisst.«

Nora fühlte sich den Tränen nahe – über alles, was sie versäumt, verpasst, vertan hatte. »Du hättest anrufen sollen. Auch ich war allein.« Nach kurzem Schweigen fügte sie leise hinzu: »Schade eigentlich.«

»Ja.«

Sie streckte die Hand aus und strich ihm eine Haarsträhne aus den Augen, eine Geste, die ihr so selbstverständlich war wie das Atmen. »Aber du hast wieder geheiratet. Das freut mich.« Und das entsprach der Wahrheit. Der winzige Satz – »Es tut mir Leid« – hatte Rand zu dem gemacht, was er war: ihre erste Liebe. Ihre große Liebe wahrscheinlich, aber irgendwann würde sie einen anderen Mann lieben und er sie. Lächelnd hob sie eine Braue. »Und bist du auch brav, Randall?«

Er lachte. »Selbst ein dummer Hund lässt sich nicht zweimal vom selben Bus überfahren.«

»Gut. Du hast es verdient, glücklich zu sein.«

»Du auch.«

Unwillkürlich zuckte sie zusammen. »Du hast deine Frau betrogen. Ich habe meine Kinder im Stich gelassen. Das ist nicht das Gleiche.«

Schweigend blickte er sie an, und sie sah die Falten um Mund und Augen, die Sonne und Wind im Laufe der Jahre in sein Gesicht geprägt hatten. »Ich habe Ruby die Wahrheit gesagt.«

»Worüber?«

»Über uns.«

Nora empfand Unbehagen. »Hältst du das für klug?«

»Ich dachte, es würde dich freuen. Ich hätte das schon längst tun sollen.«

»Vielleicht. Aber da du es nicht getan hast und da ich es nicht tat, haben wir dieses kleine Familiengeheimnis begraben. Du hättest es nicht wieder aufrühren sollen. Jetzt kann es auch nichts mehr ändern.«

»Ich war es dir schuldig, Nora. Nach all diesen Jahren hast du es verdient.«

»O Rand. Sie hat an dich geglaubt. Das wird ihr das Herz brechen.«

»Weißt du, was ich aus unserer Beziehung gelernt habe?« Lächelnd strich er ihr über die Wange. »Liebe vergeht nicht. Jedenfalls nicht wirkliche Liebe. Und das wird Ruby herausfinden. Sie hat dich immer geliebt. Ich habe ihr nur einen Grund gegeben, es sich endlich einzugestehen.«

Nora fand, dass er für einen erwachsenen Mann unglaublich naiv war.

17. Kapitel

Nach zweistündigem Warten auf die Fähre, mit etwa zweihundert Touristen und ein paar resignierten Einheimischen, fragte sich Ruby, warum sie sich eigentlich so beeilt hatte. Auf ein staatliches Transportmittel angewiesen zu sein kostete einiges an Nerven.

Das Letzte, was sie jetzt brauchte, war Zeit zum Nachdenken. Unablässig ging ihr das Gespräch mit Caroline durch den Kopf. Selbst als sie das Autoradio einschaltete, glaubte sie die Sängerin klagen zu hören: »Jeder hat es gewusst …«

»Nur ich nicht«, murmelte sie verdrossen.

Darüber kam sie einfach nicht hinweg.

Endlich machte die Fähre fest, wie immer verspätet. Ruby rollte an Bord und ließ sich von der Frau in orangefarbener Weste einen Standplatz zuweisen. Als das Boot ablegte, lehnte sie sich in die Polster zurück und schloss die Augen. Vielleicht könnte sie ein wenig schlafen.

»Jeder hat es gewusst …«

Ruby schlug die Lider wieder auf und starrte auf den samtähnlichen Bezug des Wagendachs. Sie fühlte sich wie auf schwankendem Boden, als hätten sich die Fundamente ihres Lebens in klebrigen Morast verwandelt, in dem sie langsam versank.

»Ich habe mit anderen Frauen geschlafen.«

Das änderte doch alles.

Oder?

Es brachte Ruby fast um den Verstand, dass sie die Folgerungen aus den beiden Gesprächen des heutigen Tages nicht eindeutig erkennen konnte.

Etwas zumindest war ihr klar. Ihre Darstellung der Vergangenheit, mit Dad als dem Helden und ihrer Mutter als Schurkin, ließ sich nicht länger aufrechterhalten.

Die Welt war anders als das Bild, das sie sich von ihr gemacht hatte. Vermutlich kam ihr diese elementare Erkenntnis reichlich spät. Es wollte ihr scheinen, als wäre sie in all diesen Jahren ein Kind gewesen, das sich ausschließlich auf die eigenen, subjektiven Wahrnehmungen verließ.

Und jetzt veränderte sich etwas in ihr. Aber es war nicht etwas so Klischeehaftes wie ihr Herz oder ihre Gefühle. Eher waren es die Knochen. Sie dehnten sich aus, drückten gegen Muskeln und Sehnen, und irgendwo ganz tief drinnen meldete sich ein neuer Schmerz.

Sie griff unter den Sitz und zog den Block hervor, den sie am Morgen mitgenommen hatte. Nach kurzem Zögern begann sie zu schreiben.

»Ich war sechzehn Jahre alt, als meine Mutter uns verließ. An einem ganz gewöhnlichen Tag. Die Sonne strahlte von einem wegwarteblauen Himmel. Seltsam, an welche Dinge man sich erinnert. Der Sound war ruhig und glatt wie ein Spiegel, und ein paar schnatternde Gänseküken lernten auf Miss McGuffins Teich schwimmen.

Wir waren eine ganz normale Familie. Mein Vater Rand war Fischer, der in der kalten Jahreszeit Boote reparierte. Samstagabends traf er sich mit seinen Freunden zum Bowlen, und er half meiner Schwester und mir bei den Mathe- und Physikhausaufgaben.

Im Winter trug er karierte Flanellhemden, im Sommer T-Shirts oder Polohemden. Nie wäre einer von uns auf den Gedanken gekommen, er könnte etwas anderes sein als der perfekte Vater.

Es gab in unserer Familie keinen Streit, keine lautstarken Auseinandersetzungen und keine Nächte, in denen meine

Schwester und ich wach in unseren Betten lagen und befürchteten, unsere Eltern könnten sich scheiden lassen.

Nachdem wir alle getrennte Wege eingeschlagen haben, muss ich oft an diese ruhigen Jahre zurückdenken, und ich erinnere mich, dass ich geradezu besessen auf der Suche war nach irgendwelchen verhängnisvollen Anzeichen, nach dem Moment, an dem ich sagen konnte: Aha! Da ist er, der Anfang vom Ende.

Aber ich habe nie einen gefunden. Bis jetzt.

Heute haben meine Eltern den Vorhang gelüftet, und der große Zampano – mein Dad – entpuppte sich als ganz gewöhnlicher Mann.

Damals wusste ich das natürlich nicht, an jenem sonnigen Tag, an dem meine Mutter mit ihrem Koffer im Wohnzimmer erschien.

›Ich gehe. Möchte jemand mitkommen?‹

Das sagte sie zu meiner Schwester und mir. Ich hörte, wie mein Vater in der Küche ein Glas in der Spüle zerbrach. Das Klirren klang, als würden Knochen splittern.

An diesem Tag wurde mir der Unterschied zwischen ›davor‹ und ›danach‹ voll bewusst. ›Davor‹ gab es nicht mehr. Ihr Abschied durchtrennte den Lebensnerv unserer Familie so präzise wie das Skalpell eines Chirurgen.

Dennoch redeten wir uns ein, es wäre nur vorübergehend, ein kleiner Trip mit Freundinnen vielleicht, aber meine Mutter hatte keine Freundinnen. Vielleicht machen sich alle Kinder so etwas vor.

Ich kann nicht sagen, wann sich meine vagen Schuldgefühle gegenüber meiner Mutter in Hass und Abscheu verwandelten, aber sie verliefen genau in dieser Reihenfolge.

Ich sah, was ihre Abwesenheit aus meinem Vater machte. Nach wenigen Tagen war er kaum wiederzuerkennen. Er trank, er rauchte, er verbrachte Tage im Schlafanzug. Er aß nur, wenn Caroline oder ich für ihn Essen zubereiteten.

Er fuhr nicht mehr zum Fischen und musste im nächsten Frühjahr Land verkaufen, um die Steuern bezahlen und Lebensmittel kaufen zu können.

In diesem Sommer formte sich meine Vorstellung von meiner Mutter. Aus dem harten Holz der Geschehnisse schnitzte ich das Bild einer Frau und nannte es Mutter. Seit mehr als zehn Jahren trage ich es im Kopf, und es war so real, als hätte es auf meinem Nachttisch gestanden. Das Bild verkörperte ausschließlich Negatives: Egoismus, Lügen, Verantwortungslosigkeit.

Aber jetzt kenne ich die Wahrheit: Mein Vater war meiner Mutter nicht treu.

Was für ein kaltes, objektives Wort, dieses *Untreue*. Es sagt nichts aus über die Glut der Leidenschaft.

Er trug einen Ehering und vögelte andere Frauen als die, die er zu lieben, zu ehren und zu beschützen geschworen hatte.

Das drückt es besser aus, finde ich. Die Vulgarität dieses Satzes entspricht der Obszönität der Tat.

Ich weiß, dass das alles verändert, scheine aber die Folgen nicht erkennen zu wollen. Naiv dachte ich, meine Kindheit gehöre mir ganz allein – diese kräftigen Pinselstriche in Ölfarbe auf der Leinwand meiner Jahre. Jetzt sieht es aus, als hätte Barbra Streisand Recht. Erinnerungen sind Aquarelle. Ein heftiger Regen kann sie fortwaschen.

Mein Vater ist nicht der Mann, den ich in ihm gesehen habe.

Ich lese den letzten Satz und weiß selbst, wie kindisch er ist, finde aber keine anderen Worte. Ich weiß nicht, was ich von ihm halten soll, diesem Vater, der sich als Fremder erwiesen hat.

Meine Mutter hat ihn – und uns – nicht verlassen, weil sie berühmt werden wollte, sondern weil der Mann, den sie liebte, ihr das Herz gebrochen hatte.

Ich weiß, wie man sich fühlt, wenn Liebe nicht mehr erwidert wird. Es ist eine Art kleiner Tod, der etwas in einem zerbrechen lässt.

Dieses Wissen, dieses Verständnis müsste es mir doch leicht machen, meiner Mutter zu verzeihen, oder?

Ich glaube, ich habe Angst davor, sie zu lieben. Der Schmerz, den sie mir zugefügt hat, traf so tief, dass sich meine Haut, meine Muskeln darüber geschlossen haben. Ich frage mich, wer ich sein könnte, wenn es ihn nicht mehr ...«

Bevor Ruby den Satz beenden konnte, ertönte die Schiffssirene. Die Fähre hatte Lopez Island erreicht. Ruby hob den Kopf. Als Nächstes würde sie Orcas Island anlaufen, dann Summer Island, bevor die Fähre zum Festland zurückkehrte.

Blitzartig traf Ruby eine Entscheidung. Sie wollte ihrer Mutter jetzt noch nicht unter die Augen treten. Sie würden über Dads Enthüllung sprechen müssen, und dazu war Ruby nicht bereit.

Sie startete den Motor, scherte aus der Reihe aus und fuhr los. Fährenmitarbeiter schrien ihr etwas zu und gestikulierten. Zweifellos hielten sie sie für eine Touristin, die das Boot an der falschen Insel verließ. Ruby schenkte ihnen keine Beachtung. Sie beschleunigte, holperte über die Rampe und fuhr an Land.

Das Sloan-Haus lag nicht weit von der Anlegestelle entfernt. Es war ein großes, viktorianisches Holzhaus hoch über der Bucht, mit atemberaubendem Ausblick auf die See.

Sie lenkte den Minivan über die Auffahrt und parkte. Die hereinfallende Dämmerung tauchte tadellos gepflegte Blumenbeete in ein purpurnes Licht. Ein kürzlich erst weiß lackierter Lattenzaun umgab den Garten. Alles war genau so, wie Mrs Sloan es wünschte, obwohl sie seit Jahren vermutlich keinen Fuß auf die Insel gesetzt hatte.

Ruby lief über den muschelbestreuten Weg zur Haustür. Sie blieb einen Moment stehen, nahm ihren ganzen Mut zusammen und klopfte.

Lottie öffnete die Tür und sie sah genauso aus, wie Ruby sie in Erinnerung hatte. Apfelbäckchen und Augen, die buchstäblich verschwanden, wenn sie lächelte. »Ruby Elizabeth!« Sie schlug die Hände zusammen. »Oh, ist das schön, dich endlich einmal wiederzusehen.«

»Hallo, Lottie«, grinste Ruby. »Ja, es ist lange her.«

»Nicht so lange, als dass du meiner Umarmung entgehen könntest.« Sie zog Ruby an sich und drückte sie an die üppige Brust. Ruby stellte fest, dass sie noch immer nach den Zitronenbonbons roch, die sie früher in ihren Schützentaschen mit sich herumtrug.

Sie entzog sich Lotties zupackendem Griff. »Ich bin gekommen, um Eric zu besuchen.«

»Er ist oben. Dean musste geschäftlich nach Seattle.«

Erleichtert holte Ruby Luft. Wenn sie es sich recht überlegte, war sie auch noch nicht bereit, mit Dean zu sprechen. Sie spähte an Lottie vorbei ins Wohnzimmer. »Kann ich einfach hinaufgehen?«

»Ich würde dir die Ohren abreißen, wenn du es nicht tätest. Ich werde dir schnell eine Tasse Tee …«

»Nein, danke. Das ist wirklich nicht nötig.«

»Na, dann hinauf mit dir.« Als Ruby an ihr vorbeiging, legte Lottie ihr kurz die Hand auf die Schulter. »Keine Angst, Ruby. Er ist noch immer der, der er war.«

Ruby atmete tief durch und ging die Stufen hinauf zu Erics Zimmer. Die Tür war nur angelehnt. Mit einem kleinen Schubs stieß sie sie weiter auf. »Eric?«

»Ruby? Bist du das?«

Sie hörte, wie schwach seine Stimme klang, ganz anders als der melodische Bariton von früher, und musste schlucken. »Ja, ich bin's, Buddy.« Sie trat in das Zimmer.

Nur mit äußerster Anstrengung konnte sie einen spontanen Schrei des Entsetzens unterdrücken. Eric sah erschreckend mager und hinfällig aus. Von seinem schönen, schwarzen Haar war nur ein feiner Flaum geblieben. Dunkle Schatten umgaben seine Augen, spitz ragten die Knochen aus den blassen, eingefallenen Wangen.

Sein Lächeln trieb ihr fast die Tränen in die Augen. »Wenn Ruby Bridge auf die Insel zurückfindet, muss ich wohl tot sein.«

»Ich bin wieder auf Summer Island. Für ein paar Tage«, sagte sie und wandte sich ab, damit er nicht sah, wie schockiert sie war. Um ihre Fassung wiederzufinden, ging sie schnell zum Fenster und zog die Vorhänge zurück.

»Gib dir keine Mühe, Ruby«, sagte er leise. »Ich weiß, wie ich aussehe.«

Sie drehte sich zu ihm um. »Ich habe dich vermisst, Eric«, sagte sie aufrichtig und bedauerte erneut, wie schnell sie bereit gewesen war, diesen Inseln, diesen Menschen den Rücken zu kehren.

»Deine Anwesenheit macht mich um gut zehn Jahre jünger. Ich komme mir vor wie früher.« Er drückte auf einen Knopf, brachte sein Bett in eine aufrechtere Position.

»Ja«, lächelte sie. »Jetzt brauchen wir nur noch einen …«

Er zog die Nachttischschublade auf, holte einen Joint heraus und grinste. »Mit Krebs kommt man an Pot leicht heran.« Er schob sich den Joint zwischen die Lippen und zündete ihn an.

Ruby lachte. »Ich wette, du sorgst dafür, dass auch alle deine alten Freunde in den Genuss kommen.«

Er nahm einen Zug und reichte ihr den Glimmstengel. »Es gibt keine alten Freunde mehr«, sagte er, nachdem er ausgeatmet hatte. »Jedenfalls nicht für mich.«

Ruby inhalierte und musste prompt husten. Sie gab ihm den Joint zurück. »Ich habe seit Jahren kein Pot mehr geraucht.«

»Wenigstens *eine* gute Nachricht. Und was macht das Comedy-Biz?«

Diesmal inhalierte Ruby den Rauch vorsichtiger, behielt ihn einen Moment in den Lungen und atmete dann aus. Einige Male ging der Joint zwischen ihnen hin und her. »Ich bin nicht witzig genug.«

»Du? Du bist doch zum Brüllen komisch. Mich hast du immer zum Lachen gebracht.«

»Danke, aber das ist so, als wäre man das hübscheste Mädchen in Paduca. Damit wird man nicht zwangsläufig Miss America. Das komischste Mädchen auf Lopez Island ist nicht unbedingt ein universeller Lacherfolg. Traurig, aber wahr.«

»Willst du etwa aufgeben?«

»Wahrscheinlich. Ich trage mich mit dem Gedanken, ein Buch zu schreiben.« Sie musste kichern. »Ich *trage mich* mit dem Gedanken ...«

Eric stimmte in ihr Lachen ein. »Hoffentlich wird der Gedanke dir nicht zu schwer«, gluckste er. Natürlich war es nicht einmal ansatzweise spaßig, aber benebelt vom Hasch fanden sie es irrwitzig komisch. »Und worüber willst du schreiben?«

»Nun, bestimmt nicht über sexuelle Erfüllung.«

»Und über Mode vermutlich auch nicht.«

Ruby warf ihm einen gekränkten Blick zu. »Sehr komisch. Für Kritik an meinem Äußeren fühlt sich meine Mutter zuständig, falls du das nicht wissen solltest. Und genau über sie werde ich schreiben! Die liebe, gute, alte Mom.«

Wieder lachte Eric, aber sehr viel leiser. »Jemand sollte wirklich ein Buch über sie schreiben. Sie ist ein wundervoller Mensch.«

»Der Stoff muss mir auf die Ohren geschlagen sein. Eben dachte ich tatsächlich, du hättest sie einen wundervollen Menschen genannt.«

»Das ist sie auch.«

Sein Gesicht schien auf sie zuzukommen, größer zu werden. Seine blauen Augen waren wässrig, das Weiß von roten Äderchen durchzogen, die fast feminin vollen Lippen wirkten farblos.

Und plötzlich konnte sie nicht mehr darum herumreden. »Wie geht es dir, Eric ... Wirklich?«

»Die Ärzte nennen es Endstadium.« Er lächelte dünn. »Komisch, sie denken sich alle möglichen beschönigenden Bezeichnungen für jede Phase der Krankheit aus, aber dann, wenn du aufbauende Euphemismen wirklich brauchst, nennen sie es Endstadium. Als müsste man extra daran erinnert werden, dass man stirbt.«

Ruby strich ihm sanft über die Wange. »Ich bedauere, den Kontakt zu dir abgebrochen zu haben. Ich hätte die Trennung von Dean nicht auf dich ausdehnen dürfen.«

»Du hast ihm das Herz gebrochen«, sagte Eric kaum hörbar.

»Damals wurde uns allen das Herz gebrochen, nehme ich an, und die Ritter in den schimmernden Rüstungen konnten es nicht wieder zusammenfügen.«

»Was deine Mutter getan hat, war wirklich ... mies. Aber du bist nicht mehr sechzehn. Du solltest die Dinge inzwischen klarer sehen.«

»Wie *klarer*?«

»Ich bitte dich, Ruby. Die ganze Insel wusste, dass es dein Vater mit anderen Frauen trieb. Meinst du nicht, dass das ihren Schritt zumindest ein wenig verständlich macht?«

Also stimmte es. Jeder hatte es gewusst. »Wie auch immer«, sagte sie trotzig. »Caroline und ich haben nichts getan, und doch hat sie auch uns verlassen.«

Das war der Punkt, über den sie einfach nicht hinwegkam.

»Ich habe deine Mom in den letzten Jahren ganz gut kennen gelernt, und glaub mir, sie ist wirklich großartig. Ich würde alles darum geben, eine Mutter wie sie zu haben.«

»Die Jetset-Lady hatte Probleme, deinen Lebenswandel zu akzeptieren?«

»Mehr als das. Als ich ihr erzählte, dass ich schwul bin, wollte sie mich nie wiedersehen.«

»Wie lange hat das gedauert?«

»Sie ist nicht wie deine Mom. Als meine Mutter mir sagte, ich solle aus ihrem Haus verschwinden, hat sie es genau so gemeint. Seither habe ich sie nicht mehr gesehen.«

»Auch jetzt nicht?«

»Auch jetzt nicht.«

»O Gott ... das tut mir Leid«, flüsterte Ruby hilflos.

»Und weißt du, wer mich durch diese schweren Zeiten gebracht hat – als ich meine Homosexualität erkannte und meine Eltern mich enterbt haben?«

»Dean?«

»Deine Mutter. Ihre Kolumne *Nora Knows Best* erschien damals seit kurzem auch in der *Seattle Times*. Ich schrieb an sie, zunächst anonym. Sie antwortete mir, lobte meine Offenheit und riet mir, den Mut nicht zu verlieren. Meine Mutter würde es sich bestimmt überlegen und ihren Frieden mit mir schließen. Das gab mir Hoffnung. Aber nach ein paar Jahren wusste ich, dass sie sich geirrt hatte. Meine Mutter blieb unerbittlich. Sie wollte keinen schwulen Sohn. Basta.« Er zog seine Brieftasche vom Nachttisch, klappte sie auf, entnahm ihr ein mehrfach zusammengefaltetes Schriftstück und entfaltete es vorsichtig. »Hier. Lies das.«

Ruby nahm den Brief. Das Papier war vergilbt und von feinen Runzeln durchzogen. In der oberen rechten Ecke entdeckte sie einen braunen Fleck. Sie konzentrierte sich auf die kleinen, ordentlichen Schriftzüge und brauchte einen Moment, bis sie die Handschrift ihrer Mutter erkannte.

»Lieber Eric,
ich kann dir nicht sagen, wie betroffen mich dein Brief gemacht hat. Dass du dich mit deinem Schmerz an mich gewandt hast, empfinde ich als einen Beweis deines Vertrauens, den ich gar nicht genug schätzen kann.

Für mich bleibst du immer Eric, der Seilartist. Wenn ich die Augen schließe, sehe ich dich am Anderson Lake behände wie ein Affe an einem Seil schwingen und höre dich ›Bonsai!‹ schreien, bevor du loslässt. Ich sehe den Jungen, der zu uns kam, als ich krank war, und auf der Veranda Pfefferminze stampfte, um meinen Tee aromatischer zu machen. Ich erinnere mich an einen Dreizehnjährigen mit den ersten Pubertätspickeln und Kieksstimme, dem es absolut nichts ausmachte, mit Mrs Bridge Hand in Hand über den Schulflur zu laufen.

Das bist du, Eric. Wenn du Jungen liebst, Männer, so ist das ein Aspekt deines Wesens, aber nicht der wichtigste. Du bist noch immer der Junge, der es nicht ertragen konnte, etwas zu essen, das einmal Eltern hatte. Ich bete zu Gott, dass deine Mutter eines Tages wach wird und sich erinnert, welch wunderbarem Jungen sie das Leben geschenkt hat. Ich hoffe, dass sie Verständnis für den Mann aufbringt, der er geworden ist.

Aber selbst wenn das nicht geschieht, verzweifle nicht. Bitte! Manchen Menschen ist es nicht gegeben, Toleranz und Verständnis zu empfinden. Wenn sie sich nicht mit dir versöhnen kann, musst du dich damit abfinden, Eric. Die Welt ist voller Menschen, die ›anders‹ sind, die verletzt und ungerecht behandelt werden und die dennoch einfach einen Fuß vor den anderen setzen und ihr Leben weiterleben.

Deine Mutter ist es, um die ich mich sorge. Du wirst erwachsen werden, dich verlieben und zu dir selbst finden.

Wenn ich dich später einmal besuche, werden wir auf deiner Veranda sitzen und über die Vergangenheit lachen, die uns fast umgebracht hätte. Im Gegensatz zu deiner Mutter. Wenn sie auf ihrer Entscheidung beharrt, wird es sie innerlich aufzehren. Sie wird feststellen, dass es Schmerzen gibt, die nie vergehen.

Also verzeih ihr. Nur das kann dein Leid lindern. Vergib ihr und lebe *dein* Leben.

Ich empfinde viel für dich, Eric Sloan. Du und dein Bruder seid die Söhne, die ich nie bekommen habe. Hätte ich dich geboren, wäre ich stolz auf dich.

In Liebe und Zuneigung

Nora.«

Ruby faltete das Schreiben behutsam wieder zusammen. »Das ist ein wundervoller Brief. Ich verstehe, warum du ihn mit dir herumträgst.«

»Er hat mir buchstäblich das Leben gerettet. Es kostete mich einige Überwindung – große Überwindung –, aber ich habe meiner Mutter verziehen. Und damit kam ich endlich zur Ruhe.«

»Ich begreife nicht, wie du deiner Mutter vergeben konntest. Was sie getan hat ...«

»War schließlich nur menschlich.«

»Und jetzt?«

Seufzend fuhr er sich mit einer Hand über den Kopf. »Jetzt ist es schwerer. Die Zeit wird knapp. Ich wünsche mir nur ein paar Minuten mit ihr, um ihr zu sagen, dass ich sie liebe. Und ...« Seine Stimme wurde zu einem heiseren Flüstern. »Und um zu hören, dass auch sie etwas für mich empfindet.«

Ruby berührte ganz leicht seine Wange.

Lächelnd umfasste er ihre Hand mit den Fingern. »Verzeih deiner Mutter, Ruby.«

»Ich fürchte mich«, gestand sie leise.

Er ließ die Hand sinken. »Großer Gott! Zeit ist endlich. Begreifst du das denn nicht? Wir reden uns ein, wichtige Dinge auf *später* verschieben zu können. Du kannst dich absolut gut fühlen, und dann gehst du an einem sonnigen Mittwochnachmittag zur jährlichen Kontrolluntersuchung und musst erfahren, dass deine Zeit zu Ende ist. *Game over.*«

Sie sah ihn an. »Wie macht man das eigentlich? Verzeihen?«

Er lächelte leise. »Man gibt nach. Öffnet sich.«

»Ich habe Angst zu fallen, wenn ich das tue.«

»Das ist nicht weiter schlimm. Es tut nicht weh.« Er küsste seine Fingerspitzen und drückte sie sanft auf ihre Wange. »Ich mag dich sehr, Ruby. Vergiss das nicht.«

»Nie«, flüsterte sie rau. »Niemals.«

Als Ruby nach Hause kam, war Mitternacht bereits vorbei. Sie schlich die Treppe hinauf, legte sich aufs Bett und begann zu schreiben.

»Einer meiner besten Freunde aus der Kindheit stirbt. Heute stand ich an seinem Bett und unterhielt mich mit ihm, als wäre alles ganz normal, aber während der ganzen Zeit konnte ich kaum atmen.

Mehr als ein Jahrzehnt hatte ich ihn nicht gesehen, und in all diesen Jahren habe ich kaum jemals an ihn gedacht.

Ich hatte den Jungen, der mich durch meine Kindheit begleitete, einfach vergessen. Die St.-Christopherus-Medaille, die er mir zum dreizehnten Geburtstag schenkte, die habe ich noch, ihn aber hatte ich aus dem Gedächtnis verbannt. Vielleicht hat es ihm ja nichts ausgemacht. Es passiert häufiger, dass Freunde aus der Kindheit sich später aus den Augen verlieren, doch ich bedaure diesen Verlauf der Dinge nun zutiefst. Ich habe nicht gründlich genug nachgedacht, was –

und wen – ich aufgebe. Jetzt kann ich an nichts anderes mehr denken.

Ich habe einen Jungen mit schwarzem Haar und einem schallenden, herzlichen Lachen zurückgelassen und jetzt einen Mann vorgefunden, der so erschreckend dünn und ausgezehrt ist, dass ich nicht wagte, ihn zu berühren – aus Furcht, er könnte zerbrechen.

Und dieser Mann begrüßte mich, als wäre ich nie von zu Hause fortgegangen. Ahnte er, wie weh es mir tat, in seine trüben, glanzlosen Augen zu blicken und in ihnen meine eigene Leere widergespiegelt zu sehen? Den Mangel, an dem ich leide.

Könnte ich meine Verletzungen diagnostizieren wie ein Arzt, würde ich vielleicht erkennen, was mir fehlt, was mich die Menschen vergessen lässt, die ich liebe.

Ich bin meiner selbst gewählten Einsamkeit müde, mehr als überdrüssig. Jahrelang bin ich nur davongerannt, so schnell, dass mir der Atem fast ausging. Und nun muss ich erkennen, dass ich ins Leere gelaufen bin.

Ich sehne mich nach meiner Mutter. Ist das nicht erstaunlich? Ich möchte zu ihr gehen, mich in ihre Arme werfen und sagen: ›Eric stirbt, und ich kann mir eine Welt ohne ihn nicht vorstellen.‹

Würde es mir gefallen, von ihr beruhigt und getröstet zu werden?, frage ich mich. Wenn ich die Augen schließe, kann ich es mir vorstellen, aber wenn ich sie wieder öffne, sehe ich, dass alle Türen zwischen uns verschlossen sind. Und der Schmerz in meinem Inneren nimmt weiter zu.

Aber endlich weiß ich, was mich seit vielen Jahren begleitet und quält.

Sehnsucht. Mir fehlt meine Mom.«

18. Kapitel

Der nächste Morgen brach an wie einer dieser perfekten Junitage, die Stadtmüde dazu verlocken, sich ein Ferienhaus auf den San Juan Islands zu kaufen.

Ruby erwachte erst spät, was nicht weiter verwunderlich war, denn sie hatte sich die ganze Nacht nur im Bett herumgewälzt.

Natürlich würde sie mit Nora über Dads Geständnis sprechen müssen, hoffte aber, das noch ein wenig aufschieben zu können. Bis Britney Spears' Titten die Spannkraft verloren, beispielsweise.

Sie schlug die Decke zurück und stand auf. Eine Dusche brachte sie fast wieder zu sich. Sie blieb unter dem Strahl stehen, bis das Wasser fast kalt war. Schließlich trat sie unter der Dusche hervor.

Es tropfte auf den pinkfarbenen Frotteevorleger. Die alten Rohre knackten und ächzten, als das Wasser durch den Abfluss gurgelte.

Ruby wischte den Dampf vom Spiegel und betrachtete ihr Gesicht.

Sie erlebte einen jener seltenen Momente, in denen man sich mit den Augen eines Fremden sieht. Ihre Haare waren zu kurz und so struppig geschnitten, als hätte das einfältige, Kaugummi kauende Mädchen im Frisiersalon eine Zackenschere benutzt. Und wie um alles in der Welt war sie auf die Idee gekommen, sich die Haare blauschwarz wie Elivara, die Herrin der Finsternis, tönen zu lassen?

Im Vergleich zu ihr sah ein Vampir aus wie das blühende Leben.

Kein Wunder, dass sich kein halbwegs akzeptabler Mann für sie interessierte. Selbst Laura Palmer hatte in *Twin Peaks* besser ausgesehen – und die war leblos an den Strand gespült worden.

Ruby stellte fest, dass sie sich absichtlich unattraktiv machte. Die Erkenntnis war so verblüffend, dass sie sich mit offenem Mund im Spiegel anstarrte.

Die Wimperntusche, der schwarze Lidstrich, die pechschwarze Frisur – alles nur Tarnung.

Mit Schwung warf sie ihren Kosmetikbeutel in den Abfallbehälter. Auf Schwindsuchtblässe und Streunerklamotten konnte sie gut verzichten. Sie würde sogar aufhören, sich die Haare zu tönen, und herausfinden, welche Farbe sie wirklich hatten. Dunkel konnte sie sich an ein schlichtes Kastanienbraun erinnern.

Sie ging ins Schlafzimmer, schlüpfte in Jeans und ein jadegrünes T-Shirt mit V-Ausschnitt und lief die Treppe hinunter.

Auf ihre Krücken gestützt, stand Nora in der Küche. Das leise Röhren der Kaffeemaschine erfüllte den Raum. Bei Rubys Eintritt hob Nora den Kopf

Ihr verdutzter Gesichtsausdruck hatte fast schon etwas Komisches. »Wie – hübsch du aussiehst.« Sofort wurde sie rot. »Entschuldige, ich wollte wirklich nicht überrascht klingen.«

»Keine Sorge. Vielleicht habe ich wirklich des Guten zu viel getan. Make-up-mäßig, meine ich.«

»Das hast *du* gesagt, nicht ich.«

Ruby lachte. »Ich brauche eine neue Frisur. Dringend. Gibt es den Frisiersalon in Friday Harbor noch?«

»Früher habe ich dir die Haare geschnitten.«

Das hatte Ruby völlig vergessen, aber nun erinnerte sie sich an die Sonntage in der Küche, an das Frottierhandtuch um ihre Schultern, das Klappern der Schere, das Rascheln von Dads Zeitung im Wohnzimmer. Unsicher starrte Ruby zu Boden. Sie hatte das sonderbare Gefühl, etwas ändern zu können, wenn sie jetzt das Richtige sagte. Plötzlich kam sie sich so hilflos vor wie ein Kind. »Könntest du sie mir auch jetzt schneiden?«

»Natürlich. Hol ein Handtuch und eine Sicherheitsnadel. Die Schere müsste eigentlich hier drin sein.« Ihre Mutter humpelte mit ihren Krücken zu einer Schrankschublade.

Verdutzt sah Ruby ihr zu. Irgendwie machte es den Eindruck, als wollte Nora ein Gespräch beim Frühstück ebenso vermeiden wie sie.

»Wollen wir nicht rausgehen? Es ist ein wunderschöner Morgen.«

Ruby trug alles hinaus, stellte einen Hocker ins Gras vor der Terrasse und setzte sich.

Sie hörte, wie ihre Mutter aus dem Haus kam und so vorsichtig einen Fuß vor den anderen setzte, als hätte sie Angst, sich den gesunden Knöchel auch noch zu verstauchen.

»Traust du es dir auch wirklich zu?«, fragte Ruby misstrauisch. »Irgendwie packt mich der Verdacht, du könntest hinter mir plötzlich ›Huch‹ schreien, und ich habe eine dieser grässlichen asymmetrischen Frisuren, wie sie vor zwanzig Jahren modern waren.«

»Erinnerst du dich an dein zweites High-School-Jahr? Du hast kein Haarspray benutzt, sondern Bootslack. Ich hatte furchtbare Angst, mir das Handgelenk zu brechen, sobald ich dir zufällig den Kopf tätschelte.« Lachend legte sie das Handtuch um Rubys Schultern und steckte es mit der Sicherheitsnadel fest. Dann fuhr sie mit den Fingern durch die noch feuchten Haare ihrer Tochter.

Ruby atmete aus. Es klang wie ein Seufzen, sehnsüchtiges Seufzen.

Schon wieder.

»Ich bringe nur ein wenig Form hinein, okay?«

Ruby musste sich räuspern. »Gut.« Sie war kaum zu verstehen.

»Setz dich gerade hin. Und hör auf zu zappeln.«

Das gleichförmige Klappern der Schere schien Ruby zu hypnotisieren. Das und die Berührungen ihrer Mutter.

Nora legte Ruby zwei Finger unter das Kinn und zwang sie sanft, den Kopf ein wenig zu heben. »Eric hat mich gestern Abend angerufen und mir von deinem Besuch erzählt.«

Ruby schloss die Augen. »Ich möchte nicht über Eric sprechen«, sagte sie leise.

»Okay. Warum erzählst du mir dann nicht ein wenig über dein Leben in Hollywood?«

Ruby dachte an den *Cache*'-Artikel. O Gott ... »Da gibt es nicht viel zu erzählen. Irgendwie ist es eine Existenz wie im dritten Vorhof der Hölle. Auch darüber würde ich lieber nicht reden.«

Noras Schere hörte auf zu klappern. »Ich wollte nicht neugierig sein. Ich würde nur gern wissen, wer du geworden bist.«

»Oh.« Für gewöhnlich dachte Ruby nur darüber nach, wer sie sein wollte. Es war besser, nach vorn zu blicken, nicht zurück. »Ich weiß nicht recht.«

»Ich erinnere mich gut daran, wie dich Doc Morane in meine Arme legte. Von Anfang an warst du wie Feuer und Eis. Du hast deinen Willen mit Brüllen und Toben durchgesetzt, aber ein verletztes Tier hat dich zu Tränen gerührt. Du konntest mit acht Monaten laufen und mit zwei Jahren sprechen. Und dann hat dein kleiner Mund keine Sekunde mehr stillgestanden. Wie aufgezogen.«

Plötzlich erkannte Ruby, dass sie sich selbst vermisste, das Kind, das Mädchen, das sie einmal gewesen war. Mit ihrer Mutter hatte sie auch sich selbst vergessen. »Wie war ich eigentlich?«

»Mit zwölf wolltest du unbedingt eine Tätowierung. Das Ewigkeitssymbol, glaube ich. Die Ohrläppchen hast du dir nie durchstechen lassen, weil das alle machten. Ein Jahr später zog es dich mit Macht in einen Aschram. Du hattest lange Angst vor der Dunkelheit, und wenn ein Gewitter aufzog, rutschte ich näher an Dad, weil ich wusste, du würdest gleich in unser Bett klettern.« Zärtlich strich Nora ihr eine feuchte Haarsträhne aus der Stirn. »Ist von diesem Mädchen gar nichts geblieben?«

Ruby blinzelte verunsichert. »Ich habe mir auch später nie die Ohrläppchen piercen lassen.«

»Danke.«

»Wofür?«

»Dass du dich immerhin in dieser Hinsicht nicht geändert hast.« Sie strich sanft über Rubys Wange. »Du hattest eine unnachahmliche Art, andere zu überzeugen. Erinnerst du dich an den Tag, an dem wir die Redaktion der Inselzeitung dazu bewegen wollten, über die Tanzparty des achten Jahrgangs zu berichten?« Sie lächelte versonnen. »Als ich deine Argumente hörte, dachte ich unwillkürlich: Meine kleine Tochter hätte glatt das Zeug, das Land zu regieren. Ich war unglaublich stolz auf dich.«

Ruby musste schlucken.

Ihre Mutter setzte die Schere wieder in Bewegung. »So«, sagte sie wenig später. »Geschafft.« Sie reichte Ruby einen Spiegel.

Fasziniert starrte sich Ruby in dem silbergerahmten Oval an. Sie sah wieder jung aus. Wie eine Frau, die hoffnungsvoll in die Zukunft blicken konnte, nicht wie eine nur mäßig erfolgreiche, verbitterte Komikerin, die ihre Jugend auf Barhockern vertan hatte. »Es sieht großartig aus.«

Ihre Blicke trafen sich, hielten einander stand. Geheimes Verständnis pulsierte zwischen ihnen, schnell wie ein Elektroschock.

»Ich war gestern bei Dad.«

»Ich weiß. Danach kam er zu mir.«

Das hätte Ruby sich denken können. »Wir müssen darüber reden.«

Nora seufzte. Es hörte sich an, als würde langsam die Luft aus einem durchstochenen Autoreifen entweichen. »Ja.« Sie bückte sich und hob ihre Krücken auf. »Ich weiß nicht, wie es dir geht, aber ich brauche dazu unbedingt eine Tasse Kaffee – und einen Sessel.« Ohne auf Ruby zu warten, hinkte sie auf die Veranda zu.

Ruby brachte den Hocker in den Wäscheraum, goss zwei Tassen Kaffee ein und kehrte auf die Veranda zurück. Nora saß auf dem Rattansofa. Ruby entschied sich für den Schaukelstuhl.

»Danke.« Nora nahm ihr eine Tasse ab.

»Dad hat mir erzählt, dass er dir untreu war«, sagte Ruby ohne große Einleitung.

»Was noch?«

»Warum fragst du? Was könnte denn sonst noch wichtig sein?«

Nora runzelte die Brauen. »Einiges.«

Ruby wusste nicht recht, was sie darauf erwidern sollte. »Nun, er machte gewissermaßen seine Erlebnisse in Vietnam dafür verantwortlich. Er sagte, der Krieg hätte ihn verändert, aber ich bekam den Eindruck, dass er irgendwie bezweifelt, ohne Vietnam treu geblieben zu sein.«

Nora lehnte sich zurück. »Ich habe deinen Dad vom ersten Augenblick an geliebt, aber wir waren beide noch sehr jung und haben aus den falschen Gründen geheiratet. Ich wünschte mir eine Familie und Sicherheit. Und er ...« Sie lächelte. »Im Grunde ist mir heute noch nicht ganz klar, was er eigentlich wollte. Eine Frau, die zu Hause auf ihn wartete, vielleicht. Eine Frau, die ihn bewunderte. Eine Zeit lang waren wir ein ideales Paar. Wir hielten ihn beide für Gott.«

»Das fiel dir bestimmt nicht schwer. Er tat immer so – liebevoll und verständig.«

»Verurteile ihn nicht vorschnell, Ruby. Seine Untreue war nur *ein* Grund für unsere Trennung. Ich habe ebenso viel Schuld.«

»Hast du auch mit anderen Männern rumgemacht?«

Einen Moment sah Nora sie verblüfft an, dann lachte sie. »Nein. Aber ich habe ihn zu sehr geliebt. Und das kann genauso verhängnisvoll sein wie das Gegenteil. Mein übersteigertes Bedürfnis nach Liebe und Harmonie hat ihn überfordert. Vermutlich kann kein Mann die emotionalen Sehnsüchte einer Frau ganz befriedigen. Irgendwann kam ich dahinter, dass er fremdging. Vermutlich habe ich ihn mit meiner Eifersucht fast um den Verstand gebracht.«

Verständnislos sah ihre Tochter sie an. »Du *wusstest*, dass er dich betrog? Wie hast du es erfahren?«

»Du hast doch mit einem Mann zusammengelebt. Er hieß Max, oder?«

Ruby nickte. »Ja. Aber was ...«

»War er dir treu?«

»Nein. Nun, vielleicht eine Weile.«

»Hast du erwartet, dass er dir treu ist?«

»Selbstverständlich«, erwiderte Ruby schnell. Zu schnell. Dann lehnte sie sich seufzend zurück. »Nein. Ich habe nicht erwartet, dass ich die Einzige für ihn bin.«

»Natürlich nicht. Wenn dich schon deine Mutter nicht genug liebt, um bei dir zu bleiben, warum sollte es dann ein Mann tun?« Sie lächelte Ruby traurig an. »Dieser Mangel an Selbstwertgefühl ist ein Geschenk meines Vaters, und ich habe es an dich weitergegeben.«

»*Himmel*«, flüsterte Ruby. Ihre Mutter hatte Recht. Es war absurd: Aus panischer Furcht vor unglücklicher Liebe hatte sie sich dagegen gewehrt, geliebt zu werden. Deshalb war sie bei Max geblieben. Sie wusste, dass sie sich nie in ihn verlieben würde, und damit bliebe ihr jede Verzweiflung über eine Trennung erspart.

Ruby trat an das Verandageländer und blickte aufs Meer hinaus. Sie war sich nicht sicher, was sie empfand – was sie empfinden müsste. »Ich erinnere mich an den Tag, an dem du zurückkamst.« Sie hörte, wie ihre Mutter scharf Luft holte, und wartete auf eine Reaktion. Als keine kam, drehte sie sich um.

Nora saß so zusammengefallen da, als erwarte sie einen Schlag. »Ich denke nicht gern an diesen Tag zurück.«

»Tut mir Leid ..., Mom«, flüsterte Ruby. »Ich habe damals unverzeihliche Dinge zu dir gesagt.«

Abrupt hob ihre Mutter den Kopf. Tränen standen in ihren Augen. »Du hast mich *Mom* genannt.« Mühsam stand sie auf und humpelte auf Ruby zu. »Irgendwelche Schuldgefühle über das, was du damals zu mir gesagt hast, sind absolut unangebracht. Du warst ein Kind, und ich hatte dir das Herz gebrochen.«

»Warum bist du damals nach Hause gekommen?«

»Aus Sehnsucht nach meinen Töchtern. Aber als ich erkannte, was ich dir angetan hatte, schämte ich mich. Du hast mich angesehen, wie ich früher meinen Vater. Da ist etwas in mir zerbrochen.«

Ruby konnte die Frage nicht länger aufschieben. »Warum hast du dich nie wieder gemeldet?«

Ihre Mutter wich ihrem Blick nicht aus. »Für dich ist mein Fortgehen ... und Wegbleiben der Anfang der Ereignisse. Für mich nicht. Für mich hat alles sehr viel früher begonnen ...«

Nora holte tief Luft und sprang. Das Wasser der Vergangenheit war so kalt, wie sie befürchtet hatte, selbst an diesem herrlichen Sommertag. »Jeder hielt Rand und mich für das ideale Paar.« Sie schloss ihre Hände um die Kaffeetasse, um sich zu wärmen. »Damals war ich jung und gab mehr auf den äußeren Schein als auf das Wesentliche. Das bringt das Zusammenleben mit einem Alkoholiker mit sich. Man lebt in ständiger Furcht und schützt den Menschen, der das nicht verdient hat. Man sorgt dafür, dass von den hässlichen Vorfällen in den eigenen vier Wänden nichts nach außen dringt. Diese Lektion hat mir meine Mutter beigebracht, bevor ich alt genug war, mir allein die Zähne putzen zu können. Den schönen Schein wahren und lächeln. Weinen ist nur hinter verschlossenen Türen erlaubt. Ich verdächtigte deinen Dad der Untreue, lange bevor ich die harten Beweise kannte.« Sie sah Ruby an. »Eine unbeabsichtigte Anzüglichkeit.«

Fast hätte sich Ruby an ihrem Kaffee verschluckt. »Wie kannst du über so etwas nur Scherze machen?«

»Wie sagt man doch gleich über Scherz und Satire? Über das, was am meisten trifft, lacht man am lautesten?«, lächelte Nora. »Es ... tat mir weh, aber das war nicht das Ärgste. Das Schlimmste war der Alkohol. Er begann nach dem Abendessen zu trinken – an den Abenden, an denen er nach Hause kam. Ihr habt vermutlich nichts davon bemerkt. Ein paar Bier, ein Scotch mit Soda, wieder Bier ... Gegen zehn begann er zu schwanken, und um elf war er sturzbetrunken. Und er wurde – unangenehm. Seine Unsicherheiten und Enttäuschungen brachen ungehemmt aus ihm heraus, und an allem gab er mir die Schuld. Jedes Mal, wenn er mich anschrie, hörte ich die Stimme meines Vaters, und obwohl Rand mich nie schlug, begann ich damit zu rechnen und wich ängstlich vor ihm zurück, aber das machte es nur schlimmer. Wie ich annehmen könnte, er würde mich schlagen, brüllte er und rannte aus dem Haus.« Sie schwieg kurz. »Daran siehst du, dass ich zumindest die Hälfte des Problems war. Ich konnte meine Gegenwart nicht von meiner Vergangenheit trennen. Und je mehr ich mich bemühte, desto mehr verwoben sich die beiden miteinander. Ich hatte große Angst, so zu werden wie meine Mutter. Eine Frau, die nur selten mehr als zwei Worte sprach und viel zu jung starb. Aber ich kam einigermaßen klar, bis Emmaline Fergusson mir von Shirley Comstock erzählte …«

»Meine Soccertrainerin?«

Nora nickte. »Erinnerst du dich an Dads plötzliche Vorliebe für Soccer?«

Entsetzt riss Ruby die Augen auf. »Nein! Nicht mit meiner Trainerin.«

»Es ist eine kleine Insel. Da gibt es nicht sonderlich viel Auswahl. Ich redete mir ein, dass es mir nichts ausmachte. Ich war schließlich seine *Ehefrau*. Aber er trank immer mehr und kam immer seltener nach Hause, und ich brach zusammen.

Es begann mit Schlaflosigkeit. Ich kam nachts einfach nicht mehr zur Ruhe. Dann begann ich unter Panikattacken zu leiden. Ich lag nachts wach im Bett, das Herz klopfte mir bis zum Hals, und der Schweiß lief mir in Strömen vom Körper. Jedes Mal, wenn ich dich vom Soccertraining abgeholt hatte, rannte ich ins Bad und musste mich übergeben. Schließlich kamen die Ohnmachtsanfälle. Wenn ich wieder zu mir kam, lag ich in der Küche auf dem Boden und konnte mich an lange Phasen des Tages nicht erinnern.«

»Großer Gott«, wisperte Ruby. »Hast du Dad davon erzählt?«

»Selbstverständlich nicht. Ich befürchtete, den Verstand zu verlieren.«

Nora fragte sich, ob eine ledige Achtundzwanzigjährige überhaupt eine Ahnung davon hatte, wie erstickend das Leben als Ehefrau und Mutter mitunter sein konnte. »Ich konnte das alles nicht mehr bewältigen – Rands Alkoholsucht, sein Fremdgehen, meine Schlaflosigkeit, mein Gefühl, überfordert und gefangen zu sein. Es war ein Teufelskreis. Und dann …«

Nora schloss die Augen. Es war ein prachtvoller Frühsommertag gewesen, ähnlich wie heute. Sie war früher als sonst zum Soccerfeld gegangen, weil sie den Spielerinnen frisch gebackene Kekse bringen wollte – und hatte sie gesehen. Rand und Shirley küssten sich in aller Öffentlichkeit, als hätten sie jedes Recht dazu. »Dann nahm ich Schlaftabletten. Ich erinnere mich nicht mehr, ob mit Absicht oder aus Zufall, aber als ich im Krankenhaus zu mir kam, war mir klar, dass schnell etwas geschehen musste, sonst würde ich sterben. Ich weiß nicht, ob du dir vorstellen kannst, wie akut bedroht ich mich fühlte. Ich packte einen Koffer und ergriff die Flucht. Eigentlich hatte ich vor, nur ein paar Tage wegzubleiben, eine Woche vielleicht. Ich wollte hier in dieses Haus, um mich zu erholen, um wieder zu mir zu kommen.«

»Und?«

Nora holte tief Atem. Sie hätte Ruby gern angeschaut, konnte es aber nicht. Stattdessen starrte sie die Tasse in ihrer Hand an. »Ich lernte Vince Corell kennen.«

»Den Typen, der die Fotos an den *Tattler* verkauft hat.«

»Er war Fotograf und machte für einen Kalender Aufnahmen von der Insel. Das sagte er jedenfalls. Aber für mich zählte nur, wie er mich ansah. Er sagte, ich sei die schönste Frau der Welt. Natürlich war ich *nicht* schön. Ich war klapperdürr und zitterte ständig wie Espenlaub. Als Vince zärtlich werden wollte ... ließ ich es zu. Wir verbrachten eine wundervolle Woche miteinander. Zum ersten Mal hatte ich einen Menschen gefunden, dem ich meine Träume anvertrauen konnte – und sobald sie laut ausgesprochen waren, wusste ich, dass ich mein bisheriges Leben nicht weiterleben wollte. Und dann – verschwand er.

Ich war verzweifelt. Dein Vater musste von unserer Beziehung gehört haben, da wir kein Geheimnis aus ihr gemacht hatten. Möglicherweise wollte ich sogar, dass Rand davon erfuhr. Wie auch immer. Als die Affäre zu Ende war und ich erkannte, dass ich meine Ehe zerstört und meine Töchter verloren hatte, nahm ich erneut Schlaftabletten. Dieses Mal war es ernster. Man brachte mich nach Everett in eine Nervenklinik.«

»Wie lange bist du dort geblieben?«

»Drei Monate.«

»*Was?*«

»Zeit war in Everett ohne jede Bedeutung. Damals vertraute man dort noch auf die Elektroschocktherapie. Jeden Morgen um Viertel vor neun stellten wir uns alle für die Behandlung an. Nach einer Woche hatte ich jeden Bezug zur Außenwelt verloren. Es war Doktor Allbright, der mich gerettet hat. Er kam jeden Tag und redete mit mir – unterhielt sich geduldig mit mir, bis ich wieder atmen konnte. Aber als ich dann endlich entlassen wurde ...«

»O Gott«, wisperte Ruby. »Das war der Tag, an dem ...«

Nora spürte ein Brennen hinter den Augen. Das überraschte sie. Sie hatte geglaubt, seit langem keine Tränen mehr zu haben. »Du hast keine Schuld, nicht die geringste.«

»Aber Dad hätte dir verzeihen müssen. Nach allem, was er dir angetan hat ...«

»Ich habe Rand nicht gebeten, wieder nach Hause kommen zu dürfen«, entgegnete Nora leise. »Ich wollte meine Ehe nicht zurück. Ich wollte – mein eigenes Leben. Mir ist bewusst, wie furchtbar sich das anhört, aber es ist die Wahrheit.« Sie sehnte sich danach, ihre Tochter an sich zu ziehen, wagte es aber nicht. Jetzt gingen sie langsam und vorsichtig aufeinander zu, bewegten sich über die Verletzungen und Kränkungen hinweg, die sich zwischen ihnen wie Hürden aufgebaut hatten. »Immer wieder hadern wir mit unserem Schicksal, bedauern dies und jenes, sagen uns: Wenn doch nur ... Das müssen wir überwinden. Dein Dad war zornig und arrogant, ich verängstigt und labil, du verzweifelt. Und an jenem Tag kamen wir zusammen, und uns fiel nichts Besseres ein, als einander wehzutun. Das war falsch, zutiefst bedauerlich, aber menschlich. Und eins musst du wissen – und nur das zählt. Ich habe niemals aufgehört, dich zu lieben und an dich zu denken. Und du hast mir sehr gefehlt.«

Ruby sah ihre Mutter lange schweigend an. »Ich glaube dir«, sagte sie dann leise.

Und Nora wusste, dass Versöhnung endlich möglich war.

19. Kapitel

Wie benommen ging Ruby in ihr Zimmer zurück.
»Wenn ich wieder zu mir kam, lag ich in der Küche auf dem Boden und konnte mich an lange Phasen des Tages nicht erinnern … Ich fürchtete, den Verstand zu verlieren.«

Wie verlassen musste sich ihre Mutter gefühlt haben, wie verängstigt.

Ruby kannte die Einsamkeit. Am schlimmsten ist sie mitten in einer langen, dunklen Nacht, wenn der Mann, mit dem man zusammenlebt, nach dem Parfum einer anderen Frau riecht. Dann kommt es einem vor, als trenne einen nicht nur eine Handbreit, sondern der Nordatlantik.

Sie zog die Nachttischschublade auf und holte ihren Block heraus. Inzwischen wusste sie, dass es sie beruhigte, wenn sie ihre Gedanken zu Papier brachte. Und Beruhigung hatte sie dringend nötig.

Sie setzte sich aufs Bett, zog die Knie an und begann zu schreiben.

»Ich habe immer geglaubt, die Wahrheit über einen Menschen sei deutlich und scharf wie eine mit Tinte gezogene Linie auf weißem Papier. Jetzt bin ich mir da nicht mehr so sicher. Vielleicht verbirgt sich unser Ich tatsächlich hinter den vielen unterschiedlichen Grauschattierungen, von denen alle reden.

Meine Mutter war in einer Nervenklinik. Das ist ihre neueste Enthüllung. Inzwischen gibt es so viele Enthüllungen, dass ich sie kaum noch zählen kann.

Heute hat Mom ein Bild unserer Familie gezeichnet, und durch ihre Augen sah ich Menschen, die mir völlig fremd waren: einen alkoholabhängigen, untreuen Ehemann und eine zutiefst unglückliche Frau.

Warum habe ich davon nie etwas bemerkt? Sind Kinder so blind gegenüber ihrer eigenen Welt?

Es war richtig von ihr, die Realität vor mir zu verbergen. Selbst jetzt wünschte ich, ich hätte sie nie erfahren.

Manchmal ist die Wahrheit mehr, als wir ertragen können.«

Das Telefon klingelte.

Das Geräusch ließ Ruby zusammenzucken. Sie warf den Block zur Seite. »Hallo?«

»Ruby?«

Carolines Stimme klang irgendwie verzagt. Sofort sträubten sich Ruby die Nackenhaare. »Was ist passiert?«

»Passiert? Nichts. Darf man denn seine kleine Schwester nicht mehr anrufen?«

Ruby seufzte erleichtert auf. Caro hörte sich jetzt besser an, dennoch blieb ein Gefühl von Unbehagen. »Natürlich. Du hast dich nur so komisch angehört.«

»Wie *komisch*?«

»Ich weiß nicht recht. Erschöpft.«

Caroline lachte. »Ich habe zwei kleine Kinder und eine Stieftochter, die die *Butthole Surfers* allen Ernstes für Musiker hält. Findest du nicht auch, das reicht für Anfälle von Überdruss?«

»Fühlst du dich überfordert, Caro? Lassen dir Ehe und Kinder überhaupt noch Zeit für dich selbst?«

Ihre Schwester schwieg einen Moment lang. »Manchmal glaube ich schon, dass von mir kaum noch etwas geblieben ist. Früher träumte ich davon, nach Paris zu fliegen. Jetzt wünsche ich mir, ohne eine kleine Prozession aufs Klo gehen zu dürfen.«

»Großer Gott, Caro. Warum haben wir über diese Dinge noch nie gesprochen?«

»Weil es da nichts zu reden gibt.«

Ruby versuchte eine plötzliche Erkenntnis in Worte zu fassen. »Das stimmt nicht. Wenn wir miteinander telefonieren, geht es immer nur um mich. Um meine Karriere, meinen jämmerlichen Freund, meine Theorien zum Thema Comedy. Alle Gespräche drehen sich immer nur um mich.«

»Ich liebe ein Leben aus zweiter Hand.«

Absoluter Unsinn. Es ließ sich nicht leugnen: Ruby war schon immer egoistisch gewesen. Nie hatte sie unvoreingenommen Freundschaften geschlossen, sondern Fotos von Menschen aufgenommen und so lange an ihnen herumgeschnipselt, bis sie ihren Vorstellungen entsprachen. Aber jetzt erkannte sie, dass auch die Ecken und Kanten zählten.

»Bist du glücklich, Caro?«

»Glücklich? Natürlich bin ich …« Caro brach in Schluchzen aus.

»Caro?«

»Entschuldige. Offenbar habe ich einen schlechten Tag.«

»Nur einen?«

»Ich kann jetzt nicht darüber reden.«

»Was ist eigentlich los mit uns? Warum können wir über Wichtiges nicht sprechen?«

»Reden verändert nichts. Glaub mir. Es ist besser, einfach weiterzumachen.«

»Das dachte ich früher auch. Aber hier habe ich so einiges erfahren, das …«

»Ruby!«, rief ihre Mutter von unten.

Ruby drückte den Hörer gegen die Brust. »Ich komme gleich.« Dann wandte sie sich wieder dem Gespräch mit ihrer Schwester zu. »Hör mal, Caro, warum kommst du nicht her? Verbringst ein paar Stunden mit uns, bleibst über Nacht?«

»Oh, das geht nicht. Die Kinder …«

»Meine Güte, es gibt schließlich Babysitter. Schließlich bist du nicht ans Haus gefesselt.«

Caros Lachen klang ein bisschen schrill. »Genauso fühle ich mich aber.«

»Sie ist anders, als wir dachten.« Ruby stellte fest, dass sie diese Worte schon einmal gesagt hatte, aber ohne ihre eigentliche Bedeutung zu kennen. »Sie ist … die Bewahrerin unserer Erinnerungen. Du solltest herkommen.«

Caroline holte hörbar Luft. »Ich weiß nicht, ob ich es ertrage.«

Ruby konnte ihre Schwester verstehen. Noch vor einer Woche wäre es ihr nicht anders ergangen. »Es wird dich nicht umbringen.« Sie verstummte und dachte nach. Es war wichtig, dass sie die richtigen Formulierungen fand, um Caro etwas von dem zu vermitteln, was sie über ihre Familie erfahren hatte. »Man glaubt immer, alles für sich behalten zu müssen. Sobald man nur etwas davon preisgibt, würde man zerbrechen und nicht mehr wissen, wer man ist. Aber das stimmt nicht. Es ist eher, als würde man die Augen in einem Raum öffnen, den man für dunkel gehalten hat. Man gewinnt neue Erkenntnisse, und das gibt einem Kraft.« Sie lachte. »Hilfe, ich höre mich an wie Obi-Wan unter Heroin.«

»Himmel, Rube …« Caro schniefte leise. »Meine kleine Schwester ist endlich klug geworden.«

»Und das kurz vor den Wechseljahren. Aber ich war schon immer sehr begabt. Die Erste meines Jahrgangs, vergiss das nicht.«

»Unter gerade einmal zehn.«

»Und drei sind durchgerasselt. Komm, Caro, komm und besuch uns. Lass uns zusammen über den Strand laufen, Tequila in uns hineinschütten und tanzen. Lass uns herausfinden, wer wir … sind.«

»Ruby!!! Hörst du nicht?« Jetzt brüllte ihre Mutter förmlich.

Ruby gab sich geschlagen. »Ich muss Schluss machen. Überleg es dir, große Schwester. Bitte.«

»Jetzt hörst *du* dich an wie die große Schwester«, entgegnete Caroline, »und ich bin stolz auf dich, Rube. Mach's gut. Bye.«

Ruby fegte die Treppe hinunter. »Großer Gott, brennt es irgend…«

Abrupt blieb sie vor der Küchentür stehen.

Da stand Dean mit einem riesigen Strauß Margeriten in der Hand.

»Oh …« Ruby spürte, wie sie glühend rot wurde.

Mom stand neben dem Tisch und grinste unverhohlen. »Du hast Besuch«, verkündete sie, als könnte ihre Tochter das nicht sehen.

Dean hielt ihr die Blumen hin. »Ich hoffe, du magst Margeriten noch immer.«

Sie nickte.

Er trat noch einen Schritt näher. »Wir müssen miteinander reden.« Er dämpfte die Stimme, und das leise Timbre entsprach dem Flehen in seinen Augen. »Bitte.«

Die zwei kleinen Silben ließen sie erschauern. »Okay.«

Stumm standen sie voreinander und starrten sich an. Schließlich humpelte Mom heran und nahm Ruby die Blumen aus der Hand.

»Ich werde sie in Wasser stellen.«

Verdutzt sah Ruby sie an, machte sich aber bewusst, dass Mütter in einer solchen Situation eben derartige Sprüche draufhatten.

»Danke, Mom.« Sie wandte sich Dean zu. »Und wo wollen wir miteinander reden?«

»Es wäre nicht schlecht, wenn du einen Badeanzug drunterziehen könntest«, lächelte er. »Oh, und Tennisschuhe.

Ich warte draußen auf dich.« Er grinste sie an, küsste ihre Mutter auf die Wange und verließ das Haus.

Ruby hörte seine Schritte draußen auf dem Kies. Sie musterte ihre Mutter. »Hast du das eingefädelt?«

»Natürlich *nicht*.«

»Das war gar keine gute Idee.«

»Du hast weniger Verstand als ein Regenwurm, Ruby Elizabeth. Und jetzt geh hinauf und zieh dich um. Wenn du schon Angst vor einem Ausflug mit deiner ersten Liebe hast, dann erinnere dich wenigstens daran, dass er auch dein bester Freund war.«

Da Ruby darauf nichts einfiel, verließ sie stumm die Küche, lief die Treppe hinauf und musterte den Inhalt ihres Koffers.

Ein Badeanzug. Na prima!

Hatte sie mit Absicht nur schwarze Sachen eingepackt? Oder zog sie sich immer so an? Jedes T-Shirt war mit einem Logo bedruckt: *Megadeath*, UCLA Bruins, *Planet Hollywood*. Ihr Lieblings-T-Shirt zeigte einen Klempner, der sich über ein kaputtes Toilettenbecken beugte. Seine tief sitzenden Hosen gaben große Bereiche seines Hinterteils frei.

Kaum das Richtige für ein Treffen mit ihrer ersten Liebe.

Schließlich entdeckte sie ganz unten im Koffer ein schlichtes, pfirsichfarbenes Top und ausgefranste Jeansshorts.

Sie fuhr sich kurz durch die Haare (Gott sei Dank hatte Mom sie geschnitten), schnappte sich ihre Sonnenbrille und rannte wieder hinunter.

Ihre Mutter saß mit einem Kreuzworträtsel am Küchentisch und trank eine Tasse Tee, als wäre es ein ganz gewöhnlicher Vormittag. »Viel Spaß«, sagte sie, ohne aufzublicken.

»Bis später.« Ruby lief hinaus. Das Erste, was sie bemerkte, waren der süße Duft der Rosen und der salzig-scharfe Geruch nach Meer.

Sie sprang die Verandastufen hinunter, bog um die Hausecke.

Und entdeckte Dean, der mit zwei Fahrrädern am Gartenzaun stand.

Wie angewurzelt blieb sie stehen. »Offenbar hältst du mich für eine Frau, die gern schwitzt.«

Er reichte ihr einen pinkfarbenen Schutzhelm. Ruby verschränkte die Arme. »Ich denke ja gar nicht daran.«

»Was ist, Rube?«, grinste er. »Zu alt zum Radfahren oder nicht genügend in Form?«

Der verdammte Kerl. Er wusste genau, wie sie auf Herausforderungen reagierte. Sie packte die Lenkergriffe und riss das Rad herum. »Ich bin nicht mehr geradelt seit …« Die Erinnerung ließ sie verstummen. »Seit langem nicht mehr.«

Sein Lächeln verblich. Auch er dachte an den Tag, an dem sie ihn zu einer Radtour aufgefordert – und ihm das Herz gebrochen hatte.

Schweigend blickte Ruby ihn an und versuchte seine Gedanken zu lesen. Es gelang ihr nicht. »Also gut«, sagte sie schließlich. »Fahr los.«

Dean sprang in den Sattel und startete. Sie wollte ihn einholen, vielleicht sogar neben ihm fahren, hatte aber maßlose Angst, im Kies über den Lenker abzugehen und als medizinischer Fall im *Discovery Channel* zu enden.

Am Ende der Auffahrt ging er in die Kurve und radelte den Hügel hinauf.

Tapfer versuchte Ruby mit ihm mitzuhalten. Aber am höchsten Punkt der Straße hatten sich ihre Poren in Geysire verwandelt. Schweiß lief ihr in die Augen, ließ sie kaum noch etwas erkennen. Galt Blindradeln als olympische Disziplin?

Und es war warm.

Warm? Heiß!

Sie wollte protestieren, schließlich ging es um das nackte Überleben, hatte aber nicht genug Luft in den Lungen. Nicht einmal für ein kurzes »Stopp!«.

Gerade als ihr Herz den Dienst einstellen wollte, bogen sie in eine Kurve.

Levinger Hill.

Seite an Seite sausten sie die zweispurige Straße hinab. Goldene Wiesen flogen an ihnen vorbei, wie betupft mit Apfelbäumen.

Dean nahm die Hände vom Lenker, streckte die Arme aus ...

Und Ruby glitt in die Vergangenheit zurück. Sie waren wieder vierzehn, in jenem Sommer, in dem sie lernten, freihändig zu radeln, in dem jedes aufgeschürfte Knie als bestandene Mutprobe galt, in dem sie mit ausgebreiteten Armen diesen Hügel hinabsausten, während aus dem Kofferradio *Nothin's gonna stop us now* dröhnte.

Die Straße ging in eine lange S-Kurve über und endete am Eingang zum Trout Lake State Park.

Ruby hätte das Ziel ahnen müssen. »Das ist nicht fair, Dino«, sagte sie leise und fragte sich, ob er sie gehört hatte.

Er hatte. »Was sagt man doch gleich über Liebe und Krieg?«

»Welches von beidem trifft auf uns zu?«

»Das kommt auf dich an. Los! Wer von uns als Erster im Park ist.« Ohne auf eine Antwort zu warten, raste er los.

Es war schummerig auf der baumbestandenen Straße, selbst an diesem warmen Sommervormittag. Hin und wieder durchbrachen Sonnenstrahlen das Laubdach, zeichneten Muster auf den Asphalt. Die Luft war kühl.

Ruby stieg in die Pedale, holte ihn ein. Als sie an ihm vorbeizog, hörte sie ihn leise lachen und wusste, dass sie beide an das Mädchen dachten, das nie verlieren konnte, nicht einmal eine Wettfahrt in den Park.

Die Straße wand sich um eine gewaltige Douglasfichte herum und führte in die Sonne. Ruby sprang vom Rad und lehnte es gegen den hölzernen Ständer.

Sie hörte, wie auch Deans Rad scheppernd am Gestell landete, aber sie lief bereits auf den See zu. Sie hatte ganz vergessen, wie schön es hier war. Umgeben von mächtigen Bäumen und eingebettet in Granit lag der saphirblaue See vor ihr. Wasser plätscherte über die Giant's Lip – einen flachen, vorspringenden Felsen – und ergoss sich in den See.

Überall waren Kinder. Lachend und kreischend spielten sie am Ufer oder schwammen im seichten Wasser.

Dean trat neben sie. »Wie wäre es mit einer kleinen Klettertour?«

Sie lachte. »Ich bin inzwischen erwachsen. Der Waterfall Trail ist etwas für Bergziegen oder Kids, die Pot rauchen oder schmusen wollen.«

»*Ich* schaffe es mit links.«

»Also gut«, seufzte Ruby. »Tun wir, was du nicht lassen kannst.«

Schweigend bahnten sie sich zwischen Picknickern, nach Frisbeescheiben schnappenden Hunden und jauchzenden Kindern ihren Weg zum Westufer des Sees. Sobald sie den Schatten der Bäume erreicht hatten, blieben die Menschen hinter ihnen zurück. Nach und nach verklangen ihre Stimmen. Das Rauschen fallenden Wassers wurde lauter.

Und wieder begann Ruby zu schwitzen.

Der Pfad war felsig und schmal. Korkenzieherähnlich wand er sich in die Höhe, vorbei an Bäumen, Salal und Brombeerranken (die ihr die nackten Arme und Beine zerkratzten).

Schließlich erreichten sie Giant's Lip.

Es war ein grauer Granitfelsen, groß wie ein Swimmingpool und flach wie eine geschliffene Platte. Grünes Moos überzog den Felsen wie ein Fell. Kleine gelbe Blumen blühten inmitten des Mooses. Ein kleiner Wasserlauf, nicht breiter als eine Elle, rann in einer vor Urzeiten gebildeten Furche über den Felsen und stürzte in den See hinunter.

Ruby verließ den Pfad und entdeckte den Picknickkorb. Er stand auf einer schwarzrot karierten Decke, die ihr bekannt vorkam.

Dean berührte ihre Schulter. »Komm.« Er führte sie zu der Decke, die er an einer Stelle ausgebreitet hatte, an der das Moos am dichtesten war.

Sie setzten sich. Dean griff in den Korb, holte eine Thermosflasche heraus und goss Limonade in zwei Gläser.

Ruby leerte ihres mit einem Zug. Dann streckte sie sich aus und stützte sich auf die Ellbogen. Warm brannte die Sonne auf ihre Wangen. »Früher sind wir oft hier gewesen.«

»Hier hast du mir zum ersten Mal gesagt, dass du Komikerin werden möchtest.«

»Wirklich?« Sie lächelte. »Daran kann ich mich gar nicht erinnern.«

»Du wolltest unbedingt berühmt werden.«

»An diesem Wunsch hat sich nichts geändert. Und du wolltest ein erfolgreicher Fotograf werden.« Sie sah ihn nicht an. Es war besser, über die Vergangenheit zu reden, als wären sie lediglich zwei alte Schulfreunde, die sich zufällig wiedergetroffen hatten. »Aber was ist aus dir geworden: ein Firmenboss.«

»Ja ... aber ich wünsche es mir noch immer. Wenn ich könnte, würde ich alles hinwerfen und ganz von vorn anfangen. Geld macht mit Sicherheit nicht glücklich.«

Es war eine beunruhigende Vorstellung, dass er unglücklich sein könnte. »Das kann nur jemand sagen, dessen Familie zu den *Fortune Fivehundred* gehört.«

Er lachte leise. »Ja, vermutlich hast du Recht.«

Stille breitete sich aus, und weil sie sich davor fürchtete, was er vielleicht sagen könnte, brach sie das Schweigen. »Gestern war ich bei Eric.«

»Ich weiß. Er hat sich sehr gefreut.«

Ruby legte den Kopf auf die im Nacken verschränkten Hände. Eine Wolke kam über die Bäume gesegelt. »Ich wünschte, ich hätte den Kontakt zwischen uns nicht abreißen lassen.«

»*Du*?« Dean lachte bitter. »Ich bin sein Bruder, habe ihn aber seit Jahren nicht gesehen.«

Das überraschte Ruby. Sie drehte sich auf die Seite, aber Dean sah sie nicht an. »Ihr habt doch aneinander geklebt wie Pech und Schwefel.«

»Die Dinge können sich ändern, oder?«

»Was ist geschehen?«

Er blickte zum Himmel empor. »Ich scheine ein Problem mit den Menschen zu haben, die ich liebe. Ich lasse mich leicht täuschen.«

»Meinst du seine Homosexualität?«

Endlich sah er ihr in die Augen. »Auch.«

Sie verstand und wusste, dass der Zeitpunkt gekommen war. Seit mehr als zehn Jahren hatte sie den Wunsch – falls sie jemals die Chance dazu erhielt –, Dean zu sagen, was gesagt werden musste. »Es tut mir Leid, Dean«, flüsterte sie. »Ich wollte dich damals nicht verletzen.«

Er setzte sich auf. »Du wolltest mich nicht verletzen? Großer Gott, Ruby, du warst die Welt für mich.«

»Das wusste ich. Aber damals war ... eine schlimme Zeit.«

»Ich habe mich bemüht, für dich da zu sein, nachdem deine Mutter euch verlassen hatte, aber das war nicht leicht. Ständig hast du mit mir herumgestritten. Aber ich sagte mir immer wieder, du würdest schon irgendwann darüber hinwegkommen. Und ich habe dich trotzdem geliebt.«

Ruby hatte keine Ahnung, wie sie ihm ihre Gefühle erklären konnte. Wie sollte sie auch? Sie lernte sich ja gerade erst selbst kennen. »Du warst ganz fest von etwas überzeugt, an das ich nicht glauben konnte. Jedes Mal, wenn ich abends die Augen schloss, habe ich davon geträumt, dass du mich verlässt. In meinen Alpträumen hörte ich deine Stimme, konnte dich aber nirgendwo finden. Ich konnte nicht ertragen, darauf zu warten, dass du mich nicht mehr liebst. Mich verlässt.«

»Woher wolltest du wissen, dass ich dich verlassen würde?«

»Ich bitte dich, Dean. Wir waren noch sehr jung, aber nicht dumm. Ich wusste, dass du ein College besuchen würdest, das für mich nicht in Frage kam. Dass du mich vergessen würdest.«

Er drehte sich auf die Seite, sodass sie einander genau gegenüberlagen. Ihre Gesichter waren einander sehr nahe, und Ruby verspürte den Wunsch, sich in seinen blauen Augen zu verlieren. »Und da hast du mich in die Wüste geschickt, bevor ich es tun konnte?«

Sie lächelte traurig. »In etwa. Aber jetzt lass uns das Thema wechseln. Das sind längst vergangene Dinge, die keinerlei Bedeutung mehr haben. Erzähl mir lieber etwas über dich. Wie lebt es sich als so als Jetset-Junggeselle?«

»Und was ist, wenn ich dich immer noch liebe?«

»Sag so etwas nicht ... Bitte ...«

Er zog sie an sich. Sie schloss die Augen. Es tat unendlich gut, von jemandem in den Armen gehalten zu werden, der etwas für sie empfand.

»Hast *du* aufgehört, mich zu lieben, Ruby?« Er umfasste ihr Gesicht mit beiden Händen und zwang sie so, ihn anzusehen.

Ruby fühlte seinen Atem an ihren Lippen. Eine Sekunde später hörte sie seine Frage. Natürlich, wollte sie sagen, damals waren wir *Kinder* ... Aber als sie den Mund öffnete, kam nur ein leiser Seufzer heraus, der verdammt nach Kapitulation klang.

Seine Lippen berührten ihren Mund, und das Gefühl war vertraut und fremd zugleich. Sie drängte sich an ihn und stöhnte seinen Namen, als sich seine Hände um ihren Nacken schlossen.

Es war ein Kuss, wie sie ihn früher nie ausgetauscht hatten – leidenschaftlich, sehnsüchtig, verzweifelt. Einer jener Küsse, von denen Halbwüchsige keine Vorstellung haben können, ein Kuss zweier Erwachsener, die zu lange einsam waren und wissen, dass Gott ihnen nur diesen kurzen Moment gewährt und das Geschenk zu kostbar ist, um es zu ignorieren. Und für ein paar kurze, atemberaubende Sekunden verblich ihre Vergangenheit wie ein Foto unter intensivem Sonnenlicht.

Als er sich von ihr löste, öffnete Ruby die Augen und sah, dass die inzwischen vergangenen Jahre ihre Spuren auf seinem Gesicht hinterlassen hatten. Sonne, Zeit, Schmerz und Trauer – alles zeichnete sich in seinen Zügen ab.

»Ich habe lange auf eine zweite Chance mit dir gewartet, Ruby.«

Wenn er jetzt sagt, dass er mich liebt, werde ich ihm glauben und ihn wiederlieben, dachte Ruby. Sie schloss die Augen und kämpfte gegen eine Welle der Hilflosigkeit an. Verzweifelt wünschte sie sich, reifer geworden zu sein, sich durch die letzten Tage gründlich geändert zu haben. Doch so einfach war das nicht.

Ihre Furcht vor dem Verlassenwerden saß tief. So tief, dass sie sich wie gelähmt fühlte.

Sanft schob Ruby ihn von sich. »Ich schaffe es nicht. Es geht – zu schnell. Du hast schon immer zu viel von mir gefordert.«

»Verdammt, Ruby.« Sie hörte die Enttäuschung in seiner Stimme. »Bist du denn gar nicht erwachsen geworden?«

»Ich will dir nicht noch einmal wehtun«, erklärte sie heftig.

Er legte eine Hand an ihre Wange. »Ach, Rube ... Schon wenn ich dich ansehe, tut es weh.«

Sie fühlte sich einsamer als jemals zuvor. Sein Kuss hatte ihr eine Welt gezeigt, in der Leidenschaft ein Bestandteil der Liebe war, aber nicht ihr größter, in der ein Kuss vom richtigen Mann zum richtigen Zeitpunkt eine Frau in Tränen ausbrechen lassen konnte. »Ich kann dir nicht geben, was du von mir verlangst. Es ist mir nicht möglich.«

Er strich ihr eine Haarsträhne aus der Stirn und ließ die Fingerspitzen eine Sekunde lang an ihren Schläfen ruhen. »Als ich siebzehn war, bist du vor mir davongelaufen. Aber ich bin kein Teenager mehr, und wir wissen beide, dass es zwischen uns nicht zu Ende ist. Noch lange nicht.«

20. Kapitel

Dean folgte Ruby zum Pfad zurück. Sie schwiegen, aber um sie herum hörten sie tausend Geräusche. Vögel zwitscherten und sangen in den Bäumen über ihnen, Eichhörnchen schnatterten, Wasser plätscherte in den See.

Im Park angekommen, warf er ihr unausgepacktes, ungegessenes Picknick in eine Abfalltonne. Er faltete die Decke zusammen, legte sie sich um die Schultern und kletterte auf sein Rad.

Kurz vor dem Sommerhaus hielt er am Straßenrand an und stieg ab.

Ein paar Meter voraus hörte Ruby das leise Quietschen der Bremsen und drehte sich zu ihm um. »Ja, vermutlich sollten wir uns hier verabschieden.«

Die Unsicherheit in ihrem Tonfall gab ihm Hoffnung. Auch wenn Ruby ihn abwies, sie kannte die Wahrheit. Er sah es in ihren Augen, hörte es in ihrer bebenden Stimme, hatte es in ihrem Kuss gespürt. »Für den Moment.«

»Es war nicht mehr als ein Kuss«, stellte sie fest. »Es besteht kein Anlass, eine *Love Story* daraus zu machen.«

Er kam auf sie zu. »Ich glaube, du verwechselst mich mit einem deiner Hollywoodtypen.«

Sie wollte vor ihm zurückweichen, das sah er genau. »Was meinst du damit?«

Inzwischen war er nahe genug, sie zu berühren, zu küssen, aber er blieb stehen und tat nichts davon. »Du kannst leugnen, so viel du willst, aber der Kuss *hatte* etwas zu bedeuten. Heute Abend im Bett werden wir beide an ihn denken.«

Ruby errötete. »Du hast mich als junges Mädchen gekannt. Das heißt nicht, dass du mich immer noch kennst.«

Dean lächelte. Diese spröde Abwehr entsprach genau der sechzehnjährigen Ruby. »Du magst vielleicht eine Schutzmauer um dich aufgebaut haben, aber dein Herz hat sich nicht verändert. Irgendwo in deinem Innern bist du noch immer das Mädchen, in das ich mich verliebt habe.« Und schließlich berührte er sie doch, strich ihr zart und flüchtig über die Wange.

Er hätte gern mehr getan, sie an sich gezogen und ihr zugeflüstert, wie sehr er sie liebte, doch das wagte er nicht. Noch nicht.

»Noch Jahre nach unserer Trennung habe ich häufig geglaubt, dich irgendwo zu sehen«, gestand er leise. »Jedes Mal, wenn ich um eine Ecke bog, an einer Ampel warten musste oder ein Flugzeug bestieg, dachte ich: Da ist sie. Ich rannte auf die betreffende Frau zu, tippte ihr auf die Schulter – aber als sie sich umdrehte, sah ich mich einer völlig Fremden gegenüber. Und ich gehe auf dem Bürgersteig noch immer ganz rechts, weil du gern links läufst.«

Ihre Lippen zitterten. »Ich habe Angst.«

»Das Mädchen, das ich kannte, hatte vor nichts Angst …«

»Dieses Mädchen gibt es schon lange nicht mehr.«

»Wirklich? Ist nicht zumindest ein wenig von ihm geblieben?«

Ruby sah ihn lange schweigend an, dann drehte sie sich um.

Dean wusste, dass sie nicht antworten würde. »Okay«, seufzte er. »Diese Runde geht an dich.« Er schlenderte zu seinem Rad, stieg in den Sattel.

»Warte.«

Er sprang so schnell wieder vom Rad, dass er um ein Haar gestürzt wäre. Scheppernd fiel es auf die Erde. Ruby sah ihn an wie … Wie damals, als sie als Neunjährige auf

Finnegans Farm von der Eiche gefallen war oder als sie sich drei Jahre später beim Rollschuhlaufen auf der Front Street den Arm gebrochen hatte.

Ruby kam einen Schritt auf ihn zu. Er war sich nicht sicher, aber sie sah aus, als würde sie gleich weinen müssen. »Du scheinst unglaublich überzeugt zu sein.«

Er lächelte. »Von dir habe ich gelernt, was Liebe ist, Ruby. Jedes Mal, wenn du mir mit einem Händedruck die Angst genommen, mich beim Football angefeuert hast oder ich eine Nachricht von dir in meinem Spind vorfand, ein bisschen mehr. Vielleicht hielt ich das als Junge für selbstverständlich, aber ich bin kein Kind mehr. Ich habe viele Jahre allein verbracht, und jedes Mädchen, jede Frau, mit der ich mich traf, erinnerte mich nur wieder daran, wie wundervoll und einmalig unsere Freundschaft war.«

»Meine Eltern waren auch etwas Besonderes«, entgegnete sie zögernd. »Genau wie du und Eric.«

»Du bist also überzeugt, dass Liebe stirbt.«

»Und das tut weh, sehr weh.«

Es schmerzte ihn, wie sehr ihre Erfahrungen sie verletzt und verändert hatten. »Okay. Liebe kann wehtun. Das will ich nicht bestreiten. Aber weniger als Einsamkeit?«

»Ich bin nicht einsam.«

»Du lügst.«

Ruby wandte sich ab, bestieg ihr Rad und fuhr weiter zum Haus.

»Wie du willst«, rief er ihr nach. »Ergreif nur die Flucht, lauf vor dir selbst davon. Aber weit wirst du nicht kommen.«

Ruby war sich sicher, dass ihre Mutter auf sie wartete. Wahrscheinlich saß sie am Küchentisch oder im Schaukelstuhl auf der Veranda und tat unauffällig beschäftigt. Mit einer Handarbeit vielleicht, sie hatte früher gern gestrickt.

Ruby hörte auf, in die Pedale zu treten, und das Rad rollte nur noch. Als sie beim Minivan angekommen war, sprang sie ab, lehnte das Fahrrad an den Gartenschuppen und lief auf das Haus zu. Das Gartentor quietschte jämmerlich, es hörte sich an wie das Schluchzen einer Frau.

Als sie die Küche betrat, stand ihre Mutter am Herd und rührte in einem Topf. Sie trug ihre alte Schürze mit dem aufgedruckten Slogan: »Eine Frau gehört ins Haus – und in den Senat.«

Überrascht hob sie den Kopf. »Ruby! So bald habe dich gar nicht erwartet.« Sie warf einen Blick zur Tür. »Wo ist denn Dino?«

Ruby blieb stumm. Sie wollte, konnte sich nicht unterhalten. Es roch nach Pot Roast, nach mit Karotten, Kartoffeln und Lauch geschmortem Rindfleisch. Auf einem Backblech legten Hefebrötchen an Höhe und Umfang zu. Und wenn sich Ruby nicht irrte, rührte ihre Mutter in einem Topf mit Vanillesauce.

Sie bereitete Rubys Lieblingsgericht zu.

Im Moment konnte Ruby sich nicht entscheiden, was schlimmer war: Dass Mom sich solche Mühe gab oder dass Dean nicht mitessen konnte. Sie wusste nur, wenn sie die Küche nicht schnell wieder verließ, würden ihr die Tränen kommen.

»Dean ist nach Hause gefahren«, murmelte sie.

Ihre Mutter runzelte flüchtig die Stirn. Sie stellte das Gas ab, legte den Rührlöffel quer über den Topf, griff nach ihren Krücken und hinkte auf Ruby zu. Ihre Schritte klangen so unbeholfen und holperig wie Rubys Herzschlag. »Was ist passiert?«

»Ich weiß auch nicht. Wir haben einen Schlusspunkt hinter einen langen Abschied gesetzt, nehme ich an.« Sie zuckte mit den Schultern.

»Dean ist nicht Max«, sagte ihre Mutter. »Bei Dean kannst du nicht von der Seitenlinie aus zusehen. Und es wird nicht schmerzlos enden.«

»Ich liebe ihn. Aber das reicht nicht. Und außerdem glaube ich nicht an die Dauerhaftigkeit der Liebe.«

»Emotionalität, Leidenschaftlichkeit ist ein großes Geschenk. Aber Liebe erfordert Vertrauen.«

»Das habe ich vor langem verloren.«

»Nur zu verständlich. Und du hast jedes Recht, deinem Dad und mir die Schuld daran zu geben. Aber jetzt kommt es nicht mehr darauf an, wer Schuld hat. Es kommt auf *dich* an. Kannst du dich ohne Netz und doppelten Boden auf die Liebe einlassen? Du verlangst Garantien, aber die gibt es nur beim Kauf von Gebrauchtwagen. Nicht bei der Liebe.«

»Ja, das stimmt. Liebe bringt einen in die Nervenheilanstalt.«

Mom lachte. »Sie macht uns alle ein bisschen närrisch, glaube ich.«

Es tat Ruby gut, sich auf diese Weise mit ihrer Mutter unterhalten zu können. Wie mit einer Freundin. Nie hätte sie geglaubt, dass es dazu einmal kommen würde.

Und es stimmte. Die Liebe machte alle Menschen ein wenig verrückt. In all den Jahren, in denen sie aus Zorn auf ihre Mutter deren Geschenke ungeöffnet zurückgeschickt hatte, war es nicht um das Gefühl gegangen, verraten und im Stich gelassen worden zu sein.

Sondern um Sehnsucht. Ausschließlich um Sehnsucht.

Sie hatte ihre Mutter so sehr vermisst, dass sie so tun musste, als wäre sie allein auf der Welt, um überhaupt weiterleben zu können.

Jetzt bin ich nicht mehr allein …

Dieser kleine Satz zeigte Ruby den Weg zu sich selbst. Sie sprach ihn nicht laut aus. Denn wenn sie das tat, würde ihre Stimme klingen wie die eines Kindes: ebenso verwirrt wie glücklich. Und sie müsste weinen.

Ich kann den Artikel nicht schreiben …

»Ich muss kurz hinauf«, sagte sie und bemerkte die Verblüffung auf dem Gesicht ihrer Mutter. Es war ihr egal. Sie rannte die Treppe hinauf und rief Val an.

Nach dem zweiten Klingeln meldete sich Maudeen. »Lightner und Partner. Was kann ich für Sie tun?«

»Hi, Maudeen. Hier Ruby Bridge. Ist der große Zampano zu sprechen?«

Maudeen lachte. »Er ist mit Julian zu einer Premiere in New York. Am Montag erwarte ich ihn zurück, aber er ruft zwischendurch immer mal wieder an.«

»Okay. Bitte sagen Sie ihm, dass mit meinem Artikel nichts wird.«

»Sie meinen, Sie können die Abgabefrist nicht einhalten?«

»Ich werde ihn überhaupt nicht abliefern.«

»O weh. Dann sollten Sie mir lieber Ihre Adresse und Telefonnummer geben. Er wird mit Ihnen sprechen wollen.«

Ruby nannte beides und legte auf. Sie war sich nicht bewusst, nach ihrem Block gegriffen zu haben. Aber er lag bereits auf ihren Knien. Langsam begann sie zu schreiben.

»Gerade eben habe ich versucht, meinen Agenten zu erreichen. Wenn er zurückruft, werde ich ihm mitteilen, dass ich diesen Artikel nicht abliefern kann. Offenbar habe ich mir nie richtig klar gemacht, was es bedeutet, meine Mutter in aller Öffentlichkeit preiszugeben.

Ist es zu glauben, wie blind ich war? Ich nahm das Geld an – meine dreißig Silberlinge – und gab es für ein schnelles Auto und teure Klamotten aus wie ein unreifes Kind.

Ohne nachzudenken.

Ich habe geträumt. Phantasiert. Ich sah mich schon bei Letterman und Leno, wie ich mir als Talkgast mit Witz und Charme eine tolle Karriere aufbaue. Ich habe keinen einzigen Gedanken darauf verschwendet, dass ich auf Kosten meiner Mutter nach dem Mikrofon greifen würde.

Wie immer drehten sich meine Träume nur um mich.

Jetzt denke ich an die mir nahe stehenden Menschen und kenne den Preis meines egoistischen Verhaltens.

Ich muss an die Bibelworte denken, die bei jeder Trauung zitiert werden: Als ich ein Kind war, sah ich mit den Augen eines Kindes.

Jetzt sehe ich mit den Augen eines Erwachsenen. Vielleicht zum ersten Mal in meinem Leben. Der Artikel würde meiner Mutter das Herz brechen. Vor einer Woche hätte mir das absolut nichts ausgemacht. Ich *wollte* ihr sogar wehtun.

Meine einzige Entschuldigung: Da war ich noch ein Kind.

Ich kann ihr den Artikel nicht mehr antun, und auch mir nicht. Zum ersten Mal habe ich den Vorhang meiner zornigen Verbitterung gelüftet und sehe die Helligkeit dahinter.

Ich kann wieder Tochter sein, die Tochter meiner Mutter.

Selbst beim Schreiben spüre ich die Faszination dieses Satzes. Das Glück, das sich dahinter verbirgt. Ich kann Ihnen – Fremden – nicht einmal annähernd vermitteln, wie schmerzlich und quälend es ist, mutterlos zu sein …

Sie ist die Hüterin meiner Vergangenheit. Sie kennt die Ereignisse und Erfahrungen, die mich geformt haben, und trotz allem, was ich ihr angetan habe, kann ich fühlen, dass sie mich noch immer liebt.

Wird mich ein anderer Mensch jemals so bedingungslos lieben?

Ich bezweifle es.

Das darf ich nicht verspielen. *Cache'* wird sich jemand andern für ›Enthüllungen‹ über meine Mutter suchen müssen. Ich komme dafür nicht in Frage.«

Als sie ihre Entscheidung in blauer Schrift auf weißem Papier vor sich sah, fühlte Ruby sich besser.

Die Marina von Friday Harbor wimmelte von Leben. Boote legten an, liefen aus, Kinder rannten mit Fangnetzen über die Zementdocks, Segler brachten Proviant zu ihren Schiffen.

Der Ort war das Zentrum des US-amerikanischen Bereichs des Archipels. Seit mehr als hundert Jahren kamen Inselbewohner hierher, um Lebensmittel einzukaufen, Boote reparieren zu lassen und den neuesten Klatsch auszutauschen. In Friday Harbor fand sich eine reizvolle Mischung aus alten Häusern und neuen Gebäuden, die mit Achtung vor der Vergangenheit errichtet worden waren. Fußgänger, Radfahrer und Autos teilten sich die Main Street, aber trotzdem hupte es nur selten. Wie auf allen Inseln setzte man auch auf San Juan seit langem auf den Tourismus. Im Ortszentrum reihten sich Kunstgalerien, Souvenirgeschäfte und Restaurants aneinander. Mit Preisen, die Einheimische auf andere Inseln ausweichen ließen, und Kalifornier dazu verlockte, alles gleich doppelt zu kaufen.

Ziellos schlenderte Dean durch die Straßen. Es überraschte ihn, wie niedergeschlagen er sich fühlte. Mit Ruby war schließlich noch nie etwas einfach gewesen. Wie sollte es da in Sachen Liebe anders sein?

Als er ein Fotogeschäft sah, ging er hinein. Aus einer Laune heraus kaufte er eine Billigkamera und genügend Filme, um eine ganze Fotosafari auszustatten. Irgendwann hörte er die Fährensirene. Er sprang auf sein Rad und sprintete zur Anlegestelle. Er kam so spät, dass er gerade noch nach dem letzten Auto an Bord fahren konnte.

Auf Lopez Island hielt er vor dem Supermarkt, um ein paar Dinge einzukaufen, und fuhr dann, so schnell er konnte, zum Haus. Als er dort ankam, senkte sich die Sonne bereits dem Horizont zu. In der Küche putzte Lottie Gemüse fürs Abendessen. Er rief ihr einen kurzen Gruß zu und rannte die Stufen zu Erics Zimmer hinauf.

»Na, Bruder?« Mühsam richtete sich Eric ein wenig im Bett auf. »Wie war die Radtour?«

»Rat mal, was ich dir mitgebracht habe.« Er öffnete die Isoliertüte und zog ein Eis am Stiel heraus.

Erics Augen wurden ganz groß. »Ein *Rainbow Rocket*. Ich wusste gar nicht, dass es die immer noch gibt.«

Dean zog die feuchte, weiße Umhüllung ab und streckte Eric das regenfarbenbunte Eis entgegen, musste es aber weiterhin halten. Die Hände seines Bruders waren zu schwach, aber Erics Gesicht strahlte wie das eines kleinen Jungen.

Eric schloss die Augen und leckte hingebungsvoll an dem Eis. Als er fertig war, lehnte er sich zufrieden seufzend in die Kissen. »Wundervoll. Ich hatte ganz vergessen, wie gern ich das früher geschleckt habe.«

»Ich nicht«, sagte Dean. »In letzter Zeit fallen mir viele Dinge wieder ein.«

»Beispielsweise?«

»Erinnerst du dich an das Fort, das wir auf Mistress' Nutters Grundstück aus Feuerholz gebaut haben? Als sie uns erwischte, jagte sie uns mit einem Besen von ihrem Land ...«

»Und beschimpfte uns kreischend als verwöhnte, nichtsnutzige Rangen.«

»Sie drohte, es unseren Eltern zu sagen.«

»Und wir erwiderten, Mom wäre auf Barbados, und ein Anruf würde sie ein Vermögen kosten.« Erics Lachen ging in ein krampfhaftes Husten über, das sich nur langsam beruhigte.

»Und da ist noch etwas ...« Dean ging in sein ehemaliges Zimmer und kehrte mit einem Comicheft zurück.

Verblüfft blickte Eric ihn an. »Mein *Batman*! Das einzige Heft, das mir jemals verloren ging.«

»Es ging nicht verloren«, lächelte Dean. »Dein kleiner Bruder hat es entwendet, weil er nicht mit deinem tollen

Skateboard fahren durfte. Und dann wusste er nicht, wie er es dir zurückgeben sollte.«

Schmunzelnd griff Eric nach dem Heft und blätterte darin. »Mir war von Anfang an klar, dass du es geklaut hast.«

»Soll ich dir daraus vorlesen?«

Eric ließ den Comic auf die Bettdecke sinken. »Ach, lieber nicht. Ich bin zu müde. Unterhalte dich einfach ein bisschen mit mir.«

Dean zog sich einen Stuhl neben das Bett. »Ich habe eine kleine Radtour mit Ruby gemacht.«

»Und?«

»Nun, sie ist mir nicht gerade um den Hals gefallen.«

Eric lachte. »Typisch Ruby. Nur keinen Zentimeter nachgeben. Hast du ihr gesagt, dass du sie liebst?«

»Angedeutet. Ich habe gefragt, was sie dazu sagen würde, wenn ich nie aufgehört hätte, sie zu lieben.«

Eric verdrehte die Augen. »Immer dezent und diskret, was? Mit diesem Spruch wirst du keinem Mädchen Stürme der Begeisterung entlocken.«

»Woher willst *du* das wissen?«

»Da besteht kein großer Unterschied. Liebe ist Liebe, und zu der gehört nun einmal ein bisschen Romantik. Und offen gestanden solltest du dich wirklich beeilen. Schließlich möchte ich noch erleben, dass du glücklich wirst.«

»Du weißt, dass ich davon nichts hören will.«

»Trotzdem. Wann wird Runde zwei eingeläutet?«

Dean seufzte. »Keine Ahnung. Ich werde mir eine Strategie überlegen müssen. Vielleicht bietet sich auch am Sonnabend irgendeine Möglichkeit. Bei unserem Segeltörn.«

»Du liebst sie doch, oder?«

»Ich habe wohl nie aufgehört sie zu lieben. Ich wollte sie vergessen, aber es gelang mir nicht. Sie ist noch immer das Mädchen meiner Träume, mit dem ich jede andere Frau vergleiche. Aber das heißt noch lange nicht, dass sie mich ebenfalls liebt. Oder uns eine Chance gibt, wenn es so ist.«

»Lass dich nicht wieder von ihr vor den Kopf stoßen.«

»Das sagt sich so leicht. Ich kann sie nicht bedrängen. Ich *will* sie nicht bedrängen. Wenn sie sich eine gemeinsame Zukunft wünscht, muss sie auch ein wenig dafür tun.«

»Nun, ich hoffe, dieses Durcheinander findet bald einen guten Abschluss. Ich will nämlich unbedingt dein Trauzeuge sein.«

»Das wirst du«, versicherte Dean. Die Blicke der Brüder trafen sich, und die wehmütige Trauer in Erics Augen entging Dean nicht. Sie gaben sich beide Tagträumen hin. Es war nicht daran zu denken, dass Eric im Smoking neben Dean vor dem Altar stehen konnte.

»Ich danke dir, dass du nach Hause gekommen bist, Dino. Ohne dich wäre ich vermutlich verzweifelt.«

Nach Hause … Die beiden Worte hallten in Dean nach. Er hatte gewusst, wie schwer es sein würde, seinen Bruder sterben zu sehen, sich aber bis zu diesem Punkt nicht klar gemacht, dass es damit nicht zu Ende wäre. Dieser zeitlich unbestimmte Abschied war alles, was ihnen noch blieb, und in den trostlosen Tagen nach Erics Tod würde sich Dean daran erinnern müssen.

Wem sollte er es dann erzählen, wenn Ruby ihm ihre Liebe gestand? Wer würde lachend erwidern: »Womit hast du Gott eigentlich so verärgert, dass Er dir Ruby als erste und einzige Liebe ausgesucht hat?«

Es gab noch so vieles zwischen ihnen zu sagen, aber wo sollte Dean beginnen? Wie konnte man ein ganzes Leben in wenigen Tagen Revue passieren lassen? Und was war mit den Dingen, die ihnen entgingen, die unabsichtlich unausgesprochen blieben? Was wäre, wenn Dean in einer ohne Eric irgendwie leeren Welt an nichts anderes mehr denken konnte als an das, was er ihm unbedingt hätte sagen sollen?

»Hör auf. Bitte«, sagte Eric plötzlich.

Dean fuhr zusammen und erkannte, dass er zu lange geschwiegen hatte. Tränen standen in seinen Augen. Unauffällig versuchte er sie wegzuwischen. »Womit?«

»Du versuchst gerade, dir die Welt ohne mich vorzustellen.«

»Ich kann sie mir ohne dich nicht vorstellen.«

Eric hob den Arm. Seine blasse, von blauen Adern durchzogene Hand legte sich auf Deans Finger und drückte fest zu. »Wenn mich der große Jammer packt, denke ich an das, was war, und nicht an das, was kommt. Ich erinnere mich, wie wir im Camp Orkila *Red Rover/Red Rover* gespielt haben. Oder wie du mit übergeschlagenen Beinen und geschlossenen Augen in deinem Zimmer gehockt und versucht hast, dein Spielzeug meditativ an Ort und Stelle zu befördern, wenn Lottie wollte, dass du endlich aufräumst.« Erschöpft fielen ihm die Lider zu. »Ich erinnere mich daran, wie ich Charlie kennen gelernt habe. Er bereitete in der Collegecafeteria gerade ein Sandwich zu. Meistens erinnere ich mich nur an das, was ich erlebt habe, nicht an das, was mir zwangsläufig entgeht.«

Deans Kehle war wie zugeschnürt. Er brachte keinen Ton heraus.

»Und am glücklichsten bin ich über dich«, fügte Eric leise hinzu und so undeutlich, als würde er in den Schlaf hinübergleiten. »Seit du hier bist, kann ich wieder träumen. Das ist wie ein Geschenk …«

»Träume«, sagte Dean leise, legte die schlaffe Hand seines Bruders auf die Bettdecke und strich ihm über die heiße Stirn. »Träume alles, was du willst, aber auch davon, dass du der klügste, tapferste und beste Bruder bist, den man sich vorstellen kann.«

Nora saß auf der Veranda. In dieser Stunde zwischen Tag und Traum war der Himmel von geradezu magischer Bläue überzogen.

Die Gazetür öffnete sich und fiel wieder zu. »Ich habe dir eine Tasse Tee gebrüht«, sagte Ruby und trat in den Schein der Verandalampe. »Constant Comment mit Milch und Zucker. Richtig?«

»Vielen Dank. Komm, leiste mir ein bisschen Gesellschaft.«

Ruby setzte sich auf den Schaukelstuhl und streckte die Beine auf dem kleinen Glastisch aus. »Ich habe nachgedacht.«

»Im Medizinschränkchen im Bad ist Aspirin.«

»Sehr komisch. Ich habe keine Kopfschmerzen, sondern – Gewissensbisse, Schuldgefühle.«

Prüfend sah Nora sie an.

»Ich glaube, ich war ziemlich mies.«

»Sag das nicht. Du konntest nicht anders.«

»Mit dieser Antwort kann ich mich nicht mehr zufrieden geben.« Ruby lächelte traurig. »Nachdem du uns verlassen hattest, war ich Dean gegenüber geradezu scheußlich.«

»Das ist doch verständlich.«

»Mag sein. Ich war verzweifelt und verwirrt. Aber wie durfte ich von Dean Liebe erwarten, wenn ich nicht liebenswert war, wenn ich ihn nicht an mich heranließ? Ich habe von ihm ganz selbstverständlich Liebe verlangt – ohne jede Gegenleistung. Und dann habe ich auch noch mit einem anderen geschlafen – nur, um herauszufinden, ob Dean mich trotzdem liebt. Kaum überraschend, dass er es nicht konnte.« Sie beugte sich vor, stützte die Ellbogen auf ihre Schenkel und sah Nora an. »Und dir gegenüber habe ich mich sogar noch widerlicher benommen. Du hast mich in all diesen Jahren durch Geschenke, Briefe und Nachrichten auf meinem AB wissen lassen, dass du etwas für mich empfindest, dass es dir Leid tut. Aber ich war sogar noch *stolz* darauf, dich zu verletzen. Genau das hättest du verdient, dachte ich. Also widersprich mir bitte nicht, wenn ich sage, dass ich für meine Verzweiflung im Grunde selbst verantwortlich bin.«

Nora lächelte. »Das sind wir alle. Mehr oder weniger. Wenn wir das endlich erkennen, sind wir erwachsen. Kannst du dich an die Erdbeerbonbons erinnern, die immer in deinem Osternest lagen?«

»Natürlich.«

»Ihr habt sie geliebt, Caro und du. Kleine, harte Bonbons mit einem weichen Kern aus Erdbeermark. Du ähnelst ihnen, Ruby. Um deinen weichen Kern zu schützen, hast du dir eine harte Schale zugelegt. Aber das ist keine Lösung. Ich weiß, dass du der Liebe nicht trauen kannst, woran ich nicht unschuldig bin, aber ein Leben ohne Liebe ist nur das halbe Leben. Vielleicht siehst du das jetzt ein. Ohne Liebe ist man unendlich einsam.«

Ruby blickte in die Ferne. »Als ich mit Max zusammenlebte, war ich einsam.«

»Weil du ihn nicht geliebt hast.«

»Ich wollte es. Vielleicht hätte ich mir mehr Mühe geben müssen.«

»Ich glaube nicht, dass man sich zur Liebe überreden oder zwingen kann. Sie – trifft einen. Wie ein Blitz.«

»Der einen in Flammen setzt.«

»Und zum Verglühen bringt«, schmunzelte Nora.

»Und das Herz stillstehen lässt.«

Nora wurde wieder ernst. »Du solltest Dean eine Chance geben. Bleib noch ein paar Tage und warte ab, was geschieht. Aber natürlich, wenn du wegen deiner Karriere nach Los Angeles zurückmusst …«

»Wegen welcher Karriere?« Als die Worte heraus waren, hätte sich Ruby am liebsten auf die Lippe gebissen.

»Was soll das heißen?«

»Für einen wirklichen Erfolg bin ich einfach nicht witzig genug.«

Mit der Feststellung schien Ruby etwas zu verlieren. Plötzlich sah sie sehr jung und verletzlich aus.

Einen Moment lang fühlte sich Nora verunsichert. Was wünschte sich ihre Tochter? Ehrlichkeit, Mitgefühl oder Widerspruch?

Sie wusste es nicht. Sie konnte sich nur an die frühere Ruby wenden, die stets offen bis zur Direktheit war und auch vor unangenehmen Wahrheiten nicht zurückschreckte.

»Natürlich bist du witzig. Du hattest schon immer einen brillanten Sinn für Humor. Aber reicht das für einen Beruf? Um deinen Lebensunterhalt damit zu verdienen? Hast du dich ausbilden lassen und die Alltagskomik so umfassend studiert wie Robin Williams, Richard Pryor oder Jerry Seinfeld? Hast du dich gründlich genug informiert, *warum* ihre Programme so umwerfend komisch sind?«

Ruby wirkte verblüfft. »Du hörst dich an wie mein Agent. Er hat mir immer zu einer Ausbildung geraten. Früher zumindest. Inzwischen scheint er mich – aufgegeben zu haben.«

»Und warum bist du seinem Rat nicht gefolgt?«

»Ich dachte, es ginge vor allem um Talent.« Ruby grinste kläglich.

»Meistens ist Disziplin wichtiger als Talent.« Nora musterte ihre Tochter nachdenklich. »Sind deine Texte originell und witzig?«

»Ich denke schon. Mein Vortrag lässt zu wünschen übrig. Und die Bühne macht mich unsicher.«

Nora erinnerte sich und musste lächeln.

»Mom? Du schließt mich aus.«

»Entschuldige. Ich kenne einen deiner Auftritte. Ein Leser hatte mir ein Band geschickt.«

Ruby wurde blass. »Tatsächlich?«

»Umwerfend fand ich es nicht, muss ich zugeben. Ich weiß noch, dass du mich an ein Häschen erinnert hast: Auf den ersten Blick rührend und sanft, aber durchaus imstande, seine Jungen zu verputzen.« Sie lachte. »Deine Texte haben mich überzeugt, doch das war nicht überraschend. Ich habe dich in dieser Hinsicht schon immer für sehr begabt gehalten.«

»Im Ernst?«

»Deine Aufsätze und Geschichten waren hinreißend. Du hattest eine erstaunliche Fähigkeit, den Dingen auf den Grund zu gehen.«

Ruby musste schlucken. »Schreiben macht mir Spaß. Ich glaube, ich bin nicht allzu schlecht. Kürzlich habe ich sogar daran gedacht, ein Buch zu schreiben.«

»Du solltest es auf jeden Fall versuchen.«

Ruby biss sich auf die Lippe, wandte den Blick ab, und Nora erkannte, dass sie einen Schritt zu weit gegangen war. »Tut mir Leid. Ich wollte dir keine Vorschriften …«

»Schon gut, Mom. Es ist nur so, dass ich schon angefangen hatte, über uns, über unsere Familie zu schreiben. Aber dann fand ich es allzu persönlich. Ich wollte … niemanden kränken.«

Sie sah Nora direkt an, und der Ausdruck in ihren Augen machte ihre Mutter betroffen. »Manchmal ist das nicht zu vermeiden, Ruby. Wir können nicht verhindern, irgendwann im Leben einem anderen Menschen wehzutun. Alle entsprechenden Versuche enden in absoluter Isolation.«

»Ich würde dich nie verletzen«, sagte Ruby leise.

Bevor Nora antworten konnte, näherte sich ein Auto und parkte. Der Motor erstarb. Eine Wagentür wurde heftig zugeschlagen.

Ruby sah über den Garten hinweg. »Erwartest du Besuch?«

»Nein.«

Schritte knirschten über den Kies. Ein Gartentor quietschte in den Angeln.

Jemand kam die Verandastufen herauf und trat ins Lampenlicht.

21. Kapitel

Fassungslos starrte Nora ihre ältere Tochter an. »Caroline?«, flüsterte sie und setzte ihre Teetasse auf dem Beistelltisch ab.

»Ich glaube es nicht!« Ruby sprang auf und schlang die Arme um ihre Schwester.

Unbewusst hielt Nora den Atem an. Ihre Töchter zusammen, auf der Veranda des Hauses auf Summer Island. Früher hätte sie die beiden eng an sich gezogen, aber nach allem, was in den letzten zehn Jahren geschehen war, kam sie sich vor wie durch eine dicke Glasscheibe von den beiden getrennt.

Mühsam kam Nora auf die Füße. »Wie schön, dich zu sehen, Caro.«

Caroline entzog sich Rubys Umarmung. »Hallo, Mutter«, lächelte sie, wenn auch leicht angespannt. Das konnte sie schon als Kind: Unter allen Umständen lächeln, ganz unabhängig davon, wie ihr zumute war.

»Einfach toll«, erklärte Ruby. »Meine große Schwester ist zu einer Pyjamaparty nach Hause gekommen. Das gab es seit Miranda Moores Geburtstag nicht mehr.«

Nora studierte ihre ältere Tochter unauffällig. Caroline trug edle, weiße Leinenhosen zu einer blassrosa Seidenbluse. Keine Strähne ihrer silberblonden Haare hatte sich selbständig gemacht, ihr Make-up war tadellos. In der Hand hielt Caroline eine elegante Reisetasche.

Dennoch glaubte Nora bei aller Perfektion eine seltsame Zerbrechlichkeit zu entdecken. Als würde sie irgendeinen geheimen Kummer verbergen. In ihren grauen Augen schien eine verschwiegene Traurigkeit zu schimmern.

Plötzlich fragte sich Nora, was ihre Tochter nach Summer Island geführt hatte. Caroline hatte noch nie zu spontanen Entschlüssen geneigt. Sie plante sogar Einkaufsausflüge lange im Voraus und trug sie in ihren Kalender ein. Ein unangekündigter Logierbesuch nach fünfstündiger Autofahrt schien so gar nicht zu ihr zu passen.

Nora spähte über Caros Schulter. »Wo sind die Kinder?«

»Ich habe sie bis morgen zu Jeres Mutter gebracht. Ich bin allein gekommen.« Nervös sah Caroline sie an. »Ich hoffe, es macht dir nichts aus. Natürlich hätte ich vorher anrufen sollen ...«

»Machst du Witze? Ich habe doch buchstäblich darum *gebettelt*, dass du kommst«, lachte Ruby.

Sie schlang einen Arm um die schmalen Schultern ihrer Schwester, und die beiden jungen Frauen gingen ins Haus.

Nora folgte ihnen langsam und hörte Rubys gedämpfte Frage: »Ist zu Hause alles in Ordnung?« Aber Caro antwortete so leise, dass Nora kein Wort verstand.

Sie fühlte sich wie das fünfte Rad am Wagen. Abrupt blieb sie stehen und räusperte sich. »Vielleicht sollte ich euch eine Weile allein lassen. Damit ihr euch unter vier Augen aussprechen könnt.«

Ihre Töchter hatten das Wohnzimmer fast erreicht. Jetzt drehten sich beide um. Carolines Miene war sonderbar ausdruckslos. »Findest du nicht, dass uns genau so etwas in diese jämmerliche Lage gebracht hat?«, fragte Ruby.

»Ich dachte doch nur ...«

»Ich weiß, was du dachtest«, unterbrach Ruby sie sanft.

Caroline ging weiter. Ihre linke Hand krampfte sich fest um die Griffe ihrer Tasche. Nora konnte die Furcht ihrer älteren Tochter fast körperlich spüren. Die arme Caro ... Sie vertraute offenbar darauf, auch über zu dünnes Eis schlittern zu können, wenn sie sich nur vorsichtig genug bewegte.

»Wie ist es?«, fragte Caroline mit einem flüchtigen Lächeln. »Möchtest du vielleicht die neuesten Fotos deiner Enkel sehen?«

»Natürlich gern.« Nora wusste, dass sie ein Risiko einging. Sie sollte vielmehr zutiefst dankbar für jeden Anflug von Normalität sein. »Aber um uns wirklich kennen zu lernen, bedarf es etwas mehr als Fotos.«

Caroline erblasste. »Gut.« Sie öffnete ihre Tasche und zog zwei Fotoalben heraus. »Gehen wir ins Wohnzimmer«, sagte sie und lief voraus. Sie hockte sich auf die Couch, drückte die Knie mädchenhaft artig zusammen und legte beide Hände auf die Alben auf ihrem Schoß.

Ruby setzte sich neben sie.

Ihre Mutter verzichtete auf ihre Krücken, hüpfte auf einem Bein zur Couch und nahm neben Caroline Platz.

Caroline senkte den Kopf. Ihre schmalen, gepflegten Finger strichen über das geprägte Leder der Alben.

Nora bemerkte, dass die sorgsam manikürten Hände zitterten.

Langsam schlug Caroline das oberste Album auf. Das erste Foto war eine Aufnahme von ihrer Hochzeit: Caroline kerzengerade (und nicht annähernd so dünn wie heute), in einem perlenbestickten, schulterfreien Kleid aus weißer Seide und neben ihr Jerry in einem schwarzen Prada-Smoking.

»Oh, entschuldigt«, sagte Caro hastig, »die aktuellen Bilder sind weiter hinten.« Sie wollte umblättern.

»Moment.« Nora legte eine Hand auf Caros Finger.

»Wer bringt diese Frau vor den Altar, damit sie mit diesem Mann vermählt wird?«

Auf die Frage des Pfarrers hatte nur Rand geantwortet. Mit einem knappen »Ich«. Nora hatte in den hinteren Reihen der Kirche mit den Tränen gekämpft. »Wir«, hätte die Antwort lauten müssen, »ihre Mutter und ich«.

Aber um diesen kostbaren Moment hatte Nora sich gebracht.

Sie war zu Carolines Hochzeit gefahren, aber nicht wirklich *dabei* gewesen. Caroline hatte sie eingeladen und an einem Tisch platziert, der besonderen Gästen vorbehalten war, nicht der Familie.

Nora wusste, dass sie an diesem Tag für ihre Tochter nicht wichtiger war als die Blumendekoration. Geplagt von Schuldgefühlen, war sie Gott sogar noch dafür dankbar gewesen. Sie hatte sich unter die Gratulanten eingereiht, ihre Tochter auf die Wange geküsst, ihr alles Glück der Welt gewünscht und sich weiterbewegt.

Wer hatte an diesem Tag die Rolle von Carolines Mutter übernommen?

Wer hatte in letzter Minute Carolines Kleid mit Perlen bestickt? Wer hatte mit ihr zusammen sündhaft teure Dessous eingekauft, die sie nie wieder tragen würde? Wer hatte sie kurz vor der Fahrt zur Kirche und zum letzten Mal als unverheiratete Frau an sich gezogen und ihr zugeflüstert, wie sehr sie geliebt wurde?

Nora zog ihre Hand zurück. Sie hörte, wie Seiten umgeblättert wurden, und öffnete ihre Augen wieder.

Lachend zeigte Ruby auf eine Gruppenaufnahme der Hochzeitsgesellschaft. »Nur, dass du es weißt: Dieses Kleid habe ich nie wieder angezogen.«

»Ja, und du bist auch nie wieder nach Hause gekommen«, erwiderte Caro scharf.

»Aber ich hatte immer die Absicht.«

»Diese Worte könnten unser Familienmotto sein.« Schnell blätterte Caroline um. »Unsere Flitterwochen. Wir waren auf Kauai.«

Nora entging nicht, dass Carolines Finger erneut zitterten. Sie hob eine Hand und zeigte auf ein Foto.

»Du siehst sehr glücklich aus«, sagte sie lächelnd.

Caroline wandte sich ihr zu, und Nora sah die Traurigkeit in den Augen ihrer Tochter. »Wir waren glücklich.«

Nora wusste Bescheid. »Oh, Caro ...«

»Genug Flitterwochenschnappschüsse«, rief Ruby betont munter. »Wo sind die Kinder?«

Caroline schlug eine paar weitere Seiten um und hielt bei einem Foto inne.

Es zeigte ein Krankenhauszimmer voller Blumensträuße und Luftballons. Erschöpft, aber glücklich lächelnd lehnte Caroline im Bett, in ihren Armen ein winziges Baby mit hochrotem, zerknautschtem Gesicht.

Das glückliche Lächeln ihrer Tochter hatte sie sich zum aktuellen Zeitpunkt entgehen lassen. Oh, natürlich war sie später bei Caroline im Krankenhaus erschienen, mit Armen voller teurer Geschenke. Sie hatte Caroline wegen der langen, qualvollen Wehen bedauert, das Baby bewundert und dann – war sie wieder gegangen. Aber selbst in diesem Moment, nach der Geburt der nächsten Generation, hatten sie nicht wirklich miteinander geredet.

Nora war auch nicht bei Caro gewesen, als diese erkannte, wie erschreckend die Mutterschaft mitunter sein konnte. Wer hatte sie tröstend in den Arm genommen und »Nur keine Angst, Caro, du schaffst das schon« gesagt?

Niemand.

Zu ihrem Entsetzen kam ein leises, klagendes Stöhnen über ihre Lippen. Hastig schlug sie eine Hand vor den Mund, aber es war zu spät. Sie versuchte die Luft anzuhalten, doch das half nichts. Ihr Atem ging in kleinen, abgehackten Stößen.

»Mom?« Fragend sah Caroline sie an.

Nora konnte ihrer Tochter nicht in die Augen blicken. »Entschuldige«, murmelte sie; sie wollte ›dass ich weinen muss‹ hinzufügen, beließ es dann aber bei dem einen Wort.

Caroline schwieg.

Nora bemerkte nicht, dass ihre Tochter auch weinte, bis eine Träne auf das Album fiel und neben einem Foto von Jenny in der Babywanne landete.

Nora legte eine Hand auf Carolines kalte Finger. »Es tut mir Leid«, flüsterte sie.

Caroline senkte den Kopf. Wie ein Vorhang fielen ihre Haare vor das Gesicht, verbargen es. »Damals hast du mir am meisten gefehlt.« Rau lachte sie auf. »Jeres Mutter hatte eine so zupackende, dominante Art. Sie rauschte herein und ließ einen Schwall von *guten* Ratschlägen und Anordnungen auf mich los.« Erneut tropfte eine Träne auf das Album. »Ich erinnere mich an die erste Nacht. Jenny lag in einem Körbchen neben meinem Bett. Immer wieder streckte ich die Hand nach ihr aus, berührte ihre winzigen Finger, streichelte ihre Wange. Ich träumte, dass du neben meinem Bett stehst und mir sagst, ich brauchte keine Angst zu haben. Es würde schon alles gut.« Sie sah Nora mit mascaraverschmierten Augen an. »Aber wenn ich aufwachte, war niemand da.«

Nora musste schwer schlucken. »Oh, Caroline …«

»Ich versuchte, mich an das Gebet zu erinnern, das du immer gesprochen hast, wenn ich mich nachts fürchtete. Natürlich war es töricht, aber ich glaubte, alles würde gut werden, wenn mir nur die Worte einfallen könnten.«

»*Star light, Star bright, protect this baby girl against the night.*« Nora lächelte mit bebenden Lippen. »Alle Worte der Welt reichen nicht aus, dir zu sagen, wie Leid mir tut, was ich dir und Ruby angetan habe.«

Caroline lehnte sich an Nora, ließ es zu, dass ihre Mutter sie in die Arme nahm.

Nora verlor jede Beherrschung. Sie schluchzte jetzt so hemmungslos, dass sie krampfhaft nach Luft ringen musste. Als sie sich endlich ein wenig beruhigt hatte, sah sie zu Ruby hinüber. Ihre Gesichtszüge waren kalkweiß, ihre Lippen ein schmaler Strich. Nur ihre Augen verrieten, was sie empfand. Sie schimmerten vor unvergossenen Tränen.

Ruby stand auf. »Wir brauchen dringend einen Drink.«

Ihre Schwester wischte sich über die Augen und runzelte die Stirn. »Ich trinke nicht.«

»Seit wann? Beim Abschlussball hast du ...«

»Reizende Erinnerungen wie die lassen mich lieber kein Glas anrühren. Auf dem College nannte Jere mich S. H. – schnell hinüber. Zwei Drinks, und ich halte Nacktanzen auf dem Tisch für einen grandiosen Spaß.«

»S. H.? Oh, das ist einfach zu gut. Ich bin achtundzwanzig, habe mir aber mit meiner Schwester noch nie einen hinter die Binde gegossen, seit ich das gesetzlich darf. Das wird sich heute ändern.«

Nora hob abwehrend die Hand. »Als ich das letzte Mal trank, bin ich an einem Baum gelandet.«

»Keine Angst. Wir lassen dich an kein Steuer«, versicherte Ruby.

»Also gut«, lachte Caroline. »Aber nur ein Glas. Ein einziges.«

»Margaritas für alle!«, bestimmte Ruby und tänzelte in Richtung Küche. Bevor Nora ein Gespräch mit Caroline beginnen konnte, kam Ruby mir drei großen Gläsern zurück.

Nora griff nach ihrem Glas und sah zu, wie Ruby zur Stereoanlage ging, eine Platte auswählte und auflegte.

»*We will ... we will ... rock you*«, dröhnte es aus den alten Boxen. Die Lautstärke brachte die Fensterscheiben zum Klirren und den Nippes auf dem Kaminsims ins Wackeln.

Ruby nahm einen Schluck, wischte sich mit dem Handrücken über die Lippen und stellte das Glas auf den Couchtisch. »Komm, Miss America. Die erfolgloseste Komikerin von Hollywood möchte mit dir tanzen.«

Caroline hob die Brauen. »Soll das ein Scherz sein?«

»Gib mir bloß keinen Korb.«

Kopfschüttelnd ergriff Caroline Rubys Hand und ließ sich von ihr herumschwenken.

Zurückhaltend nippte Nora an ihrem Cocktail und sah ihren Töchtern gebannt zu. Die beiden stampften und drehten sich im Rhythmus und sahen so fröhlich und unbeschwert aus, dass es Nora fast wehtat.

Die Mädchen wirbelten herum, bis Caro keuchend die Hände hob. »Ich kann nicht mehr, Ruby. Mir ist schon ganz schwindlig.«

»Ha! Dir ist nicht schwindlig genug, *das* ist dein Problem.« Sie streckte Caroline ihren Margarita entgegen. »Trink aus.«

Caroline strich sich das feuchte Haar aus der Stirn. Einen Moment lang sah es so aus, als würde sie sich verweigern.

»Her damit!« Sie trank ihr Glas in einem Zug aus und reichte es Ruby. »Noch einen, bitte.«

»Schon unterwegs!« Ruby sauste in die Küche.

Der Arm des Plattenspielers schwenkte zur Seite, die nächste Platte fiel herab, und der Nadelarm nahm seine Arbeit wieder auf.

Es war eine alte Aufnahme von den Eurythmics. »*Sweet Dreams are made of these*«, schallte es aus den Boxen.

Unsicher schwankend streckte Caroline Nora eine Hand entgegen. »Darf ich bitten, Mom?«

Mom … So hatte Caro sie zum letzten Mal mit vierzehn Jahren genannt.

»Wenn ich dir unabsichtlich auf den Fuß trete, breche ich dir alle Knochen.«

Caroline lachte. »Macht nichts. Ich bin narkotisiert.« Das letzte Wort wollte ihr kaum über die Lippen, und Caroline musste wieder lachen. »Betrunken«, korrigierte sie sich. »Schlicht *betrunken*.«

Nora hob ihre Krücke auf und humpelte auf Caroline zu. Sie legte einen Arm um die schmale (*zu* schmale, erschreckend dünne) Taille ihrer Tochter und stützte sich mit der anderen auf die Krücke.

Caro legte ihre Hände auf Noras Schultern. Langsam begannen sie im Takt der Musik zu schwingen.

»Das war der letzte Song auf der Senior Prom. Und er wurde auch bei meiner Hochzeit gespielt. Erinnerst du dich?«

Nora nickte. Sie wollte noch etwas sagen, aber dann fiel ihr auf, wie Caro sie anblickte. »Möchtest du darüber sprechen?«, fragte sie ruhig.

So etwas wie Furcht zeigte sich in Carolines Augen. »Worüber?«

Nora konnte nicht anders. Sie hörte auf zu tanzen und strich sanft über die Wange ihrer Tochter. »Über deine Ehe.«

Carolines hübsches Gesicht verzog sich. Ihre Lippen begannen zu zittern. »O Mom ...«, seufzte sie. »Ich weiß nicht, wo ich da anfangen soll.«

»Es gibt keinen Grund ...«

»Margaritas für die Señoras«, schmetterte Ruby. Sie sah Mutter und Schwester dicht beieinander stehen und blieb wie angewurzelt stehen. »O nein. Da lasse ich euch für fünf Minuten allein, und schon öffnen sich wieder alle Schleusen.«

Nora warf ihr einen flehenden Blick zu. »Bitte, Ruby.«

Ihre jüngere Tochter runzelte die Stirn. »Was ist mit dir, Caro?«

Caroline wich einen Schritt zurück. Hilflos blickte sie von Nora zu Ruby, dann wieder zu ihrer Mutter. Sie weinte, aber kein Ton kam über ihre Lippen. Es war ein herzerweichender Anblick. Sie weinte wie eine Frau, die nicht will, dass ihr neben ihr schlafender Mann etwas davon mitbekommt.

»Ich wollte euch eigentlich nichts davon erzählen«, flüsterte sie mit gebrochener Stimme.

Ruby streckte ihr beide Hände entgegen, bewegte sich auf sie zu.

»Rühr mich nicht an!«, warnte Caro mit schriller Verzweiflung in der Stimme. »Wenn du es tust, breche ich zusammen.«

Langsam sank sie auf die Knie. Ruby hockte sich neben sie.

Caroline trank einen großen Schluck Margarita und hob langsam den Kopf. Sie weinte nicht mehr, aber irgendwie sah sie jetzt noch hilfloser aus. Wie ein kleines Mädchen, das sich verzweifelt fragte, was oder wer die Ursache seines Kummers war.

»Kannst du ausreichend schlafen?«, wollte Nora wissen.

»Nein.«

»Hast du Appetit?«

»Nein.«

»Nimmst du Tabletten?«

Nora nickte. »Nun, wenigstens etwas Positives.« Sie umfasste Carolines Hand. »Hast du mit Jere darüber gesprochen?«

Caroline schüttelte den Kopf. »Ich kann nicht mit ihm reden. Wann denn auch? Die meiste Zeit komme ich mir vor wie eine allein erziehende Mutter. Und ich fühle mich oft so verlassen und einsam. O Gott, so verlassen, dass ich schreien könnte.«

»Du hast nicht einmal *versucht*, mit ihm darüber zu reden?«

»Du hast keine Ahnung, wie das ist, Ruby. Du kannst mit jedem über alles sprechen. Mir fällt das sehr viel schwerer.«

»Ja, aber ...«

»Ruby!«, fiel ihr Nora scharf ins Wort. »Es ist nicht der richtige Zeitpunkt für Vorhaltungen, wie logisch sie auch sein mögen. Jetzt sollten wir ihr vor allem sagen, dass wir immer für sie da sein werden. Ganz gleich, was auch geschieht.« Liebevoll sah sie ihre ältere Tochter an. »Ich weiß, was du durchmachst, Liebes. Du fühlst dich von deinem Leben überfordert und siehst keine Möglichkeit, das zu ändern. Und du glaubst zu ersticken.«

Überrascht sah Caroline sie an. »Woher weißt du das?«

Nora legte eine Hand an Caros Wange. »Ich weiß es.« Mehr sagte sie nicht, denn jetzt mussten erst einmal alle Karten auf den Tisch. »Trifft sich Jere mit anderen Frauen?«

Caroline stöhnte. Tränen liefen über ihre Wangen. »Jeder hat gesagt, dass Jere genauso ist wie Dad. Vermutlich hätte mich das stutzig machen müssen.« Sie wischte sich über die Augen. »Ich werde mich von ihm trennen.«

»Liebst du ihn?«, fragte Nora ganz ruhig.

Carolines Unterlippe begann verdächtig zu zittern, ihre Hände ballten sich zu Fäusten. »Sehr ...«

Nora hatte das Gefühl, dass ihr Herz einen Schlag aussetzte. Auch das hatten ihre Kinder von ihr gelernt: dass Ehen jederzeit und beliebig aufgegeben werden können.

»Vielleicht kann ich dir die Konsequenzen deiner Entscheidung ein wenig deutlicher machen«, sagte sie zu Caroline. »Wenn du einen Mann verlässt, den du liebst, wird es dir vorkommen, als zerspränge dein Herz in zwei Hälften. Er fehlt dir, wenn du nachts allein in deinem Bett liegst, du vermisst ihn, wenn du morgens deinen Kaffee trinkst. Wenn du dir die Haare schneiden lässt, kannst du nur daran denken, dass niemand außer dir deine neue Frisur sieht. Du kannst ihn einfach nicht vergessen, und das geht immer so weiter.« Sie holte tief und zitternd Atem. »Aber das ist noch nicht das Schlimmste. Das Schlimmste tust du deinen Kindern an. Du sagst dir vielleicht, ständig lassen sich Eltern scheiden, und deine Kinder werden schon darüber hinwegkommen. Vielleicht trifft das zu, wenn ihr beide absolut nichts mehr füreinander empfindet. Aber wenn du deinen Mann noch liebst und nicht einmal den Versuch unternimmst, deine Familie zu retten, wirst du daran – zerbrechen.«

Nora war sich klar, dass ihre Aussagen nicht unbedingt für jede Scheidung zutrafen. Aber sie glaubte zu wissen, dass Caroline nicht intensiv genug nach einer Lösung gesucht hatte, die eine Trennung vermied. Sie schloss die Augen und versuchte sich Carolines Alltag vorzustellen – musste aber an ihr eigenes Leben denken, an ihre Fehler, und bevor sie es sich versah, sprach sie weiter. »Du versuchst dir ein eigenständiges Leben aufzubauen, hast vielleicht sogar Erfolg und redest dir ein, dass du das schon immer wolltest, aber irgendwann stellst du fest, wie nebensächlich das ist. Du hast keine wirklichen Empfindungen mehr. Du bist innerlich wie tot. Irgendwo wachsen deine Kinder ohne dich auf. Du weißt, dass sie sich von einem anderen Menschen trösten lassen, sich an einer anderen Schulter ausweinen. Und du musst täglich mit dem leben, was du ihnen angetan hast. Ich flehe dich an: Wiederhole meinen Fehler nicht. Kämpfe. Kämpfe um deine Liebe und deine Familie. Letztendlich ist dies das Wichtigste im Leben. Alles, was zählt.«

»Und was ist, wenn ich ihn trotzdem verliere?«, flüsterte Caroline.

»Ach, Caro.« Sanft strich Nora ihrer Tochter übers Haar. »Immerhin kannst du ihn auch wiederfinden. Die Chancen stehen eins zu eins.«

22. Kapitel

Ruby hatte das Gefühl, dass jemand in ihrem Kopf unablässig auf eine Trommel einschlug. Obwohl sie erschöpft war, konnte sie einfach nicht einschlafen. Sie hatte das Licht angeknipst – in der Hoffnung, Caroline würde wach werden. Natürlich erfolglos. Ihre Schwester lag eindeutig in einem Tequilakoma.

Nachdem Caro und sie zu Bett gegangen waren, hatten sie noch lange wach gelegen, hatten miteinander geredet, gelacht, hin und wieder auch geweint. Sie hatten sich all die Dinge gesagt, die sie in den vergangenen Jahren nicht auszusprechen gewagt hatten, aber schließlich war Caroline eingeschlafen.

Ruby schloss die Augen und stellte sich ihre Mutter vor, wie sie wenige Stunden zuvor auf dem Teppich gehockt hatte – das eingegipste Bein zur Seite ausgestreckt, ein halb leeres Margaritaglas neben sich.

Und sich leise mit Caroline unterhielt.

Mit verschlungenen Händen hatten die beiden im Flüsterton über die Ehe geredet, über die Enttäuschungen, die offenbar nicht ausbleiben konnten. Die beiden Stimmen vereinigten sich zu einer Melodie, die Ruby irgendwie verschlossen blieb. Sie war sich vorgekommen wie ein Kind, das an der Schlafzimmertür der Eltern lauscht.

Sie hatte neben den beiden gesessen, direkt neben ihnen, und sich doch isoliert und allein gefühlt. Ausgeschlossen. Noch nie im Leben waren ihr ihre Defizite so schmerzlich bewusst gewesen.

Sie konnte sich an der Unterhaltung nicht beteiligen, weil sie nie versucht hatte, einen anderen Menschen wirklich zu lieben, in guten wie in schlechten Zeiten. Ganz im Gegenteil. Sie hatte sich stets Männer ausgesucht, die sie *nicht* lieben konnte. Auf diese Weise waren ihr Liebeskummer und Leid erspart geblieben. Aber auch jedes tiefere Gefühl.

Diese Erkenntnis war ihr schon früher gekommen, aber diesmal traf sie sie mit voller Wucht.

Caroline und ihre Mutter hatten über Liebe und Enttäuschungen gesprochen, vor allem aber über Bindungen, über Verpflichtungen und dass Liebe mehr war als ein Überschwang der Gefühle. Liebe ist wie Ebbe und Flut, hatte ihre Mutter gesagt, mit Höhen und Tiefen, und es gibt Zeiten, in denen einer Frau nichts anderes übrig blieb, als an die Richtigkeit der Entscheidung zu glauben, die sie vor langer Zeit getroffen hatte.

»Ich habe mich von den Widrigkeiten überwältigen lassen«, hatte ihre Mutter irgendwann zu Caro gesagt, »und ganz einfach die Flucht ergriffen. Erst als ich mich zu weit entfernt hatte, um umkehren zu können, erkannte ich, wie sehr ich deinen Vater liebte, aber da war es zu spät. Und seither habe ich mich immer wieder gefragt, ob ich meine Ehe nicht zu schnell aufgegeben habe.«

Zu schnell ...

Ruby öffnete die Augen wieder. Durch das offen stehende Fenster drang das Rauschen des Meeres an ihr Ohr.

Glaubst du an eine zweite Chance ...?

»Ja«, sagte sie laut und hoffte inständig, auch morgen noch, wenn sie mit ihm segeln ging, mutig genug für diese Antwort auf Deans Frage zu sein.

Gestern noch wäre ihr diese Offenheit nicht möglich gewesen. Dieses unumwundene Eingeständnis ihres Wunsches, zu lieben und geliebt zu werden. Aber heute sah die Welt anders aus.

Als wäre absolut nichts unmöglich.

Am nächsten Morgen erwachte Nora ausgeruht und erholt. Fast wieder jung. Sie beglückwünschte sich zu ihrer klugen Entscheidung, den ganzen Abend lang bei einem einzigen Margarita geblieben zu sein.

Sie schlug die Bettdecke zurück und humpelte ins Bad. Nachdem sie sich gewaschen hatte, schlüpfte sie in Khakishorts und eine weiße Leinenbluse.

Im Wohnzimmer erblickte sie die Überreste des gestrigen Abends: drei nicht bis zur Neige geleerte Gläser, einen Aschenbecher mit den Kippen der Zigaretten, die Caroline verstohlen geraucht hatte, auf dem Fußboden verstreute Schallplatten.

Zum ersten Mal sah das Haus bewohnt aus. Für die Unordnung waren Nora und ihre Töchter verantwortlich, und sie hatte ein Leben *darauf* gewartet.

Nachdem sie die Kaffeemaschine in Betrieb gesetzt hatte, mühte sich Nora die Stufen hinauf. Die Tür zum Schlafzimmer war geschlossen.

Nora drehte am Knauf und schob sie auf. Caroline und Ruby schliefen noch.

Im Schlaf sahen ihre Töchter jung und verletzlich aus, und ihr Anblick erinnerte Nora an ihre eigenen Nächte in diesem Zimmer. An Nächte, die sie mit ihrem Mann in diesem Bett verbracht hatte, oft genug mit zwei kleinen, warmen Körpern zwischen ihnen.

Und nun waren diese kleinen Mädchen erwachsen und schliefen zusammen in dem Bett, in dem einst ihre Eltern gelegen hatten. Caroline zu einem kleinen, festen Ball zusammengerollt, Ruby mit weit von sich gestreckten Armen und Beinen.

Nora lief zum Bett. Fast zögernd streckte sie die Hand aus und strich über Rubys Wange. Wie glatt ihre Haut war, zart wie die eines Babys ...

»Aufwachen, ihr Schlafmützen.«

Stöhnend schlug Ruby die Augen auf und zwinkerte. »Hi, Mom.« Ihre Zunge fuhr über die Lippen, als könne sie noch immer den letzten Schluck Margarita schmecken.

Auch Caro blinzelte und streckte ihre Arme aus. Sie entdeckte Nora und versuchte sich aufzurichten. Auf halbem Weg sackte sie wieder in sich zusammen. »O mein Gott. Ich glaube, mein Kopf zerspringt.«

Ruby sah nicht viel besser aus, aber wenigstens konnte sie sich aufsetzen. »S. H. hat ihrem Spitznamen eindeutig alle Ehre gemacht.« Sie kniff die Augen zu und rieb sich die Schläfen. »Sagtest du nicht, wir hätten irgendwo Aspirin?«

»Aspirin?«, stöhnte Caroline. »Das sind rezeptfreie Tabletten. Ich brauche ein stärkeres Kaliber.« Langsam hievte sie sich in eine sitzende Position und lehnte sich an Ruby. »Nie wieder lasse ich mich von dir überreden. Oh, Mist. Ich muss mich übergeben.«

Lachend schlang Ruby einen Arm um ihre Schwester. »Ziel in Moms Richtung. Sie sieht entschieden zu glücklich und selbstzufrieden aus.«

Nora verspürte so etwas wie leise Wehmut. *Meine* Mädchen, dachte sie. Plötzlich schien es gerade erst gestern gewesen zu sein, dass sie sich Disco-Barbies zu Weihnachten gewünscht hatten.

Sie klatschte in die Hände. »Aus den Federn, Mädchen. Wir wollen heute mit Dean und Eric segeln. Erinnerst du dich, Ruby? Gegen sieben erwartet uns Lottie zum Abendessen.«

»Segeln?« Caro verfärbte sich grünlich. Sie entzog sich Ruby, rollte aus dem Bett und landete auf allen vieren. Dort blieb sie einen Moment lang hocken, kroch dann zur Badezimmertür, streckte die Hand nach dem Knauf aus und zog sich daran in die Höhe. Mit gequältem Grinsen drehte sie sich zu Ruby um. »Gewonnen. Ich bin die Erste im Bad!«

»Verdammt.« Ruby sank vorwärts und schlug die Hände vors Gesicht. »Aber verbrauch bloß nicht das ganze heiße Wasser.«

Nora schmunzelte. »Nun, das ist ja genau wie früher.«

»Ich kann mich beim besten Willen nicht an Tequilaorgien erinnern«, murmelte Ruby grinsend. »Und auch nicht, dass wir wie die Wilden zum Soundtrack von *Footlose* getanzt und gesungen haben, was unsere Lungen hergeben. Aber sonst ... nun ja.«

»Früher war *You And Me Against The World* unser Lied.« Die Plötzlichkeit der Erinnerung ließ Noras Lächeln schwinden. »Stimmt's?«

»Ich weiß.«

Nora wollte sich ihr nähern, rührte sich aber nicht. Caro war gestern rückhaltlos auf Nora zugekommen, aber Ruby hatte bei aller Emotionalität ihre Distanz gewahrt. »Nun, ich werde Frühstück machen und ein kleines Lunchpaket zusammenstellen. Gegen elf will Dean mit dem Boot hier sein.« Sie wartete auf eine Antwort, aber als Ruby nichts sagte, drehte Nora sich um und verließ das Zimmer. Sie war auf halber Treppe, als sie draußen ein Auto vorfahren hörte. Sie blickte auf ihre Armbanduhr. Halb zehn. Nicht unbedingt Herrgottsfrühe, aber für den Besuch bei einem Inselbewohner ungewöhnlich zeitig.

Nora beeilte sich mit dem Hinuntersteigen, aber der Gips war dabei mehr als hinderlich. Sie kam sich vor wie Quasimodo im Glockenturm.

Gerade hatte sie die Küche erreicht, als jemand gegen die Haustür hämmerte. Flüchtig fuhr sie sich mit der Hand durch die Haare und öffnete.

Vor ihr auf der Veranda stand einer der bestaussehenden jungen Männer, die sie je gesehen hatte. Er besaß diese bestimmte männliche Schönheit, die ältere Frauen wünschen ließ, sie wären wieder jung. Obwohl sie ihm nur einmal begegnet war, auf der Hochzeit, erkannte sie ihren Schwiegersohn auf Anhieb.

»Hi, Jeremy«, sagte sie lächelnd.

Er wirkte überrascht. »Nora?«

»Schätze, es ist für dich ein Schock zu merken, dass du eine Schwiegermutter hast.« Sie trat einen Schritt zurück und bat ihn mit einer Kopfbewegung ins Haus.

Er lächelte kläglich. »Verglichen mit meinen anderen Schocks in den letzten vierundzwanzig Stunden ist es nichts.«

Nora nickte stumm. Sie war sich nicht sicher, was sie darauf sagen sollte. »Caroline ist oben. Es geht ihr nicht sonderlich gut.«

Sofort wirkte er besorgt. »Was hat sie denn? Ist sie deshalb verschwunden?«

»Sie hat nichts. Der Tequila hat sie ...«

Er entspannte sich, konnte sogar grinsen. »Ah. Du hast S. H. kennen gelernt.«

»Ein großartiger Anblick war es nicht. Möchtest du vielleicht eine Tasse Kaffee?«

»Das wäre wunderbar. Ich habe gestern Abend die letzte Fähre verpasst und auf irgendeiner Bank geschlafen. Ich bin wie zerschlagen.«

Nora ging in die Küche. »Milch? Zucker?«

»Ja, gern.«

Sie kam mit zwei Tassen zurück und streckte Jeremy eine entgegen.

»Danke.« Er blickte die Treppe hinauf. »Ist sie wach?«

Er sah Nora so hilflos an, dass sie sagte: »Warte eine Sekunde, ich werde sie holen.«

»Ich bin hier.«

Nora und Jere fuhren herum. Caroline stand im Wohnzimmer. Sie trug ihre zerknitterte Seidenbluse und die nun nicht mehr ganz schneeweißen Leinenhosen. Ihre Haare waren klatschnass. Verwischte Wimperntusche ließ ihre Augen aussehen wie die eines Waschbärs.

»Hi, Jere«, sagte sie leise. »Ich habe deine Stimme gehört.«

Ruby kam die Stufen heruntergepoltert und stieß mit Caroline zusammen. »Entschuldige, Caro, ich ...« Sie entdeckte Jeremy und hörte abrupt auf zu lachen.

Jere ging auf Caroline zu. »Caro?«

Die Zärtlichkeit seiner Stimme sagte Nora alles, was sie wissen wollte. Es mochte Probleme zwischen Caro und Jere geben, große Probleme vielleicht, aber sie liebten sich, und damit hatten sie jede Chance.

»Du hättest nicht kommen sollen«, sagte Caro, verschränkte die Arme vor der Brust und wich einen Schritt zurück. Nora erkannte, dass sich ihre Tochter davor fürchtete, dem Mann, den sie liebte, zu nahe zu kommen.

»Nein«, entgegnete er. »Du hättest nicht fortgehen dürfen. Jedenfalls nicht, ohne zuvor mit mir zu sprechen. Kannst du dir vorstellen, was ich empfand, als ich deinen Brief las?«

»Ich dachte ...«

»Deinen *Brief*, Caro. Nach all diesen Jahren *schreibst* du mir, dass du zurückkommst, wenn du es für richtig hältst?«

»Ich glaubte, du würdest dich freuen, mich los zu sein, und das hätte ich nicht ertragen.«

»Du hast *geglaubt*.« Seufzend fuhr er sich mit den Fingern durch die Haare. »Komm nach Hause«, flüsterte er heiser. »Die Kinder bleiben über das Wochenende bei Mom.«

Caroline lächelte. »Spätestens morgen früh ist sie mit den Nerven am Ende.«

»Das ist *ihr* Problem. Wir brauchen ein paar Stunden für uns allein.«

»Okay.« Caroline drehte sich um und stieg die Treppe hinauf. Eine Minute später kam sie mit ihrer Reisetasche wieder herunter. Sie zog Ruby in die Arme und flüsterte etwas, was Nora nicht verstehen konnte. Dann lachten die beiden.

Schließlich ging Caro auf Nora zu. »Danke«, sagte sie leise.

»Oh, Liebes. Auf gestern Abend habe ich lange gewartet. Sehr lange.«

Caros Augen strahlten. »Wir bleiben in Verbindung. So oft wie möglich.«

»Auf jeden Fall. Mich wirst du nicht mehr los. Ich habe dich sehr lieb, Caro.«

»Und ich dich, Mom.« Nora umarmte ihre Tochter, drückte sie an sich und gab sie nur zögernd wieder frei.

Jeremy nahm seiner Frau die Reisetasche ab. Hand in Hand verließen sie das Haus.

Ruby und Nora gingen auf die Veranda und sahen zu, wie der graue Mercedes langsam dem weißen Range Rover Richtung Straße folgte.

»Sie ist fort«, sagte Ruby.

»Sie wird wiederkommen.« Nora betrachtete den klarblauen Himmel, die grün wogende See. Es war ein herrlicher Tag zum Segeln: keine Wolke weit und breit, ein leichter Wind bewegte das Laub der Bäume, Sonnenlicht auf dem Wasser.

Ruby trat neben Nora. So nahe, dass sich ihre Schultern berührten. »Es tut mir Leid, Mom.«

Forschend blickte Nora ihre Tochter an. »Was?«

Ruby sah irgendwie anders aus. Ernst. »Dass ich alle deine Geschenke zurückgeschickt und nie auf deine Briefe oder Anrufe reagiert habe. Aber vor allem bedauere ich, so verdammt unversöhnlich gewesen zu sein.«

Nora wusste nicht, wie es geschah, wer sich als Erster bewegte, aber plötzlich lagen sie einander lachend und schluchzend in den Armen.

Um Punkt elf ertönte ein Schiffshorn. Die *Wind Lass* glitt an den Anlegesteg.

Ruby sah durchs Fenster, wie Dean das Boot festmachte. »Sie sind da.« Die leichte Nervosität in ihrer Stimme war unüberhörbar.

»Fürchtest du dich vor der Begegnung mit Dean?«

Ruby nickte.

Nora legte eine Hand an Rubys Wange. »Du könntest nirgendwo auf der ganzen Welt einen besseren Mann finden als Dean Sloan.«

»Er ist nicht das Problem. Ich bin es.«

»Du bist seit deiner Kindheit mit Dean eng verbunden. Wenn ihn jemand zwickte, bekamst du an der gleichen Stelle einen blauen Fleck. Er ist ein Teil von dir, Ruby, ob es dir nun gefällt oder nicht. Wenn du dich vor ihm fürchtest, ist das so, als hättest du Angst vor deinem eigenen Arm. Versuch dich endlich zu entspannen. Erinnere dich auch einmal an die guten Zeiten, nicht nur an die schlechten.«

Nachdenklich blickte Ruby sie an. »Das möchte ich ja, Mom. Unendlich gern.«

Wieder dröhnte das Horn des Segelboots.

»Pack schnell alles in den Picknickkorb.« Nora wies auf die Flaschen, Sandwiches und Früchte auf dem Küchentisch.

Wenig später liefen sie den Weg zum Ufer hinunter. Nora so schnell, wie es ihre Krücken gestatteten.

Dean stand am Bug der *Wind Lass* und blickte ihnen entgegen. »Willkommen an Bord.«

Nora reichte Ruby ihre Krücken, kletterte an Deck und achtete sorgsam darauf, dass ihr Gips keine Kratzer auf den Teakplanken hinterließ. Als sie ihr Gleichgewicht gefunden hatte, nahm sie ihrer Tochter die Krücken ab und warf sie auf die Polsterbank unter Deck. Schwerfällig bewegte sie sich um das Steuerrad herum und setzte sich neben Eric, der eingehüllt in eine Navajodecke im Heck saß. Er lächelte, sah aber erschreckend blass und kraftlos aus. Seine Lippen waren aufgesprungen und absolut farblos.

Dean sah Ruby an. »Könntest du bitte die Leinen losmachen?«

»Klar.« Sie löste die Taue vom Poller, während Dean den Motor anließ. In letzter Minute warf sie die Leinen auf das Deck und sprang an Bord.

Unter Motorkraft verließen sie die Bucht. Als sie die Spitze der Insel passierten, hisste Dean das Hauptsegel.

Sofort fiel das Boot nach steuerbord, fing eine Brise ein und schnitt pfeilschnell durch die Wellen.

Strahlend reckte Eric sein Gesicht in den Wind.

Nora war entsetzt über sein Aussehen. Dieser ausgezehrte, hinfällige Mann konnte doch nicht Eric sein, aber als sie in seine großen, traurigen Augen blickte, entdeckte sie seine Seele, die selbst der Krebs nicht hatte besiegen können. Zärtlich legte sie einen Arm um ihn und zog ihn an sich.

Fröstelnd lehnte er seinen Kopf an ihre Schulter. »Du fühlst dich gut an«, murmelte er.

Nora schmiegte ihr Gesicht an seinen Kopf und blickte auf die grün bewachsenen Inseln. Am Bug stand Ruby und stemmte sich dem Wind entgegen. Das Gesicht ihrer Tochter konnte Nora nicht sehen, sie wusste aber, dass sie lächelte.

Dean kletterte unter Deck und kam begleitet von Robert Palmers *Addicted to Love* wieder herauf.

Ruby bewegte die Hüften im Rhythmus der Musik. Und sie singt mit, dachte Nora. Nicht ganz notengetreu, aber dafür laut.

Dean stellte sich ans Steuer und wandte keinen Blick von Ruby, wie Nora bemerkte.

Sie schloss die Augen und ließ sich davontragen. Wie vertraut diese Geräusche doch waren – Deans und Erics Flachsen, ihr Lachen, das Knattern des Segels, das Rauschen der Wellen am Rumpf.

Es entstand eine Pause zwischen zwei Liedern, und die Stille schien nicht enden zu wollen. Ein zeitloser Moment, der das Früher und Jetzt gleichermaßen umfasste. Dean am Steuerrad, Eric und Nora nebeneinander am Heck, Ruby am Bug, das Gesicht in den Wind gereckt, wie immer begierig darauf, genau zu erfahren, wohin es ging.

Nora fühlte die warme Sonne auf ihren Wangen und hörte, wie die Leinen gegen den Mast schlugen.

»Ich bin froh, dass du hier bist«, sagte Eric.

Sie lächelte ihn an. »Wo sollte ich sonst sein? Du, Dean und Ruby – ihr seid die wichtigsten Menschen in meinem Leben. Ich werde meinen dunkelhaarigen Jungen nie vergessen. Immer, wenn ich mich umdrehte, warst du da und hast mich gefragt: ›Und was machen wir jetzt, Miss Bridge?‹ Es kommt mir vor wie gestern, als du mit aufgeschürften Ellbogen bei mir am Küchentisch gesessen hast. Gott, wie schnell die Zeit vergeht …«

»Zu schnell.« Hilflos verzweifelt sah er sie an.

Nora wurde die Kehle eng, aber sie riss sich zusammen. Sie wollte vor ihm nicht in Tränen ausbrechen. Schweigend strich sie ihm über die Wange. Er wandte sich ab, versuchte sich wieder zu fassen, seine Gelassenheit wiederzufinden.

Er blickte zum Bug, dann zum Steuerrad. Ruby und Dean waren eine Bootslänge voneinander getrennt. Beide waren bemüht, sich nichts von ihren verstohlenen Blicken auf den jeweils anderen anmerken zu lassen. »Glaubst du, sie finden wieder zusammen?«

»Ich hoffe es. Sie brauchen einander.«

»Pass an meiner Stelle gut auf ihn auf«, flüsterte Eric heiser und wischte sich mit dem Deckenzipfel über die Augen. »Ich dachte, ich könnte immer für ihn da sein … für meinen kleinen Bruder.«

»Du wirst immer für ihn da sein.«

Eric lachte rau auf. »Himmel, wir gleiten bei prachtvollem Wetter durch die Wellen, sehen aber aus, als hätten wir uns gerade *Freunde bis in den Tod* angeschaut.«

Auch Nora lachte und wischte sich verstohlen über die Augen.

Dean sah seinen Bruder an. »Wie ist es? Willst du das Steuer übernehmen?«

Erics Gesicht leuchtete auf. »O ja. Gern.«

Dean half seinem Bruder beim Aufstehen und führte ihn zum Steuerrad. Eric legte seine Hände auf das Ruder, und Dean blieb neben ihm stehen, um ihn notfalls stützen zu können.

Gischttropfen benetzten Erics Schläfen, das T-Shirt bauschte sich vor seinem eingefallenen Oberkörper.

»Orcas!«, schrie Ruby plötzlich und zeigte nach steuerbord.

Zunächst konnte Nora nichts erkennen. Sie stand auf und beschirmte die Augen mit der Hand.

Und da sah sie die erste Rückenflosse aus dem Wasser steigen, dann noch eine ... Schließlich durchschnitten sechs schwarze Flossen die Wellen, so nahe beieinander wie die Zähne eines Kamms.

»Ich bin die Königin der Welt!«, schrie Eric und breitete die Arme aus. Er lachte schallend, und zum ersten Mal seit Wochen war es *sein* Lachen, nicht das schwache, hohle Glucksen, auf das der Krebs ihn reduziert hatte.

Wenn sie später an Erics Leben zurückdachte, wenn die Erinnerung an die letzten furchtbaren Monate sie zu überwältigen drohte, würde Nora ihn sich genau so vorstellen. Hoch aufgerichtet in die Sonne blinzelnd und lachend.

Und sich an den jungen Eric erinnern. Ihren dunkelhaarigen Jungen.

23. Kapitel

Erst am frühen Abend kehrten sie nach Lopez Island zurück. Lottie hatte ein köstliches Abendessen aus Dungeness Crabs, Caesar's Salad und knusprigem Weißbrot vorbereitet. Als sie es auftischte, meinte sie lachend, so viel hätte sich in den letzten Jahren vermutlich nicht geändert. Die Sloans und die Bridges liebten zwar Krebse, waren aber zu weichherzig, um sie ins kochende Wasser zu werfen.

Obwohl sie an Bord einen reichhaltigen Lunch eingenommen hatten, stürzten sie sich heißhungrig auf das Essen. Selbst Eric aß ein paar Bissen.

Während sich die Frauen um den Abwasch kümmerten, trug Dean Eric in sein Zimmer hinauf. Als die Küche sauber war, gingen auch Nora und Ruby die Treppe hinauf. Die drei unterhielten sich mit Eric, bis er einschlief.

Danach bestiegen Dean, Nora und Ruby wieder die *Wind Lass* und segelten Summer Island entgegen. In der Dunkelheit und ohne Radar dauerte die Fahrt doppelt so lange. Aber noch immer fehlte Ruby der Mut, sich mit Dean auszusprechen.

Den ganzen Tag hatte sie sich immer wieder vorgenommen, auf ihn zuzugehen, eine Hand auf seinen Arm zu legen und ihm zu sagen, dass sie an eine zweite Chance für sie glaubte. Aber jedes Mal, wenn sie es versuchte, fühlte sie sich wie gelähmt.

Immer gab es zwischen ihnen etwas, was Ruby nicht überwinden konnte. Zu viele Menschen (nun gut, Eric und ihre Mutter waren nicht gerade eine *Menge*, aber wenn man zu Kreuze kriecht, ist schon ein Ohrenzeuge zu viel), Aufgaben, die sie dringend erledigen musste, ein auffrischender Wind.

Und so hatte Ruby gewartet und gewartet.

Sie wartete noch immer, als die *Wind Lass* der Anlegestelle auf Summer Island entgegenglitt.

»Mach die Leinen fest, Ruby!«, rief Dean.

Sie schnappte sich die Taue und sprang von Bord. Sie schlang noch immer Achten um die Klampe, als ihre Mutter vorsichtig das Boot verließ.

»Vielen Dank, Dean«, sagte sie. Ruby spürte, dass sich ihre Mutter ihr zuwandte. »Ruby? Liebling, ich fürchte, du musst mich stützen. Das Ufer ist ziemlich schlüpfrig.«

Ruby warf einen hastigen Blick auf das Boot, konnte aber nur vage Umrisse erkennen. Nirgendwo war auch nur ein Schimmer von Deans blonden Haaren zu sehen. Wahrscheinlich befand er sich unter Deck. Und wenn er nun ablegte, bevor sie wieder zurück war?

»Ruby?«

Sie ließ die Leine los und ging auf ihre Mutter zu. Mom drehte sich um und winkte. »Gute Nacht, Dean. Vielen Dank für einen wundervollen Tag.«

Und da stand er, direkt neben dem Steuerrad. Sie konnte seinen gelben Sweater erkennen, die blonden Haare, sogar das Blitzen seiner weißen Zähne, als er lächelte. »Bis dann«, rief er.

»Falls du … äh … Hilfe beim Ablegen brauchst … Ich könnte gleich noch einmal zu… zurückkommen«, stotterte Ruby.

Er ließ sich einen Moment Zeit mit der Antwort. Sie wünschte, sein Gesicht erkennen zu können. »Hilfe kann ich immer gebrauchen.«

Ruby seufzte erleichtert. Sie hakte sich bei ihrer Mutter ein, und gemeinsam liefen sie auf das Haus zu.

Vor der Tür blieb ihre Mutter stehen und lächelte. »Nun lauf schon los. Und, Ruby …«

Ruby nahm die Decke vom Schaukelstuhl und legte sie sich um die Schultern. Es wurde langsam kühl. »Ja?«

»Er liebt dich.«

»Das wäre ein Wunder. Ich habe alles getan, es ihm abzugewöhnen.«

Ihre Mutter schmunzelte. »Jede Liebe ist ein Wunder. Jetzt geh zu ihm. Nur keine Angst. Aber bemüh dich, nicht so widerborstig zu sein wie sonst immer.«

Ruby musste lachen. »Danke, Mom.«

Als sie den Garten durchquerte, verzog sich eine Wolke und enthüllte einen fast runden Mond. Er tauchte die Welt in ein unwirkliches Licht.

Am Ufer blieb Ruby stehen und zog die Decke fester um ihre Schultern. Sie wusste, was sie tun musste, aber das gab ihr noch lange nicht den nötigen Mut. Vielleicht hatte sie sich mit dem Erwachsenwerden zu lange Zeit gelassen und ihre Chance vertan?

Dean stand auf dem Steg und wandte ihr den Rücken zu. Lautlos bewegte sie sich am Ufer entlang und betrat den Anlegesteg. Ihre Schritte waren vom Knacken und Ächzen des Holzes nicht zu unterscheiden. »Ich weiß noch, wie wir früher bei Flut hier ins Wasser gesprungen sind«, sagte sie leise. »Das haben nur einheimische Kids gewagt.«

Er drehte sich um.

Langsam ging Ruby auf ihn zu.

Plötzlich hatte sie Angst vor Worten. Sie sehnte sich danach, die Arme um ihn zu schlingen und ihn zu küssen, bis sie nichts mehr denken konnte und alles vergaß, was zwischen ihnen stand. Aber so ging das nicht. Sie war Dean zumindest eine Erklärung schuldig, ein paar simple, einfache Worte, und durfte nicht zu feige sein, sie auszusprechen.

Sie konnte jetzt keinen Rückzieher machen.

Das Schweigen zwischen ihnen fühlte sich aufgeladen an, gefährlich. In ihm hörte sie die Wellen gegen die Holzpfähle klatschen, ihre heftigen, abgehackten Atemzüge.

Ruby trat einen Schritt vor, schloss den Abstand zwischen ihnen. Sie griff nach seiner linken Hand, liebkoste seine Finger und ließ sie langsam wieder los. Ohne Hautkontakt mit ihm wurde ihr sofort kalt.»Ich erinnere mich daran, wie du mich das erste Mal geküsst hast«, sagte sie und spürte, dass ihre Lippen bebten.»Mir wurde so schwindlig, dass ich kaum atmen konnte. Ich war froh, dass wir saßen, denn sonst wäre ich gestürzt. Und irgendwie bin ich es doch, oder? Ich habe mich Hals über Kopf in meinen besten Freund verliebt. Als die meisten anderen Kids darüber nachdachten, wie sie am Samstagabend unbemerkt aus dem Haus ihrer Eltern kommen konnten, haben wir von unserer Hochzeit geträumt … und den Kindern, die wir bekommen würden.« Sie musste schlucken. »Als wir fünfzehn waren, hast du gesagt, wir würden in einem Penthouse am Central Park wohnen … und unsere Flitterwochen in Paris verbringen. Als wir sieben waren, hast du mir versprochen, dass wir eines Tages ein Boot haben würden, groß wie eine Fähre und mit einer riesigen Badewanne in der Schlafkabine, und dass Elvis auf unserer Hochzeit singen würde.« Sie lächelte schief. »Die Träume von Kindern, die sich ihre Zukunft vorstellen. Bei Elvis' Tod hätten wir wissen müssen, dass Probleme auf uns zukommen.«

Dean schloss kurz die Augen, und sie fragte sich, ob ihm die Erwähnung ihrer alten Träume wehtat. »Ja«, sagte er hölzern, »wir waren sehr jung.«

»Ich habe versucht, diese Träume zu vergessen, vor allem aber meine Empfindungen bei deinen Küssen«, sagte Ruby. »Ich sagte mir immer wieder, dass es eine Teenagerschwärmerei war … dass ich erwachsen werden und diese Gefühle wiederfinden würde. Aber so war es nicht.« Sie hörte die sehnsüchtige Hoffnung in ihrer Stimme und wusste, dass sie ihm auch nicht entging.

»Hast du jemals wieder geliebt?«

»Wie hätte ich … wenn meine erste Liebe nie …?«

»Sag es.«

Sie hob den Kopf und sah ihm direkt in die Augen. »Ich liebe dich, Dean Sloan.«

Zwei, drei Sekunden lang stand er da wie erstarrt. Dann zog er sie an sich und küsste sie auf die Augenlider, die Nase, die Wangen. Er verschränkte seine Hände in ihrem Rücken und küsste sie so, wie sie es sich immer erträumt hatte.

Ruby zerrte an seinem T-Shirt und streifte es ihm über den Kopf. Sie ließ ihre Hände über seinen Brustkorb, die breiten Schultern wandern, den Rücken …

Er riss ihr die Decke von den Schultern, ließ sie auf den Steg fallen. Aufstöhnend griff er mit beiden Händen unter ihre Bluse, zog sie ihr aus und schleuderte sie zur Seite. Ruby nestelte fieberhaft an den Knöpfen ihrer Shorts.

Nackt, eng umschlungen und sich unablässig küssend glitten sie auf die Decke, breiteten sie unbeholfen aus und mussten über sich selbst lachen.

Ruby hörte Papier reißen. Benommen vor Verlangen öffnete sie die Augen und sah, dass er eine kleine Verpackung öffnete.

»Du hast es *geplant*?«, fragte sie verblüfft.

Er grinste verlegen. »Sagen wir, ich habe es mir gewünscht.«

Er lachte, begann sie wieder zu küssen, und sie konnte nicht mehr denken. Ihr Körper stand in Flammen. Seine Hände waren überall: auf ihren Armen, ihren Brüsten, ihren Hüften, zwischen ihren Beinen. Sein Mund folgte der magischen Spur seiner Finger, und als er sich über sie beugte und seine Lippen um eine Brustwarze schloss, gab sie sich ihrem sinnlichen Verlangen hin wie nie zuvor. Schließlich konnte sie es nicht mehr ertragen. Jeder ihrer Nerven schrie schmerzhaft nach Erfüllung.

»Bitte«, keuchte sie leise, »jetzt ...«

Er warf sich auf den Rücken, zog sie auf sich und drang mit einem heftigen Stoß in sie ein, der sie in den Himmel der Leidenschaft schleuderte. Seine Hände lagen fest auf ihren Hüften, lehrten sie, sich seinem Rhythmus anzupassen.

Ruby warf den Kopf zurück und schloss die Augen.

Er hob den Kopf, legte die Lippen um ihre Brustwarze, und sie schrie laut auf. Ihr Orgasmus war so intensiv, dass sie glaubte, explodieren zu müssen. »Oh, mein Gott«, wisperte sie atemlos und spürte, wie er tief in ihr kam.

Sie brach auf ihm zusammen, verbarg ihr Gesicht an seiner schweißnassen Brust.

Dean hielt sie so fest an sich gedrückt, als befürchte er, sie könne sich ihm entziehen, und streichelte zärtlich ihren Rücken.

Irgendwann löste sie sich von ihm, schmiegte sich aber weiter an ihn, ein Bein über seine Hüfte gestreckt.

»Das hätten wir schon vor langer Zeit tun sollen«, lachte Dean.

»Dann wäre es nicht so unglaublich wundervoll gewesen, glaub mir.« Ruby blickte zum sternenklaren Himmel auf und seufzte.

Wie einfach. Aber das war zwischen ihnen nichts Neues. Schon eine kleine Berührung gab ihr ein Glücksgefühl, das sie sonst nirgendwo finden konnte. Sie drehte sich auf die Seite und blickte ihn an. »Lass uns miteinander leben.«

Er musterte sie sonderbar. »In Hollywood?«

»Auf gar keinen Fall.« Eine ganz spontane Antwort, denn darüber hatte sie noch nicht nachgedacht. Aber als Ruby die Worte hörte, wusste sie, dass sie zutrafen. Sie wollte wirklich nicht nach Los Angeles zurück. »Aber wie wäre es mit San Francisco?«

»Nein, danke«, lachte Dean. Er streckte die Hand aus und strich ihr übers Haar. »Das liegt hinter uns, Ruby. Ich weiß nicht, wie es dir geht, aber ich will ganz von vorn anfangen. Und ich möchte auch nicht mit dir *leben*.«

Es kam ihr vor, als hätte er sie geschlagen, aber sie zuckte nicht zusammen, sondern sah ihn so gelassen wie möglich an.

»Wir werden heiraten, Ruby Elizabeth. Von nun an gibt es keine Vorwände, Fluchtversuche und Zeitvergeudungen mehr. Wir heiraten. Ich denke, wir sollten hier auf die Insel ziehen und in aller Ruhe überlegen, was wir mit dem Rest unseres Lebens anfangen wollen. Ich beispielsweise würde es gern mit Fotografieren versuchen, denn das war mein Wunsch, solange ich zurückdenken kann. Und wir werden miteinander alt werden. Wir werden auf unserer Veranda sitzen, bis wir kahl und blind sind und ich mich an meinen eigenen Namen nicht mehr erinnern kann. Und das Letzte, was du auf dieser Welt fühlen wirst, ist mein Kuss.«

»Wir werden Kinder haben«, sagte sie verträumt.

»Wenigstens zwei, damit jeder von ihnen einen besten Freund hat.«

»Und unseren Sohn nennen wir Eric ...«

Ruby hätte die ganze Nacht auf der alten Decke und in Deans Armen verbringen können, doch er wollte zu Eric zurück, und so verabschiedeten sie sich unter Küssen voneinander.

Dann half sie Dean, die Leinen loszumachen, und lief die Böschung hinauf, um ihn auslaufen zu sehen. Das Mondlicht übergoss das Boot mit bläulichem Silber. Dean startete den Motor, und die *Wind Lass* entfernte sich vom Dock.

Nach und nach verschwand sie in der Nacht. Es begann mit der Mastspitze. Unvermittelt wurde sie von der Dunkelheit verschluckt, der Rest des Bootes folgte. Im letzten

Schimmer des Mondes hob sich eine Hand und winkte. Dean konnte Ruby nicht sehen, wusste aber, dass sie noch immer am Ufer stand und ihm nachblickte.

Ruby wartete, bis von der *Wind Lass* nichts mehr zu sehen war, dann drehte sie sich um und lief zum Haus.

In der Küche brannte Licht, und die Tür ihrer Mutter war zu. Ruby ging – hüpfte! – auf die Tür zu. Bestimmt würde sich Mom freuen, geweckt zu werden. Schließlich verlobte sich ihre Tochter nicht jeden Tag.

Sie wollte gerade klopfen, als das Telefon klingelte.

Eric! O Gott, hoffentlich ...

Ruby rannte in die Küche und nahm nach dem zweiten Klingeln ab. »Hallo?«

»Ruby? Wo zum Teufel haben Sie gesteckt? Ich versuche schon seit Stunden, Sie zu erreichen. Und warum gibt es da in Ihrer hinterwäldlerischen Einöde noch nicht einmal einen Anrufbeantworter?«

»Val?« Ruby sah auf die Uhr. Es war kurz nach eins. »Können wir vielleicht morgen weiterreden? Ich ...«

»Yeah, noch einen Martini, Babe, drei Oliven ... Entschuldigung, Ruby. Aber was soll das eigentlich heißen, dass Sie den Artikel nicht abliefern wollen? Ich kann nur hoffen, dass Maudeen sich verhört hat.«

»Ich liefere ihn nicht. Das ist alles.«

»Das ist *alles*? Hören Sie, Mädchen, hier geht es nicht um irgendein mieses Provinzblättchen. Es geht um *Cache'*. Die Redaktion hält Ihnen Seiten frei, hat die Titelgestaltung fertig – mit *Ihrem* Foto, wie ich hinzufügen möchte – und die Story angekündigt.« Er machte eine kurze Pause, zog offenbar an seiner Zigarette. »Und es ist mir gelungen, einen TV-Sender für Sie zu interessieren. NBC möchte Ihnen vorschlagen, das Manuskript für eine Pilotsendung zu schreiben.«

»Eine ... Pilotsendung? Ich bekomme die Chance für eine eigene Sitcom?« Ruby wurde akut schwindlig. Das war immer ihr größter Traum gewesen. *Jeder* Komiker riss sich nach einer eigenen Show.

»Yeah, eine eigene Sitcom. Also zicken Sie nicht herum. Sie werden den Artikel morgen abliefern. Ihre Flugtickets sind per FedEx unterwegs. Vermutlich liegen sie bereits vor Ihrer Tür. Am Montagvormittag stehen Sie bei Sarah Purcell auf der Matte.«

»Das geht nicht, Val.« Ruby schloss die Augen – und *fühlte* die Hand ihrer Mutter auf ihrem Kopf, die Zärtlichkeit dieser Geste. Panik kam in ihr hoch.

Val holte tief Luft und atmete ganz langsam wieder aus. »Himmel, ich wusste, dass Sie schwierig sind, habe ihnen aber versichert, Sie wären ein Profi. Ich stehe bei ihnen im Wort, Ruby.«

»Ich bin ein Profi.« Selbst in ihren Ohren hörte sie sich unsicher an. Ängstlich.

»Profis nehmen von überregionalen Zeitschriften keinen Honorarvorschuss an und brechen dann den Vertrag. Können Sie das Geld zurückzahlen?«

Ruby dachte an den Porsche vor ihrer Haustür, das Kleid in ihrem Schrank, das Geld, das sie ihrem Dad gegeben hatte. »Wenn sie mir ein wenig Zeit lassen …«

»Wohl kaum. Sie kommen aus dem Vertrag nur heraus, wenn Sie die Summe zurückzahlen, und selbst dann müsste die Redaktion zustimmen. Und das wird sie nicht tun, Baby.«

»Sie meinen, man kann mich *zwingen* …?«

Val lachte. »Wo leben Sie? Hinter dem Mond? Hier geht es um Auflage, große Summen. Sie können es sich nicht einfach anders überlegen. Ist der Artikel fertig?«

»Ja.« Ihre Unterwürfigkeit widerte sie an.

»Und wo liegt das Problem?«

Rubys Kehle fühlte sich an wie zugeschnürt. »Ich mag sie.« Sie schluckte hart. »Nein. Ich liebe sie.«

Val schwieg einen Moment lang. »Das tut mir Leid, Ruby.«

Sein Mitgefühl war schwerer zu ertragen als sein Aufbrausen. »Mir auch«, erwiderte sie dumpf.

»Also kann ich auf Sie rechnen? Bertram wird Sie vom Flughafen abholen.«

Benommen legte Ruby den Hörer auf. Sie ging auf die Veranda hinaus und entdeckte den FedEx-Umschlag. Darin befand sich ein Erster-Klasse-Ticket und ein paar kurze Hinweise. Nach der TV-Aufzeichnung war eine Feier im *Spago* vorgesehen …

Vor einer Woche noch wäre sie in Begeisterungsschreie ausgebrochen.

Mit gesenktem Kopf lief sie an der Zimmertür ihrer Mutter vorbei. In letzter Sekunde blieb sie stehen und drückte ihre Fingerspitzen gegen das Holz. Sie konnte hören, wie ihre Mutter langsam auf und ab ging.

»Entschuldige«, flüsterte Ruby. Aber sie wusste, dass dieses kleine Wort nicht genug war. Nicht annähernd.

Seufzend ging sie die Treppe hinauf. Sie warf sich aufs Bett und versuchte einzuschlafen, konnte die Augen aber nicht geschlossen halten. Schließlich knipste sie das Licht an und griff nach ihrem Block.

»Gerade eben habe ich mit meinem Agenten telefoniert.

Offenbar stecke ich in einem Dilemma. Ich komme aus dem Vertrag nicht heraus. Ich muss den Artikel abliefern wie versprochen, oder irgendein Verlagsanwalt wird mich auf Rückzahlung und Schadenersatz verklagen.

Und ich werde meine Mutter verlieren, die Frau, nach der ich mich mein ganzes Leben lang gesehnt, die ich erst vergöttert und dann verteufelt habe. Unsere Versöhnung war zum Greifen nahe, jetzt rinnt sie mir durch die Finger. Und diesmal ist es allein meine Schuld.

Endlich habe ich begriffen, dass nicht die *großen Ereignisse* und plötzlichen Offenbarungen das Leben ausmachen, sondern vielmehr die unauffälligen Begebenheiten, das *kleine* Glück unseres Alltags.

Das alles ist mir endlich klar geworden – doch nun ist es zu spät.

Am Montag werde ich in der Sarah-Purcell-Show auftreten, und danach ... An das *Danach* wage ich nicht zu denken.

Ich weiß nur eins: Ich liebe meine Mutter.«

Der Stift entglitt Rubys Hand. Er rollte vom Bett und landete scheppernd auf dem Fußboden.

Sie konnte nicht mehr schreiben, nicht mehr denken.

»Ich liebe dich, Mom«, flüsterte sie und starrte den haarfeinen Riss in der Zimmerdecke an.

24. Kapitel

Nora saß am Küchentisch, las eine fünfzehn Jahre alte Zeitung, die sie im Besenschrank gefunden hatte, und trank lauwarmen Kaffee. Der Aufmacher auf der ersten Seite handelte davon, dass die Behörden Unterwasser-Sprengkörper gezündet hatten, um die Seelöwen von Ballard Locks zu verscheuchen. Die Seelöwen bedrohten Lachse und Meerforellen. Neben der Titelgeschichte stand eine kleinere Meldung nebst Foto: President Reagans Hund waren die Mandeln entfernt worden.

Hauptsächlich wartete sie aber darauf, dass Ruby endlich herunterkam. Nora hatte versucht, auf ihre Tochter zu warten, gegen halb zwei Uhr nachts aber aufgegeben. Es war aber sicher ein gutes Zeichen, dass Ruby sich mit der Heimkehr Zeit gelassen hatte.

Als Nora weiterblättern wollte, klingelte das Telefon. Unter Verzicht auf die an der Wand lehnenden Krücken humpelte sie zum Apparat. »Hallo?«

»Ich bin es. Dee.« Nora lehnte sich gegen den Kühlschrank. »Hi, Dee. Welche großartigen Neuigkeiten haben Sie heute für mich?«

»Sie werden Ihnen nicht gefallen.«

»Ich kann nicht sagen, dass mich das überrascht.«

»Ich habe gerade mit Tom Adams gesprochen. Er hat mich *zu Hause* angerufen, an einem *Sonntag*, um mir mitzuteilen, dass er Sie auf zehn Millionen Dollar verklagen wird, wenn die Leserbriefkolumnen nicht am Mittwoch auf seinem Schreibtisch liegen. Der Schriftsatz sei bereits formuliert, aber er wolle Ihnen noch eine letzte Chance geben.«

Sie räusperte sich. »Er will jeden verklagen, der jemals mit Ihnen zusammengearbeitet hat, auch mich.«

»Das kann er nicht«, versicherte Nora schnell, hatte aber natürlich keine Ahnung, ob es nicht doch möglich war.

»Wirklich nicht?« Dee klang verängstigt.

»Ich werde mit Tom reden«, versprach Nora.

»Oh, Gott sei Dank.«

»Was gibt es sonst? Legt sich der Aufruhr allmählich?«

»Leider nicht. Gestern Abend hat sich Ihre Haushälterin in Larry King Live absolut abscheulich über Sie geäußert.«

»*Adele*?«

»Eine gewisse Barb Heinneman hat behauptet, Sie hätten ein aufwendiges Buntglasfenster bei ihr in Auftrag gegeben, aber nie bezahlt. Und Ihre Friseurin – Carla – beschwerte sich, dass Sie immer ausgesprochen knauserig mit dem Trinkgeld waren.«

»Du meine Güte, was hat das denn …«

»Im *Tattler* steht, dass der Typ auf den Fotos nicht Ihre erste Affäre war. Ihr Mann und Sie hätten eine *offene* Ehe geführt und mit Hunderten geschlafen. Und manchmal …«, Dees Stimme wurde zu einem vertraulichen Flüstern, »hätten Sie es zu viert oder zu acht getrieben. Wie in diesem Film *Eyes Wide Shut*. Jedenfalls wird das im *Tattler* behauptet.«

In Noras Kopf drehte sich alles. Fast hätte sie laut gelacht, es war grotesk. *Eyes Wide Shut*? Gruppensex? Langsam regte sich Wut in ihr. Sie hatte Fehler begangen, große, unverzeihliche Fehler, aber das …

Das hatte sie nicht verdient. Und sie würde es sich nicht gefallen lassen. Man versuchte offenbar, sie als Hure, als Nutte abzustempeln. »Ist das alles? Oder bin ich vielleicht auch noch mit dem Kind eines Marsbewohners schwanger?«

Dee kicherte nervös. »Im Grunde ist es das. Allerdings …«

»Jaaaa?«, fragte Nora gedehnt.

»Liz Smith hat in ihrer neuesten Kolumne eine ihrer üblichen versteckten Andeutungen gemacht. Es klingt ganz danach, als würde jemand eine Enthüllungsstory über Sie schreiben, eine sehr hässliche.«

»Wer um alles in der Welt ...«

»Offenbar handelt es sich um jemanden, der Ihnen nahe steht.«

Nora seufzte. Sie war nicht überrascht. Sie hatte damit gerechnet, dennoch tat es weh. »Verstehe.«

»Und Ihre Haushälterin erklärte, Sie würden Strafzettel wegen Falschparkens zerreißen und Vorladungen einfach ignorieren. Bei der Stadtverwaltung denkt man den Worten eines Vertreters zufolge über die Einleitung einer Untersuchung nach.«

Jetzt reichte es. Endgültig. »Auf Wiederhören, Dee«, sagte Nora, ohne zu wissen, ob ihre Assistentin noch etwas sagen wollte oder nicht. Sie warf den Hörer auf die Gabel und riss die Schranktür auf.

Da waren die gelben Keramikteller, die sie vor einer Ewigkeit auf dem Flohmarkt gekauft hatte. Nora griff nach einem, spürte sein Gewicht in der Hand. Und zögerte. Es hatte wenig Sinn, ihre Wut an dem Geschirr auszulassen.

»... denkt man über die Einleitung einer Untersuchung nach.«

Sie hob ihren Arm und schleuderte den Teller von sich. Er flog durch die Luft, traf die Wand und zerbrach.

»Wie in *Eyes Wide Shut*. Mit Hunderten getrieben ...«

Der nächste Teller segelte durch die Küche.

»*Offene* Ehe ... Knauserig mit dem Trinkgeld.«

Wieder krachte Keramik gegen die Wand.

Inzwischen war die Küche von Scherben übersät. Schwer atmend sah Nora sich um. Und lächelte.

Das hätte sie schon vor Jahren machen sollen. Es half tatsächlich! Sie streckte die Hand nach dem nächsten Teller aus.

»Er will Sie auf zehn Millionen Dollar verklagen, wenn …«
Nora setzte zum Werfen an.

In diesem Moment kam Ruby die Treppe heruntergerannt. »Was um alles in der …« Sie duckte sich und hielt schützend eine Hand vor ihr Gesicht. Der Teller verfehlte ihren Kopf um Haaresbreite und zerschellte an der Wand. Als sich die Scherben auf dem Boden verteilt hatten, blickte Ruby ihre Mutter fassungslos an. »Um Gottes willen, Mom … Wenn dir die Teller nicht gefallen, kauf doch einfach neue.«

Nora sank auf dem kalten, harten Fußboden auf die Knie. Sie lachte, bis ihr die Tränen kamen – und dann begann sie zu weinen.

Sie schlug die Hände vors Gesicht, wollte nicht, dass ihre Tochter sie so sah, konnte sich aber einfach nicht beherrschen.

Plötzlich war alles zu viel für sie: Erics Krankheit, die Beschimpfungen und Verleumdungen, ihre ruinierte Karriere …

Sie fühlte sich alt und verlassen. Wie eine Frau, die alles Wertvolle in ihrem Leben für eine Goldmünze eingetauscht hatte und nun – nach einem heftigen Regen – feststellen musste, dass sich das Gold in ihrer Hand in einfaches Kupfer verwandelte.

Sie blickte zu Ruby auf, konnte das Gesicht ihrer Tochter aber durch den Schleier ihrer Tränen kaum erkennen.

»Mom?« Ruby kniete sich neben sie. »Alles in Ordnung mit dir?«

»Sehe ich aus, als wäre alles in Ordnung?«

»Auf eine gewisse Courtney-Love-Art. Nach dem Konzert und vor der Operation.« Sie strich Nora eine Haarsträhne aus der Stirn. »Was ist denn passiert?«

»Eine Frau will mich wegen Beratung in betrügerischer Absicht verklagen. Ein mir nahe stehender Mensch – ein

Freund oder eine *Freundin* – schreibt eine Enthüllungsstory über mich. Oh, und dann sei nicht allzu überrascht, wenn du irgendwo hörst, dass sich dein Dad und ich mit Gruppensex vergnügt haben.« Sie versuchte zu lächeln. Es gelang ihr nicht einmal ansatzweise. »Aber mach dir keine Sorgen. Ich lasse mich nicht unterkriegen. Ich habe schon Schlimmeres überstanden. Wichtig ist nur, dass ich dich sehr lieb habe.«

Ruby zuckte zurück. Sie ließ die Hand in den Schoß sinken.

Unbeholfen rappelte sich Nora hoch und humpelte zum Küchentisch. Sie setzte sich und legte ihr eingegipstes Bein auf einen anderen Stuhl.

Als sie ihre Tochter betrachtete, die noch immer mit gesenktem Kopf auf dem Fußboden kniete, erkannte sie, dass kein Schweigen grausamer und kälter sein konnte als das nach ihrem letzten Satz.

Sie hatte eine ganze Kindheit auf diese Worte von ihrem Vater gewartet, dann eine weitere Ewigkeit auf ein entsprechendes Geständnis von ihrem Mann.

Jetzt schien sie wieder zum Warten verurteilt. Und sie hatte geglaubt, zwischen Ruby und ihr würde endlich wieder alles gut ...

»Möchtest du eine Tasse Kaffee?« Nora schob die Zeitung zur Seite. Ihre Stimme hörte sich gelassen und ruhig an, als wäre es absolut normal, in einer von Keramikscherben übersäten Küche zu sitzen.

Ruby hob den Kopf. »Lass das«, flüsterte sie rau.

Nora bemerkte, dass ihre Tochter weinte, und das beunruhigte sie. »Was ist denn, Ruby?«

»Tu nicht so, als hättest du es nicht gesagt. Bitte.«

Nora hatte keine Ahnung, wie sie darauf reagieren sollte. Ruby stand auf, drehte sich um und verließ die Küche.

Nora hörte jeden Schritt auf den Stufen. Das Atmen fiel ihr schwer. Was um alles in der Welt war gerade passiert?

Dann kam Ruby die Treppe wieder herunter. Mit einem Koffer in einer Hand und einem Stapel Papierbögen in der anderen betrat sie die Küche.

Entsetzt sah Nora sie an. »Nein! Ich dachte, wir wären so weit, dass ich das zu dir sagen darf.«

Ruby ließ den Koffer fallen. Er landete mit einem dumpfen Knall auf dem Boden.

»Aber Ruby, Schätzchen …«

»Es lässt sich nicht leugnen, nicht vergessen«, sagte Ruby zögernd. Tränen stiegen in ihre dunklen Augen, liefen ihre Wangen herab. »Ich habe lange gebraucht, das zu begreifen. Und nun ist es zu spät.«

Nora runzelte die Stirn. »Ich verstehe nicht recht …«

»Ich liebe dich.«

Rubys Stimme war so leise, dass Nora zunächst glaubte, ein Opfer ihrer Einbildung, ihrer Sehnsucht geworden zu sein.

»Du liebst mich?«, kam es schließlich fast ungläubig über ihre Lippen.

Unsicher blickte Ruby sie an. »Versprich mir … Versprich mir, dich daran zu erinnern. Okay?«

»Aber Ruby, wie könnte ich …«

Ruby warf einen Schreibblock auf den Tisch. »Ich habe gestern Nacht alles für dich kopiert.«

Nora ließ Ruby nicht aus den Augen. »Was ist das?«

Ihre Tochter bückte sich, griff nach dem Koffer. »Lies es«, sagte sie tonlos.

Schulterzuckend zog Nora den Block näher an sich heran. »Möglicherweise brauche ich meine Brille …« Sie kniff die Augen zusammen und begann zu lesen.

»Das Gebot der Aufrichtigkeit gebietet, Ihnen nicht zu verschweigen, dass ich für diese Erinnerungen bezahlt werde. Mit einem hübschen Sümmchen, wie man in den Restaurants sagt, in denen Leute wie ich sich nicht einmal einen

Salat leisten können. Genügend jedenfalls, um meinen uralten Käfer mit einem geringfügig jüngeren Porsche vertauschen zu können.

Ich sollte Ihnen auch sagen, dass ich meine Mutter nicht sonderlich mag. Nein, das ist nicht genau genug. Den aufgeblasenen Typen, der abends in meiner Stammvideothek Dienst schiebt, *mag ich nicht besonders.*

Meine Mutter hasse ich.«

Abrupt hob Nora den Kopf.

Ruby schluchzte so heftig, dass ihre Wangen hochrot waren und ihre Schultern zuckten. »Es ist ein Artikel für die Zeitschrift *Cache'*.«

Keuchend rang Nora nach Atem. Sie wusste, dass alles ihren Augen abzulesen war: die Enttäuschung, der Verrat, die Trauer – ja, und auch der Zorn. »Wie konntest du das nur tun?«

Ruby griff nach dem Koffer und rannte aus dem Haus.

Wie aus weiter, unüberbrückbarer Ferne hörte Nora ein Auto starten und durch den Kies davonfahren.

Dann war alles wieder ganz still.

Nora wollte nicht weiterlesen, aber die blauen Schriftzüge auf dem linierten Papier zogen sie magisch an.

Meine Mutter hasse ich ...

Sie schloss kurz die Augen, atmete tief durch, zog den Block auf ihren Schoß und las weiter.

»Die Geschichte beginnt vor elf Jahren in einer Gegend, die vermutlich die wenigsten von Ihnen kennen: Auf den San Juan Islands im Staat Washington.«

Nach ein paar weiteren Sätzen begann Nora zu weinen.

Ruby kam bis zum Ende der Einfahrt, dann trat sie heftig auf die Bremsen.

Schon wieder ergriff sie die Flucht, aber diesmal konnte sie sich nirgendwo verstecken. Sie hatte etwas unverzeihlich

Egoistisches getan und war ihrer Mutter weit mehr schuldig, als sie in einem leeren Haus zurückzulassen.

Ruby legte den Rückwärtsgang ein und parkte. Sie lief durch den duftenden Garten und über die Wiese zum Strand. Gern hätte sie sich auf ihren Lieblingsfelsen gesetzt, aber dorthin konnte ihre Mutter mit ihren Krücken nicht gelangen.

Sie *wollte* gesehen werden. Wenn ihre Mutter den Artikel gelesen hatte, würde sie mit Sicherheit auf die Veranda kommen. Und dann musste sie ihre Tochter entdecken.

Ruby setzte sich am Rand des Strandes ins Gras. Es war ein herrlicher Sommertag. Die Inseln waren ein Farbenmosaik: blauer Himmel, grüne Wälder und Wiesen, silbergraue Wellen.

Sie streckte sich aus und schloss die Augen. Es roch nach Gras, warmem Sand und Tang, nach ihrer Kindheit.

An den heutigen Tag würde sie sich wohl immer erinnern, und vermutlich in den sonderbarsten Momenten. Wenn ihre Arme bis zu den Ellbogen im Abwaschwasser steckten, beispielsweise. Unter der Dusche, mit dem Zitrusduft des Shampoos ihrer Mutter in der Nase, oder wenn sie ihr Baby im Arm hielt. In solchen Augenblicken würde sie sich an diesen Tag erinnern und alle anderen, die zu ihm geführt hatten. Auf gewisse Weise begann heute ihr Erwachsenenleben, und alles, was von nun an geschah, beruhte auf dem, was sie und ihre Mutter hier zueinander gesagt hatten.

Ruby fragte sich, ob sie ihre Scham jemals verwinden konnte oder ob sie sie ewig mit sich herumschleppen musste wie früher ihre zornige Verbitterung.

Künftig würde sie Geschenke verschicken, Nachrichten auf Anrufbeantwortern hinterlassen und warten, auf irgendeine Antwort warten ...

»Hey, Rube.«

Sie öffnete die Augen und sah ihre Mutter neben sich stehen. Sie stützte sich auf ihre Krücken, die Sonne ließ ihr kastanienrotes Haar leuchten.

Blitzschnell richtete Ruby sich auf. »Mom«, wisperte sie. Ihre Kehle war zu trocken, um mehr sagen zu können.

»Ich bin froh, dass du zurückgekommen bist. Auf einer Insel kannst du nicht so leicht vor mir flüchten, schätze ich.«

Nora warf die Krücken zu Boden und kniete sich neben Ruby ins Gras. »Ich habe gelesen, was du über mich geschrieben hast. Und ich muss gestehen, es hat mir das Herz gebrochen.«

Am liebsten wäre Ruby im Erdboden versunken. Sie dachte darüber nach, wie weit ihre Mutter und sie inzwischen gekommen waren, und sehnte sich nach dem, was sie durch ihren Egoismus verspielt hatte. Hätte sie den Vertrag mit *Cache'* nicht unterschrieben, könnte sie ihrer Mutter jetzt von der Versöhnung mit Dean erzählen. Vielleicht würden sie lachend über Trauringe, Brautjungfern und Blumenarrangements reden.

Sie blickte ihre Mutter an. »Ich schäme mich unendlich«, sagte sie leise. »Ich wusste, dass dich meine Äußerungen verletzen würden. Anfangs wollte ich dir auch wehtun.«

»Und jetzt?«

»Jetzt würde ich alles dafür tun, es ungeschehen zu machen.«

Ihre Mutter lächelte traurig. »Die Wahrheit schmerzt immer, Ruby. Das ist ein Naturgesetz, wie die Gravität.« Sie blickte aufs Meer. »Beim Lesen deines Artikels habe ich mich gesehen, wie in einem Spiegel. Mein ganzes Leben lang bin ich vor mir und meiner Vergangenheit davongelaufen. Nie habe ich jemandem trauen können. Als ich mit meinen Kolumnen begann, wusste ich, dass die Leser *mir* nicht trauen würden, also habe ich Nora Bridge erfunden, eine Frau, der man vertrauen, die man bewundern konnte, und versucht, meiner Erfindung zu entsprechen. Natürlich war das nicht möglich. Die Frau, die ich einmal war, die Fehler, die ich begangen hatte, ließen das nicht zu.« Sie blickte Ruby an. »Aber dir habe ich vertraut.«

Ruby kniff die Augen zu. »Ich weiß.«

»Es war richtig, dir zu vertrauen, Ruby. Das erkannte ich, als ich zu Ende gelesen hatte. Du hast beobachtet, zugehört und dann geschrieben. Ein sehr zutreffendes Porträt. Von dem Mädchen, das sich unter der Treppe versteckte, zu der Frau, die hinter den Gittern einer Nervenklinik Schutz suchte, bis zu der Frau, die sich hinter einem Mikrofon verbarg.« Sie lächelte. »Und schließlich bis zu der Frau, die sich künftig nie wieder verstecken wird. Du hast mir viel über mich selbst beigebracht, Ruby.«

»Ich weiß, dass ich deine Geheimnisse verraten habe, aber ich werde den Artikel nicht veröffentlichen.«

»O doch. Du wirst.«

Es überraschte Ruby nicht im Geringsten, dass ihre Mutter ihr nicht glauben wollte. »Ich *verspreche* dir, ihn nicht zu publizieren.«

»Du scheinst mich nicht verstehen zu wollen.« Nora beugte sich vor und umfasste Rubys Hände. »Ich *möchte*, dass der Artikel erscheint. Er schildert auf geradezu wundervolle Weise, wer wir sind und wer wir sein können. Er zeigt, wie Liebe verloren gehen, aber auch wiedergewonnen werden kann, wenn man nur fest an sie glaubt. Du hast mich nicht *verraten*, Ruby. Möglicherweise war das am Anfang der Fall, aber warum auch nicht? Wir hatten einen langen, langen Weg miteinander zurückzulegen. Und am Ende erkannte ich, wie sehr du mich liebst.«

»Ich liebe dich auch, Mom. Und es tut mir unendlich …«

»Still. Davon will ich nichts mehr hören. Wir sind Mutter und Tochter. Wir gehen uns dann und wann zwangsläufig auf die Nerven, verletzen gegenseitig unsere Gefühle. So ist es nun einmal.« In Noras Augen glänzten ungeweinte Tränen. »Und jetzt lass uns deinen Agenten anrufen. Ich werde dich zu der Sarah-Purcell-Show begleiten.«

Ruby schüttelte den Kopf. »Auf keinen Fall. Man wird dich in der Luft zerreißen.«

»Na und? Die Hand meiner Tochter wird mir Kraft geben. Sie können mich nicht mehr verletzen, Ruby. Und wenn du es genau wissen willst – ich brenne darauf, mich zu wehren.«

Bewundernd sah Ruby ihre Mutter an. Schon wieder verwandelte sie sich vor Rubys Augen in eine total andere Frau. »Du bist ... toll.«

Nora lachte. »Habe ich ein Glück, dass du das endlich merkst.«

25. Kapitel

»*Ich habe meinen Auftritt absolviert,* aber er ging anders aus, als ich befürchtet hatte. Es scheint, meine Mutter und ich sind irgendwie Symbole dafür geworden, dass es mit der Welt allzu schlecht nicht bestellt sein kann. Und so abwegig ist das gar nicht. Schließlich leben wir in einer Zeit, in der TV-Nachrichten und Zeitungen über kaum etwas anderes berichten als über Katastrophen, Verbrechen und Leid.

Bedauerlicherweise nehmen wir das mehr oder weniger hin. Wir sitzen in unseren Wohnzimmern behaglich auf der Couch oder im Sessel und schütteln die Köpfe. Im besten Fall schalten wir die Nachrichten aus oder wechseln den Kanal. Aber nie fragen wir nach dem Warum. Wer hat eigentlich entschieden, dass ein Mord einen höheren Nachrichtenwert besitzt als die Tatsache, dass irgendwo eine ältere Dame Aidskranke in ihrer Nachbarschaft täglich mit warmen Mahlzeiten versorgt?

Aber ich verliere mich in Gesellschaftskritik. Allerdings habe ich inzwischen auch gelernt, dass im schillernden Licht der Öffentlichkeit nicht alles Gold ist, was da glänzt. Prominente Menschen besitzen vielleicht mehr Geld, aber weniger Freiheit. Sie mögen mehr Chancen und Möglichkeiten haben, aber auf Kosten ihrer Offenheit. Alles hat seinen Preis. Und wenn wir unsere Helden von den Medien bestimmen lassen, haben wir schon verloren.

Meine Mutter und ich konnten feststellen, dass wir – wir alle – nicht so allein sind, wie wir oft glauben. Die Menschen hören gute Nachrichten ebenso gern wie schlechte.

Und die Story unserer Versöhnung hat sie gerührt: Mädchen hasst Mutter, lernt diese lieben und verzichtet schließlich auf eine Karrierechance, weil die ihrer Mutter das Herz brechen würde.

Diese Geschichte haben die Menschen geliebt. Und mich auch.

Aber vor allem meine Mutter. Ihr ganzes Leben lag vor ihnen wie ein Roman, und das Publikum empfand Mitgefühl für die Widerstände, die sie zu überwinden hatte, und Bewunderung für ihre Kraft. Sie wurde mehr als eine Berühmtheit, sie wurde *eine von ihnen*. Eine gewöhnliche Frau, und überraschenderweise machte sie das noch berühmter und – liebenswerter.

Ich höre sie gerade im Radio, wie sie mit Anrufern spricht. Hin und wieder meldet sich jemand, der sie eine Heuchlerin nennt und beschimpft, weil sie ihre Kinder im Stich gelassen hat.

Die alte Nora Bridge wäre unter einem so persönlichen und direkten Angriff sicher zusammengebrochen. Jetzt nicht mehr. Jetzt hört sie sich die Leute an, stimmt ihnen zu, und spricht dann davon, wie positiv Fehler mitunter sein können und was für ein Geschenk die Familie ist. Sie zieht die Menschen auf unnachahmliche Weise in ihren Bann, und am Ende der Sendung suchen die Zuhörer nach Taschentüchern und denken darüber nach, wie sie zu ihrer eigenen Familie zurückfinden können. Die Klugen unter ihnen greifen zum Telefon.

Es gibt keinen Ersatz für das Gespräch mit den Menschen, die man liebt. An sie zu denken, von ihnen zu träumen und zu wünschen, die Dinge wären anders – all das kann nur ein Anfang sein. Jemand muss den ersten Schritt tun.

Das habe ich in diesem Sommer gelernt, aber es ist nicht das Wichtigste, nicht das, was ich zum geeigneten Zeitpunkt an meine Tochter weitergeben werde. Die Wahrheiten, die ich auf Summer Island erfahren habe, lagen zum Greifen nahe vor mir. Ich brauchte nur die Augen aufzumachen.

Mütter und Töchter sind eng miteinander verbunden. Meine Mutter ist in meinem Rückgrat und sorgt für meinen ›aufrechten Gang‹. Sie ist in meinem Blut und achtet darauf, dass es kraftvoll und lebendig durch meine Adern pulst. Sie ist im Schlag meines Herzens.

Ein Leben ohne sie kann ich mir nicht vorstellen.

Ich weiß jetzt, wie kostbar Zeit ist. Das hat mich mein Freund Eric gelehrt. Manchmal, wenn ich die Augen schließe, sehe ich, wie er früher war, wie er lachend am Bug der *Wind Lass* steht und vorausblickt in seine Zukunft. Ich höre seine Stimme im Wind. Ich spüre seine Berührung im Regen, und ich erinnere mich …

Das Leben ist kurz. Und wenn Eric seinen Kampf gegen den Krebs verliert, wird sein Tod für mich unerträglich sein. Ich werde meine Mutter anrufen, und ihre Stimme wird mich trösten, mich wieder aufrichten.

Ohne ihre Mutter ist eine Tochter seelisch beschädigt, gebrochen.

Ich habe Los Angeles als harte, verbitterte, zynische junge Frau verlassen und wurde auf Summer Island erwachsen, fand zu Verständnis, Geduld und Glück.

Ich wollte das Leben meiner Mutter erforschen und habe mein eigenes gefunden.«

»Glaubst du, dass sie bald nach Hause kommen?«

Dean brauchte nicht zu fragen, wen Eric meinte. Seit Noras und Rubys Aufbruch vor drei Tagen sprachen sie über kaum etwas anderes als ihre Rückkehr.

»Lange kann es nicht mehr dauern«, erwiderte Dean jetzt wie so oft zuvor schon, aber wirklich sicher war er sich nicht, und diese Ungewissheit machte ihm schwer zu schaffen. Nora rief jeden Abend an, um mit Eric zu sprechen, aber Ruby war offenbar immer unterwegs, nahm an Veranstaltungen teil, redete mit Medienvertretern. Nur einmal hatte sie mit ihnen gesprochen, und obwohl sie Dean erklärte, wie sehr sie ihn vermisste, hatte er das Gefühl, dass sich zwischen ihnen eine gewisse Distanz aufbaute.

Sie stand jetzt im Interesse der Öffentlichkeit, wie sie es sich immer gewünscht hatte. Schon als kleines Mädchen war es ihr Traum gewesen, von Fremden anerkannt und geliebt zu werden. Er durfte ihr keine Vorwürfe machen, dass sie nun jeden Moment genoss. Aber er fragte sich auch, ob es in ihrem neuen Leben überhaupt noch einen Platz für ihn gab.

Eric musste husten.

Dean wandte sich vom Fenster ab. Erics Anblick schockierte ihn. Es schien ihm von Minute zu Minute schlechter zu gehen. Wie hinfällig sein Bruder war, wie *sterbenskrank*. Schon das Atmen schien ihn zu erschöpfen, und die Medikamente konnten kaum noch etwas gegen die Schmerzen ausrichten.

»Können wir ein wenig hinausgehen?«, fragte Eric. »Es scheint ein wundervoller Tag zu sein.«

»Natürlich.« Dean lief hinaus und bereitete alles vor. Er stellte im Schatten eines Erdbeerbaumes einen Liegestuhl so auf, dass sein Bruder von da aus bis zum Strand blicken konnte. Dann ging er zu Eric zurück, hüllte ihn in eine Decke und hob ihn auf die Arme. Er war leicht wie ein Kind.

Sanft setzte er ihn auf den Stuhl. Eric lehnte sich zurück und schloss die Augen. »Wie gut sich die Sonne auf meinem Gesicht anfühlt.«

Dean blickte seinen Bruder an, sah aber nicht den hageren, ausgezehrten, in eine bunte Decke gehüllten jungen Mann, sondern den Ausdruck von tapferer Gelassenheit auf Erics Gesicht. Diese Entschlossenheit, das Leben bis zum letzten Moment auszukosten.

»Bin gleich wieder da.« Er lief ins Haus, holte seinen Fotoapparat und begann Aufnahmen zu machen.

Erics Lider öffneten sich zögernd. Er brauchte eine Sekunde, um sich zu konzentrieren, eine weitere, um die Kamera in Deans Händen zu erkennen. Abwehrend hob er eine durchscheinend magere Hand. »Nein, Dino, bloß keine Fotos. Ich sehe doch grauenhaft aus.« Er wandte den Kopf ab.

Dean kniete sich vor seinen Bruder und hob den Apparat ans Auge. »Nun komm schon. Du stellst Tom Cruise glatt in den Schatten.«

Eric drehte den Kopf wieder zu ihm hin. »Früher einmal war ich nicht ganz unattraktiv«, sagte er und lächelte ein bisschen schief. »Aber du musstest ja warten, bis ich aussehe wie ein Monster.«

Dean strich seinem Bruder über die feuchte Stirn. Er bemerkte, dass es nicht lange dauern konnte, bis Eric vor Erschöpfung einschlief. »Ja, diese Jahre habe ich mir törichterweise entgehen lassen. Das bedaure ich zutiefst. Aber jetzt muss ich dich einfach fotografieren.«

Stöhnend hob Eric eine Hand und rieb sich die Augen.

»Weißt du, was ich sehe, wenn ich durch die Linse blicke? Einen Helden.«

Langsam öffnete Eric die Lider und lächelte. »Ich bin bereit für die Nahaufnahme, Mister DeMille.«

Dean verknipste den ganzen Schwarzweißfilm, legte den Apparat auf den Picknicktisch und streckte sich neben seinem Bruder im Gras aus.

»Glaubst du, dass sie bald nach Hause kommen?«

»Ja, davon bin ich fest überzeugt.« Dean drehte sich auf die Seite und sah seinen Bruder an. »Ruby ist jetzt bekannt. Erinnerst du dich, wie wir sie gestern in *Entertainment Tonight* gesehen haben? Das war schon immer ihr Traum.«

»Nun, ich habe früher davon geträumt, Astronaut zu werden. Bis ich auf irgendeinem Jahrmarkt eine dieser *Attraktionen* bestieg, die einem das Unterste zuoberst kehren.«

»Ich glaube, für Ruby war es wichtig, prominent zu werden.«

Eric musterte Dean nachdenklich. »Du meinst also, sie sehnte sich nach *Ruhm*?«

»Ich kenne den Rummel. Vor ein paar Jahren war ich mit einem Supermodel befreundet. Es kann ganz schön aufreibend sein, von allen geliebt zu werden.«

»Das ist doch keine Liebe.«

»Sicher«, räumte Dean an, aber nicht unbedingt überzeugt.

»Ich weiß, was Liebe ist, Bruderherz. Sie kommt zu dir zurück. Und wenn nicht, hat sie dich nicht verdient.«

Dean setzte sich auf. Das war das einzige unerwähnte Thema zwischen ihnen. Dean hatte es nie ansprechen können, und Eric war zu vorsichtig, auch nur eine Anspielung zu machen. Aber es hatte immer zwischen ihnen gestanden. Zunächst wie eine unübersteigbare Wand, jetzt wie eine kleine, überwindbare Stufe. »Wie war das zwischen Charlie und dir?«

Überrascht sah Eric ihn an. »Willst du das wirklich wissen?«

»Ja.«

Ein ebenso inniges wie offenes Lächeln überzog Erics Gesicht, ließ ihn fast wieder jung aussehen. »Ich blickte Charlie an und wusste, er ist meine Zukunft. Nicht, dass das damals eine verlockende Perspektive war. Immerhin hatte ich mir meine Zukunft immer weiblich vorgestellt. Ich wollte nicht schwul sein. Mir war klar, wie schwer und problematisch es für mich werden würde. Schließlich bedeutete es für mich die Aufgabe des amerikanischen Traums: eine eigene Familie, ein Haus im Grünen, Kinder. Es hat mich innerlich zerrissen.«

Dean hatte noch nie darüber nachgedacht, was es bedeutete, homosexuell zu sein. Zwischen seinen innersten Neigungen und dem Bild wählen zu müssen, das die Welt von einem hatte. »O Gott ... Das tut mir Leid.«

»Ich wollte mit dir darüber sprechen, aber du warst sechzehn Jahre alt. Und ich befürchtete deine Abscheu. Also schwieg ich. Aber meine Gefühle für Charlie waren wichtiger als alles andere. Ich liebte ihn sehr, und bei seinem Tod starb ein großer Teil von mir mit ihm. Ohne Nora hätte ich es nicht überlebt. Sie war immer für mich da …« Er schloss die Augen, und sein Atem wurde flacher, regelmäßiger. Plötzlich erwachte er wieder und rappelte sich nervös hoch. »Wo ist mein Radiergummi?«

»Auf dem Küchentisch. Ich hole ihn dir.«

Eric sank in die Kissen zurück. »Glaubst du, dass sie bald wieder hier sind?«

Dean strich über Erics Stirn. »Sicher bald.« Als sein Bruder eingeschlafen war, streckte er sich wieder im Gras aus und schloss die Augen. Angenehm brannte die Sonne auf seinen Wangen, und wenn er sich Mühe gab, konnte er sich vormachen, es wäre ein ganz normaler, längst vergangener Tag. Eric und er waren vom Schwimmen erschöpft und erholten sich nun mit einem kleinen Schläfchen …

Ein herankommendes Auto ließ ihn erwachen. »Hey, Lottie!« Er winkte verschlafen, stand aber nicht auf. Es tat so gut, mit geschlossenen Augen im Gras liegen zu bleiben.

»Begrüßt man so seine neue, wenn auch noch immer ringlose Verlobte?«

Dean riss die Augen auf. Mit in die Hüften gestemmten Händen stand Ruby neben ihm. Er sprang auf die Füße, zog sie in die Arme und küsste sie.

Lachend löste sie sich von ihm. »Himmel, ich werde dafür sorgen, dass ich immer mal wieder fortmuss, wenn wir verheiratet sind. Nach Hause zu kommen ist einfach wundervoll.« Sie griff nach Deans Hand und beugte sich über Eric, der noch immer schlief. »Hey, Eric«, sagte sie leise.

Er blinzelte sie verschlafen an. »Hi, Sally.«

Stirnrunzelnd sah Ruby Dean an.

»Es geht ihm immer schlechter«, flüsterte er. »Manchmal weiß er nicht mehr, wo und wer er ist.«

Ruby lehnte sich an Dean, und er schlang ihr einen Arm um die Taille. »Wir haben dich und Nora in der Sarah-Purcell-Show gesehen. Du warst großartig.«

»Wenn man es mag, dass Reporter einem sogar auf ein gewisses Örtchen folgen, war es nicht schlecht. Aber mir ist Berühmtsein zu anstrengend. Ich habe die Sitcom-Angebote ausgeschlagen.«

»Tatsächlich?«

»Aber ich habe den Vertrag für ein Buch unterschrieben. Einen Roman. Ich dachte, das ist etwas, womit ich hier auf der Insel beginnen kann.«

»Hey, Jungs!«, rief Nora und winkte. Das Bein in einem nagelneuen Laufgips, kam sie auf sie zu und berührte Deans Schulter. »Wie geht es Eric?«

Stumm schüttelte Dean den Kopf.

Eric schlug die Lider auf. »Nora? Bist du es?«

Sie beugte sich über ihn. Wenn sie sein Anblick schockierte, ließ sie es sich zumindest nicht anmerken. »Ja, Eric.« Sie umfasste seine Hand. »Hier bin ich.«

»Ich wusste, dass du bald zurückkommen würdest. Weißt du vielleicht, wo mein Radiergummi ist? Ich glaube, Sally hat ihn versteckt.«

»Nein, Lieber, ich habe ihn nicht gesehen.« Ihre Stimme klang rau. »Aber du weißt, was heute für ein Tag ist?«

Unsicher blickte Eric sie an. »Montag?«

»Der vierte Juli.«

»Werden wir eine Party feiern?«

»Aber selbstverständlich.«

»Mit Wunderkerzen?« Er lächelte versonnen.

»Du solltest jetzt erst einmal ein paar Minuten schlafen. Ich werde deinen Bruder bitten, den Grill anzuwerfen.«

»Dean kann das nicht. Er lässt immer alles ins Feuer fallen. Früher hast du immer gesagt, ich soll den Fisch grillen.«

Nora strich ihm über die Wange. »Ich weiß. Vielleicht kannst du ihn ein bisschen beaufsichtigen.«

»Yeah.« Er grinste Dean an. »Als Fachmann rate ich dir, das Zeug vom Grill zu nehmen, bevor es verkohlt.«

Nora beugte sich vor und küsste Eric auf die Stirn. Bevor sie sich wieder aufrichtete, war er eingeschlafen. Als sie sich umdrehte, sah Dean die Tränen in ihren Augen. Er griff nach ihrer Hand und drückte sie. Lange standen sie so da und hielten einander an den Händen.

»Lasst uns schon mal alles vorbereiten«, sagte Ruby schließlich.

Dean blickte Nora an. »Danke«, flüsterte er. Es war noch immer Juni, aber die Grillparty war genau das, was Eric brauchte.

Während Nora und Ruby die Zutaten auf dem Picknicktisch aufhäuften, ging Dean ins Haus. Er platzierte die Boxen der Stereoanlage im geöffneten Fenster, schaltete einen Golden-Oldies-Sender ein und drehte die Lautstärke voll auf, tat sein Bestes, die Uhr der Zeit um zwölf Jahre zurückzudrehen.

Und prompt war der erste Song, der aus den Lautsprechern schallte, *Money for Nothing* von den Dire Straits.

Als er wieder draußen erschien, hatten Nora und Ruby alles bereit. Maiskolben waren in Alufolie gehüllt, der fertig gekaufte Nudelsalat stand in einer Schüssel bereit, der Lachs war gewürzt und mit Zwiebel- und Zitronenscheiben umlegt.

Ein neuer Song begann. Madonnas *Crazy for You*.

Dean legte einen Arm um Rubys Schultern und bewegte sich mit ihr im Takt der Musik. »Gott, da werden tausend Erinnerungen wach.«

Sie zog ihn fort vom Picknicktisch. »Komm, tanz mit mir.«

Er umfing sie und tanzte in die Vergangenheit zurück. Hätte er die Augen geschlossen, dann hätte er die festlich dekorierte Sporthalle der High School vor sich gesehen und Ruby mit langen Haaren in einem eisblauen Polyesterkleid mit Spaghettiträgern.

Aber er schloss die Augen nicht, blickte nicht zurück. Von nun an würde er nur nach vorn schauen, in die Zukunft.

Als die ersten Takte von Shaun Cassidys *Da Do Ron* erklangen, bewegte sich auch Nora im Rhythmus, so gut es ging. Und Eric versuchte, den Takt zu klatschen.

Den Rest des Tages verbrachten sie oberflächlich betrachtet lachend und unbeschwert. Sie erinnerten sich an die Vergangenheit und träumten von der Zukunft. Sie aßen von Papptellern, die sie auf dem Schoß balancierten. Selbst Eric nahm ein paar Bissen Lachs zu sich. Und als es schließlich dunkel wurde, brannten sie Feuerwerkskörper ab und entzündeten Wunderkerzen.

Mit dem Rücken zum Sound stand Ruby am Ufer und schrieb mit einer Funken sprühenden Wunderkerze »Ruby liebt Dean« in die dunkle Luft. Neben ihr formte Nora die Worte »Ich liebe meine Mädchen« und »Ein Hoch auf Summer Island«. Lachend hoben sie die Arme, winkten Dean und Eric zu.

Eric hob den Kopf. Als sich ihre Blicke trafen, überkam Dean unwillkürlich Angst. Wie alt und müde sein Bruder doch aussah. »Ich liebe dich, kleiner Bruder.«

Die Welt schrumpfte auf sie beide zusammen. Schweigen erstickte die Musik und das Lachen der Frauen. Die plötzliche Stille fühlte sich endlos, dunkel und gefährlich an.

»Ich liebe dich auch, Eric.«

»Keine Trauerfeier. Ich wünsche mir eine Party, wie die heute, wie früher. Und dann wirf meine Asche von der *Wind Lass* ins Meer. Vielleicht unter der Brücke bei Deception Pass.«

Dean wollte sich nicht vorstellen, wie er an Deck stand und zusah, wie graue Aschepartikel auf den grüngrauen Wellen trieben, und dabei an zwei blaue Augen dachte, die ihn nie wieder anblicken würden ...

Erics Atemzüge wurden mühsamer. Seine Lider fielen zu. »Ich kann die Mappe für den Kurs des neunten Jahrgangs nirgendwo finden.«

»Ich werde sie für dich suchen.«

Eric öffnete die Augen. »Bitte, hole Mom. Ich muss ihr etwas sagen.«

Dean erstarrte.

»Sie ist doch hier, oder?«

Dean nickte hastig und wischte sich die Tränen aus den Augen. »Natürlich ist sie hier.«

Lächelnd lehnte sich Eric wieder in die Kissen. »Ich wusste, dass sie kommt.«

»Ich hole sie.« Der Weg zum Ufer schien eine Ewigkeit zu dauern. Nach und nach konnte er wieder Geräusche hören – die Musik, das Lachen, die brandenden Wellen. *That's What Friends Are For* erscholl aus dem Radio.

»Komm, Dino.« Ruby streckte die Arme nach ihm aus. »Du hast noch nicht *meinen* Namen geschrieben.«

Dean konnte ihre Hand nicht ergreifen. Es kam ihm vor, als könnte ihn die kleinste Geste zerbrechen lassen. »Er fragt nach unserer Mutter.«

Ein leiser Schreckensruf kam über Noras Lippen, sie schlug schnell die Hand vor den Mund.

Ruby ließ ihre Wunderkerze fallen. Im Gras versprühte sie weiter Funken, und Ruby trat sie mit dem Fuß aus.

Schweigend gingen sie zu Eric zurück. Jetzt konnte Dean wieder alles überdeutlich hören, selbst das leise Rascheln des Grases unter ihren Schritten.

Als Erste kniete sich Ruby neben Eric. Sie blickte ihn an, und Dean sah die Tränen in ihren Augen.

Eric lächelte sie an. »Du hast ... dich ... geöffnet ...«

Dean runzelte verständnislos die Stirn, aber Ruby schien den Sinn der Worte zu begreifen. »So ist es«, flüsterte sie und küsste ihn auf die Wange.

»Sorge gut für meinen Bruder.«

»Das werde ich.«

Seufzend schloss Eric die Augen. Dean trat neben Ruby, nahm ihre Hand und drückte sie.

»O Gott«, wisperte sie hilflos, und Dean wusste, dass sie sich fragte, wie sie seinen Tod akzeptieren sollte. Er empfand das Gleiche.

Eric schlief ein paar Minuten, dann schlug er die Lider wieder auf und zwinkerte. »Mom?« Er blickte sich um. Die Panik in seiner Stimme war nicht zu überhören. »Mom?«

Dean klammerte sich an Rubys Hand. Sie gab ihm Trost, Halt.

Nora setzte sich auf den Rand des Liegestuhls. »Ich bin hier, mein Liebling. Dicht bei dir.«

Mit glasigen Augen sah Eric Nora an. »Dino ist nach Hause gekommen ... zu mir. Ich wusste, dass auch du kommen würdest. Wo ist Dad?«

Sacht strich Nora ihm über die Stirn. »Natürlich bin ich nach Hause gekommen, Eric. Es tut mir Leid, so lange fortgeblieben zu sein.«

Eric seufzte tief auf. Dann lächelte er, und für den Bruchteil einer Sekunde war sein Blick ganz klar. »Pass gut auf Dino auf. Er braucht dich.«

Nora musste hart schlucken. »Dein Dad und ich werden gut für ihn sorgen«, sagte sie heiser.

»Danke ... Nora.« Lächelnd schloss Eric die Augen. »Bist du das, Charlie?«, flüsterte er fast unhörbar und – starb.

Epilog

 *Dezember*

Die Kirche auf Summer Island war ein schmaler Holzbau mit spitzem Turm auf einer kleinen Anhöhe. Selbst jetzt, mitten im Winter, umhüllte glänzend grüner Efeu das Gebäude. Welke, braune Clematisranken umgaben das Portal. In wenigen Monaten würden sie wieder üppig sprießen und einen dichten Schleier violetter Blüten produzieren.

»Ich vermag noch immer kaum zu glauben, dass du mir verboten hast, die Kirche mit Blumen zu füllen.«

Lachend sah Ruby ihre Mutter an. Sie standen auf dem kleinen Parkplatz und warteten auf die Ankunft der Fähre.

»Vielen Dank für das Angebot. Aber genauso haben wir es uns gewünscht. Für mich ist nur eine Dekoration wichtig, wie du weißt.«

»Es ist tiefster Winter. Die Kapelle ist nicht beheizt.« Nora verschränkte die Arme. Ihr eleganter, grüner Jersey-Hosenanzug betonte die cremefarbene Blässe ihres Teints. Kein Windhauch brachte ihre sorgsam frisierten Haare durcheinander. Bedauerlicherweise war es mit minus zwei Grad ungewöhnlich kalt für die Weihnachtswoche.

Tapfer bemühte sie sich um ein Lächeln. »Ich wollte dir den Tag so perfekt wie möglich gestalten.«

Ruby schmunzelte. »Nein, Mom. Du wolltest *deine* Pläne verwirklichen.«

»Und das ist auch mein gutes Recht, verdammt noch mal.« Ein spitzbübisches Lächeln verzog ihre Lippen. »Vielleicht wird Jenny mehr Verständnis zeigen.«

Ruby grinste unverhohlen. »Das lasse ich mir unter keinen Umständen entgehen – wie du mit Caroline über die Gestaltung der Hochzeit deiner Enkelin streitest. Unter einer kleinen Messe im Vatikan gibst du dich doch nicht zufrieden.«

Nora rückte ein wenig näher an sie heran. »Ich habe dich sehr lieb, Ruby. O verdammt, ich fange schon jetzt an zu heulen.«

Ruby wollte etwas sagen, aber die Schiffssirene der Fähre ertönte.

Innerhalb von Minuten rollten drei Autos an Land, parkten nebeneinander, und die Türen öffneten sich.

Caroline sah in blassblauer Seide hinreißend elegant aus. Neben ihr hielt Jere die Kinder an den Händen. Sie wirkten wie einer Ralph-Lauren-Reklame entsprungen – bis auf die halbwüchsige Susan, die offenbar auf Schwarz nicht verzichten wollte und seit kurzem ein Augenbrauenpiercing trug.

Caroline umarmte Ruby stürmisch und hielt sie dann lächelnd auf Armeslänge von sich. »Meine kleine Schwester in …« Abrupt verstummte sie und hob die Brauen. »Was trägst du da eigentlich?«

Ruby drehte eine kleine Pirouette. »Ist es nicht toll?« Die im Überschwang ihres *Cache'*-Vertrags gekaufte Robe war nun ihr Hochzeitskleid.

Mit zusammengekniffenen Augen musterte ihre Schwester sie von Kopf bis Fuß. Der großzügige Ausschnitt entging ihr ebenso wenig wie der Seitenschlitz. »In *Modern Bride* hast du das aber nicht entdeckt.«

»Es ist von Versace.«

»Das glaube ich gern. Es steht dir großartig.« Jere trat neben seine Frau und hob Freddie auf seine Hüfte. »Hey, Ruby«, sagte er und: »Du siehst umwerfend aus.«

»An diese Komplimente könnte ich mich glatt gewöhnen«, grinste Ruby.

Rand hatte sich in einen eleganten schwarzen Smoking geworfen. Neben ihm lief Marilyn mit ihrem Sohn auf dem Arm. Auch Lottie war da, in ihrem Sonntagskleid und einem breitkrempigen Strohhut. Ihre einzige Konzession an den Winter bestand in übergroßen, schwarzen Stiefeln.

Rubys Vater küsste sie. »Heya, Hollywoodschätzchen, du siehst aus wie eine Prinzessin«, flüsterte er, bevor er wieder einen Schritt zurücktrat.

»Hey, Dad.« Ruby lachte Marilyn an, die sich ein wenig im Hintergrund hielt. »Hi, Marilyn, es freut mich, dass du gekommen bist. Wie geht es meinem prachtvollen kleinen Bruder?«

Lächelnd kam Marilyn näher. »Gut, sehr gut. Du siehst phantastisch aus.«

Ein weiteres Auto fuhr auf den Parkplatz. Dean stieg aus und ließ den Schlag hinter sich zufallen. Sein Anblick in einem schwarzen Armani-Smoking verschlug Ruby einen Moment lang den Atem. Er trat auf sie zu und lächelte so zärtlich, dass sie fühlte, wie sie errötete.

Behutsam griff er nach ihrer Hand. »Und? Sind wir für das große Wagnis wirklich bereit?«

Solange ich denken kann, hätte sie am liebsten geantwortet, konnte aber nur stumm nicken.

»Dann bringen wir es hinter uns.«

Nebeneinander betraten sie die Kirche. Der Altar war ein einfacher Holztisch mit zwei großen Bienenwachskerzen, die einen würzig süßen Lavendelgeruch verströmten. Ein goldener Altarläufer mit einem roten Kreuz bedeckte den Tisch. In der Ecke stand eine kleine, mit brennenden Kerzen geschmückte Nobilistanne.

Die Familie nahm ihre Plätze ein. Jere förderte eine Videokamera zutage und begann zu filmen.

Dean schritt über den Mittelgang, blieb vor dem Altar stehen und entdeckte das Bild – die einzige Dekoration, die für Ruby zählte. Es war ein großes, goldgerahmtes Foto.

Eric ...

Ruby hatte ein Bild ausgewählt, auf dem er etwa fünfzehn Jahre alt war. Er stand am Bug der *Wind Lass,* hatte der Kamera das Gesicht halb zugewandt und lächelte, wie nur Eric lächeln konnte.

Sie sah, wie sich Deans Schultern senkten, und wusste, dass er sich erinnerte. Sie wünschte sich, jetzt neben ihm zu stehen. Dann würde sie seine Hand ergreifen, drücken und ihm leise zuflüstern, dass Eric bei ihnen war ...

»Bist du bereit?«

Ruby hörte die Stimme ihres Vaters und wandte sich um. Er trat neben sie und bot ihr seinen Arm. Sie hakte sich bei ihm ein und ließ sich von ihm durch den Mittelgang führen.

Vor dem Altar blieb er stehen, beugte sich vor und küsste sie auf die Wange. »Ich liebe dich, Rube«, wisperte er.

Fast hätte sie ihre Beherrschung verloren. Sie konnte nur stumm nicken, als er sie neben Dean zurückließ.

Pater Magowan lächelte sie an. Schwester Helen zwinkerte Ruby kurz zu und nahm dann ihren Platz an der Orgel ein.

»Liebe Gemeinde, wir sind hier zusammengekommen, um zu bezeugen, dass dieser Mann und diese Frau den heiligen Bund der Ehe schließen.« Seine wohlklingende, melodische Stimme hallte in der kleinen Kapelle wider.

Schließlich kam er zu der berühmten Frage. »Wer übergibt diese Frau in den Stand der Ehe?«

Ruby hatte darauf bestanden, dass diese Frage gestellt wurde. Und als sie sich umdrehte und ihre Eltern nebeneinander stehen sah, wusste sie, dass sie das Richtige getan hatte. Es war ein Anblick, den sie nie vergessen würde.

Ihr Vater sah ihre Mutter an, die ungehemmt schluchzte. Er legte ihr einen Arm um die Taille und zog sie an sich. »Wir«, antwortete er stolz. »Ihre Mutter und ich.«

Jetzt begann auch Caroline zu schluchzen, und Jere legte ihr zärtlich eine Hand auf die Schulter.

Ruby wandte sich wieder Dean zu, blickte in seine strahlend blauen Augen – und vergaß alles andere. Der Gottesdienst ging weiter, unterbrochen nur von leiser Orgelmusik.

»Du darfst die Braut küssen.«

Mit feuchten Augen sah Dean sie an. »Darauf habe ich ein Leben lang gewartet«, sagte er leise. »Ich werde dich immer lieben, Ruby.«

Und Ruby sah alles in seinem Blick: ihre Vergangenheit, ihre Gegenwart, ihre Zukunft. Sie sah zwei Kinder, die im flachen, kalten Wasser des Puget Sound herumtollten, sah einen Weihnachtsdinnertisch mit unzähligen Stühlen. Sie sah sogar ein betagtes Paar mit weißen Haaren und wusste, dass sie diesen Moment nie vergessen würde.

»Und wann küsst du mich nun endlich?«, fragte sie, während ihr die Tränen über die Wangen rannen. Sie ruinierten das sündhaft teure Make-up, auf dem ihre Mutter bestanden hatte, aber das war ihr egal.

Er beugte sich vor und küsste sie.

Hinter ihnen applaudierte die Familie, stieß Hochrufe aus und gratulierte.

Plötzlich schob sich Elvis durch die Tür, in perlenbesticktem, weißem Overall. Der King fuhr sich mit der Hand durch die Tolle, grinste schief und begann zu singen.

Er war *all shook up*.

Danksagung

Dank an Gina Centrello, Shauna Summers, George Fischer und das gesamte Ballantine Team, das 2000 so unvergesslich machte.

Ich bedanke mich auch bei Chip Gibson, Steve Ross, Andrew Martin, Joan DeMayo, Alison Gross sowie allen anderen Crown-Mitarbeitern, die mir die Vorbereitung dieses Buches so angenehm und leicht gestaltet haben …

Dank an Kim Fisk, die mich (so gut wie möglich) auf dem Laufenden hielt …

Dank an Ann und Megan – wie immer für alles …

Nicht zuletzt wende ich mich an meine Familie. Ich hatte das Glück, in einen großen Clan hineingeboren zu sein. Also Dank an Kent, Laura und Dad. Es ist ein Segen, dass wir nicht nur verwandt, sondern auch beste Freunde sind …

Und an die »Kanadier«: Onkel Frank, Tante Toni, Leslie, Jacqui, Dana und natürlich Johnsi, den ersten Geschichtenerzähler …

Vor allem aber an Tucker und Benjamin, von denen ich mit jedem Tag mehr über die Liebe erfahre …